L'AS DE PIQUE

Photo de couverture : © Pexels
Couverture : Ariane Galateau

Pour la présente édition,
Collection dirigée par Arthur de Saint Vincent

34-36 rue La Pérouse
75116 Paris
www.hugopublishing.fr

Collection New Romance® créée par Hugues de Saint Vincent,
dirigée par Arthur de Saint Vincent
Ouvrage dirigé par Sylvie Gand

ISBN : 9782755664607
Dépôt légal : septembre 2023
Imprimé en Espagne par CPI Black Print en novembre 2024

MORGANE MONCOMBLE

L'AS DE PIQUE

Hugo Poche

NEW ROMANCE®

À tous·tes celles·ceux qui ont voulu
changer pour plaire à la majorité,
et qui se sont perdus en route.

PLAYLIST

On the Ground – ROSÉ
Jealousy, Jealousy – Olivia Rodrigo
In My Blood – Shawn Mendes
Interlude : Shadow – BTS
S.L.U.T. – Bea Miller
The Heart Wants What It Wants – Selena Gomez
This Is How I Learned to Say No – EMELINE
Hey Look Ma, I Made It – Panic! At the Disco
People Watching – Conan Gray
Any Other Way – Eric Nam
Boys Will Be Boys – Dua Lipa
The Joker and the Queen – Ed Sheeran
Crisis – Joshua Bassett
Sweater Weather – The Neighbourhood
I Am Not a Woman, I'm a God – Halsey
Pov – Ariana Grande
I'm a B – Hwa Sa
The Man – Taylor Swift
The Way I Am – Charlie Puth
Wildest Dreams – Taylor Swift

If We Have Each Other – Alec Benjamin
MONEY – LALISA
This Is How You Fall in Love – Jeremy Zucker
I Know You – Skylar Grey
Born Singer – BTS

Extrait de la biographie Daisy Coleman : Hollywood's Wildflower *écrite par Kaylee Walters. Chapitre 2 : « Premières amours ».*

Quand j'ai proposé à Daisy Coleman d'écrire son histoire, je m'attendais à un refus. Qui aurait pu lui en vouloir, elle dont la vie privée a été tant de fois bafouée ? Mais elle a accepté avec un sourire reconnaissant. « Pour rétablir la vérité, a-t-elle dit. Il est temps que le public me connaisse vraiment. »

C'était il y a deux ans. Avec ce livre, j'ouvre aujourd'hui une porte secrète sur la vie de cette star emblématique et tant appréciée par le public.

Après dix ans passés à protéger sa vie privée à tout prix, une décennie qui a fait de la chanteuse Channel D une star interplanétaire, Daisy Coleman revient sur ses débuts, ses amours… et son altercation avec Frank, un événement surmédiatisé qui a bien failli lui coûter la vie.

Voici la retranscription d'un entretien séparé que j'ai mené avec Daisy et son frère aîné (Hakeem Coleman).

Kaylee Walters, journaliste et autrice : Vous êtes la plus jeune de votre fratrie. Êtes-vous proche de vos frères et sœur ? Parlez-moi un peu de votre enfance.

Daisy Coleman, chanteuse, actrice et mannequin : On est tous très proches, c'est comme ça qu'on nous a élevés. Vous savez... Il paraît qu'on n'est pas censé avoir un frère ou une sœur préféré. Moi, c'était Hakeem. Désolée, Calvin et Brianna. (*Rires.*) Ce n'est pas que je les aimais moins, c'est juste que parfois, ils étaient dans leur bulle... Normal, pour des jumeaux. Mais ça me rendait triste, et Hakeem le comprenait.

Hakeem Coleman, frère aîné de Daisy Coleman : Daisy me suivait partout où j'allais. Ça ne me dérangeait pas. Au contraire, j'aimais bien. Je savais qu'elle se sentait seule, à la maison.

Daisy : J'avais douze ans quand j'ai rencontré Thomas. C'était le jour de mon anniversaire... Hakeem a accepté que je l'accompagne au terrain de basket, près de Venice Beach. On habitait Culver City, pas loin du Hotcakes Bakes, mais on prenait le métro.

Hakeem : C'était une jeune fille très enjouée. Toujours le sourire aux lèvres, avec des tas de choses à dire, parfois trop. On n'a jamais trouvé le bouton OFF.

Daisy : C'était ma période « Égypte ancienne ». J'adorais l'histoire. Il ne fallait pas grand-chose pour me passionner, pour être honnête. Je détestais les silences. On est allés jusqu'au terrain de basket en parlant de momies et de fantômes, c'était sympa. Il faisait beau.

Hakeem : On a joué un peu, rien que tous les deux. Le temps était parfait. Puis... Austin est arrivé.

Daisy : C'était une petite brute. Il embêtait Hakeem au lycée, je crois. Mon frère n'en parlait jamais vraiment... Il a toujours nié, mais moi je savais. Il ne voulait inquiéter personne, c'est tout.

Hakeem : Lui et sa bande ont débarqué. Austin a tapé dans le ballon que tenait Daisy, puis l'a récupéré. J'ai tout de suite mis ma sœur derrière moi. Je savais que ça allait dégénérer.

Daisy : « Rends-le-moi », a dit Hakeem avec beaucoup de courage. Austin a refusé, en lui demandant s'il avait un problème avec ça. Il cherchait juste à se bagarrer, c'était clair. J'avais peur... mais surtout pour Hakeem. Parce que j'étais là. Et que s'ils me touchaient, il allait se battre.

Hakeem : On sait tous ce qui se passe quand un fils à papa rentre dans sa villa à Beverly Hills pour se plaindre qu'un gosse noir l'a frappé au visage. Je voulais éviter les problèmes.

J'ai dit à Daisy qu'on partait, alors je l'ai prise par la main. Mais Austin m'a lancé la balle dans le dos, ce qui m'a fait trébucher. J'avais... (*Soupir.*) J'avais honte devant ma petite sœur.

Daisy : J'aurais pu les tuer. Austin voulait clairement l'humilier. Il faisait rebondir la balle contre son front, encore et encore.

« Baisse les yeux », disait-il avec arrogance. Ses amis riaient derrière lui. Un sentiment d'injustice a explosé dans ma poitrine, alors j'ai crié : « Laisse-le tranquille ! » en balançant mon pied dans son entrejambe.

Hakeem : (*Rires.*) J'en étais le premier surpris. C'était bien visé.

Daisy : Il l'a bien mérité, ce connard ! Oups... pardon. Est-ce que j'ai le droit de dire ça ? Pour ma défense, c'en était vraiment un. Bref. Tout s'est passé très vite après ça. Austin a commencé à m'insulter, fou de rage, et a tendu la main pour m'attraper les cheveux.

Hakeem : J'ai été trop lent à réagir.

Daisy : Mais soudain, une main forte s'est abattue sur le poignet d'Austin pour l'immobiliser. Je me suis retournée... (*Sourire.*) Et c'est la première fois que j'ai posé les yeux sur Thomas.

Hakeem : C'était un type de mon âge à peu près. Il était très grand, plutôt baraqué. Je me rappelle surtout ses yeux : d'un bleu clair glacial... Il m'a fait peur, je l'avoue. C'était comme faire face à la Faucheuse elle-même.

Daisy : Il était beau. Le genre de beauté terrifiante. Il a regardé Austin droit dans les yeux, sans le lâcher, et a dit : « Ne la touche pas. » Sa voix était profonde et éraillée, comme s'il n'avait pas parlé depuis des semaines. Maintenant que j'y pense, c'était peut-être le cas. Thomas n'est pas très bavard.

Hakeem : « Sinon quoi ? Qu'est-ce que tu vas faire ? » a répondu Austin. Cet idiot n'a même pas eu le temps de finir sa phrase. Il lui a brisé le poignet.

En voyant mon air abasourdi, il a haussé les épaules en disant qu'il détestait se répéter.

Ils ont fini par partir. Austin pleurait en disant qu'il fallait l'emmener à l'hôpital. C'était cool de sa part ; Thomas, je veux dire. Mais je lui ai quand même dit qu'il n'aurait pas dû. Il a juste haussé les épaules d'un air ennuyé, en disant : « Je l'avais prévenu. » C'était... un drôle d'énergumène.

Daisy : Il s'est tourné vers moi pour me demander si ça allait. C'est idiot, mais... Bon Dieu, j'étais complètement hypnotisée par lui. Pour la première fois de ma vie, j'étais à court de mots.

Hakeem : Je lui ai proposé de faire une partie avec nous, et il a haussé les épaules. Son visage était toujours sans expression, c'était difficile de savoir ce qu'il pensait. Il était très doué en sport, bien plus que moi. C'est ce qui nous a liés très vite.

Daisy : J'ai passé l'après-midi à lui poser tout plein de questions. Il a répondu à chacune d'entre elles. Il n'élaborait pas toujours, mais il gardait patience. Il ne me demandait jamais de me taire ou de le laisser tranquille, comme certains adultes le faisaient au collège.

C'est la première chose qui m'a attirée chez lui. Il se nommait Thomas, mais son papa avait l'habitude de l'appeler Tommy, il avait dix-huit ans et il venait de Suède, un pays d'Europe où le samedi est considéré comme « le jour des bonbons ». Bref, je l'aimais déjà. Même son accent tranchant me faisait sourire. Parfois, il ne trouvait pas ses mots et ça l'énervait, si bien qu'il finissait par les dire en suédois. Je ne comprenais rien, mais ça m'amusait.

Hakeem : C'est vrai qu'elle parlait beaucoup. Un vrai moulin à paroles ! Mais il ne s'en plaignait pas, même s'il n'avait pas l'air du genre à aimer bavarder. Daisy lui a demandé s'il aimait les fantômes, et elle a eu l'air très indignée quand il a répondu : « Pas vraiment. »

Daisy : Il n'aimait pas les fantômes, cet imbécile. Son excuse ? « Parce que ça n'existe pas, pour commencer. » Forcément, je lui ai demandé des preuves de leur non-existence. Je crois que je l'ai agacé, à ce moment-là, car il a répondu : « On a besoin de preuves pour prouver l'existence de quelque chose, non l'inverse. Je ne crois que ce que je vois. »

Je lui ai dit que c'était débile. Qu'en est-il de la foi, dans ce cas ? Mes parents avaient l'habitude de dire que parfois, il fallait croire en l'invisible. Ça ne rend pas les choses moins réelles pour autant, puisqu'elles existent dans nos cœurs.

Hakeem : La réponse de Thomas m'a fait rire : « Je ne crois pas en Dieu. Pour ce que ça vaut, j'essaie déjà de croire en moi et même ça, c'est pas facile. »

Daisy a toujours été très extravertie, du genre à se faire des amis partout où elle va. Mais j'étais assez surpris de la vitesse à laquelle elle s'est rapprochée de Thomas. Je trouvais ça mignon. Thomas traînait avec lui son air indifférent, mais avec Daisy... c'était autre chose. Il l'aimait bien, même s'il refusait de l'admettre. Je crois que depuis ce premier jour, il s'est mis en tête de la protéger.

Comme une petite sœur.

Daisy : Il n'arrêtait pas de m'envoyer des piques. Il aimait me voir m'énerver, et il savait comment faire. Il suffit de me parler de ma taille...

La première fois que je me suis mise en rogne, il a dit que je ne devrais pas faire cette tête. Que je ressemblais à Gollum. Il m'a demandé si je savais qui c'était. Quand il m'a montré la photo sur son téléphone, je l'ai frappé sur l'épaule. C'est la première fois que je l'ai vu sourire.

Hakeem : C'était une mauvaise période de sa vie. Il venait de quitter la Suède sur un coup de tête et cherchait du travail à tout prix, mais surtout des réponses à ses questions. Il avait besoin d'argent, pas de se faire des amis. On s'est imposés à lui.

Daisy : En un été, Thomas Kalberg faisait partie intégrante de ma vie. Lui et Hakeem sont devenus inséparables. Ils ne faisaient rien de spécial. Ils traînaient, jouaient au basket dans le jardin, ou à la PlayStation dans le salon. Et moi, je jouais les pots de colle.

Je vouais déjà une adoration étrange à Thomas. C'est embarrassant. (*Daisy se cache le visage des mains.*) Il était toujours très gentil avec moi. Il me portait sur son dos quand j'étais trop fatiguée pour marcher, puis sur ses épaules quand j'étais trop petite pour voir quelque chose. Je lui parlais, encore et encore, et il m'écoutait sans jamais m'interrompre. C'était comme un troisième grand frère… en mieux. Parce que contrairement à Calvin et Hakeem, il me donnait des papillons dans le ventre chaque fois que je le voyais.

Hakeem : C'était un *crush* de préadolescente, rien d'autre. Thomas n'y faisait pas attention, heureusement. Ce n'était qu'une gamine qui dormait encore dans un pyjama Naruto et qui rêvait d'être une star. Elle nous en rebattait les oreilles toute la journée : « Je vais devenir chanteuse ! Je serai la nouvelle Beyoncé ! »

Daisy : Hakeem n'acceptait pas toujours que je les accompagne. Au bout de la troisième fois, j'ai piqué une crise. J'ai demandé pourquoi je ne pouvais pas venir avec eux, et mon frère m'a répondu avec un regard appuyé : « On a rencard avec des filles. Tu comprends ? »

Je comprenais, oui... Un peu trop, même. Ma poitrine brûlait sous le coup de la trahison. J'étais jeune, j'avais le béguin, et ça faisait mal pour la toute première fois. Thomas restait en retrait, il ne s'en mêlait jamais. Leurs chemises puaient l'eau de Cologne. Aucun des deux n'est rentré de la nuit.

Hakeem : Daisy a fait la tête pendant deux semaines. Thomas ne cherchait pas à comprendre, il s'en fichait un peu. Quand Daisy arrêtait ses caprices, il l'accueillait comme si de rien n'était. Elle lui montrait comment elle jouait de la guitare, elle écrivait déjà des morceaux à cette époque.

Daisy : Il est venu voir mon spectacle d'été, une comédie musicale sur *Le Magicien d'Oz*. Pour me récompenser, il m'a offert un médiator personnalisé pour ma guitare, avec mon prénom gravé.

C'était le plus beau cadeau que j'avais jamais reçu. Je crois que je l'ai trimballé partout pendant au moins un an, sans que je m'en serve une seule fois. (*Rires.*) J'étais piquée.

Hakeem : L'été était terminé. Je suis parti à la fac, UCLA, et ils m'ont tous aidé à faire mes cartons.

Quant à Thomas, il avait trouvé un travail dans un centre sportif près de Beverly Hills. Ça lui permettait de vivre.

Daisy : On a continué à se voir presque tous les week-ends. Même quand il a eu une petite amie, puis une deuxième, puis une troisième... Il y en a eu beaucoup, mais il trouvait toujours le temps pour moi.

CHAPITRE 1

House of memories

« Thank you for everything,
for every birthday I spent waiting for you. »

THOMAS

Je n'ai que dix ans quand je scelle définitivement mon cœur au monde extérieur.

Ma mère est au téléphone dans la cuisine, elle a fermé la porte en pensant que je suis trop loin pour l'entendre. Je l'aime tellement, ma mère. Elle est belle, elle est douce, et elle fait des kanelbullar *tous les dimanches parce qu'elle sait combien j'aime ça. Mais tout a changé depuis que nous ne sommes plus seuls.*

– Il me fait peur, Elvira, chuchote-t-elle. Je n'ose même pas le laisser seul avec Agnès… Et s'il faisait du mal à mon bébé ?

« Mon bébé ». Agnès, ma petite sœur de deux mois, dort tranquillement dans son berceau. Je ne l'aime pas. Elle est toute fripée et elle m'a volé ma mère. Maintenant, elle l'aime plus que moi. J'aimerais qu'elle n'ait jamais existé.

– La psy a dit qu'il était…

Une pause. Je reste immobile, attendant que le verdict tombe. La psy non plus, je ne l'aime pas. Et vu la façon dont elle me fixait, c'était réciproque.

– ... sociopathe, achève ma mère dans un sanglot.

Je n'ai aucune idée de ce que ça veut dire, mais le mot s'imprime dans mon esprit telle une sentence à vie. Je comprends facilement que la personne que je suis n'est pas satisfaisante. Un peu plus, et elle me jettera elle aussi. Parce que le monde est un endroit peuplé d'égoïstes qui vous exploiteront pour ensuite vous abandonner.

Ils disent vous aimer, mais ce sont tous des menteurs. Ils vous abandonneront sans hésiter dès qu'ils ne verront plus aucun intérêt à vous garder. Je suis remplaçable. Incapable d'être aimé. Un jouet qu'on se refile de main en main jusqu'à l'usure.

Personne ne veut d'un jouet défectueux. Une fois cassé, il ne sert plus à rien. Mais je refuse qu'on me jette à nouveau. C'est pourquoi je serai plus intelligent qu'eux... Parce que sans maman, je n'ai plus personne.

Pour survivre, je vais devoir devenir quelqu'un que ma mère pourra aimer. Je ferai tout mon possible pour que les gens m'apprécient, même si je n'en apprécie aucun en retour. Quitte à faire semblant. Quitte à mentir.

Je les déteste tous, mais je veux qu'ils m'adorent malgré tout. Parce que personne n'abandonne quelque chose qu'il aime.

– Si papa est parti, c'est parce qu'il ne nous aimait pas assez ? demandé-je à ma mère le soir même.

Je me rappellerai toujours la rapidité avec laquelle son visage s'est assombri.

– Non, mon cœur. S'il est parti, c'est parce que c'est un lâche. Tu n'as plus de papa, t'en as jamais eu. Oublie-le.

Tu n'as plus de papa.

Tu n'as plus de papa.

Tu n'as plus de...

– Thomas !

Je rouvre les yeux en sursautant, les sens en alerte. Ma main se pose sur ma hanche par réflexe, à la recherche de mon arme, avant que je me rappelle que je ne suis pas en service.

Lucky et Li Mei me regardent tous deux avec des airs amusés, mais surpris.

– Ne dégaine pas tout de suite, beau gosse, dit cette dernière. On est arrivés à l'adresse que tu nous as indiquée.

Merde. Je me suis assoupi dans la voiture directement après qu'ils sont venus me chercher à l'aéroport. Je me frotte les yeux en espérant faire disparaître les traces de mon cauchemar au passage. Pour ma défense, j'ai un déficit de sommeil presque impossible à rattraper.

Mais qui a besoin de dormir, n'est-ce pas ?

– T'as l'air crevé, commente Lucky lorsqu'il m'aide à décharger mes affaires du coffre. Tu sais de quoi tu aurais besoin ? D'un bon bain chaud et mousseux, avec des bougies senteur cannelle et une douce playlist au son des vagues.

Je le regarde fixement. Parfois je me demande s'il me connaît vraiment pour oser sortir des trucs pareils.

– Est-ce que tu m'imagines, *moi*, Thomas Kalberg, ne serait-ce qu'une seule seconde dans ton petit scénario ?

Il réfléchit brièvement, puis grimace.

– Non, t'as raison, c'est bizarre. J'en ai des frissons.

– Merci.

Parfois, je me demande vraiment comment Lucky et moi avons pu devenir amis. Pour être honnête, j'ai surtout l'impression qu'*il* est ami avec *moi*... non l'inverse. C'est simple, on est aux antipodes. Architecte et ancien escort-boy, Lucky est un fan inconditionnel de toute comédie romantique, et je le suspecte d'être amoureux en secret de Hugh Grant. Forcément, le bodyguard addict au sport et handicapé des sentiments que je suis a du mal à endurer la proximité.

Lucky habite à Los Angeles depuis toujours, raison pour laquelle il m'accueille aujourd'hui, mais repart bientôt pour voyager avec Li Mei, sa petite amie.

– C'est pas mal, commente cette dernière lorsque nous entrons dans l'appartement que j'ai loué à Santa Monica.

Je jette un regard aux alentours. C'est petit, mais ça me suffit largement. Ça me rappelle l'endroit miteux dans lequel je dormais dix ans plus tôt, quand je suis arrivé à L.A. après avoir fui Stockholm à tout prix. L'année où j'ai rencontré mon ami d'enfance, Hakeem. L'une des seules personnes dont la compagnie ne me dérange pas.

J'envoie d'ailleurs un message à celui-ci pour le prévenir que j'ai atterri.

– Je comprends toujours pas comment t'as pu donner tout ton argent, marmonne Li Mei en secouant la tête. T'étais millionnaire et maintenant tu vis dans… ça.

Je hausse les épaules, silencieux. Il y a déjà un an et demi, nous avons aidé notre ami Levi (et ancien employeur) à remporter le tournoi mondial de Poker à Las Vegas. Aujourd'hui, il est millionnaire et vit à Saint-Pétersbourg avec Rose, sa fausse vraie fiancée… c'est compliqué.

Il a tout de même tenu à diviser sa part en cinq. J'ai récolté un beau petit pactole… Mais être riche ne m'intéresse pas, encore moins par charité. Je ne l'avais pas mérité de toute façon. J'ai donc donné une partie à ma mère avant de refiler le reste à une association d'aide aux mamans adolescentes et célibataires ; histoire d'apaiser ma conscience pourrie.

– T'as terminé ta dernière mission ? me demande Lucky en s'installant dans le canapé en tissu vert canard.

Je me sers un verre d'eau avant de m'adosser au comptoir de la cuisine américaine.

– Ouais. Le gars était un gros connard pété de thunes, mais j'ai quand même sauvé son cul à plusieurs reprises.

Li Mei rit en m'affirmant que c'est souvent comme ça. Puisque je ne suis plus millionnaire, j'ai dû reprendre le boulot fissa et rappeler la société de protection rapprochée qui m'emploie. J'ai tout de suite été affecté à la protection d'un ministre de l'Intérieur arrogant qui traite ses gardes du corps comme de la merde. J'ai démissionné avant de lui en mettre une.

Ça fait plusieurs années que je suis bodyguard maintenant, et j'adore mon boulot. Mais il faut avouer que la plupart de mes clients sont des ordures. Levi était mon préféré.

– Donc tu prends des petites vacances ?

Mon téléphone vibre dans ma poche de jogging. Hakeem a répondu à mon message :

RDV à notre endroit habituel. 15 min.

– On peut dire ça, ouais. Désolé, mais je suis vraiment crevé… Je vais dormir.

– Dis plutôt qu'on te saoule.

– OK. Vous me saoulez et je veux être seul. Partez, maintenant.

Je les congédie tandis que Lucky s'indigne. Je prends une douche rapide avant de sortir de l'appartement.

Los Angeles m'a manqué. C'est comme revenir à la maison. Je marche le long de la plage, partiellement abritée par les palmiers, tandis que des skateurs passent à un cheveu de moi. Ça me rappelle des souvenirs. À partir de mes dix-huit ans, j'ai passé deux longues années ici, à surfer et à jouer au beach-volley, à draguer des filles plus âgées juste pour me prouver que je le pouvais.

La famille d'Hakeem m'a accueilli à bras ouverts et pour la première fois de ma vie, j'ai eu l'impression d'avoir ma place quelque part.

J'ai fini par m'engager dans l'armée suédoise à vingt ans, mais on a toujours gardé contact. J'ai continué à leur rendre visite dès que je le pouvais… Néanmoins, cela fait désormais quatre ans que je n'ai pas posé les pieds à L.A.

Lorsque je passe devant le terrain de basket que j'aimais tant plus jeune, je m'arrête pour regarder un groupe d'ados se faire des passes.

– Tommy ?

Je tourne la tête et me heurte à une rangée de dents blanches et parfaites.

Bordel de merde. Hakeem Coleman n'a pas changé. Il est toujours le même : pas très grand, la peau sombre et sans défaut, et bien sûr ce foutu sourire propre à tous les Coleman ; contagieux.

– Putain, souffle-t-il sans y croire. T'es enfin de retour. Tu sais combien de temps je t'ai attendu, enfoiré ?

Je souris sans pouvoir m'en empêcher, avant qu'il me prenne dans ses bras. Je me raidis sans pour autant le repousser, tapotant son épaule dans une étreinte masculine. Hakeem et Levi sont les seuls types pour qui je pourrais prendre une balle ; pas par amour, car Dieu sait que je ne connais pas ce sentiment, mais par loyauté aveugle et inconditionnelle. Je leur dois trop.

– J'ai mis le temps, je soupire en me frottant la nuque. Ces dernières années ont été mouvementées.

Et soudain, c'est comme si l'on avait dix-huit ans à nouveau. Cette facilité à parler que je n'ai jamais ressentie avec personne d'autre ; cette familiarité, comme celle d'un frère inexistant mais tant désiré.

– T'as raté mes fiançailles, m'accuse-t-il d'un doigt menaçant. Je voulais pas te l'annoncer par téléphone, c'est nul.

– Waouh. Sérieux ? Félicitations.

C'est ce qu'on est censé dire, même si je trouve l'idée du mariage complètement stupide. Hakeem sourit à pleines dents, preuve qu'il ne m'en veut pas du tout. Ce n'est que maintenant que je prends conscience qu'il n'est pas seul.

Mes yeux tombent sur la femme qui le rejoint, passant son bras sous le sien. La première chose que je remarque est la bague à sa main gauche. La deuxième est son ventre légèrement arrondi. Bordel, j'ai manqué tant que ça ?

– Je te présente Emily, ma fiancée. Chérie, voici Thomas, dit-il comme si elle avait déjà entendu mille et une choses à mon propos.

– On se rencontre enfin ! Enchantée, Thomas.

Je hoche la tête avec politesse, ne sachant pas comment réagir. Je ne sais pas faire avec des inconnus. Je n'aime pas les gens.

– T'as pris du muscle, dis donc !

Hakeem pince mes bras musclés, surpris.

– Je fais pas mal de sport.

– Et tu te fais pousser la barbe, hein ? plaisante-t-il. Je suis jaloux. Pour ma part, je suis à deux doigts de tout claquer dans un aller-retour en Tunisie pour me la greffer.

– C'est vrai, affirme Emily en riant. C'est un gène que j'ai accepté de donner à mon bébé malgré moi…

Je passe une main distraite sur mes poils blonds. Ce que je ne dis à personne, c'est que je déteste la barbe. Je ne la garde que pour dissimuler la cicatrice hideuse que je me trimballe en travers de la bouche. Un sale accident de moto lors d'une course-poursuite.

Je préfère changer de sujet et lui demande des nouvelles de sa famille. Quatre ans, c'est long. Je ne suis en contact qu'avec Daisy, qui continue de m'envoyer des messages vocaux de trente-quatre minutes pour me raconter ses journées – je l'avoue, je n'écoute pas tout. C'est un vocal, pas un podcast !

Cela dit, je n'oublie jamais son anniversaire.

– Oh, tu sais… Tout le monde va bien. Papa s'est fait virer il y a trois ans, comme je te l'avais dit. Ça a été difficile, mais il a retrouvé quelque chose depuis. Les jumeaux, quant à eux, font leur vie.

Une partie de mon cœur se réchauffe à l'idée que tout va bien pour eux depuis la dernière fois.

– Et Daisy ? Elle a l'air occupée. Je n'ai pas reçu de textos depuis plusieurs semaines, ce qui est assez inhabituel. Pas que ça me manque.

Daisy est la plus petite de leur fratrie. C'était ma préférée et elle le savait. Elle en jouait beaucoup. Elle est devenue une chanteuse et actrice célèbre, comme elle le souhaitait tant. Je suis très peu son évolution, mais je suis fier de son parcours. Elle a eu ce qu'elle voulait.

– Elle va bien, me rassure-t-il alors. Tu devrais lui dire que t'es de retour. Elle sera contente.

Je promets de le faire. C'est comme si Hakeem et moi ne nous étions jamais quittés. Il m'invite à boire une bière le soir même, entre hommes, et nous discutons de tout et de rien. Je lui parle de Levi, du tournoi de poker à Las Vegas, de mes nombreux voyages…

– Ils ont l'air plutôt cool, tes nouveaux amis, dit-il, le menton posé sur son poing. Fous, aussi.

– Ils le sont… fous, je veux dire. Le reste, ça dépend.

Il se contente de rire, et je sais qu'il ne croit pas une seule seconde à mon air détaché. Le reste de la soirée se passe sans encombre. Après plusieurs bouteilles, il est assez ivre pour me dire :

– Tommy… j'ai besoin que tu me rendes un service.

Il sait que je ne pourrais rien lui refuser de toute façon. Je suis comme ça. Je suis peut-être un enfoiré, incapable d'aimer, mais j'ai ma loyauté. J'aiderai toujours les gens qui m'ont un jour tendu la main.

C'est la première fois qu'Hakeem me demande une faveur. Ça doit être assez sérieux.

Il réprime un hoquet et plonge son regard flou dans le mien.

– À tout hasard… Est-ce que tu cherches du travail ?

CHAPITRE 2

She talks too much

« Gorgeous, gorgeous face.
Too bad she talks too much. »

DAISY

– Je te quitte.

C'est ce que m'annonce Zach, ma co-star et petit ami secret tandis que je le chevauche, en soutien-gorge, sur son canapé en cuir à quatre mille dollars.

Je pensais que se faire larguer par SMS était pire que tout, mais de toute évidence j'avais tort. Je me fige, pas certaine de comprendre.

– … Pardon ?

Il plaisante, j'espère ? Je le fixe droit dans les yeux et comprends que non, il est très sérieux. Je le sais tout de suite car Zach a bien des qualités, mais Dieu sait que c'est un terrible acteur – assez ironique, étant donné que c'est son job.

– Désolé, bébé. Ce n'est pas toi, c'est moi, me rassure-t-il en serrant mes hanches entre ses mains.

Oh waouh, c'est de pire en pire. J'ouvre grand la bouche, sous le choc. Le sentir en moi me donne soudain la nausée ; je prie presque pour pouvoir lui vomir dessus.

Zach fronce les sourcils en me demandant pourquoi je m'arrête.

– J'étais tout près !

Je me retiens de le gifler, morte de honte, et me retire de ses genoux. Je rêve ou me reproche-t-il de ne pas l'avoir laissé jouir alors qu'il vient de me larguer comme une merde ? Je trouve ma culotte, sur le sol près de ses pieds, et l'enfile rageusement. Je réussis à zipper ma robe toute seule tandis qu'il soupire en m'attrapant le bras.

– Allez, sois pas fâchée… J'étais sérieux, tu sais. C'est pas toi le problème. T'as absolument pas à t'en vouloir, t'es une personne exceptionnelle. Pleure pas, OK ?

J'éclate de rire, abasourdie, ce qui semble le prendre de court. Vous savez ce que je déteste le plus, en dehors des gens qui portent des Crocs avec des chaussettes ? Ceux qui ont une si haute opinion d'eux-mêmes qu'ils pensent pouvoir briser votre confiance en vous d'une seule phrase.

Zach est beau gosse, mais bon sang ce qu'il est idiot !

– Oh ne t'en fais pas, je sais déjà tout ça, je ne risque pas de pleurer. Toi, par contre, t'es un connard.

Qu'est-ce qui m'a pris, au juste, de sortir avec lui ? Mes amis m'avaient pourtant prévenue. Je n'arrive pas à croire que j'aie donné ma virginité à un mec comme lui. Pour cinq minutes de « Oh » et de « Ah oui, presque », en plus.

Zach pince les lèvres, indigné. J'aimerais qu'il se rhabille, soudain dégoûtée par la vue de son pénis en érection. *Mais qu'est-ce que je fous là ?*

– Je disais ça pour être gentil, tu sais, siffle-t-il d'un ton accusateur.

– Par pitié, la prochaine fois, épargne-moi ta gentillesse à deux balles. T'as cru que j'allais te remercier de me laisser chevaucher ta bite magique une dernière fois ? Te supplier de ne pas me quitter ? Tu as une trop bonne opinion de toi-même, Zach, ris-je en attrapant ma veste en cuir.

– Ça veut dire quoi, ça ?!

Je soupire. C'est mesquin, mais il faut que ça sorte.

– Le clitoris, tu connais ? Parce qu'on dirait un Moldu devant Poudlard, tu passes devant sans jamais le voir !

Il se lève d'un bond, les joues rouges, et se rhabille enfin. L'ego masculin est énorme, mais étrangement très fragile. Il suffit de leur dire qu'ils sont nuls au pieu, et les voilà partis !

– Tu vois, c'est de ça que je parle ! T'es pas la fille que je croyais que t'étais.

Et c'est là que je comprends. Je le regarde sans rien dire, mes chaussures en main. Même s'il est acteur lui-même, Zach s'est fait avoir en beauté. Il est tombé sous le charme de Callie, mon rôle dans la série Channel D qu'on partage depuis presque deux ans. Nos personnages sont tombés amoureux à l'écran, et je pensais que c'était tellement cliché mais mignon quand il m'a embrassée pour la première fois hors caméras !

Il ne me transcendait pas, mais je me suis laissée aller malgré tout. Je voulais effacer le visage de quelqu'un d'autre… avancer enfin de mon côté.

Sauf qu'il voulait Callie, non Daisy. Et maintenant qu'il a la seconde plutôt que la première, Monsieur est déçu. Typique.

Je lui offre donc un doigt d'honneur, puis fais demi-tour en lançant derrière moi :

– Rends-moi service et bloque mon numéro.

***

– Tu lui as vraiment dit que c'était un mauvais coup ? s'esclaffe Hayley deux heures plus tard, un sachet de Doritos posé en équilibre sur ses genoux. Je t'en supplie, imite la tête qu'il a faite. Je regrette de ne pas avoir assisté à ça !

Je m'assure pour la troisième fois qu'elle n'est pas en live sur Twitch et obtempère, ce qui la fait hurler de rire. On n'est jamais trop prudent. Hayley est une streameuse *cat girl* célèbre, ce qui signifie qu'elle passe ses journées devant l'ordinateur à se filmer sur sa chaise de gameuse, déguisée en chat. Étrange, mais cool !

– C'est pour ça que je reste célibataire, soupire-t-elle en retirant son casque à oreilles de chat. Et, oui, c'est un choix. C'est bizarre, mais… aucun mec ne m'attire. Pourtant, je suis à 99 % certaine d'être hétéro, je le jure. Sinon je t'aurais pécho depuis bien longtemps, tu le sais bébé.

Je souris, amusée. C'est vrai que depuis que je la connais, je n'ai jamais vu Hayley avec quelqu'un, homme ou femme. Pourtant, elle est assez incroyable en son genre. Elle est drôle, unique et loyale, en plus d'être absolument magnifique. Ses longs cheveux ondulés sont bruns d'un côté et blancs de l'autre, une frange cachant presque ses yeux bleu-gris.

Je crois que c'est son style vestimentaire décalé, plus qu'autre chose, qui pousse les gens à se moquer d'elle dès qu'elle met un pied dehors. Heureusement, elle n'en a absolument rien à faire et continue de dessiner des cœurs à l'eye-liner sur son nez en guise de museau.

– En fait, continue-t-elle en regardant dans le vide, je crois que le concept des hommes me plaît plus que les hommes eux-mêmes. Je vais regarder un film romantique et penser : « Waouh, je veux un mec », puis, à peine sortie, ils me dégoûtent tous.

J'éclate de rire, car c'est un peu trop proche de ce que je pense également.

– C'est un syndrome bien connu, ça. Tu n'aimes pas les hommes, tu aimes « les hommes écrits par des femmes ». Bienvenue au club.

Hayley me regarde, bouche bée.

– Huh. Tout s'explique.

La porte de la coloc' ne tarde pas à s'ouvrir, révélant Micah. Mon ami est habillé d'un jean retroussé sur ses chevilles et d'un pull crop-top jaune qui laisse apercevoir les muscles secs de ses bras noirs et pailletés.

Son visage s'illumine en me voyant sur leur canapé.

– Tu es là !

Ses cheveux rasés sont teints en blanc et un arc-en-ciel colore le milieu de son crâne, une folie qui date d'une soirée trop arrosée. Javier, son petit ami, le suit d'une démarche fatiguée.

– Pourquoi t'es surpris ? Je suis tout le temps là. J'ai même ma brosse à dents et un pyjama à mon nom dans la salle de bains.

C'est vrai. J'ai une grande maison à moi toute seule, mais je ne supporte pas la solitude – je travaille dessus, promis.

– Oui, mais cette fois je n'ai vu aucun garde du corps devant la maison. Tu lui fais encore des misères ?

Je roule des yeux. Finn est adorable, et on se connaît depuis plusieurs années maintenant. Mais Kate lui a ordonné de me suivre partout – la raison d'être d'un garde du corps, vous me direz – et je ne supporte pas ça. C'est pourquoi je le sème dès que je le peux. Le pauvre passe son temps à me chercher.

– Il va finir par se faire virer et ce sera ta faute, dit Micah en déposant un baiser sur mon front.

Je n'ai rien à répondre à cela. En effet, je n'y avais pas pensé. Waouh, je me comporte comme une star pourrie gâtée. Mais comment suis-je censée avoir des secrets, si c'est ça ?

– Cette fois, je n'avais pas vraiment le choix. Je devais passer la soirée chez Zach…

Javier me salue à son tour, silencieux, avant d'aller arroser ses plantes adorées. Son chat, Katy Purry (les garçons trouvaient ça drôle à l'époque), se fraye un chemin entre mes jambes. Je le prends dans mes bras et lui caresse la queue tandis que Micah s'effondre à mon côté, la tête sur mes genoux.

– Alors pourquoi t'es *là* ? Problèmes au paradis ? Ne me dis pas qu'il a encore voulu que tu l'appelles « papa » au moment de l'orgasme ?

Hayley grimace en lui faisant signe de laisser tomber. Mon Dieu, j'avais presque oublié cette satanée anecdote.

– Pour cela, il faudrait déjà avoir un orgasme, raillé-je, ce qui fait rire tout le monde.

Quand j'y pense, j'aurais dû le larguer ce soir-là plutôt que de lui dire gentiment que ça ne m'excitait absolument pas.

J'ai fait des cauchemars pendant des jours après ça, dans lesquels le visage de mon père s'incrustait aux moments les plus inopportuns. Je réprime un frisson en y repensant. J'aurais besoin de séances de thérapie pour ça.

– Il a rompu avec moi, j'explique enfin dans un soupir.

– Oh non, chérie…

– Pendant qu'on faisait l'amour.

– Il a *quoi* ?! s'écrie-t-il en se redressant, indigné.

Javier plisse le front et pose une main sur ses plantes, comme si ça pouvait les protéger de l'agression sonore.

– Bébé, arrête de crier s'il te plaît. On est juste à côté de toi, on t'entend.

Il lui obéit, même si je peux voir qu'il se retient d'insulter tout l'arbre généalogique de Zach. Micah est excentrique, sociable et bruyant, du genre à dire tout ce qu'il pense et à briller plus fort que n'importe qui dans une foule d'inconnus. Javier, au contraire, préfère arroser ses plantes et dormir toute la journée plutôt que de côtoyer des êtres humains.

D'une façon que je ne saurais expliquer, ils se complètent parfaitement.

– L'histoire du « Appelle-moi papa » aurait dû te mettre la puce à l'oreille, ajoute Javier. C'est bizarre.

Mes deux amis posent leur tête sur mes genoux, et leur proximité me rassure. On est tous très tactiles. C'est notre façon de nous montrer qu'on s'aime.

– Pourtant ça t'excite, toi, intervient Micah en fronçant les sourcils.

– Justement, j'en suis pas fier.

Hayley croise mon regard et sourit.

– Et dire que les médias le dépeignent comme l'homme parfait. Comme quoi, les apparences sont trompeuses.

J'opine en silence. Je suppose qu'on pourrait dire la même chose de moi. Mon personnage de jeune fille timide, gentille et discrète n'est qu'un rôle que Katie m'a donné quand j'avais quinze ans.

Je n'ai pas commencé seule : nous étions trois, et chacune avait une image à entretenir. Destiny était la lolita, Dakota était la comique, et moi j'étais l'innocente. L'enfant chérie des journalistes, qui ne parle que quand elle y est invitée, qui ne dit jamais non et qui ne fait aucune vague.

Je suppose que c'est ce qui m'a sauvée, moi plutôt que mes collègues, après le scandale qui a détruit notre groupe…

– Ce n'était pas fatigant, de devoir cacher votre relation à tout le monde, y compris à Kate ?

– Si… et ça ne valait même pas le coup.

J'aimerais pouvoir bloquer Zach et ne plus jamais le revoir, mais nous n'avons pas encore terminé le tournage de notre série. Je vais donc devoir le côtoyer… l'embrasser… lui sourire… encore et encore.

Les mines tristes et inquiètes de mes amis me mettent mal à l'aise, c'est pourquoi je tente une blague pour détendre l'atmosphère :

– Au moins, je sais qu'un homme ne m'abandonnera jamais…

– S'il te plaît, j'espère que tu ne parles pas de…

– Frank !

Les trois grognent de dégoût au même moment, ce qui me fait rire. Frank est un fan qui me suit depuis un long moment déjà. Je n'ai aucune idée de son âge ni même de ce à quoi il ressemble. Mais tout le monde le connaît dans mon *fandom*, surtout parce que j'ai tendance à répondre à ses tweets. Je l'ai même *follow*.

Il est très gentil… juste un peu trop passionné.

– Ton *stalker* numéro 1, tu veux dire. Dois-je te rappeler qu'il dit à tout le monde que tu sors avec lui ?

– Il plaisante ! Ça fait partie de son personnage, c'est tout.

Même si je dois avouer que la limite est très fine en ce qui le concerne. Frank possède un compte fan Twitter sur lequel il relaye toutes mes apparitions publiques, des photos de moi inédites, et clame son admiration obsessive pour ma personne. Il m'envoie aussi des lettres et des poèmes, puis des cadeaux qui valent une fortune pour mes anniversaires.

Si cela inquiète mes parents, je préfère en rire.

– Tiens, chérie, dit Javier en sortant ses cartes de sa poche. Pense à ta question et pioche, que je te remonte un peu le moral.

Javier adore la cartomancie. Et ma foi, il est très doué pour cela. Je le regarde mélanger les cartes, puis choisis l'une d'entre elles au hasard.

Il la retourne, exposant… un as de pique. La carte en elle-même est sublime, avec des fleurs et des ronces perçant le cœur du pique en son centre. Je jette un coup d'œil curieux vers Javier, qui a soudainement pâli.

– Qu'est-ce qu'il y a ? je plaisante en lui donnant un coup de coude. Je vais mourir, c'est ça ?

Le regard qu'il me lance suffit à faire courir des frissons dans mon dos. *Oh.* Mon sourire s'efface, tout comme ceux d'Hayley et Micah. Javier hésite, l'air troublé.

– C'est… une carte d'assez mauvais augure. L'as de pique annonce généralement une période de grande détresse, voire une phase de profonde dépression. En amour, on peut s'attendre à une sale rupture.

– Un peu tard pour ça, marmonne Micah.

– Dans des cas plus extrêmes, elle peut indiquer un grand danger… voire la mort.

Le silence est pesant. Je déglutis, la peur au ventre. Je ne crois pas vraiment à ce genre de choses, c'est pourquoi je chasse ce sentiment désagréable et choisis de rire plutôt.

– Merci pour l'avertissement. Je ferai attention de regarder la route avant de traverser.

– C'est sérieux, Daisy… Sois prudente, s'il te plaît.

– Promis. Bon, j'aimerais bien rester mais je me lève tôt demain. Interview radio à 7 heures…

– Tu as raison, me rassure Micah. Appelle Finn pour lui dire que tu es vivante, OK ? Il est trop canon pour mériter tes caprices, petite star.

Je hausse les sourcils vers Javier, qui confirme les propos de son amoureux sans ciller.

– Quoi ? Il a raison, Finn est canon *et* gentil. Son seul défaut est d'être hétéro, vraiment.

– Si jamais il change de bord, ajoute Micah avec un sourire charmeur, donne-lui notre numéro. On est ouverts à tout.

C'est à contrecœur que je les quitte et prends la voiture pour rentrer chez moi. Ce fut une journée longue et fatigante… mais je refuse de déprimer. Je n'ai pas besoin de Zach. J'ai ma famille et un groupe d'amis absolument extra.

J'ai honte de le dire, mais je me suis plusieurs fois demandé si les gens qui m'entourent ne se servaient pas de moi… pour l'argent ou pour la célébrité, peu importe. J'ai eu mon lot d'anciens camarades qui ont vendu leur histoire – pour la plupart fausse – aux journalistes, prétendant avoir été ami·e·s avec moi au collège. D'autres ont tenté de renouer des années plus tard en voyant que j'étais connue.

Les mêmes qui se moquaient de moi quand je disais vouloir être chanteuse… et qui me reprochent aujourd'hui d'avoir oublié d'où je viens.

Mais j'ai su faire le tri. Désormais, nous sommes une petite bande : Javier, un homme trans et acteur passionné de tarot qui joue de l'ukulélé chaque fois qu'il est triste. Micah, un styliste et maquilleur pro qui dépense son argent dans des friperies de Los Angeles. Hayley, une streameuse qui ne se déplace qu'en rollers roses et qui affirme avoir été un chat dans une vie antérieure.

Et enfin, moi… Daisy, une chanteuse et actrice qui ment au monde entier sur qui elle est vraiment.

CHAPITRE 3
Heart like ice

« Heart like ice
Yet I still tried, hoping for a miracle. »

THOMAS

Parmi les rares personnes qui se disent mes amis, je n'aurais jamais pensé que Rose Alfieri serait du genre à m'appeler en FaceTime.

Il fut un temps où je la détestais de tout mon être. Aujourd'hui, elle fait partie des gens en qui j'ai le plus confiance. Comme quoi, la vie est drôle parfois.

Ne vous méprenez pas : je la trouve toujours aussi chiante, égoïste et vénale qu'avant. Mais je n'ai plus envie de l'enterrer vivante, et j'appelle ça du progrès.

– C'est quoi, ce nouveau boulot ?

Je reconnais tout de suite le décor derrière elle, et pour cause : j'y suis allé maintes fois. Elle est actuellement assise sur le canapé en cuir de Levi, en Russie, en train de grignoter des chips.

– Je sais pas encore. Une star hollywoodienne.

Hakeem n'a pas voulu m'en dire plus, mais je ne suis pas idiot. Je crois savoir de qui il s'agit, et c'est bien ce qui me fait peur. C'est sûrement pour ça que je n'ai pas encore prévenu Daisy de mon retour.

– Et toi, comment tu trouves Saint-Pétersbourg ?

– Froid. Heureusement, j'ai de quoi me tenir chaud…

Je ne sais pas si elle parle de Levi ou de son addiction au vin. Je préfère ne pas savoir.

– Et ta belle-mère ? Elle t'adore enfin, ou elle fait comme moi et te supporte parce qu'elle n'a pas le choix ?

Elle me foudroie du regard avant de baisser les yeux. Je ne sais pas ce qu'elle aperçoit à ses pieds, mais un rictus apparaît au coin de ses lèvres.

– J'y travaille. Tu sais que je suis le genre de personne qu'on apprécie à l'usure.

Ça, c'est clair. Levi n'a pas eu l'air d'avoir ce problème, cela dit. Justement, je lui demande où se trouve son amoureux et une seconde plus tard, la tête de Levi apparaît au bas de l'écran. Il essuie sa bouche du pouce et m'adresse un sourire machiavélique.

– Salut. Ça va ?

Je comprends tout de suite qu'il était là depuis le début, la bouche occupée à tout autre chose. Rose est imperturbable et continue de mâcher ses chips. Voilà donc ce qu'elle entendait par : « J'ai de quoi me tenir chaud. » Ces gens n'ont aucune pudeur.

– S'il te plaît, ne me dis pas que tu étais en train de faire ce que je crois, pendant tout ce temps.

– Ça dépend. Qu'est-ce que tu crois que je faisais ?

– Vous me dégoûtez. Je raccroche.

La dernière chose que j'entends est le rire cristallin de Rose tandis que Levi se jette sur elle. Ils me donnent envie de vomir, mais il faut reconnaître qu'ils se complètent bien.

Je finis de m'habiller pour ma première rencontre avec ma cliente, enfilant costume et cravate. Certains aiment que je sois bien apprêté, d'autres préfèrent que je me fonde dans la masse. Mais je fais toujours un effort lors du premier rendez-vous. La première impression est la plus importante.

J'enfourche ma moto, qu'Hakeem me garde bien au chaud depuis toutes ces années. Je suis en train d'enfiler mon casque lorsque je sens ma poche vibrer.

Maman : Tu rentres quand ?

Un sentiment enfoui tire sur le fil qui la relie à mon cœur. Je l'enterre plus bas encore, sans scrupule.

Moi : Je sais pas.

Maman : Tu nous manques.

Ça ne me fait ni chaud ni froid. Elle devrait le savoir, depuis le temps. Je ne prends même pas la peine de répondre, mais elle insiste :

Maman : Tu veux parler à ta sœur ?

Moi : Non.

Et puis quoi encore ?

Maman : Pourquoi tu ne fais aucun
effort, Thomas ?

Moi : Et toi, pourquoi tu fais semblant
alors qu'on sait tous les deux
que tu ne m'aimes pas ?

Elle ne m'envoie plus de message après ça, comme je m'en étais douté. Je la connais par cœur : ma mère se fiche bien que je sois loin, elle fait semblant juste pour faire bonne figure. C'est la personne la plus manipulatrice que j'aie jamais rencontrée ; et c'est un vrai sociopathe qui dit ça ! Moi, le fils aimé, regretté, puis détesté.

« Froid », « sans-cœur », « cruel », « imprévisible ». Inhumain.

Tels sont les mots qu'elle a utilisés lorsqu'elle pensait que je n'entendais pas. Je ne lui en veux pas de le penser, après tout elle a raison. Ça ne m'atteint pas non plus, pas après toutes ces années.

Ma mère peut continuer à penser que je n'ai aucun cœur, pour ce que ça me fait.

Après tout, c'est elle qui l'a brisé la première.

***

Après m'être garé à Downtown Los Angeles, en plein milieu des gratte-ciel, je me rends compte que je suis en avance. Je décide donc de marcher jusqu'au lieu de rendez-vous, ce qui m'amène devant un immense bâtiment. L'enseigne *Channel D Media & Partenariats* me fait marquer une pause.

C'est bien ce que je pensais ! Hakeem ne connaît pas trente-six stars Channel D en dehors de sa sœur chérie, à moins qu'il ne soit devenu ami pour la vie avec Zac Efron entre-temps – merci Li Mei et ses magazines people.

Je me décide à appeler Hakeem quand mon téléphone vibre dans ma main. Je reconnais le numéro de Kate, le contact que mon ami m'a donné plus tôt :

Monsieur Kalberg, un empêchement
me force à repousser notre
rendez-vous de quelques heures.
Je m'en excuse. Venez à cette adresse
à 18 heures. Merci.

Je serre les dents, agacé. De mieux en mieux. Si c'est ce que je crois, il est hors de question que j'y aille. Sauf qu'Hakeem reste injoignable… Je suis persuadé qu'il fait exprès de filtrer mes appels, l'enfoiré. Il doit pourtant savoir que je déteste qu'on m'ignore.

J'aperçois soudain le nom de Gollum dans mes contacts, et hésite à l'appeler avant de me dégonfler. Je me fais peut-être des idées. Hakeem m'aurait prévenu, si la personne que je devais protéger était Daisy. Pas vrai ?

Me voilà donc avec quelques heures à tuer. Je décide de me poser dans un café pour déjeuner et ouvrir mes mails non lus. Au bout d'une éternité, j'ai tellement envie de pisser que je ne tiens plus.

Je me dirige vers le fond de la boutique et tombe sur trois photographes patientant devant les toilettes pour femmes.

– Impossible qu'elle ait déjà filé, sa story Instagram a été postée il y a seulement trois minutes, dit l'un d'eux d'une voix frustrée.

Je sais reconnaître des paparazzis n'importe où. Une sale race, que je déteste plus que les célébrités elles-mêmes. Je suppose que le quartier est un vrai nid à stars, donc ça n'a rien d'une scène surprenante.

Je ne leur prête aucune attention et pousse la porte des toilettes pour hommes. Je m'arrête net, le front plissé. La pièce est vide… à l'exception d'une paire de jambes qui gesticule à travers la petite fenêtre de secours.

Tout ce que je vois est un cul moulé dans une paire de jeans noir. Le haut du corps est à l'extérieur du bâtiment, profitant de l'air pur.

Je fais comme si de rien n'était – j'ai déjà vu plus étrange que ça – et m'approche de l'urinoir. Au son de mes pas et de ma braguette qui se baisse, les jambes cessent soudain de gesticuler.

– Psst.

Je l'ignore, le regard fixé sur le mur devant moi. Je n'ai pas le temps pour ça. Le bruit recommence plusieurs fois, si bien que je soupire.

– Il y a quelqu'un ?

– Non.

– Oh, Dieu merci ! Vous pouvez m'aider ?

– Toujours non.

– S'il vous plaît. Je ne peux plus bouger.

Je secoue la tête et zippe la braguette de mon pantalon à nouveau.

– Ce n'est pas mon problème.

– Je ne sens plus mes jambes et le sang commence à me monter à la tête. Ce n'est pas bon signe, on est d'accord ? Et si j'avais un œdème cérébral ? Je commence même à trembler, regardez… Ah non, c'est mon portable qui vibre dans ma poche. Vous pouvez m'aider à décrocher ? C'est probablement urgent.

Je fronce les sourcils, l'air indifférent. Pourquoi ce genre de choses m'arrive toujours à moi ?

– Sérieusement, la tête me tourne ! reprend le corps sans visage. Vous pensez pouvoir vivre avec la culpabilité de ma mort sur votre conscience ?

– Je pense, oui.

– Oh… OK. Dans ce cas, est-ce que vous pouvez au moins alerter quelqu'un ? N'importe qui, sauf les vautours devant la porte. Merci beaucoup ! Oh, et je vous conseille les cruffins au caramel, ils sont divins.

Je me lave les mains sans rien dire et fais demi-tour pour partir. *Quel monde de tarés.* En ouvrant la porte, je me retrouve nez à nez avec les trois paparazzis de tout à l'heure. Ils attendent toujours devant les toilettes pour femmes, la mine frustrée.

Il ne m'en faut pas plus pour comprendre et retourner sur mes pas en soupirant. C'est bien parce que je déteste les journalistes people !

Je marche jusqu'à la fenêtre pour tirer sur ses jambes d'un coup sec. Un cri de surprise, puis un corps minuscule mais entier s'effondre par terre.

Je me retrouve face à une silhouette menue vêtue d'un immense sweat-shirt « Fuck off » et d'une casquette enfoncée profondément sur son crâne, et affublée d'une moustache fournie et d'une paire de lunettes rondes.

C'est le pire déguisement que j'aie jamais vu. C'est clairement une fille et n'importe qui peut le voir, malgré tous ses efforts pour cacher ses longs cheveux sous sa casquette.

– Merci, mec, dit-elle en poussant sur sa voix.

Ses yeux se lèvent enfin vers moi. Ceux-ci s'écarquillent légèrement avant qu'elle ne vacille sur ses pieds. Je la rattrape au dernier moment, ma main fermement posée sous son coude. Elle frissonne sous mes doigts, si bien que je la lâche aussitôt et lance :

– Pour info, ce sont les toilettes pour hommes.

Extrait de la biographie Daisy Coleman : Hollywood's Wildflower *écrite par Kaylee Walters. Chapitre 1 : « Enfance et débuts ».*

Daisy Amahle Coleman, née le 26 juin 2000 à Los Angeles, en Californie, est une actrice, mannequin et auteure-compositrice-interprète américaine.

Fille d'Isaiah Coleman, menuisier, et de Sharon Stenberg, professeure des écoles, elle commence les castings à l'âge de dix ans. Après avoir tourné dans plusieurs publicités, Daisy sera découverte à l'âge de quinze ans pour son jeu dans la série Channel D *Rock My Life*, dans laquelle elle tient l'un des rôles principaux.

Daisy Amahle, dont le deuxième prénom signifie « la belle » en zoulou, est connue pour sa beauté irréelle. Ses parents affirment que tout le monde la remarquait déjà quand elle était enfant. En effet, ce sont ses grands yeux mordorés aux cils interminables, sa magnifique peau noire et ses lèvres pulpeuses avec un superbe arc de Cupidon qui ont interpellé les meilleurs agents de la ville.

Si elle est aujourd'hui devenue l'idole des adolescentes, égérie des plus grandes marques et une *it-girl* que tout le monde se dispute, c'est grâce à un casting : celui qui a changé sa vie.

Voici la retranscription d'un entretien que j'ai mené avec Daisy à ses débuts.

Kaylee Walters : Étiez-vous confiante ?

Daisy Coleman : Pas du tout ! Je n'avais que quatorze ans, j'étais terrifiée. Quand je me suis retrouvée dans le couloir à attendre, entourée de filles magnifiques et probablement plus douées que moi, j'ai flippé. Je suis allée m'enfermer dans les toilettes pour vomir tripes et boyaux. J'étais introuvable cinq minutes avant mon tour. Je voulais tout annuler, fuir à tout prix, mais j'avais trop honte d'avouer mon échec à mon père et mon frère, qui m'accompagnaient. Est-ce que j'ai précisé que c'était le jour de mon anniversaire ?

K.W. : Drôle de coïncidence ! Et qu'est-ce qui vous a poussée à affronter ce casting ?

D.C. : J'étais occupée à pleurer quand j'ai entendu quelqu'un pousser la porte des toilettes. Je me suis tue en attendant qu'ils partent, mais les pas se sont rapprochés du box. Et soudain, j'ai entendu : « Daisy ? » C'était la voix de Thomas, le meilleur ami de mon frère, qui était venu s'assurer que tout allait bien. J'ai répondu que ce n'était rien, mais il n'est pas parti. Alors... (*Rires.*) Alors j'ai dit la première chose qui m'est venue à l'esprit : « J'ai mes règles. »

K.W. : Et il l'a cru ?

D.C. : Pas une seule seconde. Thomas n'était pas dupe. Il m'a répondu : « Daisy, c'est les toilettes pour hommes », puis il m'a gentiment demandé d'ouvrir la porte. Il voulait évaluer les dégâts. Le pauvre... Il avait rendez-vous avec sa petite amie à l'époque, mais il avait annulé parce que j'avais insisté pour qu'il m'accompagne. J'ai culpabilisé, alors je suis sortie en séchant mes larmes. Je me rappelle qu'il m'a longuement regardée en silence, puis il m'a demandé ce qui n'allait pas et m'a dit que je ne devais pas pleurer le jour de mon anniversaire. Je lui ai avoué la vérité : que j'avais peur.

K. W. : De rater l'audition ?

D. C. : Non... De la réussir. Je sais ce que vous pensez. (*Sourire.*) Thomas m'a dit la même chose : « C'est débile. » Et ça l'était. Mais j'étais terrifiée à l'idée d'être prise et que le monde entier se moque de moi. Parce que je n'étais pas assez belle, pas assez blanche, pas assez drôle, pas assez talentueuse... ou parce que j'étais bizarre. Vous savez ce qu'il m'a répondu ?

« C'est possible, oui. Il y aura toujours des gens pour penser ces choses, même si elles sont fausses. » Je me rappelle avoir pleuré de plus belle. Il s'est accroupi devant moi pour essuyer mes larmes de son pouce. Thomas ne montrait jamais aucune émotion, mais ses gestes étaient si tendres... qu'ils ont tout de suite apaisé mon cœur.

Il m'a dit : « Daisy, écoute-moi bien. L'être humain est méchant, égoïste et jaloux. Les gens vont se moquer de toi quoi que tu fasses... Alors autant faire un truc qui te plaît, non ? » C'est cette phrase qui a provoqué un déclic.

K. W. : C'est très sage, en effet. C'est ce que vous avez fait ?

D. C. : J'ai essayé, en tout cas. Mais c'était facile à faire pour lui, car rien ne l'atteignait. Pour moi, c'était plus compliqué. J'ai tout de même compris que si je réussissais, je ne pourrais jamais empêcher les gens de parler de moi. C'était mon rôle de me blinder et de faire en sorte que ça ne me touche pas. Tant que je savais ce que je valais, ça n'avait pas d'importance.

J'ai fini par sourire, remontée à bloc. Je crois que ça lui a fait plaisir, car il a recommencé à me taquiner – c'était son hobby favori.

K.W. : Vous étiez proches ?

D.C. : Très. Du moins… c'est ce que j'aime à penser. C'était surtout un sentiment à sens unique. Je le collais. Mes yeux suivaient chacun de ses mouvements. Je n'avais que son prénom à la bouche. Il était le héros de tous les scénarios que je m'inventais avant de dormir la nuit. Je le voyais comme un Dieu, et lui ne m'accordait pas un seul regard. Pas vraiment… pas comme je l'aurais voulu.

Mais il n'oubliait jamais mon anniversaire, et il s'efforçait de me protéger coûte que coûte. Je me souviens encore de cette discussion qu'on a eue en sortant des toilettes ce jour-là. Il m'a appelée « petite », ce que je détestais. D'accord, j'étais minuscule face à son mètre quatre-vingt-huit. Mais j'ai quand même crié : « Je suis pas petite ! J'ai quatorze ans aujourd'hui ! J'ai déjà embrassé un garçon avec la langue et je me rase les jambes ! » (*Rires.*)

Je me permettais de dire ce genre de choses devant lui car mon frère en aurait fait un AVC. Mais surtout, je voulais bêtement le rendre jaloux… Bien sûr, il n'en avait rien à faire. Il a quand même grimacé d'un air dégoûté, ce que j'ai pris comme une victoire sur le coup.

« C'est le genre d'infos que j'ai pas besoin de savoir, Gollum ! »

K.W. : Gollum ? Comme dans *Le Seigneur des anneaux* ?

D.C. : Oui, il m'a toujours surnommée ainsi parce qu'il sait que ça m'agace. Quand je lui disais d'arrêter avec ça, il se contentait de me tapoter la tête en disant : « Ne renie pas tes origines, Daisy. Souviens-toi d'où tu viens. »

Ce jour-là, j'ai inventé son propre surnom pour me venger : je l'ai appelé Thor. Le dieu du tonnerre. (*Rires.*) Avec sa nouvelle barbe et ses cheveux blonds mi-longs, il ressemblait légèrement à Chris Hemsworth.

Il a commencé à me dire qu'il allait tout répéter à Hakeem. « C'est qui, ce garçon ? Dis-lui que j'ai une batte chez moi. S'il tient à ses jambes, il ferait mieux de la garder dans son pantalon. » J'étais morte de honte.

K.W. : Et ensuite ?

D.C. : On est revenus dans le couloir, où une dame à lunettes a appelé mon nom. C'était mon tour. J'ai juste eu le temps de voir mon frère lever le pouce en guise de soutien, puis je me suis engouffrée dans cette fameuse salle d'audition. Je n'avais plus peur. J'y suis allée à fond, et j'ai su tout de suite que j'avais fait mouche. Il y avait une autre fille avec moi, qui me donnait la réplique. Je ne le savais pas encore à l'époque, mais c'était Destiny... ma future co-star dans la série.

K.W. : C'était probablement le plus beau jour de votre vie, non ? Le meilleur anniversaire dont vous puissiez rêver, en tout cas.

D.C. : Bizarrement, non. Quand je suis sortie de mon audition, le couloir était vide. Mon père était aux toilettes et les garçons manquaient à l'appel. Je suis sortie pour les chercher… et j'ai surpris un morceau de conversation que je n'étais pas censée entendre.

Hakeem fumait en cachette, Thomas était adossé au mur. Mon frère lui a demandé si Jess lui faisait encore la tête. Le simple nom de sa petite amie a suffi à me rendre triste. Mais il a répondu que c'était fini. Qu'il allait rompre, ou plutôt la « ghoster ». Il ne voulait pas se prendre la tête avec ça.

Quand Hakeem lui a dit qu'il avait pourtant l'air de bien l'aimer, Thomas a répondu quelque chose qui a fait exploser tous mes espoirs en vol : « Je crois pas que ce soit fait pour moi. Les sentiments en général. »

K.W. : Que voulait-il dire par là ?

D.C. : Je n'ai pas compris sur le coup. Je n'ai su la vérité que plus tard… le jour de mes seize ans. Je voulais poser la question, mais ce qu'a dit Hakeem après m'a figée : « Tommy… Je crois qu'on devrait en parler. » Il avait l'air d'avoir peur. Thomas lui a dit de la fermer, mais il a continué en disant que c'était « grave », qu'il ne pouvait pas faire comme s'il ne lui avait rien dit.

Thomas s'est fermé comme une huître. J'ai cru qu'il ne parlerait plus jamais. Quand Hakeem a dit qu'il l'accompagnerait chez les flics, Thomas a pété un plomb. Il l'a pris par le col puis l'a plaqué contre le mur avec force, front contre front. J'étais terrifiée, perdue, inquiète. « Je t'interdis d'aller le raconter à la police ! » a-t-il craché avec, sur le visage, un mélange de colère et de panique. Je ne l'avais jamais vu comme ça.

K.W. : Savez-vous de quoi il parlait ?

D.C. : Pas encore, non… Je ne savais pas ce qu'il avait fait de si grave, mais Hakeem s'est calmé et lui a promis qu'il n'en ferait rien. Il s'est excusé, encore et encore, jusqu'à ce que Thomas le lâche. « J'ai pas besoin de ton aide », a-t-il craché quand Hakeem a voulu se justifier. Ils ont décidé d'en rester là, puis d'oublier.

Quand nous les avons retrouvés près de la voiture, c'était comme si rien ne s'était passé. Mais leur conversation m'a hantée pendant des années sans que j'ose en parler…

Quelques jours plus tard, Thomas décidait de retourner en Suède pour s'engager dans l'armée.

CHAPITRE 4

Fake friends

« Will they still care, when the fame fades ? »

DAISY

Il faut croire que Thomas Kalberg a la sale manie de me retrouver dans les toilettes pour hommes de Los Angeles.

Bordel, c'est bien lui. Pas de doute là-dessus. Les quatre dernières années l'ont changé, mais je le reconnaîtrais n'importe où… Ses cheveux sont plus longs, plus foncés aussi, au même titre que sa barbe. Il a pris du muscle, mais il reste sec pour sa taille de géant.

Je ne sais pas ce qui lui est arrivé, mais une nouvelle noirceur anime son regard. Il a toujours été solitaire et intimidant, prêt à tabasser quiconque le regardait de travers, mais son sourire valait mille soleils.

Bordel, qu'est-ce qu'il fait ici ? Je tressaille à son contact lorsqu'il me retient, m'empêchant de tomber. Il doit penser que c'est inapproprié car il retire sa main immédiatement. Je n'arrive pas à croire qu'il soit là, en chair et en os, après quatre ans d'absence.

Et cet égoïste ne prend même pas la peine de m'envoyer un message pour me dire qu'il est de retour en ville !

– Pour info, ce sont les toilettes pour hommes, me dit-il froidement.

Je ris tant la scène est incongrue. Comme un sentiment de déjà-vu, disons. Il se moquerait, s'il savait que c'était moi sous ce déguisement.

Je me souviens soudainement maintenant que je suis habillée en mec, très mal, en plus. Il n'a aucune idée de qui je suis. Il ne mérite pas de le savoir, après avoir oublié de me prévenir !

Je finis alors par sortir de ma torpeur, et bombe le torse en répondant :

– Et alors ? Je suis un homme.

– Difficile à croire.

– Vous êtes aveugle ? Regardez, j'ai de la moustache !

Je pointe mon faux duvet du doigt, m'approchant assez pour que son parfum inonde mes narines. *Oh waouh, il sent toujours aussi bon.* Sauvage de Dior ? Je le sais, puisque je suis leur égérie féminine.

Thomas reste imperturbable, mettant de la distance entre nous. Je me retiens de rire, amusée par mon petit jeu.

– Ça ne prouve rien. Je connais des femmes qui ont de la moustache.

Ah. J'espère qu'il ne parle pas de moi, l'enflure !

Soudain, quelqu'un toque à la porte des toilettes. Je me rappelle alors les paparazzis et me rue vers l'urinoir le plus proche sans réfléchir. Lorsque les deux photographes hommes poussent la porte, inspectant la pièce, je fais semblant d'uriner en sifflant l'air de *I Want To Break Free*, la tête baissée.

Je les déteste tellement. Je ne peux même pas prendre un café tranquille. Quelle idée, aussi, de poster une photo avant d'avoir quitté les lieux ? Erreur de débutante.

Ils font demi-tour avec des mines dépitées, j'en entends même un dire :

– Elle a dû filer. On se tire.

Je laisse échapper un soupir de soulagement, avant de lever mes yeux noisette vers Thomas. Des souvenirs non désirés, mais tant ressassés me reviennent en mémoire…

Je suis si faible ! Je pensais avoir mûri, mais à la minute où il réapparaît, l'immense béguin que j'avais pour lui me heurte à nouveau de plein fouet. Et avec une force inouïe, il faut croire.

Bordel, il est encore plus canon qu'avant. Ce n'est plus un garçon, mais un homme.

Je lui en veux de ne pas m'avoir prévenue de son retour. Heureusement, je sais encore comment le faire sortir de ses gonds.

Je plisse donc les yeux et le reluque des pieds à la tête. Thomas hausse un sourcil, comme s'il se doutait de ce que j'allais dire.

– Vous ressemblez à…

– Chris Hemsworth, termine-t-il, avec un soupir agacé. Je sais.

Je manque de rire à l'idée qu'on le lui a répété après moi.

– J'allais dire « mon dentiste », mais d'accord… si vous le dites.

J'ai la satisfaction suprême de voir Thomas Kalberg rougir devant mes yeux de simple mortelle. Je le regarde avec une fascination étrange ; c'est bien la première fois en dix ans que je le vois gêné.

– C'est ce que les gens disent, se justifie-t-il.

– Oui, oui, bien sûr.

– C'est la vérité.

– Je vous crois.

Bien sûr, c'est faux. Il serre les dents avec agacement.

– Est-ce que vous pouvez m'expliquer ce que vous faisiez, au juste ? demande-t-il pour changer de sujet.

– Je voulais m'échapper par la fenêtre. Spoiler : c'était une mauvaise idée.

– Sans rire ? Et votre un mètre vingt ne passait pas ?

Mon sourire triomphal s'efface tout de suite. *Mais quel connard.* Ma taille est un sujet sensible, il le sait parfaitement. Et puis, j'ai pris un centimètre depuis la dernière fois qu'il m'a vue… Je fais un mètre cinquante-trois maintenant.

– Et celui-là, il entre ? je rétorque en lui offrant mon doigt d'honneur.

Il n'a pas l'occasion de me répondre, et de toute façon il n'a pas l'air très impressionné par ma repartie vulgaire. Mon téléphone sonne. C'est Kate, ma manager. Je tourne le dos à Thomas pour lui répondre à voix basse :

– Hey…

– T'es où ? Je te cherche depuis une heure ! Sallie m'a dit que tu étais déjà partie.

Sallie étant ma chorégraphe, avec qui j'ai passé une bonne partie de la journée.

– Je me suis arrêtée au café…

Elle soupire. Elle déteste que je fasse des pauses si fréquentes. Si je l'écoutais, je répéterais dans mon sommeil. Je suis sûre qu'elle regrette que je ne sois pas somnambule ou insomniaque. Parfois, elle me fait peur.

– Rentre à la maison, je dois te parler, dit-elle avant de raccrocher.

Lorsque je me retourne, Thomas a disparu.

***

Je suis morte de fatigue lorsque Finn se gare dans mon allée. J'ai la chance d'avoir trouvé une maison assez isolée du centre-ville, entourée d'arbres et de bambous. Je l'adore, même si je m'y sens seule.

– Finn.

– Oui, Daisy ?

– Est-ce que tu sais ce que Kate me veut, par hasard ? Si je vais me faire tuer, je voudrais y être préparée : gilet pare-balles, bouclier de Captain America et tout le bordel. Est-ce que je devrais fuguer ? Changer de nom ? Je sens que dans une autre vie, j'aurais pu être une… Natasha. Ça fait classe… mystérieux… espionne russe. Comme Black Widow.

Kate a toujours été sévère, mais récemment, elle est sur les nerfs. Mon deuxième album solo sort dans trois mois, et elle me répète chaque jour qu'on m'attend au tournant. Je passe donc mes journées au studio ou à la salle de danse pour être certaine que tout soit parfait.

Après tout, j'ai réussi à convaincre Kate de me laisser écrire mes propres chansons pour cet album. Le premier était sympa, mais il ne me correspondait pas du tout. Mon truc, c'est le rock ; P!ATD et Maneskin sont mes dieux. Malheureusement, j'ai été forcée de faire de la pop girly et colorée sur fond de chorégraphie sexy.

Cette fois, je fais ce que je veux. Kate a accepté à condition que je garde mes danseuses, alors j'ai cédé.

– Tu n'as rien à craindre, me rassure Finn en me regardant dans le rétroviseur intérieur. Je crois que cela concerne un changement de sécurité.

Bon, tant mieux. Finn m'ouvre la portière avant que je puisse sortir seule, et je lui souris. Micah et Javier ont raison, mon garde du corps est bel et bien craquant dans son genre. De toute façon, il a une copine.

– T'es là ! m'accueille Kate lorsque je passe les portes d'entrée en verre. Mon Dieu, c'est quoi ces cernes ? Tu dors assez ? Tu ne devrais pas sortir sans maquillage.

Je ne vois pas comment je pourrais dormir assez avec l'emploi du temps de ministre que j'ai, mais je hoche la tête pour la rassurer.

– Enlève-moi ces fringues, prends une douche et rejoins-moi au salon.

Une demi-heure plus tard, je suis assise dans mon sofa vintage en compagnie de Kate, vêtue d'un legging et d'un pull noir à l'effigie des Clash.

– Dieu merci, tu ressembles de nouveau à une fille, soupire Kate d'un air dépité. Enfin, presque.

Je ne lui donne pas le loisir de réagir. Je sais qu'elle hait mes subterfuges, mais je m'en fiche. J'y tiens, moi.

Finn est debout, pas très loin, le regard fixé sur la baie vitrée. Comme les autres avant lui, il a appris à se rendre invisible et silencieux. Parfois, je m'amuse à lui faire des grimaces pour voir si je peux fissurer son masque.

Il finit habituellement par me tourner le dos, même si je peux apercevoir le début d'un sourire.

– Qu'est-ce que c'est ? je demande lorsque ma manager sort des enveloppes de son sac.

– Du courrier de fan. Tiens, lis-en un.

Elle me les tend, les jambes croisées. Intriguée, j'en ouvre une pour la lire à voix haute. Je remarque tout de suite le prénom de Frank, ce qui me fait sourire. Que me veut-il, cette fois ?

Mon sang se glace à mesure que j'avance dans ma lecture. S'il est toujours resté poli jusqu'à aujourd'hui, bien que très (trop) passionné, Frank se déchaîne totalement ici.

Il clame son amour haut et fort, ou plutôt son obsession. Il dit vouloir sentir mes cheveux et l'odeur de ma peau, puis graver ses initiales sur ma poitrine pour me prouver son amour éternel.

C'est… dérangeant. Hannibal-Lecter-dérangeant.

Tellement que je laisse échapper un frisson de terreur.

– Et ce n'est qu'une parmi tant d'autres, dit Kate. Je n'ai pas voulu t'inquiéter, tu subis assez de stress comme ça, mais je ne veux prendre aucun risque.

– OK… On prévient la police, alors ?

– La police ? Pour quoi faire ? Non, non, ça reste entre nous. Hors de question que les journalistes fouinent et en parlent avant la sortie de ton album. On va juste devoir augmenter le nombre de gardes du corps, au cas où.

Je me raidis, prête à refuser. Finn ne dit rien derrière moi, mais je peux deviner la honte qui le traverse à l'idée de ne pas être assez bon dans son job. Et me concernant, ça voudrait dire que je n'aurai pas d'autre option que de me tenir à carreau.

– Finn et lui emménageront ici à temps plein, et t'accompagneront partout à tour de rôle. Ne t'en fais pas, j'ai choisi la crème de la crème, vérifié toutes ses références…

– Waouh. Attends, *quoi ?!* Kate, pas si vite !

Je comprends son inquiétude, mais ce fragment de vie privée que je possède quand je suis chez moi, c'est tout ce qu'il me reste. Une fois le pied dehors, le monde entier scrute mes moindres faits et gestes.

Ici, je m'appartiens exclusivement. Ma maison est un refuge, un sanctuaire. Je refuse qu'on le viole davantage. D'autant plus qu'il a fallu du temps pour que Finn et moi trouvions un équilibre, une confiance entre nous – parfois malmenée de ma part, je l'avoue.

Comment suis-je censée recommencer avec un inconnu ?

– Je ne crois vraiment pas que ce soit nécessaire…

– Ton frère est de mon avis. C'est même lui qui me l'a recommandé.

Depuis quand discute-t-elle de *ma* vie avec Hakeem ? Parce que ça ne peut qu'être Hakeem. Calvin est trop occupé à vivre sa propre vie pour s'immiscer dans la mienne. Notre aîné, en revanche, se mêle de tout en ce qui me concerne.

Le sale traître sans barbe !

– Je préfère qu'on demande une injonction d'éloignement, j'insiste avec désespoir. Je me sens assez surveillée comme ça, Kate. Je peine déjà à respirer, j'ai peur de craquer…

– Ce n'était pas une question, Daisy. Désolée, mais la décision a déjà été prise.

Je vois. Il faut croire que je n'ai jamais eu le choix. Je ne sais pas pourquoi je suis surprise, cela dit. J'ai abandonné le privilège de pouvoir prendre des décisions en ce qui concerne ma propre vie il y a huit ans.

Je croise les bras sur ma poitrine, tapotant du pied sur mon tapis aztèque. Sait-elle seulement à quel point c'est bizarre et terrifiant de vivre entourée de deux hommes adultes me surveillant à toute heure du jour et de la nuit ? Un seul suffisait déjà à me donner de l'urticaire, aussi mignon que Finn puisse être.

– Pour combien de temps ?

– Je ne sais pas encore, c'est à durée indéterminée. On va voir comment ça évolue…

Il faut que je me fasse une raison. Je me lève pour aller me servir un verre d'eau dans la cuisine, réconfortée par la couleur vert citron des placards.

– Justement, le voilà, s'exclame Kate lorsque le moteur d'une moto rugit dans l'allée dallée. Pile à l'heure.

– Déjà ?!

Elle va l'accueillir tandis que je fulmine dans mon coin. Hakeem va m'entendre, ça, c'est clair ! J'entends des voix s'élever dans le salon. J'en profite pour envoyer plusieurs textos.

À Hayley, Micah et Javier : SOS. Nouvelle nounou !

À Hakeem : Tu es un homme mort !

Je rajoute une ribambelle d'émojis « couteau » et « tête de mort », juste pour illustrer mes propos – je suis du genre visuel. Je laisse échapper un émoji baleine sans le faire exprès, alors je précise : Oups, désolée, pas Moby Dick !

– Daisy ? me demande Finn à l'entrée de la cuisine, un sourire timide aux lèvres. On t'attend.

Je prends une grande inspiration, parée à toute éventualité, et le suis dans la pièce à vivre. Kate et mon nouveau garde du corps me tournent le dos.

– Ah, la voilà ! sourit Kate lorsqu'ils me font face. Daisy, je te présente Thomas Kalberg, ton nouveau bodyguard.

Eh merde.

CHAPITRE 5

I miss you, I'm sorry

« When you're in bed at night, your hand traveling south, Do I ever cross your mind ? »

THOMAS

Je le savais, putain.

Daisy Coleman. Plus communément appelée Gollum.

Un nom qui me suit depuis dix ans. Celui d'une petite fille de douze ans aux cheveux afro et aux joues de bébé que j'aimais tant pincer.

Aujourd'hui, des cils infiniment longs chatouillent ses joues, des tresses brunes lèchent le creux de son dos cambré et des lèvres pulpeuses remplacent le souvenir que j'ai d'elle. C'est une Daisy changée, devenue une *femme*, que j'ai en face de moi.

Pour la première fois, je comprends enfin ce que tout le monde dit dans les magazines : elle est d'une beauté surnaturelle.

– La fille à la moustache, je souffle sans le vouloir.

Comment ai-je pu ne pas la reconnaître ?

Kate grimace et tourne lentement la tête vers Daisy. Elle se veut discrète, mais je l'entends lui murmurer :

– J'appelle l'esthéticienne dès demain…

Hakeem, tu vas me le payer. Il savait que je refuserais si c'était Daisy. Parce que ce n'est pas n'importe qui. C'est la famille.

D'habitude, elle me saute au cou avec un immense sourire. Mais cette fois, Daisy me fusille du regard, et je comprends soudain pourquoi : je ne l'ai pas prévenue.

– Je suppose qu'Hakeem vous a déjà briefé sur le sujet, enchaîne Kate. Daisy est chanteuse, actrice et mannequin…

– Pas besoin de lui sortir ma page Wikipédia, marmonne Daisy dans une grimace gênée. M. Kalberg est déjà un très grand fan, j'en suis sûre. Vous voulez un autographe ? Pas de photo, par contre.

Le calvaire commence.

– … ce qui la pousse à avoir un emploi du temps très chargé, continue Kate en l'ignorant. Comme si cela ne suffisait pas, mademoiselle rend le travail de son garde du corps difficile.

Daisy rougit, tout comme l'homme derrière elle, soudain fasciné par le sol. Pourquoi ne suis-je pas surpris ? Déjà petite, Daisy n'était pas du genre à obéir à qui que ce soit, ni à rester tranquille.

– Finn, par pitié, arrêtez de vous laisser marcher dessus, ajoute Kate avec désespoir. Peut-être qu'avec quelqu'un de plus expérimenté, elle arrêtera de disparaître sans prévenir.

Je lance un regard noir à Daisy, l'air réprobateur, mais elle forme un cœur avec ses doigts en guise de réponse.

Je me rappelle soudain pourquoi je suis là. J'ai accepté ce job sans savoir dans quoi je m'embarquais, juste parce qu'Hakeem m'a supplié. Or, j'ai pour règle d'or de ne jamais mélanger vie privée et vie professionnelle. Dans un job comme le mien, les sentiments n'ont aucune place. Si je m'attache à mes clients, je finis par prendre les choses trop à cœur. Et cela peut facilement me pousser à la faute.

Ça ne m'a jamais posé problème, puisque je ne m'attache jamais. Mais là… Je vais devoir refuser.

– Je n'ai pas besoin d'un nouveau bodyguard, dit Daisy en roulant des yeux. Finn me suffit.

Celui-ci n'arrive pas à cacher son petit sourire, secrètement flatté.

– Et je m'en fiche, chantonne Kate avec un sourire hypocrite. S'il t'arrive quelque chose et que la sortie de ton album est reportée, c'est moi qui suis dans la merde. Tu ne voudrais pas me faire ça, pas vrai ?

Sympa. Je vois que Daisy est entourée de personnes qui tiennent à elle… C'est rassurant.

– Putain, jure Kate lorsque la sonnerie de son téléphone retentit. Daisy, cette conversation est terminée. Fais visiter la maison à M. Kalberg pendant que je m'absente.

Elle n'attend pas de réponse et sort pour prendre son appel. J'en profite donc pour m'excuser et me réfugie dans la cuisine à mon tour, portable en main.

Hakeem répond au bout de la première sonnerie, comme s'il attendait mon appel.

– Hey, comment ça…

– C'est non.

Il soupire, preuve qu'il s'y attendait.

– Désolé, j'aurais dû te le dire…

– Hakeem, je peux pas. Je me suis toujours interdit de prendre un ami comme client, c'est trop compliqué…

– Pourtant, tu as été le garde du corps de Levi.

Oui, mais Levi n'est pas Daisy. Levi est un homme adulte et responsable qui peut s'occuper de lui-même.

– Ta sœur a déjà un garde du corps.

– Ouais, un garde du corps qu'elle n'écoute pas, bougonne-t-il. Elle n'en fait qu'à sa tête et s'évertue à semer ce pauvre Finn sans lui dire où elle va, parfois pendant des heures ! Et puis, soyons honnêtes : il est gentil, mais pas très doué.

– Ça, c'est son problème. Écoute, Daisy n'est pas une princesse héritière ni la fille d'un mafioso. Elle n'est pas menacée de mort, elle n'a pas besoin de moi…

– Justement, si.

Mon sang se glace dans mes veines. Je lui demande ce qu'il veut dire par là. Hakeem semble hésiter, puis craque très vite.

– Y'a ce type qui est obsédé par elle… Il lui envoie des cadeaux et des lettres de plus en plus glauques. Ça me fait peur.

Un *stalker* ? *Putain.* Un frisson glacial me parcourt l'échine à cette simple possibilité. Kate n'a pas évoqué ce léger mais très important détail. Pourquoi personne ne m'a mis au courant ? Depuis quand ? Qui est ce type ?

– Tommy… s'il te plaît, supplie Hakeem. J'ai peur pour elle. Avec toi, elle sera entre de bonnes mains.

« J'ai peur pour elle. » Il a dit la seule chose qui pouvait me faire flancher et je le déteste pour cela.

– Et si j'échoue ? Et si elle est blessée alors qu'elle est sous ma protection ?

– Je te connais. Je sais que ça n'arrivera pas. Thomas, je te confie la vie de la personne que j'aime le plus au monde, là… parce que je sais que t'es le meilleur. Parce que t'es mon frère.

Eh merde. Comment suis-je censé dire non maintenant ?

– OK. Je vais le faire.

– Merci…

– Mais je te préviens, elle va devoir jouer le jeu. Ce qu'elle fait endurer à Finn, sache que ça ne se passera pas comme ça avec moi.

Je l'entends rire doucement au bout du fil.

– J'y compte bien.

Je raccroche, agacé de m'être laissé convaincre si vite, et m'apprête à revenir au salon quand je me raidis d'un coup. Daisy se trouve près de la porte, les sourcils froncés et la bouche pincée.

Elle est… *Bordel.* Elle est magnifique. Je parie que les hommes se bousculent devant sa porte. Les femmes aussi, d'ailleurs.

– Salut, Gollum, dis-je tout bas, un petit sourire fatigué aux lèvres, avant de l'amadouer : T'as un peu grandi, non ? On dirait que t'as pris au moins trois centimètres.

C'est faux et on le sait tous les deux, mais je la connais assez pour savoir que ça fonctionne à tous les coups. Je n'aime pas la savoir énervée… parce qu'elle se venge et que je finis toujours par le regretter.

Daisy semble hésitante le temps d'un instant. Mais quand elle croit enfin en ma sincérité, un sourire solaire éclôt sur ses lèvres et elle se rue enfin vers moi. Ses bras s'enroulent autour de mon cou tandis qu'elle se presse contre mon torse dans une étreinte familière.

Vous voyez ? Daisy est ce genre de personne. Je déteste qu'on me touche, mais je crois qu'elle m'a eu à l'usure. Je pose mes mains sur son dos pour lui rendre son étreinte, puis recule.

– Tu ne m'as même pas dit que tu étais de retour ! m'accuse-t-elle en fronçant le nez.

– C'est récent. Ton grand frère m'envoie. Il veut que je sois ton nouveau garde du corps.

– Je n'en ai pas besoin, mais OK, dit-elle gaiement. On va pouvoir rattraper le temps perdu.

Je veux tout savoir de ces quatre dernières années ! J'ai découvert ce nouvel endroit où ils servent du café et des viennoiseries suédoises, tu verras, c'est…

– Daisy, non.

Elle s'arrête, surprise. Je soupire, car je sais déjà qu'elle va me détester pour cela. Mais désormais, Daisy sera une cliente comme une autre. Je la traiterai en conséquence.

– Je suis là en tant que garde du corps. Je dois rester professionnel et instaurer une certaine distance entre nous, dis-je tandis que ses traits trahissent sa prise de conscience. Je suis un employé au même titre que Finn. Mettons notre amitié de côté pendant un temps, OK ?

Silence. Son expression s'assombrit. Elle secoue la tête en comprenant enfin.

– Si c'est comme ça, refuse la mission.

– Je ne peux pas.

Elle bat des cils en joignant les mains dans une posture suppliante, mais je ne flanche pas. Quand elle comprend que ce n'est pas négociable, elle recule d'un air blessé.

– Oh… Tu es sérieux ?

– Très sérieux.

Elle hoche la tête en ravalant sa déception. Les flammes que je vois danser dans son regard l'instant d'après prouvent combien elle me déteste, là tout de suite.

– Je vois. Alors suivez-moi, *monsieur Kalberg*, dit-elle sèchement en me tournant le dos.

Je m'exécute sans discuter. Sa colère lui passera, comme toujours. Finn nous retrouve dans le salon. La maison est spacieuse, baignée de lumière, entourée de verdure. J'ai du mal à croire qu'on est au centre de L.A. Tout est vintage ; en bois, en velours bordeaux ou en tissu couleur crème.

Il y a beaucoup de plantes, aussi. Des vinyles variés sont placardés aux murs et des guitares de toutes taille et couleur traînent dans chaque pièce. Une vraie maison de célébrité hollywoodienne.

– Il n'y a jamais d'eau chaude, m'explique Daisy, ce qui semble surprendre Finn. Le chauffage ne fonctionne pas non plus, alors les hivers sont très durs. L'année dernière, j'ai perdu la moitié d'un orteil. Je pourrais vous le montrer, mais je préfère vous épargner la vue. Je ne porte jamais de chaussures ouvertes sur scène.

Je ne mords pas à l'hameçon. Au vu de la réaction de Finn, qui la regarde comme si elle avait trois têtes, elle est clairement en train de me baratiner. Elle se croit intelligente, mais je suis bien plus malin qu'elle.

Elle essaie de me faire fuir.

Daisy me fait ensuite visiter la salle de bains, qui contient une douche à l'italienne immense et une baignoire sur pieds. Elle communique avec sa chambre, où trône un lit à baldaquin ivoire.

– Quelqu'un est mort assassiné dans cette chambre dans les années 1970, ajoute-t-elle en posant une main sur sa hanche. Le tueur était connu pour ne massacrer que les hommes blancs et hétéros. La rumeur court qu'il hante encore les lieux à la recherche de sa prochaine victime…

Elle glisse un regard appuyé sur ma personne, ce qui manque de me faire rouler des yeux. Finn masque son rire par une toux improvisée.

– Parfois, le soir, je peux entendre des voix susurrer à mon oreille… chuchote-t-elle sur le ton de la confidence. Est-ce que j'ai précisé que j'étais somnambule ? Encore la nuit dernière, Finn m'a retrouvée en train de planter des carottes imaginaires dans le jardin. Vous ne tenez pas à vos huit heures de sommeil, si ?

Je ne réponds toujours rien, peu impressionné par son cinéma. Cela semble la décontenancer, car elle pousse un soupir qui fait voler les petits cheveux crépus sur son front.

Nous passons les autres pièces en vitesse, dont une qui lui sert de salle de danse et l'autre, de studio. L'une d'elles sera apparemment ma chambre, même si, pour le moment, Daisy l'utilise comme salle de cinéma.

La piscine extérieure me fait de l'œil, néanmoins je ne laisse rien paraître. Un petit chat au pelage blanc se repose sur l'un des transats. Je sais déjà qu'il s'agit de Tornade, son animal de compagnie, puisqu'elle m'inonde de photos de lui à peu près cinq fois par semaine : « Tornade qui mange une feuille », « Tornade qui se lèche la queue », « Tornade qui ronfle », « Tornade qui regarde dans le vide »… Autant vous dire que je n'ai pas d'autre choix que de connaître son nom.

Daisy s'arrête pour déposer un baiser sur son petit museau rose.

– J'espère que vous n'êtes pas allergique, lance-t-elle dans ma direction, un sourire machiavélique aux lèvres.

La peste. Elle sait très bien que je le suis. Les chats sont les enfants de Satan. Je les préfère en photo… très loin de moi.

– Voilà, on a fait le tour, dit Daisy lorsque nous revenons au salon.

Elle s'effondre dans le canapé telle une diva, m'ignorant royalement, et tape sur son téléphone. Elle montre quelque chose de drôle à Finn, qui se contente de lui offrir un sourire crispé.

C'est son premier job, à ce mec, ou quoi ? Je me demande ce que son agence lui a appris pour qu'il se laisse mener par le bout du nez par une fille qui fait la taille d'un Hobbit.

Peu importe. Je suis là, maintenant. Je me tiens droit, la carrure intimidante, et annonce :

– Tout est OK de mon côté.

La déception et l'horreur qui se lisent sur le visage de Daisy me rendent euphorique. Elle lâche son téléphone des yeux, *enfin*, pour me regarder.

– Très bien, dit Finn après s'être raclé la gorge. C'est moi qui m'occuperai de la transition.

– Je n'ai jamais donné mon accord, lance soudain Daisy. Je ne vous aime pas beaucoup. Qui me dit que vous n'êtes pas un pervers, un fan qui s'infiltre en tant que garde du corps pour ensuite voler mes culottes sales et les sentir quand personne ne regarde ?

Cette fois, elle me fixe droit dans les yeux. Son expression est fermée, comme si elle me défiait.

– *Primo*, si jamais je volais des culottes sales, ce serait pour les mettre à la machine à laver, certainement pas pour les sentir. C'est dégueu. *Secundo*, que tu ne m'aimes pas ne me fait ni chaud ni froid, dis-je en sortant mon téléphone de ma poche. Finn ?

Je jette un regard dans sa direction, ignorant le regard meurtrier de Daisy. Le pauvre a l'air dépassé.

– Je m'installe dès ce soir. Je vais devoir refaire le tour de la propriété pour vérifier les installations de sécurité déjà en place. Ça m'a l'air un peu léger.

– Très bien.

– J'aurai aussi besoin d'une liste des noms de tous tes amis, dis-je à Daisy.

Elle se lève, un air interrogateur sur son beau visage.

– Pourquoi ?

– Pour que j'effectue des recherches. Je dois savoir qui sont ces gens que tu fréquentes pour être sûr qu'ils ne sont pas dangereux. Vous avez déjà un dossier pour chacun d'eux, je suppose ?

– Je… non, répond misérablement Finn.

Je soupire. *Débutant.*

– Je le ferai. Je dois repasser chez moi avant. En attendant, occupe-toi de la liste. Je veux aussi une copie de l'emploi du temps de Daisy pour l'année en cours et à venir.

Finn hoche la tête, attentif. Je peux facilement deviner qu'il est heureux que je reprenne les rênes. Le pauvre donne l'impression de ne pas savoir ce qu'il fait, et je devine que c'est justement le cas.

Ma voix est plus froide que désiré quand j'annonce :

– Je veux être au courant de tous ses déplacements et apparitions publiques, connaître chaque personne qui pose le pied dans cette maison.

– C'est comme si c'était fait, Monsieur.

– Concernant ce *stalker*… Je veux tout savoir. Je veux lire chaque lettre qu'il a envoyée, ainsi que toutes les infos qu'on a sur cette personne. J'espère que vous avez jeté tous les cadeaux qu'il a pu donner ?

Un silence me répond. Je secoue la tête, agacé.

– Faites-le.

Je glisse enfin un coup d'œil indifférent vers Daisy et plante mon regard dans le sien. Je veux être sûr de bien me faire comprendre en le disant :

– Désormais, je prends le relais. Mon travail est de te garder en vie, et il s'avère que je suis très bon à ce job. Si tu as un problème avec mes méthodes, c'est tant pis pour toi. Tu peux me détester autant que tu veux, je m'en fous ; ça veut dire que t'es toujours en vie pour le faire.

Je ne lui laisse pas le temps de m'envoyer chier à nouveau et sors de chez elle.

Ça, c'est fait.

Une fois chez moi, je prépare mon sac. Je n'ai pas beaucoup d'affaires de toute façon. Je cherche le numéro de Daisy dans mes contacts et lui envoie un message la seconde d'après.

Moi : Enregistre mon numéro
en contact d'urgence.

Pour toute réponse, je reçois un émoji doigt d'honneur et… une baleine ?

CHAPITRE 6

First love

« I was just a kid but you smelled like love.
No one's fault but Cupid's. »

DAISY

La nuit de son emménagement, je me réveille vers 3 heures du matin. C'est inhabituel pour moi, mais je suppose que sa seule présence a le pouvoir de me perturber. La maison est calme. Je me retourne plusieurs fois dans mon lit, mais impossible de me rendormir.

Je décide donc d'aller aux toilettes, seulement vêtue d'une nuisette et de mon turban en soie. Je n'allume aucune lumière en longeant le couloir, je pourrais déambuler les yeux fermés si je le voulais. Après ça, je descends l'escalier pour aller prendre un verre d'eau.

Mais un détail m'interpelle soudain. La porte de derrière, qui donne accès au jardin, est entrouverte. Je me fige, confuse. Ce n'est pas normal. Je l'avais pourtant fermée à clé avant de dormir.

J'en suis certaine, puisque je suis une maniaque.

Je n'en suis pas fière, mais les poils se hérissent sur mes bras quand je vais la fermer. Pas besoin de jouer les paranos. Thomas l'a sûrement utilisée après moi sans savoir, et a oublié de fermer derrière lui.

Je nous enferme donc à nouveau et remonte dans ma chambre. Je mets quelques minutes à trouver le sommeil, perturbée par le silence dérangeant de la propriété.

Le lendemain, j'en parle à Thomas, qui prend son café dans la cuisine.

– Dis, c'est toi qui as laissé la porte du jardin ouverte, hier ?

Il hausse un sourcil vers moi, impassible.

– Non.

– Tu ne l'as peut-être pas fait exprès…

– Je te dis que c'est pas moi.

Je soupire, agacée. Ça ne peut être que lui, Finn sait très bien qu'il doit la fermer, et de toute façon, il ne l'utilise pas.

– Si tu le dis. Mais fais plus attention la prochaine fois, je l'ai retrouvée grande ouverte cette nuit.

Il ne répond rien à cela, mais je sens la frustration qui émane de lui. Ses poings se serrent sur ses cuisses.

– Il faut qu'on trouve un nom de code, dit-il, en changeant de sujet.

Je déteste la froideur avec laquelle il s'adresse à moi. Comme si j'étais sa cliente et c'est tout.

Comme si nous n'avions pas dix ans de relation privilégiée derrière nous.

Je l'ai encore en travers de la gorge, même après avoir engueulé Hakeem pendant près de quarante minutes au téléphone. Tout ça, c'est sa faute.

Évidemment que je suis heureuse de revoir Thomas. Mais si c'est pour agir en inconnus l'un envers l'autre, ça n'a pas d'intérêt. Et comme d'habitude, je n'ai pas mon mot à dire.

La seule chose que je peux faire, bien que puérile, c'est la tête, en espérant qu'il craque.

– Un nom de code ?

– Un mot que seuls toi et moi connaissons, pour communiquer si jamais tu es en danger.

– Je ne peux pas juste crier ? C'est assez communicatif, non ?

Il me fusille du regard, impatient. Il sait parfaitement que je ne compte pas lui rendre la tâche facile.

– Ça ne suffira pas. Il y a beaucoup de situations dans lesquelles tu peux crier sans pour autant que cela présente un danger…

– Ah bon ? Cite-m'en une.

Il soutient mon regard plusieurs longues secondes, silencieux.

– Tu veux vraiment que je le dise à voix haute ? Ce sera gênant, pour toi comme pour moi.

Il me faut encore quelques instants pour comprendre. Mon corps se raidit et mon visage rougit sous l'intensité de son regard. *Oh.*

– Je ne suis pas du genre à crier.

C'est sorti avant que j'aie le temps de réfléchir. Pendant une seconde, j'ai oublié à qui je m'adressais. Qu'est-ce qui me prend ? Thomas me regarde, l'air à la fois surpris et ennuyé.

– Choisis juste un mot, tranche-t-il.

Je réfléchis tandis qu'il se lève de son tabouret pour débarrasser sa tasse de café dans l'évier.

– Odin.

Thomas s'immobilise, puis se retourne en arquant un sourcil.

– Sérieusement ? T'as quel âge ? Six ans ?

– Quoi ? C'est bien le nom de ton cher père, non ? je plaisante. Comme ça, tu ne risques pas de l'oublier…

– Ne parle pas de mon père.

Son ton est soudainement froid et sec, coupant toute envie de rétorquer. Ses yeux sont sérieux, preuve qu'il ne plaisante plus. J'ai touché un point sensible.

Je le sais, pourtant. Personne n'a le droit d'évoquer le père de Thomas. C'est sujet tabou, même si l'on ne sait pas trop pourquoi. Je m'en veux un peu, alors je hausse les épaules.

– Va pour Asgard alors.

Je ne sais pas s'il cherche à me punir ni pourquoi, mais après ça, Thomas chamboule toutes mes habitudes. Il fait ajouter des caméras de surveillance à l'extérieur de la maison ; il instaure des règles de sécurité idiotes et me suit partout où je vais.

Mes seuls moments de tranquillité sont quand je ferme la porte de ma chambre. Je ne peux même pas me prélasser près de la piscine, puisqu'il squatte le jardin tous les matins pour faire ses exercices de musculation en compagnie de Finn.

Torse nu. *En sueur.*

Les deux hommes se partagent les nuits. C'est ridicule, mais il faut croire que Thomas prend son rôle très au sérieux. Il semble avoir fait ses recherches, car il connaît mon agenda ainsi que les gens que je fréquente sur le bout des doigts. Je déteste ça. C'est comme si je n'avais littéralement plus aucune vie privée.

Bien sûr, on peut être deux à jouer à ce jeu.

Si Kate refuse de le virer, je le pousserai à démissionner de lui-même. Je sais bien qu'il n'a pas besoin de cet argent, il fuirait s'il le pouvait. Mais mon frère l'a supplié, alors il se sent obligé.

Je veux retrouver mon ami. C'est pourquoi je fais en sorte d'être la pire peste possible en sa présence. Je passe le peu de temps libre que j'ai à faire du shopping sur Rodeo Drive, à m'offrir des massages en le faisant attendre des heures, à jouer les divas. Je mets de la musique rock très fort quand il essaie de dormir, j'utilise toute l'eau chaude avant qu'il puisse se doucher après ses séances de sport, et je sympathise avec Finn en l'ignorant délibérément.

C'est simple : je lui fais vivre un enfer. Il a le mérite de tenir bon, je l'avoue. Au début, il subit et endure tout avec une expression impassible qui me rend dingue. Puisque ce n'est pas assez, je passe à la vitesse supérieure.

J'utilise notre code à tort et à travers. La première fois, je suis dans une cabine d'essayage. Je hurle « Asgard » et une seconde plus tard, Thomas arrache le rideau, tous ses muscles en alerte. Ses mains sont soudain sur mes épaules, fermes et froides, tandis que son regard scanne mon corps pour s'assurer que je n'ai rien.

Je lui souris malgré la culpabilité de lui avoir fait peur, puis lui tends le cintre de la robe que je viens d'essayer.

– Tu peux aller me chercher la taille au-dessus, s'il te plaît ? Elle est trop serrée.

Il me regarde, bouche bée, tandis que son expression devient orageuse. *Bordel, il est vraiment en colère.*

– C'est une blague ?!

Je joue les innocentes, si bien qu'il finit par refermer le rideau sans prendre le cintre. Il me passe un savon plus tard, dans la voiture.

La deuxième fois, je suis dans ma salle de danse quand je crie « Asgard » à pleins poumons. J'entends des pas précipités dans l'escalier, puis Thomas débarque en ouvrant la porte à la volée, arme à feu en main.

– Oh, waouh, dis-je en sursautant, apeurée. Doucement, Kevin Costner ! J'ai juste besoin d'une bouteille d'eau.

– Tu te fous de ma gueule ? rétorque-t-il sèchement, hors de lui. Le code sert à m'alerter en cas de danger, Dee !

Je souris intérieurement à l'idée que mon surnom lui vienne si naturellement quand il est énervé. C'est la preuve ultime, malgré la froideur de ses yeux, de l'affection qu'il me porte.

– Exactement ! je me défends, l'air outragée. Je viens de passer six heures à danser. Si je continue comme ça, je vais mourir déshydratée. J'appelle ça un danger, non ?

Il ouvre la bouche pour dire quelque chose, probablement une insulte, avant de se raviser. Il prend une profonde inspiration à la place, la mâchoire serrée, et plante ses yeux cobalt dans les miens.

– Tu sais ce qui est arrivé à l'enfant qui criait au loup, Daisy ?

Sa voix profonde et menaçante me donne des frissons délicieux. Je garde les yeux levés vers lui tandis qu'il s'approche d'une démarche de prédateur.

– On a arrêté de le croire… ?

Thomas s'arrête devant moi, puis s'accroupit pour abaisser son visage au niveau du mien. J'ai totalement perdu mon sourire désormais. Son regard ne me quitte pas tandis que je sens son souffle balayer mon menton.

– Il a failli se faire dévorer par le loup, murmure-t-il d'une voix profonde.

Oh bordel. Je ne suis pas certaine d'être de taille. Je me racle la gorge pour ajouter quelque chose, n'importe quoi, mais il donne une pichenette douloureuse à mon front en se relevant.

– Aïe !

– Arrête de me chercher si tu veux pas que je m'énerve pour de vrai, dit-il avant de claquer la porte derrière lui.

Malgré ses efforts pour me faire peur, je me permets d'abuser deux autres fois, persuadée qu'il va bientôt craquer. Le but est de le pousser à bout, et j'y arrive enfin ! Même s'il a compris désormais ce que j'essaie de faire, je sais qu'il se pointera toujours si je crie le nom de code.

Parce qu'il ne prendra jamais le risque que ce soit faux.

– Je vais t'apprendre quelques techniques d'autodéfense, m'annonce-t-il un matin, après m'avoir réveillée aux aurores.

Je lui fais face dans le jardin, vêtue de ma tenue de yoga. Il ne porte qu'un jogging et un tee-shirt blanc qui met parfaitement en valeur les muscles de ses bras.

– Imaginons que quelqu'un essaie de t'étrangler par-derrière avec son avant-bras, dit-il en se positionnant derrière moi. Il faut que tu puisses réagir vite.

Je hoche la tête, tentant de me concentrer malgré le contact léger de son torse contre mon dos.

– Dès que tu vois son avant-bras, tu tournes ton menton contre ton épaule pour protéger ta trachée et éviter que son emprise t'empêche de respirer.

J'écoute avec attention tandis qu'il pose sa paume sur ma joue, tournant délicatement mon menton vers la droite. Puis il prend mes mains pour les poser sur lui.

Sa voix est toute proche, d'une profondeur déconcertante, quand il murmure contre mon oreille :

– En même temps, tu crochètes son avant-bras vers le bas avec dix doigts du même côté.

Je frissonne sans le vouloir en sentant ses lèvres frôler mon lobe. J'écoute à peine ce qu'il m'explique. Mes sens fusent dans toutes les directions, mon pouls s'accélère, et je prends conscience de sa proximité, de sa main sur ma taille nue.

Thomas ne m'a jamais touchée comme ça avant. Et je sais que ça ne veut rien dire pour lui, mais je suis sur le point de prendre feu, quand même.

– Une fois que c'est fait, ajoute-t-il tout bas en s'emparant de mon poignet, tu relâches ta main droite, tu lèves le coude, et tu le frappes dans les couilles.

Mon pouls tambourine contre mes tempes et le temps d'un instant, je crois qu'il va poser ma main sur lui. Mais il s'arrête à quelques centimètres, juste pour s'assurer que j'ai compris.

– Tu tapes le plus fort possible. Et là, tu mets ta jambe derrière lui, puis tu passes sous son aisselle. Vas-y, essaie.

J'ai du mal à fonctionner correctement, trop occupée à garder une expression neutre malgré mes joues brûlantes. Son bras emprisonne mon cou et sa joue frôle la mienne, impossible à ignorer.

J'obtempère malgré tout, et soudain je suis libérée de son étreinte. Je peux enfin respirer, même si je m'en retrouve légèrement déçue.

– Et maintenant ?

– Et maintenant, tu me frappes au niveau du genou, et tu pars en courant. Ensuite tu m'appelles, et je tue l'enfoiré qui a osé te toucher.

J'opine en déglutissant, dissimulant comme je le peux l'effet que ses mots ont sur moi. Nous réessayons plusieurs fois pour vérifier que j'ai compris. Il me montre différentes techniques, et c'est un calvaire à chaque seconde.

Sa voix me caresse l'oreille, son souffle balaye les cheveux de ma nuque, ses doigts se posent sur la peau nue de mes reins… et au bout d'une bonne heure, je ne peux plus endurer ce supplice. Encore moins lorsque je me retrouve assise en travers de ses hanches, sur l'herbe. Mes pensées divergent et oh mon Dieu, je suis certaine qu'il peut entendre les choses indécentes qui me traversent l'esprit !

– Tu as compris ? demande-t-il, sa main nonchalamment posée sur ma cheville.

– Je crois. Merci.

Le silence s'éternise. Il est toujours allongé sous moi.

– OK. Est-ce que tu peux me laisser me lever, maintenant ?

***

– Oh bordel, il est encore plus canon que Finn, s'exclame Micah lorsque nous déjeunons ensemble deux semaines plus tard. On dirait l'un de ces Vikings hyper-sexy… avec leurs muscles et leur… marteau…

Je grogne dans ma barbe, heureuse que Thomas soit assez loin pour ne pas l'entendre. Il reste en retrait à l'extérieur du restaurant, mais je peux le voir à travers la baie vitrée. Son regard est fixé sur moi, comme s'il avait peur que je m'échappe s'il clignait des yeux.

– Tu sais, les mecs à la Khal Drogo, ajoute Micah. Ils ont un air un peu sale qui donne envie de se rouler dans la boue avec eux… pour y faire des cochonneries, sans mauvais jeu de mots.

Je secoue la tête en me cachant le visage des mains.

– Je vois pas la ressemblance avec Chris Hemsworth, cela dit, ajoute mon ami d'un ton pensif. J'aurais plutôt dit Charlie Hunnam.

– Micah, on se concentre ! Ce n'est pas le sujet. Il me rend folle, OK ? Sache qu'il a effectué un *background check* sur chacun d'entre vous. J'espère que tu ne caches aucun corps enterré dans ton jardin, car il le saura. Thomas sait toujours tout. Je parie que si je lui demande ce que j'ai mangé avant-hier à quinze heures et seize minutes, il saura.

Micah s'esclaffe, le menton posé sur ses mains jointes.

– Un *background check*, vraiment ? Ah bah avec moi, il a dû être servi.

– Tu parles de quoi ? Les fanfictions explicites que tu écris anonymement sur ton petit ami acteur, ou le compte TikTok sur lequel tu postes des édits sexy de toi-même ?

– Oh, ce n'est pas le pire… Je donnerais cher pour voir sa tête quand il verra ce que je commande sur Internet en navigation privée.

J'éclate de rire, car moi aussi j'aimerais bien voir son expression. Dieu sait que Thomas a un balai dans le cul en ce qui concerne ce genre de sujets !

Micah me demande pourquoi je ne l'aime pas. La vérité, c'est que je ne pourrais jamais haïr Thomas, même si je le voulais.

– C'est le contraire, en fait, je soupire sans oser le regarder. Thomas et moi, on se connaît… très bien. Et j'ai longtemps eu un gros, *gros* crush sur lui.

Le rictus de Micah s'élargit, ce qui m'agace. Je lui lance un bout de mie de pain au visage, ce qui le fait rire. Je sais déjà ce qu'il pense.

– Je comprends mieux, maintenant. T'es sexuellement frustrée, chérie.

Je fuis son regard, mal à l'aise. Ce serait mentir que d'affirmer ne jamais avoir pensé à Thomas en ces termes. J'étais trop jeune quand je l'ai connu, à l'époque je l'aimais comme on aimerait le copain beau gosse de son grand frère : avec beaucoup de pureté et d'innocence, et même de l'admiration. Je voulais toute son attention, toute son affection. J'aimais être sa préférée.

Puis j'ai eu seize ans. J'ai compris qu'il était vraiment bel homme. Que mon cœur s'emballait quand je le voyais, et que je fuyais son regard chaque fois que nos mains entraient en contact. Cette même année pourtant, j'ai compris que rien ne serait jamais possible entre nous. Thomas n'était pas conditionné pour devenir le prince charmant que j'attendais tant. On l'avait privé d'amour. Il n'en recevait pas, et peut-être est-ce pour cette raison qu'il n'en avait pas à donner.

À dix-huit ans, une bête monstrueuse s'est réveillée en moi. Thomas est devenu l'objet de mes fantasmes, le visage qui occupait mon esprit chaque fois que je me masturbais, seule dans ma douche. J'étais vachement piquée…

Mais j'ai dû grandir et oublier ce béguin sans avenir. Ne pas le voir pendant quatre ans m'a aidée à guérir mon cœur. Zach m'a été d'un grand secours aussi, je dois l'avouer.

Sauf qu'il est de retour. Et malgré le fait qu'on prenne nos distances, c'est plus dur que ce que je pensais. La maison a son odeur. Ses vêtements traînent dans la machine à laver. Sa moto est garée dans l'allée, noire et rutilante. Et bien sûr, il est toujours là. Quand je regarde un film dans le salon, quand je sors de la douche seulement vêtue d'une serviette, quand je caresse mon chat, Tornade, près de la piscine…

C'est comme si je ne pouvais pas lui échapper.

– J'aimerais juste… retrouver notre complicité d'avant, dis-je tout bas. Du coup, j'essaie de le faire démissionner. Mais ce géant blond et barbu s'accroche.

Micah réfléchit sans jamais me raisonner, pourtant nous savons tous les deux que c'est un caprice de ma part. Il me connaît assez pour savoir quand insister et quand laisser tomber.

C'est pourquoi il sourit malicieusement et dit :

– Et pourquoi ne pas s'en tenir aux vieux classiques ?

***

Garder une expression neutre en revoyant Zach s'avère plus difficile que prévu. Heureusement, c'est Finn qui m'accompagne sur le tournage aujourd'hui, et non Thomas.

– Tu fais toujours la gueule ? demande Zach quand nous nous retrouvons dans les loges.

Je grince des dents en voyant les maquilleuses tendre l'oreille, curieuses de savoir ce qui se passe entre nous.

– Pas du tout, dis-je en souriant hypocritement.

– Tant mieux. Je n'aime pas quand tu boudes.

Avant que j'aie le temps de réagir, Zach dépose un baiser sur ma joue. Le geste est intime, impossible à ignorer. Je sursaute, la main sur mon visage, ahurie de ce qu'il vient de faire en public. *Qu'est-ce qui lui prend ?*

Nos maquilleuses échangent des regards surpris dans le miroir, ce qui suffit à m'énerver. Je me lève sans faire d'esclandre, puis sors prendre l'air, Finn sur mes talons.

– Oh, tu es déjà là ! dit Kate, que je manque de bousculer. Alors, tu as discuté avec Zach, ça y est ?

– De quoi tu parles ? je murmure, même si j'ai deviné.

– Tu sais ce qu'est un couple promotionnel, non ?

Pitié, dites-moi que c'est un cauchemar.

– Le public vous supplie de vous mettre ensemble depuis deux ans déjà ! Alors on s'est dit qu'on allait en jouer, histoire de booster vos carrières. Tout le monde fait ça, c'est connu.

– Mais je déteste Zach, dis-je d'un ton suppliant.

– Tu es actrice, non ? Alors fais semblant. Ça ne te fera pas de mal, crois-moi, dit-elle en m'adressant un clin d'œil.

CHAPITRE 7

Dear patriarchy

« Yes I'm angry, I'll smile when men stop trying to silence me. »

THOMAS

– Peux-tu nous parler de ton régime alimentaire ?

Je reste de marbre tandis que Daisy s'efforce de ne pas rouler des yeux. Elle en meurt d'envie, je le sais. Je la connais par cœur. Ma foi, elle a raison. C'est la troisième fois que ce prétendu journaliste essaye de lui soutirer des informations sur ce qu'elle mange, ou quel genre de sport elle pratique pour garder la ligne.

N'était-il pas censé la questionner sur son album ?

– L'enflure, marmonne Kate à côté de moi.

Après avoir poliment tourné autour du pot lors des deux premières tentatives, Daisy cède et lâche un petit rire hypocrite. C'est un rire qui veut dire : « Oh, je vais me le faire. » Mon rire favori après celui qui lui échappe toujours devant *The Office*.

– Je mange des cœurs d'enfant. Ça m'aide à rester jeune et belle.

En vérité, Daisy est constituée de soixante-cinq pour cent d'eau… Le reste n'est que bonbons en tout genre. Elle les cache à Kate, mais je ne cesse de les retrouver aux quatre coins de la maison, des plis de canapés au four à micro-ondes.

Le journaliste rit en retour, mal à l'aise, et insiste :

– Pour de vrai, quel est ton secret ? Ça doit être difficile, non, d'équilibrer tout ça ?

– Pourquoi ce serait difficile ? Est-ce que tu as besoin de conseils pour perdre du poids, James ? demande Daisy, l'air faussement inquiet. Tu peux me le dire, je ne te jugerai pas.

– Ah ah, pas vraiment, mais merci. Je veux juste…

– Tu devrais t'aimer comme tu es, tu sais. Je te trouve très bien, moi !

Il finit par déclarer forfait, mal à l'aise. Daisy reste souriante, mais son air est déterminé. Je ne peux m'empêcher d'être fier d'elle. Kate remarque mon sourire en coin et me fusille du regard. De toute évidence, Daisy aurait dû fermer sa bouche et répondre à la question.

– Peux-tu nous parler de ton nouvel album ? Après le succès de ton premier opus, ton retour est très attendu !

– Oui, c'est très excitant. Pour l'occasion, je voulais avant tout me montrer telle que je suis au public. Il m'a connue quand j'étais encore adolescente, il m'a vue grandir, et j'ai forcément changé. Je voulais avant tout…

– Justement, l'interrompt-il, ce qui la fait tiquer. Qu'est-ce que ça te fait, de ne plus partager la lumière avec deux autres personnes ? Es-tu toujours en contact avec tes anciennes coéquipières, Dakota et Destiny ? Après le scandale qui a frappé le groupe il y a deux ans…

Daisy pâlit légèrement, et je peux apercevoir ses mains se tordre sous la table. *Quel connard.*

Elle n'est pas à l'aise et c'était le but recherché. Je me rappelle bien ce soir où je l'ai appelée après l'avoir vue à la télé, alors que j'étais terré en Russie. Je voulais la féliciter pour son premier prix, lui dire qu'elle était très jolie, qu'elle le méritait, que j'étais fier d'elle.

Mais c'est une Daisy en pleurs qui m'a répondu, humiliée d'avoir été giflée devant tout le monde. J'ai bien failli faire l'aller-retour jusqu'à L.A. pour retrouver cette fille et le lui faire regretter. Daisy s'est montrée forte.

Ledit James sourit, ayant remarqué son malaise.

– C'est une nouvelle aventure, c'est certain, répond Daisy avec diplomatie, mais surtout un nouveau challenge. J'espère être à la hauteur de cette longue attente, et de la confiance qu'on me porte. J'ai tenu à écrire mes propres textes, par exemple ! J'ai aussi travaillé avec une lyriciste que j'admire beaucoup, bien qu'encore peu connue : Azalée Green. Elle a notamment écrit mon titre « Dear Patriarchy ». Je suis très heureuse de cette collaboration.

Elle ne répond pas au reste, et c'est tant mieux. Il lui pose d'autres questions, certaines plus inappropriées encore, et je peux presque entendre le sang de Daisy bouillir en synchronisation avec le mien. C'est la goutte de trop quand il demande d'un air suffisant :

– Et sinon, toi qui es en contact avec les hommes les plus admirés du moment, dont ta co-star Zach McRae. Entre nous… Qui a la plus grosse dans l'industrie de la musique ?

Silence de mort. Je peine à croire qu'il vient de demander une chose pareille. Je n'ai qu'une envie : tout arrêter et forcer Daisy à partir. Comment peut-elle endurer cette mascarade qui la ridiculise plus qu'autre chose ?

Cette fois, Daisy ne sourit pas. Elle prend un air suffisant et répond sans hésitation :

– Moi.

Je ne peux retenir le sourire amusé qui étire mes lèvres. Je hais autant que j'aime sa bouche rebelle. Kate grogne dans sa barbe, se pinçant l'arête du nez.

Ledit James rit sans rien ajouter. Elle lui serre la main avant de partir, sans jamais le remercier, et nous savons tous que c'est volontaire. Quelques paparazzis l'attendent à la sortie du bâtiment. Je reste proche, à l'affût, tandis que Daisy leur sourit gentiment.

Soudain, son regard se pose sur l'un d'eux et son visage s'illumine. L'homme, les yeux cachés par des lunettes de soleil, lui sourit en retour.

– Qui c'est ? je chuchote en lui offrant ma main pour l'aider à descendre les marches.

– Colin. Mon paparazzi préféré.

Je trouve ça étrange, mais je n'en demande pas plus sur le moment. Dans la voiture, je garde les yeux sur la route tandis que Kate dispute Daisy.

– Qu'est-ce qui t'a pris ? Tu sais très bien qu'il ne faut jamais rentrer dans leur jeu !

Daisy ne répond rien, l'expression fermée, et s'évertue à regarder par la fenêtre.

– Tu ne peux pas te permettre de faire l'intelligente ! Personne n'aime ça, Daisy.

– Je n'ai pas « fait « l'intelligente », il est juste tellement con que ça ne pouvait que se voir, répond enfin Daisy. Il m'a énervée. Tu trouves ça normal, toi ? Je suis venue pour promouvoir mon travail, rien d'autre ! Il n'aurait certainement pas demandé la même chose à Drake ou Travis Scott, et on se demande pourquoi. Ah oui, c'est vrai : parce qu'ils ont une b…

– Je t'en supplie, reste polie, soupire Kate. Si tu n'es pas capable de supporter ça, tu as mal choisi ta carrière, ma chérie. Tu veux finir comme Miley Cyrus ?

– Et pourquoi pas ? Elle a l'air de très bien se débrouiller… malgré le gâteau en forme de pénis. Tu préfères « pénis » à « bite » ? Je reste assez polie pour toi, c'est bon ? Ou devrais-je dire « verge » » ? « Membre tendu » ? « Sexe masculin » ? « Épée de velours » ?

– Tu me fatigues, Daisy.

– Tu as de la chance, j'aurais pu leur avouer que celle de Zach n'est vraiment pas aussi grosse que tout le monde le pense…

Je me raidis en comprenant ce qu'elle sous-entend. Au même moment, je croise le regard de Daisy dans le rétroviseur. Ça ne dure qu'une nanoseconde, mais assez pour qu'un frisson coure le long de mon épine dorsale. Elle détourne les yeux presque immédiatement, tout comme moi.

– D'ailleurs, j'ai bien réfléchi à cette histoire de couple promotionnel, et je ne pense pas y arriver. Désolée.

– Tu n'as pas le choix, tranche Kate en coupant court à la discussion. La rumeur est déjà lancée, alors joue le jeu pendant quelques semaines, s'il te plaît.

Daisy se contente de l'ignorer, la tête contre la vitre. C'est l'un des rares moments, ces derniers temps, où je ne la déteste pas. L'un des seuls moments où je me rappelle combien elle est jeune et innocente, précieuse et vulnérable ; à protéger à tout prix.

Elle a beau me faire vivre un enfer, Daisy Coleman est la personne la plus attachante que je connaisse. Elle est littéralement impossible à détester. Pas quand elle câline son chat dans le canapé, miaulant des choses incompréhensibles dans l'espoir qu'il la comprenne ; quand elle s'endort sur le sol de sa salle de danse à 3 heures du matin, encore moite de son travail acharné ; quand elle gratte sa guitare au bord de la piscine en pensant que tout le monde dort, sa voix cristalline berçant mes insomnies.

Elle m'ignore pour me punir. Elle me traîne partout comme un petit chien, spécialement dans des lieux que j'abhorre. Elle utilise notre code de sécurité à tout-va. Elle invite ses amis presque tous les soirs. Elle prend des douches de quarante-cinq minutes, et je suis persuadé qu'elle laisse Belzébuth – oui, c'est le nom que j'ai donné à son chat – se rouler dans mes draps, vu les poils de chat que j'y retrouve chaque soir.

Ce n'est plus la fille que j'ai connue. Je me suis rendu compte qu'il fallait que je la redécouvre pour pouvoir la comprendre. Je me suis donc enfermé dans ma chambre pour faire quelque chose que je n'avais jamais fait avant : taper son nom sur Google. J'ai tout lu, absolument tout. Wikipédia, articles de journaux, vidéos YouTube… Je sais que la plupart de ces informations sont fausses, mais il me fallait une base pour comprendre l'image que le monde a d'elle. Je ne l'ai jamais fait avant parce que ça ne m'intéressait pas vraiment.

– Comment elle est hors caméra ? ai-je demandé à Finn un midi où nous déjeunions seuls dans la cuisine.

Il a semblé surpris, pourtant il ne s'est même pas donné le temps d'y réfléchir plus de deux secondes.

– Gentille. C'est le premier mot qui me vient à l'esprit. Elle est rebelle, c'est vrai, mais elle essaie simplement de protéger son intimité, et je la comprends.

– Tu ne trouves pas qu'elle est capricieuse ?

– Pas vraiment. Tu sais… En fait, elle me fait de la peine. Elle contrôle très peu de choses dans sa vie. Je crois qu'elle se raccroche à la seule sur laquelle elle a la main, et elle ne la lâchera pas. C'est le seul truc qui lui reste, alors je le lui laisse.

Finn n'est pas fufute, mais ce qu'il a dit a du sens. J'ai pu remarquer moi aussi que Daisy n'a jamais son mot à dire sur des choses qui la concernent directement. Kate décide de tout. C'est une tutelle, rien de moins. Si ses parents savaient… Comment Hakeem peut-il la laisser avec des gens pareils ?

– Elle est travailleuse, aussi, a ajouté Finn d'un air pensif. C'est la personne la plus persévérante et déterminée que je connaisse. Elle est passionnée, ambitieuse. Elle ne veut pas décevoir ses fans… je dirais que là est sa plus grande faiblesse : ce que les autres pensent d'elle. Parfois, j'ai peur qu'elle se laisse dévorer.

Quelque part, je suis agacé de voir qu'il la connaît si bien.

– Elle est sublime, aussi. Oh, et elle me fait rire, s'est exclamé Finn en enfournant une bouchée de pâtes. Si tu voyais ses imitations ! Elle sourit tout le temps. Elle envoie une carte de Noël à mes parents chaque année, et elle m'offre toujours un petit cadeau pour mon anniversaire. Elle est… très différente de ce que les gens pensent, finalement.

Ce soir-là, j'ai trouvé une Daisy une fois de plus endormie sur le sol de sa salle de danse. Elle n'a même pas pris le temps d'éteindre la musique et s'est effondrée de fatigue. Un élan de tendresse refoulé s'est emparé de mon cœur. Le souvenir précieux d'une Daisy âgée de treize ans, endormie devant *One Piece* sur le sol du salon, des traces de Cheetos encore visibles sur son menton, m'est revenu en tête. Je n'ai pas réfléchi avant de la soulever dans mes bras, toute légère qu'elle est, et de la poser dans son lit.

Je ne lui en veux pas de me faire vivre un enfer. Du moins jusqu'à ce que cette peste commence à me faire subir le même sort que Finn : elle essaye de me semer. Les premières fois, elle y est arrivée. Je toquais à sa chambre le matin et découvrais la pièce vide ; elle fuyait par une issue de secours après une interview télé ; elle prétendait aller aux toilettes après une répétition de danse avec sa chorégraphe…

Elle éteignait ensuite son téléphone et je harcelais ses amis en les menaçant pour qu'ils me disent où elle se cachait. Généralement, je la trouvais en moins de deux heures ; ils ne tiennent pas longtemps sous mes menaces, surtout Micah. Il suffit que je lui promette de révéler son compte TikTok secret pour qu'il capitule. Je lui hurle dessus, et on se dispute violemment.

Pourtant, je continue de la porter jusqu'à son lit au milieu de la nuit pour lui éviter de dormir à même le sol, mais c'est bien la seule fois où je fais preuve d'une once de faiblesse envers elle.

Durant l'une de ces fameuses nuits, je trouve la porte du jardin entrouverte. Daisy m'avait déjà prévenu à ce propos… même si elle ne m'a pas cru quand j'ai dit que ce n'était pas moi. *Étrange.* Je referme la porte à clé, méfiant, et fais le tour de la maison par précaution.

Le lendemain, Daisy me trouve en train de fixer des clochettes sur la poignée.

– Qu'est-ce que tu fabriques ? demande-t-elle.

– C'est juste au cas où.

Elle n'insiste pas davantage, heureusement.

Le soir d'Halloween, Daisy est invitée à une fête chez ses amis Hayley, Micah et Javier. Je n'ai jamais aimé Halloween, mais Daisy est obsédée par cette tradition. Elle passe toute l'année à réfléchir à ses différents costumes – oui, elle en a sept, un pour chaque jour de la semaine.

Je regrette donc profondément mes choix de vie quand Daisy sort de la salle de bains une heure avant la soirée, vêtue de son déguisement du jour en déblatérant :

– Je suis déçue. J'avais acheté des bonbons pour les enfants qui viendraient toquer à la porte, mais aucun n'est venu. Je crois que Kate les fait fuir chaque année, c'est pas possible ! Tiens, voilà une idée de costume pour elle : le Grinch ! dit-elle dans une imitation effrayante de Jim Carrey.

Je l'écoute à peine, confus malgré moi par la vue qui s'offre à mon regard. Je ne peux m'empêcher de la boire des yeux tel un affamé. Elle est… *merde*. Je préfère ne pas finir cette phrase.

– T'es censée être qui ? je demande fermement pour changer de sujet.

– Cruella d'Enfer. Regarde, j'ai même déguisé Tornade en dalmatien.

Je jette un coup d'œil à l'animal minuscule qui ronronne sur un fauteuil, son pelage blanc désormais habillé d'un bout de tissu à pois noirs. Je n'ai pas les mots.

– J'aurais plutôt dit Cerbère.

Elle me fusille du regard, bouchant les petites oreilles de son chat. J'essaie de détourner les yeux de son accoutrement pendant qu'elle lui dit au revoir, mais c'est impossible. Daisy arbore une perruque aux cheveux mi-longs, un côté noir, l'autre blanc. Son maquillage est sombre et smoky, avec un fard à paupières vert électrique et une bouche rouge sang.

Mon regard indiscret glisse sur sa robe en soie noire, échancrée, dont l'étroit corset met en valeur la courbe de ses seins. Ses bras sont recouverts de gants rouges, au bout desquels gît un long fume-cigarette, et des collants résille déchirés épousent ses cuisses.

Et alors que je la regarde, une seule pensée me vient à l'esprit : à quel moment Daisy est-elle devenue cette déesse sexy au point de vendre son âme au diable ? Depuis quand a-t-elle arrêté d'avoir douze ans ? Pourquoi personne n'a pensé à me le dire ?

Je tente de penser à autre chose, drapant ses épaules de son châle blanc en fausse fourrure, mais c'est peine perdue. Mon petit doigt effleure sa nuque et je dois réprimer un frisson violent. *Elle sent bon.*

– Tu vas attraper froid.

– Merci, dit-elle en glissant un regard sur ma silhouette. Et toi, tu es déguisé ? Laisse-moi deviner. En… *toi ?*

– Bingo. Trouvé au rayon : « Costumes DIY pour petits budgets. »

Daisy se mord la lèvre pour s'empêcher de rire, l'air surprise que je plaisante avec elle. Comme quoi, tout arrive. J'avoue que retrouver notre complicité me fait du bien. Peut-être m'a-t-elle manqué plus que je ne le pensais.

Elle reste sage durant le trajet en voiture, souriant à son téléphone. Je veux lui demander ce qui la rend si heureuse, mais je m'abstiens. Je veux juste que cette soirée se termine pour pouvoir aller dormir.

Une fois que nous sommes arrivés, je ne trouve aucune place pour me garer. Je tourne sans fin, jusqu'à ce que Daisy soupire en disant de m'arrêter.

– J'y vais en premier. Tu n'auras qu'à me rejoindre.

– Certainement pas. Je te connais, Coleman. Tu risques de filer en douce.

Elle roule des yeux, la main sur la poignée de la portière.

– Mes amis organisent une fête. Pourquoi j'irais autre part ? C'est idiot.

– Ça change rien, je dois pas te laisser seule une seule seconde.

– Thomas… J'ai juste à traverser la route. Détends-toi.

Elle marque un point. J'hésite longuement, avant de le lui accorder. De toute façon, elle ne m'échappera pas.

– OK. Mais Daisy ? dis-je en lui jetant un regard menaçant par-dessus mon épaule. Rappelle-toi : où que tu ailles, je te retrouverai.

Ses yeux me sondent avec intensité et défi. Finalement, un demi-sourire étire ses lèvres rouges tandis qu'elle s'approche et murmure tout près de mon visage, son parfum fruité chamboulant tous mes sens :

– Bonne chance.

Je n'ai pas le temps de réagir que déjà elle sort et claque la portière derrière elle. Ce n'est qu'après quelques minutes à tourner, le cerveau embrumé par son odeur de fraise, que je me rends compte que cette peste avait des baskets aux pieds et des talons à la main.

CHAPITRE 8

Dee for Daisy

« My heart like a daisy, why so empty ?
To you, I'm only Dee. »

DAISY

– T'abuses, me reproche Hayley lorsque nous trinquons trente minutes après que je me suis fait la malle.

La vérité, c'est que je culpabilise. Juste un peu. J'ai laissé Thomas devant la maison vide de mes amis, pour me rendre dans un bar en plein centre de L.A., où Conan Gray organise une soirée d'Halloween privée.

– Oh, ça va… Il va très certainement débarquer dans un quart d'heure, rouge de colère. Toi, dis-je en pointant Micah du doigt, éteins ton téléphone ! Tu es trop faible.

Il soupire d'un air dramatique en obtempérant.

– Je l'avoue, il me fait flancher… Tu as vu ses bras ?

– Encore une fois, dit Javier d'un air blasé, je suis juste *là*. À t'entendre, c'est comme si j'étais invisible. J'imagine que dans un sens, je le suis, face à l'immensité de l'univers et la futilité de notre existence…

Micah l'embrasse pour se faire pardonner, mais aussi pour le faire taire, ce qui fonctionne presque instantanément. Tous deux sont déguisés en Morticia et Gomez Addams. Hayley, elle, a choisi de donner vie au Joker – mais version Joaquin Phoenix. Ils sont sublimes.

– Il n'a toujours pas démissionné ?

– Non… Je commence à penser que c'était idiot. Je crois que je vais juste prendre mon mal en patience. De toute évidence, il a l'air de le vivre très bien.

– Tu sais quoi ? Ce soir, tu n'y penses pas ! dit Hayley en me prenant par les épaules pour me pousser en direction du dancefloor.

Nous dansons et pour la première fois depuis longtemps, je me laisse aller. Je bois quelques coupes de champagne, je pose pour des selfies drôles et provocants que nous postons en story Instagram, puis je danse collée serrée avec Javier sur du Lil Nas X.

Nous sommes complètement bourrés sur le chemin du retour. Je suis avec Hayley et Micah sur la banquette arrière tandis que Javier conduit à vingt kilomètres à l'heure. Je pleure tellement de rire que je leur avoue m'être fait un peu pipi dessus.

– Arrêtez de me distraire ! ronchonne Javier derrière le volant. Pourquoi c'est moi qui conduis, déjà ?

– Parce que t’es le seul à ne pas avoir bu.

– Je croyais que c’était parce qu’il était le seul à avoir le permis ? dit Hayley en plissant le front.

– Tu as aussi le permis, Hayley.

Silence. Puis un rire idiot s’ensuit.

– Ah oui, c’est vrai. Je crois qu’au bout de la quatrième tentative, j’ai fait un blackout complet. PTSD, tout ça.

– Tu veux parler de traumatisme ? se moque Javier. Dois-je vous rappeler ce qui se passe quand je conduis, même sobre ?

C’est difficile car j’ai à la fois faim, chaud et envie d’aller aux toilettes, mais je réussis à me souvenir. Javier et Micah ont eu un accident de voiture l’année dernière. Celle-ci s’est complètement retournée, si bien qu’ils sont restés coincés la tête vers le bas jusqu’à ce que les secours débarquent.

– Ça a dû vous faire peur, dit Hayley, la moue triste.

– Peur ? rit Micah en retour. C’était plus gênant qu’autre chose ! Parce que ce que personne ne dit jamais à propos des accidents, c’est que pendant que la voiture est retournée et que toi, t’es prisonnier de ta ceinture de sécurité en attendant comme un con que quelqu’un te sauve… la radio continue de tourner.

La grimace peinée d’Hayley se transforme en sourire. Elle se pince les lèvres pour ne pas rire, tout comme moi, mais c’est impossible à retenir.

Javier marmonne depuis le siège conducteur, mais reste concentré sur la route. Il s'arrête près de huit secondes à un panneau STOP. J'ai presque le temps de faire une micro-sieste.

– J'étais en train de mourir pendant que Ariana Grande chantait : « *Just keep breathin' and breathin' and breathin* » et que Javier hurlait : « C'est ce que j'essaie de faire, connasse ! »

Cette fois, je ris à pleins poumons. Mon ventre me fait mal et de lourdes larmes dégoulinent sur mes joues.

– Je crois que c'est à ce moment-là que j'ai su qu'avec lui, c'était pour la vie, ajoute Micah d'un air rêveur.

Javier fronce les sourcils.

– On était ensemble depuis six ans déjà.

– Avant ça, c'était plutôt fluctuant, grimace Micah.

Javier réussit tant bien que mal à me ramener chez moi. Je titube le long de mon allée en gloussant. Je me demande si Thomas est là. Est-il encore en train de me chercher ? Je devrais lui envoyer un message pour le prévenir, qu'il se rassure.

Je mets une bonne minute à ouvrir la porte d'entrée, principalement parce que je me trompe de clé à trois reprises. À l'intérieur, je suis accueillie par l'obscurité et le silence. Je suppose que Thomas est toujours dehors.

Le pauvre... Demain matin, je lui achèterai des *saffransbullar* pour me faire pardonner ! J'essaie de sortir mon portable de ma sacoche, laissant mes talons retomber sur le sol dans un bruit tonitruant.

Soudain, un frisson me parcourt l'échine. Quelque chose tire sur mon cœur. Je ne sais pas ce que c'est, mais je le sens. C'est là. Comme un mauvais pressentiment.

L'impression de ne pas être seule.

Pire encore, celle d'être observée.

Je lève les yeux de mon téléphone, mais la pièce tangue et les objets dansent devant mes yeux. J'ai trop bu. Je me fais des idées. Je ferais mieux d'aller dormir.

Je me dirige vers ma chambre, tentant de descendre la fermeture Éclair de ma robe. J'appelle Tornade en sifflant, sans succès. De longues secondes plus tard, j'entends un miaulement étouffé.

Je me fige. Le sentiment de danger imminent revient, en force cette fois. Je serre mon téléphone dans mes mains, les yeux fixés sur la baie vitrée qui donne sur la piscine en contrebas. Tout y est noir. Je n'y vois que l'ombre dansante des arbres, je n'y entends que le bruissement des feuilles au vent. C'est l'effet Halloween, rien d'autre.

Tornade apparaît soudain, courant entre mes pieds comme s'il avait le diable aux trousses. Je le prends dans mes bras, mais il se débat un peu. Il a l'air effrayé.

– Chut… c'est moi.

Il se calme à mesure que je le caresse. Je suis sur le point d'envoyer un message à Thomas quand une ombre mouvante apparaît dans le jardin. Mon cœur sursaute d'effroi dans ma poitrine.

Je n'ai pas halluciné, il y avait quelqu'un ! C'est sûrement Thomas qui rentre… Mais par le jardin ? J'ignore les dix appels manqués et lui envoie un message dans la foulée, en alerte : Moi : Tu es rentré ?

Il me répond du tac au tac :

Thomas : T'as du culot, Dee ! T'es où ?

Moi : À la maison. Et toi ?

L'attente est insupportable. J'ai dessaoulé en deux secondes à peine. Je me colle contre le mur, enveloppée par l'obscurité, et écoute le silence avec une peur incommensurable.

Mon téléphone vibre dans ma main et je manque de m'évanouir :

Thomas : Sur la route. J'arrive.

Au même moment, j'entends un bruit provenant du rez-de-chaussée. Je le reconnais tout de suite, et il me glace le sang.

Les clochettes. Celles que Thomas a accrochées à la poignée de la porte de derrière.

Bordel, bordel, bordel. Je suis paralysée par la terreur. Qu'est-ce que je suis censée faire ? Impossible que quelqu'un soit vraiment entré par effraction, surtout avec toute la sécurité que Thomas a mise en place.

C'est probablement Finn, ou Hakeem qui vient se réfugier après une dispute avec Emily – c'est fréquent. C'est pourquoi je décide d'aller vérifier par moi-même. Je descends l'escalier sur la pointe des pieds, méfiante.

– Finn ? je chuchote dans le silence. T'es là ?

Personne ne me répond. Tornade se débat dans mes bras, mais je le serre fort contre moi. J'ai peur d'allumer la lumière. Je m'arrête en bas de la dernière marche et jette un coup d'œil au portier vidéo. L'allée est déserte.

Quand je relève les yeux vers la porte du jardin, je sursaute de terreur. Une silhouette encapuchonnée se dessine dans l'ombre, la main sur la poignée. *Oh mon Dieu.* Il est dos à moi, mais une chose est certaine : ce n'est pas Finn ! Je réagis enfin et me précipite dans ma chambre avant qu'il ou elle se retourne, Tornade dans mes bras. Je ferme la porte à clé et ignore le bruit précipité et sourd de mon cœur dans mes oreilles.

Et si c'était Frank ? Et s'il venait me tuer ? Me violer ? Me kidnapper ? Je m'imagine tous les scénarios possibles, prévoyant déjà des moyens de m'échapper si jamais il m'attrape.

J'ai les mains qui tremblent tellement que mon doigt n'arrive pas à déverrouiller mon téléphone. J'arrive à appeler Thomas au bout de quatre essais.

– Tu sais depuis combien de temps je te cherche ? s'exclame-t-il sèchement en guise de salut. Je suis pas assez payé pour ça, Daisy. Je commence à en avoir m…

C'est plus fort que moi, je fonds en larmes. Thomas devient silencieux. Je m'efforce de me calmer, la main plaquée contre ma bouche, de peur de faire trop de bruit.

– Qu'est-ce qui se passe ? demande-t-il, soudain très sérieux.

Je calme mes hoquets, les lèvres tremblantes, et respire un bon coup avant de chuchoter, retenant dans un sanglot :

– Asgard.

J'ai utilisé ce mot une bonne dizaine de fois. Pourtant, quelque chose a changé. Je sais qu'il l'entend dans ma voix, qu'il comprend que cette fois, c'est sérieux, que je ne crie pas au loup pour rien, parce qu'il m'explique d'un ton calme et froid :

– Tu peux parler ?

Je laisse échapper un son mitigé, puis murmure dans un souffle :

– Il y a quelqu'un à la maison.

Il jure dans sa barbe. Je sais qu'il accélère et je prie pour qu'il arrive sans se tuer sur la route.

– Daisy, ce que je vais te dire est très important, tu m'entends ? Cache-toi. Ne parle pas, ne me réponds plus. Écoute-moi. Va te cacher dans une pièce, ferme à clé derrière toi. Si tu peux trouver un dressing, un placard, quelque chose, mets-toi dedans. Et surtout : quoi qu'il se passe, ne raccroche pas. Même si le pire arrive… reste avec moi.

Le fait qu'il prenne les commandes me rassure, même si je regrette qu'il ne soit pas là avec moi. Je vais ouvrir la porte de mon placard à vêtements pour le vider, et tente tant bien que mal de rentrer dedans, sans trop réaliser ce qui est en train de se passer. Je m'accroupis et referme la porte, me plongeant dans le noir complet.

– Si c'est fait, écris-le-moi.

Je lui envoie « C'est bon » par SMS. Je m'efforce de ne pas pleurer, mais ma respiration bruyante peut me trahir à tout moment.

– Je suis tout près. Ça va aller, Dee. Tout se passera bien tant que tu restes où tu es. OK ? Ne sors jamais. Ne sors pas tant que je ne viens pas te chercher moi-même. Je te trouverai. Je te l'ai dit, non ? Où que tu sois, je te trouverai toujours, Daisy.

Je ferme les yeux, laissant les larmes couler, et presse mes genoux contre mon front. J'attends de longues minutes, Tornade aussi silencieux que moi. Comme s'il avait senti le danger lui aussi.

Je ne sais pas combien de temps s'écoule. Des minutes, des heures… Thomas me demande si je suis toujours là à plusieurs reprises, il m'affirme avoir appelé la police.

Mon corps se prépare à tout moment. J'ai peur que quelqu'un défonce la porte et me découvre. Je pense aux lettres et aux promesses de Frank, à ma famille, à Kate.

Au bout d'une éternité, j'entends du bruit dans le couloir. Je sursaute, serrant Tornade contre mon cœur, et patiente. La porte de ma chambre s'ouvre dans un grincement horrible qui manque me faire pleurer.

Je l'ai pourtant fermée à clé. Je prie, pour la première fois depuis longtemps, les yeux fermés.

Les pas s'arrêtent devant moi et quand le placard s'ouvre enfin, je manque tomber dans les pommes en découvrant Thomas. Ce dernier a son arme à la main et une expression sombre, bien que légèrement hagarde, sur le visage. Il laisse échapper un soupir de soulagement en me voyant.

– Tu m'as trouvée, je sanglote, sans trop y croire.

Il ne m'en faut pas plus pour fondre à nouveau en larmes. Thomas range son pistolet avant de s'agenouiller devant moi, ses mains m'enlaçant aussitôt. Je n'ai jamais ressenti un soulagement aussi puissant.

Tout va bien. Il est là, maintenant. Je ne risque rien.

Je pleure contre lui, heureuse de sa main sur ma nuque. Mes mains tremblantes s'accrochent à son tee-shirt et sa voix souffle au creux de mon oreille :

– Chut… Tout va bien. Ce n'est que moi. Je suis là.

Je suis incapable de bouger. Mes membres m'ont lâchée. Il doit s'en rendre compte car ses bras passent sous mes jambes nues et me soulèvent contre son torse.

Je me laisse faire, le nez niché contre son cou trempé de sueur. Je devine qu'il a couru. Ce qui m'a semblé durer une éternité n'était en fait que sept minutes top chrono.

– Je suis désolée… je hoquette, sans cesser de pleurer. Je suis désolée.

Je veux tenter de sauver ma dignité, mais l'alcool me rend émotive et son odeur est trop délicieuse, alors je reste où je suis. Il m'assied sur le lit, sa main se posant sur ma nuque. Son pouce masse un carré de peau chaud à la naissance de mes cheveux, me réconfortant.

– J'ai fait le tour de la propriété, dit-il doucement, ses doigts séchant le mascara mouillé qui coule sur mes joues. Il n'y a personne.

– Je te jure qu'il y avait quelqu'un… Je l'ai senti. Je l'ai vu, je l'ai entendu… Je suis pas folle.

– Ce n'est pas ce que j'ai dit, répond-il froidement. Je te crois. Mais il ou elle a dû s'enfuir avant que j'arrive. Tout va bien maintenant, tu n'es plus seule.

Je hoche la tête, mais je ne suis pas réconfortée pour autant. Je me rends compte de la situation dans laquelle j'étais. Quelqu'un s'est introduit chez moi. Pour y faire quoi, dans quelle intention ? Je n'en ai aucune idée. Mais s'il ou elle était là, c'est que l'accès est trop facile.

N'importe qui pourrait faire ce qu'il souhaite. J'ai eu de la chance pour cette fois, c'est tout.

Thomas et Kate ont raison : j'ai besoin qu'on me protège. Et cette prise de conscience me fait peur.

Car je n'ai jamais voulu vivre ce genre de vie, pas si c'était le prix à payer.

– La police est en route, tout comme Finn, m'apprend-il en dégageant les cheveux de mon visage. Ça va mieux ?

– Non…

– T'es en état de choc. Respire.

J'obtempère, livide. Il reste patient, son regard fixé sur moi. Très vite, les sirènes de police retentissent. Ils fouillent la maison comme Thomas l'a fait, puis me demandent de leur raconter tout ce qui s'est passé. Kate et Finn débarquent à leur tour, stupéfaits.

Ma manager va se débrouiller pour que personne n'en entende parler dans la presse. Je leur dis tout ce qui s'est passé dans les moindres détails. La police pense que j'ai halluciné à cause de l'alcool, ce qui m'humilie.

Aussitôt qu'ils sont partis, Thomas m'assure qu'on va enquêter, qu'il s'occupera lui-même de renforcer les mesures de sécurité, qu'il se menottera à moi s'il le faut, mais qu'il ne compte plus me lâcher d'un œil.

Je lui accorde tout. Parce que je ne suis plus en position de négocier quoi que ce soit. Je ne l'ai jamais été pour commencer.

***

Après avoir pris ma douche et enfilé mon pyjama, je me couche enfin.

– Tommy ?

Il se raidit, mais son visage reste attentif. Je m'assieds en tailleur, emmitouflée dans mes couvertures, et supplie :

– Tu peux rester jusqu'à ce que je m'endorme ? S'il te plaît ?

Il n'hésite pas longtemps avant d'accepter. Il dit à Finn de monter la garde dehors et referme la porte de ma chambre derrière lui. C'est avec des paupières lourdes de sommeil que je le regarde s'asseoir près de moi, son poids affaissant le matelas.

– Dee.

Son ton est ferme. Je renifle en gardant les yeux baissés, têtue, mais il place les doigts sous mon menton et me force à le regarder. L'obscurité cache la moitié de son visage, mais je le connais assez pour le peindre à l'aide de mon imagination.

Je frissonne quand ses iris bleu électrique me clouent sur place.

– Tu arrêtes tes conneries, maintenant.

Le ton de sa voix ne laisse aucune place à la réplique.

– Je suis pas Finn, c'est compris ? ajoute-t-il, ses doigts toujours sous mon menton. Ce qui est arrivé ce soir ne doit plus jamais se produire. Je veux que tu fasses ce que je te dis. Tu peux me traîner faire du shopping pendant des heures, piquer toute l'eau chaude ou je ne sais quelle autre crasse, mais s'il y a bien une chose que je n'accepte pas, c'est ça.

Je veux savoir où tu es, avec qui, à toute heure de la journée et de la nuit.

Seigneur. Son regard se perd plus bas le temps d'une nanoseconde, mais il se reprend très vite.

– Promets-le-moi.

J'obtempère à voix basse. Il a gagné. Je ne me battrai plus avec lui.

– Merci. Pour ce soir.

– C'est mon jo…

– Je sais que j'ai été nulle, j'ajoute dans un murmure misérable. Je voulais juste… te retrouver. Quatre ans, c'est long. Tu m'as manqué.

Voilà, c'est lâché dans la nature. Il fallait qu'il le sache.

– J'ai très peu d'amis. Trois en tout et pour tout, quatre si on compte Finn. Mais c'est mon garde du corps, alors il est obligé d'être gentil avec moi. Je suis constamment entourée d'inconnus, de gens célèbres qui ne voient en moi qu'une opportunité de briller, de managers qui me confondent avec un gros chèque. J'étouffe. Mais tu es revenu du jour au lendemain et… je sais pas. J'étais heureuse de retrouver quelqu'un qui connaissait la vraie moi. Celle que j'étais avant tout ça. Quelqu'un qui ne fait pas partie de ce monde.

Il reste silencieux, l'air pensif. Je me sens ridicule. Thomas n'est pas du genre à s'étendre sur ses sentiments. Il déteste les gens collants et sensibles, les déclarations d'amour et l'auto-apitoiement. Quelques secondes s'écoulent avant qu'il me demande :

– Est-ce que ça en valait le coup ?

– De quoi ?

– L'audition, ce jour-là… Être devenue célèbre.

C'est la première fois que quelqu'un me pose cette question. J'en ai presque le souffle coupé, tout simplement parce que je n'en ai aucune idée.

– Hier je t'aurais dit oui… Aujourd'hui, je n'en suis plus si sûre. Demande-le-moi demain et ma réponse sera sûrement différente.

Il réfléchit en baissant le regard vers le sol. Je n'attends pas particulièrement de réponse, c'est pourquoi je m'allonge en lui souhaitant bonne nuit, prête à rejoindre les bras de Morphée.

– Attends.

Je soulève les paupières en bâillant. Thomas me sourit maladroitement, puis tire sur mes joues comme il le ferait à un bébé. Il adorait faire ça jadis.

– Toi aussi, tu m'as manqué… Gollum.

Je tairai la chair de poule qui recouvre ma poitrine à ces mots.

– Je croyais que c'était contre les règles ?

– Tu sais ce que je pense des règles, dit-il en roulant des yeux. Elles sont faites pour être enfreintes.

Je souris de toutes mes dents, heureuse.

– Amis, alors ?

Il soupire, puis cogne son poing contre le mien pour sceller notre camaraderie.

– Amis.

Extrait de la biographie Daisy Coleman : Hollywood's Wildflower *écrite par Kaylee Walters. Chapitre 2 : « Premières amours ».*

Ce n'est une surprise pour personne : en signant son contrat avec Channel D à quatorze ans, Daisy a accepté de n'avoir aucune relation romantique en parallèle de son travail. « On devait montrer le bon exemple… tout en restant disponible pour alimenter le fantasme », me dit-elle un jour autour d'une tasse de café.

Pourtant, un visage hantait ses nuits. Toujours le même.

C'est avec grande surprise qu'elle a accepté de partager avec moi quelques extraits de son journal intime. Daisy affirme avoir été une adolescente comme les autres, malgré une vie bien différente.

Elle y évoque ses sentiments de toujours pour Thomas Kalberg, jadis le meilleur ami de son grand frère Hakeem, mais également ses relations houleuses avec ses membres Destiny et Dakota (cf. chapitre 1 : « Enfance et débuts »).

12 mars 2016.

Je pensais que réaliser mon rêve de petite fille me rendrait heureuse. C'étaient des conneries. La vérité, c'est que je viens de passer la pire année de ma vie. Je ne suis pas heureuse et tout le monde peut le voir, mais personne ne fait rien. Sauraient-ils même par où commencer ?

Après un an de tournage, notre série Channel D fait un carton. Cela a commencé dès sa sortie. Les noms de Dakota, Destiny et le mien sont sur toutes les lèvres, à tel point que Kate aimerait qu'on se lance dans un groupe. C'est ce que j'ai toujours voulu, et plus encore.

Et pourtant...

26 juin 2016.

C'est mon anniversaire. J'ai seize ans. Je devrais être en train de préparer la fête de ce soir, mais j'ai passé la nuit devant mon ordinateur, à lire ce que les gens écrivent sur moi.

Calvin m'a demandé si « mes copines » Dakota et Destiny venaient ce soir. J'avais envie de le secouer en espérant qu'il ouvre les yeux. Comment peut-il être aussi aveugle ? Mon propre frère ne me connaît-il pas ?

Je n'ai jamais dit à personne ce que les filles me font subir. La plupart du temps, je relativise en me disant que c'est débile, qu'elles ne sont pas méchantes, que je m'en fais trop pour pas grand-chose. L'autre moitié du temps, celle où je comprends qu'il y a un mot pour cela, je préfère ne pas en parler.

Si mes parents savaient que les filles me harcèlent en dehors des caméras, ils voudraient que j'arrête tout. Il suffit que je supporte ça pendant un temps.

Je suis assez forte. Je ne ferai pas de vagues. C'est mieux comme ça.

J'ai donc répondu qu'elles étaient occupées.

On m'a crue.

26 juin 2016.

Je sais, j'étais censée passer une bonne soirée en compagnie de ma famille. Pourtant je me retrouve seule, enfermée dans ma chambre, à déverser ma peine dans mon journal intime. Cliché, hein ?

Oui, mais voilà : Thomas n'est pas venu.

Il s'est contenté d'un pauvre message : « Joyeux anniversaire, minimoys. Tu plafonnes à quoi maintenant, 1,30 m ? C'est ce que je mesurais quand j'avais six ans ! Désolé de ne pas pouvoir être là. »

Je ne peux pas lui en vouloir, même si ça me rend triste. On ne s'est pas vus depuis une éternité, tellement que je peine à me souvenir de la nuance exacte de ses yeux. Il me manque.

J'ai tout de même pu profiter de mes parents, et c'est le principal. Ils avaient prévu un gâteau fait maison, puis nous avons regardé des vidéos de nous petits à la télévision. J'ai tellement ri que j'en avais mal au ventre.

Les jumeaux se sont même cotisés pour m'offrir un week-end à Londres ! Une conversation m'a toutefois fait tiquer pendant le dessert.

Brianna : « Tu vas y aller avec qui ? Un petit copain, peut-être ? »

Mon père et Hakeem en même temps, paniqués : « Quel petit ami ? »

Moi : « Calmez-vous, je n'en ai pas. »

Ma mère : « Elle est trop jeune, de toute façon. »

(Bien sûr, je préférerais mourir que d'avouer avoir déjà embrassé avec la langue. Depuis que j'ai signé chez Channel D, je ne côtoie aucun garçon. Et de toute façon, mon esprit est rempli de quelqu'un d'autre. Une paire d'yeux à tomber par terre, tu vois le genre.)

Justement, à ce moment-là, j'ai reçu un message de Thomas qui me prévenait que son cadeau arriverait demain.

Mon père : « C'est lui ? »

Calvin m'a dérobé mon téléphone, à ma plus grande horreur, et l'a ensuite donné à Hakeem. J'étais terrifiée, mais il s'est tout de suite détendu en voyant le nom de son meilleur ami.

Hakeem : « Pff, c'est rien, c'est Thomas. »

Ma mère : « Thomas ?! Il est trop vieux ! »

Hakeem : « Mais non, mama, il ne se passera jamais rien avec Tommy. On a un pacte implicite, nous, les mecs. On ne touche ni aux ex, ni aux sœurs. »

Ma mère : « Et les mères ? »

Hakeem : « Surtout les mères ! »

Ubaba a souri, amusé, et a joué des sourcils en lissant sa moustache.

Mon père : « Personne n'a parlé des pères. Ça veut dire que j'ai mes chances avec Tommy, alors ? »

Tout le monde a ri, sauf moi. Je suis restée muette, tentant de dissimuler mon air coupable. Personne n'a fait attention à moi sauf Brianna, qui me fixait du regard. J'ai tout fait pour l'ignorer, mais j'ai compris dans ses yeux.

J'ai compris qu'elle savait.

27 juin 2016.

Thomas a fait envoyer son cadeau, comme promis. Il s'agit d'un tourne-disque. Pas n'importe lequel, cela dit. Pile celui que je voulais, et dont je lui avais parlé au détour d'une conversation il y a huit mois, sans savoir qu'il s'en souviendrait.

Une larme clandestine a glissé le long de ma joue, mais je l'ai essuyée avant que quelqu'un en soit témoin. C'était la première fois depuis un an que j'étais pleinement heureuse. Bien sûr, je l'ai appelé aussitôt pour le remercier. Il s'en doutait, car il a répondu à la première sonnerie.

Lui : « Salut, Gollum. Alors, ça te plaît ? Tu peux le retourner, sinon. »

Je me suis confondue en remerciements. Je lui ai dit qu'il était fou, que je l'adorais, qu'il n'aurait pas dû, que je le détestais de ne pas être là.

Lui : « Comment vont les autres ? Ton frère a enfin de la barbe, ou a-t-on définitivement perdu espoir ? »

Moi : « Non... On attend toujours que sa puberté arrive, même à vingt-deux ans. »

Thomas : « Et de ton côté ? J'ai pas trop le temps de suivre ton parcours, mais Hakeem m'envoie des vidéos de toi parfois. T'as l'air heureuse. »

Je m'apprêtais à lui dire que oui, je le suis, je le suis vraiment. Que j'ai beaucoup de chance, que je suis reconnaissante de toute l'attention qu'on me porte. Mais au moment où ma bouche s'est ouverte, j'ai fondu en larmes. Je suis incapable de lui cacher quoi que ce soit.

Je lui ai assuré que ce n'était rien, juste de la fatigue.

Lui : « Je déteste qu'on me mente, Daisy. Crache le morceau ou j'appelle ton frère. »

Moi : « C'est juste... les filles avec qui je travaille. Elles ne m'aiment pas trop. »

Il m'a demandé ce qui me faisait penser ça. Comment dire ? Il faut littéralement être aveugle pour ne pas le voir ! Même si personne n'est là pour entendre Destiny me répéter des « Pas étonnant que tu aies l'air obèse à l'écran, si la caméra nous rajoute quatre kilos », ou la voir me pincer le bras après un *fansign*, dans le van, parce que les gens hurlent mon nom plus que le sien, il suffit d'observer avec attention nos apparitions publiques. C'est flagrant.

Moi : « Destiny me l'a dit directement, puis elle a ordonné à Dakota de ne pas me parler. On ne vit pas encore ensemble, heureusement, mais bosser sur le tournage de la série est un enfer. Si je reçois un peu plus d'attention qu'elle, elle renverse son café sur mes chaussures, vole mes affaires pour les mettre dans la poubelle, ou me tire les cheveux en passant. »

Une fois lancée, je ne pouvais plus m'arrêter, pas même lorsque j'ai entendu Thomas jurer dans sa barbe.

Moi : « Devant les caméras, c'est plus subtil En interview, on est toutes assises les unes à côté des autres, mais bizarrement, il n'y aura pas beaucoup de place pour moi. Elles feront la gueule dès que ce sera mon tour de parler, l'air de dire : "Elle me saoule." Elles vont tout faire pour m'éclipser sur une scène en se postant devant moi, ou elles vont ignorer mes blagues et plaisanter entre elles sans me laisser une chance de m'intégrer... Destiny passe son temps à me dire que je n'ai pas mérité ma place ici, que je leur fais honte, que je ne suis pas "si jolie que ça", que ma voix est banale, que je suis la préférée seulement parce que je cache mon vrai visage en jouant les innocentes. Quoi que je fasse, ça l'insupporte. Je ne sais plus quoi faire... »

Lui : « Putain, Daisy... Tu sais ce qu'elle mérite ? »

Moi : « Non ? »

Lui : « Une gifle. Je ne devrais peut-être pas te dire ça, mais tant pis : c'est simple, dans la vie, soit tu bouffes, soit tu te fais bouffer. Cette Destiny a tout compris, et elle a manifestement choisi son camp. Tu es trop gentille pour ce monde, il est temps de distribuer des coups de coude. Et de viser le visage. »

Ça m'a fait rire, parce que je le reconnaissais bien là. Mais je ne suis pas comme ça, et il le sait.

Thomas : « Ne la laisse pas t'atteindre. Sois plus intelligente qu'elle. Et rappelle-toi que si elle se comporte comme ça, c'est au contraire parce qu'elle est très faible. Sa jalousie et son manque de confiance en elle la poussent à rabaisser les gens meilleurs qu'elle. Car tu l'es, Daisy. Elle ne t'a pas choisie au hasard. »

Moi : « Tu as raison. Merci. »

Lui : « S'il te plaît, Dee... La prochaine fois, ne la laisse pas te dévaloriser. Tu es parfaite. »

J'ai gardé ses paroles précieuses au plus profond de mon cœur, un sourire idiot sur le visage. Mais au même moment, j'ai aperçu Brianna dans le reflet de mon miroir... devant la porte de ma chambre, ses yeux plissés dans ma direction. Je me suis figée, en panique.

Elle n'a rien dit, mais je pouvais facilement lire ses pensées sur ses traits. Et ce n'était pas bon signe.

1er juillet 2016.

Je ne peux plus m'arrêter de pleurer. C'est comme si quelqu'un là-haut voulait me punir. Si c'est ça, avoir seize ans, je n'en veux pas. Je veux rester jeune toute ma vie, innocente et naïve, auprès d'un Thomas qui me porte sur son dos et me paie des glaces en été.

Malheureusement, les temps ont changé. Brianna est venue me trouver hier, pendant que je bronzais dans le jardin. J'ai su tout de suite pourquoi elle était là. C'est peut-être pourquoi je n'ai pas eu le cœur de lui mentir quand elle m'a souri avec douceur en disant : « Tu as un gros béguin, pas vrai ? »

Moi : « C'est si évident que ça ? »

Elle : « Je suis ta sœur, je te connais par cœur. »

Moi : « Ne dis surtout rien à Hakeem ! »

Elle m'a promis de garder le secret, puis m'a demandé depuis combien de temps ça durait.

Moi : « Tu dois me trouver ridicule. Je sais qu'il est plus vieux et que c'est le meilleur ami d'Hakeem... mais je crois que rien n'est impossible quand on aime ! Quand je serai majeure, je lui demanderai de sortir avec moi et personne ne pourra jamais me l'interdire. »

J'étais déterminée, passionnée, remplie d'espoir.

En d'autres mots, j'étais idiote. Je l'ai compris quand elle a soupiré mon prénom d'un air gêné. Elle avait pitié de moi. Je me suis dit que je n'avais aucune chance, que je n'étais pas assez jolie ni assez intelligente, que je parlais trop... mais je me devais d'insister.

Moi : « Tu crois qu'il m'aime ? »

Elle : « Je crois... que Thomas n'aime personne. »

Moi : « N'importe quoi. Pourquoi tu dis ça ? »

Elle : « Thomas est sociopathe, Daisy. Il ne ressent pas l'amour comme nous. Il n'éprouve aucune empathie, aucune culpabilité à ses actions. Il n'agit que par intérêt personnel. Tu comprends ? Ce n'est pas toi, le problème. C'est lui. Même si ce n'est pas sa faute, bien sûr, il ne l'a pas choisi... Mais le résultat est le même : il ne t'aimera jamais. »

C'était comme si tout mon monde s'effondrait. Tout ce que je pensais se révélait faux. Je sais ce qu'est la sociopathie, bien sûr. J'ai vu assez de films sur le sujet. Mais... Thomas ? Impossible ! Et pourtant, tout le monde le savait sauf moi.

Il ne m'aimera jamais.

Moi : « Mais... Il n'est pas comme ça. Il est gentil, et il nous aime. »

Elle : « Il le cache très bien, c'est tout. Un sociopathe séduit pour mieux détruire. Il sonde les gens, il bombarde les gens d'amour et d'attention pour mieux les manipuler. Mais au fond, les sociopathes sont des personnes très narcissiques. Tout est faux. Elles ne pensent qu'à leur bien-être et à la satisfaction de leurs besoins. »

Moi : « Alors... il ne nous aime pas du tout ? »

Elle : « Peut-être que si. Mais différemment. Alors je crois que tu devrais tourner la page et oublier Thomas. OK ? »

Non, pas OK. Pas OK du tout. Car je vis désormais dans un monde où je vais sans cesse questionner l'affection que Thomas me porte, sans cesse douter de ses attentions, sans cesse me demander s'il essaie de me manipuler. Évidemment, il a fallu que Dieu me fasse tomber amoureuse du seul homme incapable de m'aimer en retour. Qu'ai-je fait pour mériter ça ?

3 juillet 2016.

Vous savez quoi ? J'ai pris une décision.

Celle de ne pas croire un mot de ce que Brianna m'a dit. Celle, aussi mauvaise soit-elle, de continuer à espérer.

Quitte à souffrir.

CHAPITRE 9

Not a woman, but a God

« Made of dirt and water, goddess like no other, first woman named Pandore. »

THOMAS

D'après la police, il n'y a aucun signe d'effraction si ce ne sont les clochettes retrouvées au fond de la poubelle. Ce connard les a décrochées et les a placées là en sachant pertinemment qu'on les verrait. Il l'a fait exprès.

Pour nous montrer à quel point c'était facile.

Daisy insiste, confirmant avoir vu et entendu quelqu'un, mais Kate considère que l'incident est sans conséquences. Personne ne la croit car elle était bourrée. Personne, sauf moi. Il y avait quelqu'un, je le sais.

C'est pourquoi je fais changer les serrures et augmente le nombre de caméras de surveillance. Je ne sais pas comment il ou elle a pu passer à travers les mailles du filet, et ce n'est pas faute d'avoir tout regardé plusieurs fois.

Daisy a été plutôt secouée… Plus encore quand elle a reçu un message privé de Frank le lendemain, *via* Twitter. Celui-ci s'excusait de lui avoir fait peur, disait qu'il voulait simplement la voir.

– C'était bien lui, alors, a soufflé Daisy en tremblant.

Ça m'a rendu malade. Elle l'a tout de suite *unfollow*, et m'a promis de ne plus jamais lui répondre. Je lui ai aussi dit de le bloquer, mais elle préfère garder un œil sur lui.

La bonne nouvelle, c'est qu'on a retrouvé une certaine harmonie. Elle a compris que je n'étais pas son ennemi.

– Tu aurais dû dormir un peu dans l'avion.

Daisy lève les yeux vers moi dans le miroir qui lui fait face, immobile. Sa maquilleuse s'occupe d'elle dans la folie des loges, cachant ses cernes.

– Pourquoi ? J'ai l'air fatiguée ? s'inquiète-t-elle.

J'ai droit à des regards noirs de la part des filles qui gravitent autour d'elle. Elle est belle, ce n'est pas le problème. Mais nous n'avons pas arrêté de bouger cette semaine. Nous avons volé jusqu'à Portland, Oregon, pour le tournage de la série. À peine rentrés à L.A., nous n'avons même pas eu le temps de passer par la maison. La voici sur le plateau du *Night Night Show*, prête à révéler la *title track* de son deuxième album pour la toute première fois. Je l'ai tellement vue répéter, jour après jour, nuit après nuit, que je la connais par cœur sans le vouloir.

Son téléphone se met à sonner et mon regard se porte sur l'écran par réflexe. Je lis le prénom de Zach avant qu'elle l'éteigne rapidement et le retourne face contre table. On n'en a pas encore parlé, mais cette histoire de faux couple commence à me taper sur le système.

– Qui c'est ?

Tais-toi, Kalberg. Je sais déjà qui c'est, bien sûr.

– Personne.

Fin de la discussion. Je résiste à l'envie d'insister lorsqu'une voix masculine m'interrompt :

– Alors là, tu me blesses.

Daisy se raidit sous mes yeux. Un homme apparaît derrière elle, que je reconnais pour l'avoir vu tant de fois en photo près de Daisy. J'ai son profil dans mes dossiers, aussi. Je sais tout de ce type, même ce qu'il s'évertue si bien à cacher. Zach McRae, le garçon au visage d'ange et à la réputation de playboy, accessoirement nouveau petit ami de Daisy aux yeux du public.

Je déteste la façon dont il la regarde en m'ignorant complètement. Un sourire nostalgique effleure ses lèvres tandis qu'il la contemple à travers le miroir. Je connais très bien ce sourire. Il veut dire : « Je la connais mieux que personne. » Et ses yeux… *Putain.* Ses yeux disent à tout le monde qu'il l'a déjà vue sans ses fringues. Ce n'était pas mentionné dans mes recherches, ça.

– Qu'est-ce que tu fais là ? demande Daisy sans préambule.

De toute évidence, quoi qu'ils aient pu être, c'est du passé. Je fixe Zach du regard, attendant le moment où il fera une erreur, rien qu'un pas de plus.

– Tu me manquais.

Daisy me jette un bref coup d'œil avant de détourner les yeux et de se lever. Elle est magnifique. Vêtue d'une brassière et d'un short taille haute dorés qui contrastent avec sa peau noire, elle brille de mille feux. Malgré ses cuissardes, elle est toujours ridiculement petite face à moi. Elle donne envie de la protéger.

– Je n'ai pas le temps, là. Appelle mon agent, la prochaine fois.

Zach hausse un sourcil, l'air amusé. Il ne semble pas comprendre le message, puisqu'il approche d'un pas et tend la main pour caresser sa perruque de cheveux frisés.

Il n'a même pas le temps d'atteindre son but. Ma main attrape violemment son poignet, ce qui le surprend. Je résiste au besoin viscéral de le lui tordre à 360 degrés. Un type a essayé une fois, et il s'est retrouvé avec la main cassée. Daisy s'en souvient sûrement.

– Ne touche pas à ses cheveux.

Mon ton est froid et tranchant. Il semble me voir pour la première fois depuis qu'il est arrivé. Zach plisse le front avec déplaisir, me reluquant des pieds à la tête.

– Et pourquoi ?

Parce qu'elle déteste ça. Déjà, petite, elle grognait agressivement dès que quelqu'un s'approchait pour les lui toucher.

Évidemment, je ne peux pas répondre une chose pareille. Ce serait bizarre. Je ne suis personne. Je ne suis pas censé le savoir, surtout.

– On ne touche pas les cheveux des gens qu'on ne connaît pas. C'est une base du savoir-vivre.

J'ignore le sourire secret de Daisy qui me nargue, puis lâche la main de Zach.

– Tu as un nouveau chien ? raille-t-il sans me quitter des yeux.

Daisy n'a même pas le temps de répondre. Je joins les mains derrière mon dos et réponds :

– Exactement. Et je mords, alors tu ferais mieux de faire attention à ce que tu dis.

Il le cache à merveille, je dois bien le reconnaître, mais malheureusement pour lui, je suis bel et bien un chien : je peux sentir la peur suinter de tous ses pores.

– Daisy, c'est à toi dans cinq ! hurle quelqu'un à la porte de la loge.

J'en profite pour la prendre par les épaules et contourner Zach, qui ne nous arrête pas. Il l'interpelle au moment de sortir :

– D, j'ai vraiment besoin de te parler après.

Daisy lui jette un regard par-dessus son épaule, nonchalante.

– Je suis assez occupée. Mais si c'est urgent, tu peux prendre rendez-vous auprès de Kate. Je dois avoir un créneau de libre… d'ici six mois.

Cette fois, je ne peux empêcher un sourire fier d'éclore sur mes lèvres. *Ça, c'est ma Daisy.*

– Très joli, je murmure dans le creux de son oreille tandis que nous nous dirigeons vers la scène.

Elle roule des yeux pendant qu'on l'aide à accrocher son micro et ses oreillettes.

– Il est con, mais pas méchant. Ne lui casse pas le poignet à celui-ci, s'il te plaît. Il en a besoin pour se branler, raille-t-elle en demandant un *high five*.

Ce n'est pas la première fois que je suis abasourdi de l'entendre parler de la sorte. C'est… déroutant. Je tape dans sa main, car je dois bien reconnaître que c'était drôle.

Je reste en retrait pendant qu'elle se prépare. Cinq personnes au moins l'aident. Elle est stressée, mais elle le cache comme une cheffe. Je lui propose une bouteille d'eau, qu'elle accepte sans pour autant la boire. Elle triture le bouchon et je devine qu'elle a besoin d'occuper ses mains.

Elle ouvre la marche dans le couloir, suivie de près par une équipe qui retouche ses cheveux en se plaignant qu'ils sont trop « difficiles à coiffer ». Daisy les fusille du regard sans rien dire. On entend un brouhaha s'élever tout près, puis le public impatient tape du pied pour la faire venir plus vite.

C'est comme une chanson, une mélodie de guerre, un hymne à sa gloire. C'est impressionnant. Nous arrivons enfin en coulisses. Derrière le rideau, je remarque une scène en forme de L. La foule qui l'attend est déjà en délire, brandissant pancartes et sticks lumineux. Finn est quelque part dans l'assistance, prêt à intervenir au besoin.

– Tu peux augmenter le son du micro, s'il te plaît ? demande Daisy à un ingé-son, alors qu'elle est occupée à enfiler ses oreillettes pailletées.

– Kate m'a dit qu'on faisait du playback.

Daisy soupire, l'air aussi déçue qu'agacée.

– Non, hors de question… Les gens verront la différence, hors de question que je mime des lèvres comme une idiote.

Il fonce je ne sais où, l'air paniqué. Je laisse Daisy souffler un bon coup, puis quand le présentateur annonce sa venue, elle lève les yeux vers moi à la recherche de réconfort.

– Essaie de ne pas te ramasser, lui dis-je pour tenter de la détendre. Ces talons font presque ta taille.

– Je sais que tu seras là pour me rattraper.

Je lui adresse un clin d'œil complice pour toute réponse, car elle a raison ; puis le rideau s'ouvre sur elle. Elle est aussitôt accueillie par des cris aigus. Daisy devient une personne entièrement différente sous mon regard effaré. Je crois que je ne m'y ferai jamais… Cet écart entre la fille que je connais et le personnage qu'elle s'est créé, celui que le monde entier aime et admire.

Le plateau est plongé dans l'obscurité, avec pour seule lumière un spot rose au plafond. La scène, quant à elle, a été décorée de fausse pelouse et de plantes et fleurs aux couleurs féeriques. On dirait un jardin de nymphe.

Daisy se plante au centre et chante les premières notes de sa chanson : *Not a woman, but a god*. Sa voix cristalline résonne dans mon cœur comme les paroles sacrées d'un ange envoyé sur Terre. Je suis traversé d'un frisson, que je réprime aussitôt.

Une déesse échappée de l'Olympe, rien de moins.

Je me surprends à être déçu quand elle s'éloigne de mon champ de vision. Je décide de quitter les coulisses pour me joindre à la foule, mais en restant en retrait. Je la vois beaucoup mieux désormais, descendant le long de la scène en forme de L. Des caméramans sont placés autour de la scène et parmi le public pour capturer ses moindres mouvements. Ses cheveux se prennent maintes fois dans le gloss de ses lèvres, mais elle reste professionnelle.

Les gens hurlent, galvanisés de la voir de si près. Je les comprends. Je commence à me demander ce que j'ai fait pour mériter de la voir gratuitement au quotidien ; mieux : pour mériter son amitié. Elle est époustouflante. Sa voix est belle et puissante, ses jambes nues sont pailletées et la façon dont elle bouge la rend incroyablement sexy. *Bordel.*

Un fan en fosse lui tend quelque chose que je n'arrive pas à discerner, un foulard peut-être, et Daisy l'accepte. Lorsqu'elle en drape ses épaules, je comprends qu'il s'agit d'un drapeau arc-en-ciel, symbole LGBT. La foule crie plus fort tandis que Daisy chante, déchaînée.

Des voix surviennent dans mon oreillette, mais je les fais taire. Là est ma première erreur.

Je suis tellement subjugué par la vue de Daisy, qui s'accroupit en tendant la main vers quelques fans, que je ne vois pas tout de suite le danger.

Je réagis trop tard quand elle se relève et manque de tomber. Une fan s'est accrochée à sa jambe comme à une bouée. Je m'élance vers elle, mais la traversée est fastidieuse. Personne ne veut me laisser passer.

– Poussez-vous, j'ordonne en les bousculant, le regard fixé sur Daisy.

Elle continue de chanter, un sourire crispé, plaqué sur sa bouche. La fan se sert de sa jambe pour s'élever sur la scène. Je manque de faire un AVC quand elle se retrouve debout à côté de Daisy… et la prend dans ses bras.

Daisy s'immobilise, sans s'arrêter de chanter. Je peux voir la peur dans ses yeux. La fille pleure de joie, ses bras fermement entourés autour du cou de Daisy, qui tente de se dégager gentiment.

La colère bout dans les veines qui strient mes tempes. Je suis enfin assez proche pour escalader la scène, au même moment que Finn, qui attrape violemment le bras de la fan pour la faire lâcher. Je passe le mien autour de sa taille et la soulève sans effort.

Daisy, enfin libre, recule et continue son show en souriant au public. Finn, l'air furieux, emmène la fan, qui hurle qu'elle ne voulait pas la blesser, qu'elle voulait juste lui faire un câlin. Je m'insère dans la foule à nouveau, ignorant les regards curieux, et garde un œil sur Daisy tout au long de sa performance.

Mes yeux surveillent les alentours, à l'affût de suspect. Je crois reconnaître quelqu'un, mais soudain il disparaît au milieu de la foule. J'ai dû me tromper.

Daisy, de son côté, fait comme si rien ne s'était passé. On pourrait croire que ça ne l'a pas effrayée, mais je sais à quoi m'en tenir. Ses mains tremblent autour de son micro, même quand elle salue le public en souriant une fois la chanson terminée.

Je la retrouve en coulisses, et pose ma main sur ses épaules.

– Dee… Ça va ?

Elle me présente ce sourire que je déteste, celui qu'elle réserve aux inconnus, et hoche la tête. Je veux insister mais Kate débarque, l'air furieuse.

– J'avais demandé qu'on ne fasse pas du live ce soir, lui reproche-t-elle. Et si tu t'étais plantée ?

Daisy n'argumente même pas. Elle retourne vers sa loge d'un pas las et commence à retirer ses chaussures.

– Désolée. Je veux juste rentrer et dormir.

***

Une fois à la maison, Daisy s'est enfermée dans sa salle de danse. J'ai dîné seul sur l'îlot de la cuisine, les yeux rivés sur mon téléphone portable. Depuis que j'ai emménagé ici, j'ai appris comment fonctionnait Twitter. La seule personne que je suis est Daisy. Je ne poste rien. Je me renseigne, c'est tout.

Je grince des dents devant tous les tweets qui commentent sa performance de ce soir. La majorité sont positifs. Certains s'extasient sur sa voix et sa tenue, allant même jusqu'à se plaindre de la fan qui a osé l'attraper par surprise. Je like tous ces commentaires.

D'autres, émanant pour la plupart des hommes, commentent son physique et expriment leur souhait de coucher avec elle juste une fois. Il y a même des nanas jalouses qui osent dire qu'elle est « plutôt banale finalement », et qu'elle a « pris du poids ». Ceux-là, je les signale.

Puis, comme tous les soirs, je vais jeter un coup d'œil au compte fan de Frank, le *stalker* de Daisy. Mon sang ne fait qu'un tour quand je vois de nouvelles photos, prises plus tôt dans la soirée. On y voit Daisy sur scène, merveilleuse, une marguerite parmi les fleurs.

Il était là. Ce connard était dans la foule, et manifestement très près de la scène, vu l'angle de ses photos. Je l'ai même peut-être bousculé sur mon chemin.

Et si… Je fronce les sourcils, pensif. Le temps d'une seconde, j'ai cru reconnaître ce type, le « paparazzi favori » de Daisy. Est-il un vrai fan, ou venait-il prendre des photos ?

– Taré, je souffle en lisant les tweets de Frank.

Il vante la performance incroyable de Daisy, puis menace de mort la fan qui a eu le culot de monter sur scène. Ses mots sont dérangeants. Il dit que Daisy lui appartient. Qu'ils sont amoureux. Qu'elle est une déesse pure que leurs mains sales n'ont pas le droit de toucher.

Ce mec doit être arrêté à tout prix.

– Daisy ? dis-je en toquant à la porte de sa salle de danse.

Mon appel reste sans réponse, alors j'entre. Comme je m'en doutais, Daisy est endormie sur le sol, vêtue d'une brassière et d'un pantalon de yoga. Il est 3 heures du matin.

Je la prends dans mes bras pour la ramener dans sa chambre, mais ses yeux papillonnent en chemin.

– C'est juste moi, je la rassure doucement avant qu'elle prenne peur. Tu t'es endormie par terre.

Elle referme les yeux, posant sa tête contre ma poitrine. Je l'allonge sur ses couvertures, où repose Tornade. C'est son spot favori quand il fait trop froid pour se balader dans le jardin.

Je devrais partir, la laisser dormir, mais je m'attarde quelques secondes. Une boucle de cheveux retombe en travers de ses yeux. Je veux l'écarter, mais change d'avis au dernier moment. Je serre le poing à la place.

– Daisy.

– Mmh ?

Son expression est triste. Elle me retourne le cœur. J'ai envie de lui enlever sa peine et de la supporter à sa place.

– Ne me regarde pas comme ça, sourit-elle faiblement. C'est le jeu auquel j'ai accepté de jouer, Thomas. Les câlins, les photos, les questions sur ma vie privée… Dans un sens, je ne m'appartiens plus.

Je lui demande ce qu'elle veut dire par là. Sa voix est faible et terrifiée, presque inaudible, mais elle suffit à me donner la chair de poule :

– À partir du moment où j'ai accepté d'être célèbre, je me suis donnée à eux.

Je comprends ce qu'elle veut dire. Quoi qu'elle fasse, le public aura toujours son mot à dire, son avis sur la question. En devenant un personnage public, elle a accepté les risques. Je déteste ça.

– Thomas ?

– Quoi ?

– Merci d'être là pour me rappeler qui je suis.

Je reste là, à la regarder dormir de longues minutes.

CHAPITRE 10

Lovesick

« I'll risk it all for you.
Just wished I didn't have to. »

DAISY

Zach me harcèle. Je commence à croire que mon unique menace, c'est lui. Malheureusement, je suis prise au piège. Je suis forcée de le supporter sur le tournage, et de sourire quand il me prend la main en sortant des studios. Zach et moi savons que des paparazzis immortalisent la scène « volée » derrière une voiture, qui est en fait une immense mascarade.

Je me déteste pour avoir accepté une chose pareille.

En dehors des gens qui m'accusent de *queer-baiting*[1] suite aux photos qui me montrent brandissant le drapeau LGBT, nos deux communautés sont aux anges. Les tabloïds ne parlent que de nous et de notre couple mythique. Ils pensent tous que nous sommes faits l'un pour l'autre.

---

1. Pratique consistant à laisser planer le doute sur sa sexualité afin de sous-entendre qu'une personne est autre chose qu'hétérosexuelle, dans un but marketing.

Certaines fans font des montages de toutes nos interactions, zoomant sur chaque détail, chaque sourire, chaque regard, afin de prouver l'amour qu'on se porte. Beaucoup sont persuadés que notre couple dure depuis longtemps déjà ; ce qui n'est pas faux, en soi.

Kate nous a forcés à faire une apparition ce soir, c'est pourquoi nous nous rendons à une soirée organisée par un ami chanteur. Hayley, Micah et Javier ont accepté de m'accompagner, sans quoi je n'aurais jamais pu passer une soirée seule avec Zach.

Je mets bien deux heures à me préparer avant de partir, et pas seulement parce que je ne retrouve plus certaines de mes culottes – ce n'est pas inhabituel. Un jour, j'ai vu Tornade emmitouflé dans l'un de mes soutiens-gorge, l'air de dire « Bah quoi ? » Il était tellement mignon que je le lui ai laissé. Il a joué avec pendant au moins deux semaines.

Le thème était « pop culture ». J'ai longuement hésité, pour finalement choisir de m'habiller en Sailor Moon. J'attends une réaction de la part de Thomas. Lorsque je monte dans la voiture, ses yeux refusent de se poser sur moi. Il semble faire la tête depuis le tournage de ce matin, où Zach et moi avons dû recommencer notre scène de baiser une bonne vingtaine de fois.

– Comment tu me trouves ?

Silence. Il se contente de faire démarrer la voiture, habillé de ses éternels jogging et tee-shirt noirs. Je répète ma question, qui reste sans réponse. Je déteste qu'on m'ignore. C'est pourquoi je me détache et escalade le frein à main. Cette fois, il réagit.

– Qu'est-ce que tu fais ? C'est dangereux, je conduis.

– Je fais en sorte que tu sois obligé de me regarder.

J'atterris sur le siège passager, ma jupe bleue remontant dangereusement sur mes cuisses nues. Je réajuste ma perruque blonde ainsi que le nœud rose sur ma poitrine.

Thomas grogne, frustré, et ferme les yeux le temps d'un instant.

– Pourquoi tu ne demandes pas à ton petit ami ?

– C'est *ton* avis qui m'intéresse, j'insiste sans relever.

– Crois-moi, Dee, tu ne veux pas le connaître.

Je rougis, piquée au vif. Est-ce que ça veut dire qu'il n'aime pas ? Me trouve-t-il ridicule ? C'est peut-être trop osé… Je tourne les yeux vers la fenêtre, hésitante à l'idée d'aller à cette fête tout à coup.

Thomas tourne enfin la tête vers moi, puis soupire doucement. Il s'apprête à dire quelque chose quand mon téléphone vibre. Une nouvelle notification m'indique que Zach a posté une photo de nous sur Instagram et m'a mentionnée. Il s'agit d'un selfie qui date de plusieurs mois ; nous sommes hilares sur son canapé. Sa légende se suffit d'un cœur.

– Il en fait vraiment trop, je grogne sans liker.

Thomas ne dit rien, même s'il a jeté un coup d'œil à mon téléphone et vu le post. Lorsque nous arrivons, mes amis sont déjà à la porte en train de fumer. Javier me voit en premier. Je constate qu'il est déguisé en Danny, de *Grease*, et je découvre son pin's préféré accroché à sa veste en cuir : le drapeau trans.

Micah me sourit, un bras autour de ses épaules, et glisse un sourire taquin vers Thomas.

– Désolé, mais seules les personnes déguisées peuvent entrer.

Thomas, impassible, ne répond pas. Il se contente de me coller pour montrer qu'il ne compte pas bouger d'un poil. Micah hausse un sourcil amusé.

– Cela dit… tu peux toujours enlever tes fringues.

Javier roule des yeux en lui assénant un coup de coude dans l'estomac. Micah émet un cri de douleur.

– Ou pas.

À l'intérieur, je ne connais pas la moitié des personnes présentes. J'aperçois Zach dans un coin, habillé en Woody de *Toy Story*, mais je fais tout pour l'éviter. Je suis interrompue par beaucoup de personnes, qui me proposent des soirées, des collabs et des partenariats. Je les renvoie tous vers Kate avec un sourire poli.

– Ce soir, on ne travaille pas ! dit Hayley en venant me sauver.

Je la remercie du bout des lèvres, soulagée. Après avoir pris des verres, nous allons nous poser près de la piscine pour tremper nos pieds. Je propose à Thomas de nous rejoindre mais il secoue la tête. Il refuse même le gobelet que je lui donne. *Rabat-joie.*

Je finis avec une guitare à la main, grattant un petit air sympa pendant que Javier interroge Hayley à propos de ses récents flirts. Celle-ci roule des yeux d'un air dramatique et explique ses mésaventures sur Tinder et compagnie :

– Les mecs ne font aucun effort. La plupart ne mettent aucune bio, et le reste n'affichent que leur taille. Je crois que si je vois encore un : « 1,86 m (apparemment, ça compte) », je vomis. Qu'est-ce que tu veux que je te dise, monsieur Gru ? « Félicitations » ?

– Au moins, Gru a un grand nez… On sait tous ce que ça veut dire, marmonne Micah.

Je fais comprendre mon dégoût tandis qu'Hayley éclate de rire en lui tapant dans les mains.

– Bah quoi ? se défend-il d'un air innocent. Quitte à inscrire une taille, qu'ils mettent celle de leur bite ! C'est le plus important.

Je m'étouffe avec ma bière, hilare.

– Pas vraiment, rétorque Javier en le fusillant du regard. L'important, c'est la façon dont on s'en sert.

Micah lui sourit mielleusement, déposant un baiser sur sa joue.

– Bien sûr, bébé… dit-il en grimaçant dans notre direction, puis il glisse dans mon oreille : Je dis juste qu'il y a une raison pour laquelle je suis le top.

Javier se lève en récupérant la bouteille de champagne qui reste.

– Je t'ai entendu, enfoiré.

Il disparaît dans la maison, l'air vexé, même si je sais qu'il fait semblant pour que Micah culpabilise. Ils adorent se réconcilier sur l'oreiller. Et ça fonctionne, car Micah part à sa suite, le suppliant de lui pardonner.

– Et toi, alors ?

Je me tourne vers Hayley, qui me regarde en jouant des sourcils. Je suis soudain très consciente du regard de Thomas sur mes omoplates. Il se trouve à quelques mètres. Je sais qu'il peut entendre tout ce que nous disons.

Je suis gênée de parler de ce genre de choses devant lui, et à la fois j'aimerais qu'il arrête de penser que je suis une petite fille. Je souhaite qu'il comprenne que j'ai grandi, que je suis une femme.

– Bah écoute, depuis que Zach m'a larguée pendant qu'on faisait l'amour… rien de neuf.

J'essaie d'en rire, mais ça sonne faux. C'est encore trop tôt, je crois.

– Aucun regret, chérie, me rassure-t-elle. Dis-toi que tu t'es convaincue qu'il était beau pour sortir avec lui.

J'éclate de rire.

– Quoi ? C'est vrai ! On fait toutes ça. Dès qu'on nous demande une photo de notre mec, on répond : « OK, mais il est mieux en vrai ! », ou : « Il n'est pas photogénique. » Soyons juste honnêtes, au lieu de vouloir protéger leur ego super fragile !

Je ris tellement que ma bière me ressort presque par les narines. Elle a raison ! Bien sûr, Zach est très beau malgré tout. Mais plus le temps passe, et moins je le trouve attirant. Sa mauvaise personnalité est tout ce que je vois désormais.

– En plus, il ne sait pas baiser, marmonne Hayley.

– Hayley ! je m'écrie en me cachant le visage.

– Faut dire ce qui est. Le gars n'a rien pour lui. Il est idiot, il n'a aucun talent, il baise comme un pied et il trouve quand même le moyen de ne pas se prendre pour de la merde ! Je ne juge pas, hein. Moi aussi, j'ai mes défauts. Est-ce que je m'aime ? Non. Est-ce que je coucherais avec moi-même si je le pouvais ? Totalement.

C'est drôle comme elle vient de résumer mon état d'esprit en quatre phrases seulement.

– Je te l'ai dit, tu aurais dû te taper Finn depuis bien longtemps à la place. Avec lui, tu aurais plus de chances de connaître l'orgasme au moins une fois dans ta vie.

Seigneur, qu'elle se taise ! Je me redresse et la prends par le bras, prétextant une visite aux toilettes. Je garde les yeux baissés lorsque nous passons devant Thomas, qui n'a pas bougé d'un poil. La brûlure de son regard intense me fait frissonner.

– Il ne t'a pas lâchée des yeux, chuchote Hayley quand nous nous retrouvons seules dans le couloir.

– Qui ça ? Zach ?

– Non, idiote. Thomas !

Oh. Je cille en lui ouvrant la porte des toilettes. Elle baisse sa culotte devant moi et se soulage. Je hausse les épaules.

– Il ne serait pas un très bon bodyguard sinon, tu ne crois pas ?

Elle remonte sa culotte et tire la chasse. Je m'adosse au lavabo pendant qu'elle se lave les mains.

– Ce n'était pas ce genre de regard, crois-moi. Ce mec-là, il veut te…

Je plaque ma main sur sa bouche pour faire taire les obscénités qui en sortiront. Sa langue me lèche la paume pour me faire lâcher prise. Je fronce le nez avec dégoût mais elle sourit.

– Tu en fais ce que tu veux. Je te le dis, c'est tout.

Sur ce, elle me laisse seule dans les toilettes. J'y reste de longues minutes, la tête sens dessus dessous. Est-ce qu'elle dit vrai ? Hayley a un sixième sens en la matière, je lui fais entièrement confiance.

Mais là, il s'agit de Thomas. Le meilleur ami de mon frère. Mon bodyguard. Le type sociopathe qui ne m'aimera jamais en retour et que j'ai mis quatre ans à oublier.

Et s'il avait changé d'avis ?

Je soupire et pousse la porte pour aller retrouver les autres. Je suis arrêtée dans ma course lorsque je tombe nez à nez avec…

– Zach ?

Mon ex est là, devant moi, et je suis tellement surprise que je ne le repousse pas quand il me prend par la main et m'attire dans le couloir.

– Enfin seuls, sourit-il. Il faut que je te parle, D.

Ugh. Il commence à vraiment m'énerver. C'est lui qui m'a larguée, non ? Pourquoi ne passe-t-il pas à autre chose ?

– Qu'est-ce que tu veux ? Personne ne nous voit, alors arrête la comédie.

Zach me regarde droit dans les yeux, un doux sourire aux lèvres, et l'espace d'un instant je me demande comment j'ai pu tomber pour ça.

– Ce n'est pas une comédie. D, j'ai fait une erreur.

En portant cette chemise moche, oui, ça, c'est sûr.

– J'ai eu peur. Je regrette d'avoir mis fin à ça, à nous. La vérité… c'est que je t'aime, Daisy. C'est vrai. Je suis amoureux de toi et je ne suis pas du genre à me refuser le plaisir de dire des choses vraies. Je suis amoureux de toi et je sais que l'amour n'est qu'un cri dans le vide, que l'oubli est inévitable, que nous sommes tous condamnés, qu'un jour viendra où tout ce qu'on a fait redeviendra poussière, je sais que le Soleil avalera la seule Terre que nous aurons jamais et je suis amoureux de toi.

Je fronce les sourcils, croisant les bras sur ma poitrine. Croit-il que je suis idiote ?

– Waouh. C'est magnifique.

– Merci. C'est sincère…

– Et c'est surtout une réplique du film *Nos étoiles contraires*.

Il ouvre la bouche, bien moins gêné que je le serais à sa place, et laisse échapper un petit rire.

– C'est parce que je suis nerveux… Mais Daisy, je ne suis qu'un garçon, debout devant une fille, et qui lui demande de l'aimer.

– *Coup de foudre à Notting Hill*. Très beau film.

Je le regarde d'un air blasé, mais patient. Cette fois, il se racle la gorge, ennuyé.

– S'il te plaît, écoute-moi, soupire-t-il en posant les mains sur mes hanches. Je t'ai repoussée, et je t'ai fait croire que les choses étaient ta faute, mais en fait j'avais juste peur de souffrir. Je ne voulais pas être esclave de ce que je ressens pour toi. Tu comprends ?

Cette fois, il me faut quelques secondes avant de retrouver où j'ai déjà entendu ces mêmes mots. *Skins*, saison… 4 ?

– Tu te fous de moi ? Zach, je suis actrice, je m'y connais un tout petit peu en références cinématographiques !

Il gronde d'agacement, comme si je devrais faire semblant de le croire.

– Pas la peine de me faire culpabiliser ! Tout ce que je dis, c'est que je me suis trompé. Tu me manques et je veux qu'on se remette ensemble. On était bien, non ?

– Pas vraiment.

Je fixe Zach du regard un long moment sans trop y croire, me demandant comment j'ai pu rester avec lui si longtemps. Il y avait forcément un truc que j'aimais bien chez lui, non ? Alors pourquoi suis-je incapable d'en citer un seul, là tout de suite ?

– J'ai rompu avec toi pour voir si tu allais te battre pour nous. Je pense qu'on devrait saisir cette opportunité, profiter de cette histoire de « faux couple ».

– Non merci, je…

– Il y a quelqu'un derrière toi qui nous filme, chuchote-t-il soudain à mon oreille. Bouge pas.

Je me fige, ne sachant comment réagir. Cela lui laisse le temps d'enrouler ma taille d'un bras et de poser sa bouche sur la mienne.

J'ouvre grand les yeux, interdite. Sa main me maintient fermement le crâne. Je suis prise au piège. Je m'apprête à le repousser quand un mouvement attire mon attention.

Mes yeux croisent ceux de Thomas, au bout du couloir. *Merde.* Son regard est noir et meurtrier, mais il ne dit rien. L'échange ne dure que deux secondes, pas plus. Puis il nous tourne le dos. Toutefois, il ne part pas.

Il monte la garde.

Je repousse Zach, dégoûtée, et résiste à l'envie de m'essuyer la bouche du revers de la main.

Demain, notre baiser sera en TT sur Twitter, je le sais d'avance.

– Si tu m'embrasses à nouveau sans ma permission, je chuchote à son oreille, le type derrière toi te pète les jambes. C'est compris ?

Zach avale sa salive, l'air soudain très sombre.

– T'as changé, Daisy…

– Non. Tu n'as jamais fait l'effort de me connaître vraiment, c'est tout.

CHAPITRE 11

I love myself

« I'm perfect the way my mama made me,
so don't even try to stop me. »

THOMAS

Zach McRae est devenu l'homme à abattre.

Non seulement je dois supporter de le voir embrasser Daisy sur le tournage, mais désormais le monde entier pense qu'elle lui appartient. La photo d'eux en train d'échanger un baiser a déjà fait le tour d'Internet. Tous ces gens crient au « couple parfait » alors que cet enfoiré a osé rompre avec elle pendant qu'ils s'envoyaient en l'air.

C'est un problème. Bien sûr, que c'en est un.

Pourquoi ça me surprend ? Daisy est une adulte, et une femme magnifique qui plus est. Évidemment, qu'elle a une vie sexuelle active ! C'est juste… difficile à digérer.

Même si elle parle d'orgasme à voix haute, même si elle prononce le mot « bite » à tout-va, même si elle se balade en minijupe et bas résille, même si je dois supporter la vue de sa lingerie en dentelle tous les matins lorsqu'elle sèche sur le radiateur…

Putain. Réveille-toi, Kalberg ! C'est de Daisy qu'on parle.

Je suis en manque. C'est la seule explication possible. Seulement… Fut un temps où elle ne voyait que moi, et maintenant qu'elle a tourné la page, voici le genre de type qu'elle choisit ? Elle peut faire mieux.

– Tu fais quoi ? je demande en débarquant dans le salon un soir.

Daisy est assise sur le canapé, en train de regarder un film. J'y jette un coup d'œil sans le reconnaître. Le cinéma et moi, ça fait deux.

– Je regarde *Bodyguard*. Je ne comprends pas pourquoi tout le monde aime ce film, dit elle en repliant ses genoux sous son menton. Les acteurs sont incroyables, mais la romance ne me fait ni chaud ni froid. Et puis, c'est quoi cette fin ? C'est n'importe quoi ! Ah, et ne me lance pas sur le sujet de sa diablesse de sœur, parce que j'aurais trop de choses à dire !

Je ne l'écoute même pas. Mon regard s'est automatiquement posé sur elle, à l'endroit où son short de pyjama remonte dangereusement sur ses cuisses. C'est comme si elle ne portait rien. Une chaleur familière s'empare de moi, m'empêchant de penser clairement.

– Tu sors avec Zach ?

Cette fois, je la regarde droit dans les yeux. La question a jailli de manière intempestive, mais elle fait mouche. Daisy papillonne des paupières en me regardant, surprise.

– Non. C'est pour de faux, et tu le sais.

– Ça n'avait pas l'air pour de faux, l'autre soir.

Elle fronce les sourcils, l'air troublée. Moi-même, je m'ordonne intérieurement de me taire. Qu'est-ce que ça peut me foutre, d'abord ? J'étais le premier à dire que je ne me mêlerais pas de sa vie privée ! Je ne suis que son garde du corps, rien d'autre.

– Et si c'était le cas ? demande-t-elle après s'être levée, s'approchant de moi à petits pas. Ça t'embêterait ?

Oui.

– Tu fais ce que tu veux.

Elle se plante devant moi, me forçant à baisser la tête. Je garde une expression neutre malgré les sentiments contradictoires qui m'étouffent. Je ne saurais pas leur donner de nom, puisqu'ils sont tout nouveaux.

De la jalousie ? Je dois me souvenir que Daisy ne m'appartient pas. Que ce n'est pas une chose. Qu'elle n'est pas comme tout le monde, que je ne peux pas me jouer de ses émotions, que je me refuse à la manipuler pour arriver à mes fins. Pas cette fois.

– Hakeem m'a dit de surveiller les hommes qui tentent de poser la main sur toi, c'est tout.

Elle arque un sourcil, et soudain, l'adolescente timide qui rougissait dès que je coulais un regard sur elle disparaît pour de bon. Elle me défie, mais je refuse d'entrer dans son petit jeu.

Je serre toutefois le poing le long de mon corps quand l'odeur de son huile de coco me chatouille les narines.

– Tu n'as pas de souci à te faire à propos de Zach, murmure-t-elle. Je ne compte pas me remettre avec lui.

– Pourquoi ?

Tais-toi, bordel.

– Parce qu'il ne me donnait pas ce que je veux.

– Et qu'est-ce que tu veux ?

Je ferais mieux de me taire, avant que je fasse quelque chose que je risque de regretter… mais c'est dur. J'ai l'habitude de prendre sans m'en excuser. J'ai toujours ce que je veux, quitte à faire souffrir les autres. Mes besoins passent en premier, toujours.

Et là tout de suite, j'ai envie de… de…

Sa poitrine frôle le fin tissu de mon tee-shirt. Daisy ne brise pas le contact visuel quand elle répond :

– Et toi ? Qu'est-ce que tu veux, Thomas ?

Je ne peux empêcher mon regard de se baisser vers sa bouche pulpeuse. Ses lèvres s'entrouvrent légèrement, assez pour que j'y passe le doigt si j'en ai envie. Mais soudain je les revois se plaquer contre celles de Zach et je grince des dents. Hors de question.

– Que tu choisisses tes mecs avec plus de soin, je rétorque en me détournant. T'as très mauvais goût, Dee.

Et je me mets dans le lot – surtout moi, en fait. Je m'écarte d'elle avec un self-control dont je suis étrangement fier, prétendant aller me servir à boire. Je n'aurais jamais pensé que Daisy puisse me mettre dans un tel état.

C'est comme si j'apprenais à connaître une toute nouvelle personne.

– Je suis d'accord, dit-elle sans même me regarder, l'air un peu déçue.

Sur ces paroles, elle se dirige vers l'escalier pour monter dans sa chambre. Je laisse échapper le souffle que je retenais, enfin seul. Daisy pense-t-elle encore à moi de cette façon ? Je n'y ai jamais accordé d'importance avant, mais désormais…

Daisy Coleman m'attire diablement.

Je m'éclaircis les idées en regardant la télé, puis donne à Tornade de quoi grignoter. Je finis par remonter à l'étage, décidé à dormir jusqu'au lendemain. La chambre de Daisy est à l'autre bout du couloir, à l'opposé de la mienne. Mais pour une raison que j'ignore, j'hésite.

Je me suis montré trop curieux. Je ne veux pas qu'elle se fasse des idées. C'est pourquoi je marche jusqu'à sa porte, prêt à mettre les choses au clair.

Mais ma main se fige soudain sur la poignée.

…

Oh.

…

Je reste immobile, le cœur tambourinant furieusement dans ma cage thoracique, tandis que je digère les sons qui font écho contre les murs. Je devrais m'en aller. C'est déplacé. C'est intime. Mais mon imagination s'emballe tandis que j'entends Daisy gémir doucement.

Je l'imagine allongée sur son lit, sa couverture paresseusement emmêlée entre ses jambes nues… la tête rejetée en arrière sur ses oreillers, les yeux fermés… son tee-shirt remonté sur ses reins, et sa main disparue dans son mini-short…

Je ferme les paupières, mon front appuyé contre la porte. Mon érection est impossible à ignorer. Les sons que Daisy émet en se masturbant me font perdre les pédales. J'imagine que ce sont mes doigts… ma langue… et lorsqu'elle jouit dans un cri étranglé, probablement étouffé par sa main, mon corps entier est brûlant de désir.

Il me faut toute la volonté du monde pour faire demi-tour.

***

Le lendemain, je trouve Finn dans le salon, concentré sur l'écran de son téléphone. Quand il me voit arriver, son air inquiet se craquelle.

– Où est Daisy ? je demande.

Je n'ai pas dormi de la nuit. Ou plutôt, je n'ai fait que me retourner, encore et encore, en espérant calmer mes pulsions indécentes.

– Elle répète. J'ai essayé de la tenir loin des réseaux sociaux toute la journée, mais… elle va forcément le voir. Comment on fait ?

Je plisse le front, intrigué, et accepte le portable qu'il me tend. Je fais défiler les messages sur Twitter ainsi que les commentaires sous sa dernière photo, que Kate a postée à sa place hier matin. C'est un cliché d'elle et Zach sur le tournage de la série.

Merde.

– Je sais que c'est pour de faux, mais… Ça va loin.

En effet, certaines fans de Zach ont enflammé les réseaux. Elles traitent Daisy de « connasse opportuniste », l'accusant de sortir avec lui pour profiter de sa célébrité, notamment avec la promotion de son nouvel album qui approche.

Ce ne sont que des conneries.

– Du nouveau du côté de Frank ?

Je vérifie son profil aussitôt. Son *stalker* a effectivement parlé sur le sujet. Il la défend bec et ongles auprès des fans déjantées qui lui reprochent de voler leur star favorite. Bien sûr, personne ne reproche à Zach de profiter de la popularité de Daisy ; alors que c'est exactement ce qui se passe.

Frank a également posté un message à destination de Daisy elle-même : « Je te fais confiance. Je te crois, parce que nous savons toi et moi que tu m'appartiens. Tout comme je t'appartiens. On est faits l'un pour l'autre. »

– Putain. Ne la laisse pas voir ça, et signale-le, dis-je à Finn en lui rendant le téléphone.

Il acquiesce tandis que je monte les marches deux par deux. La porte de sa chambre est entrouverte, et je marque un temps d'hésitation avant d'entrer. Les souvenirs d'hier me heurtent de plein fouet mais je les enterre bien profond.

Habillée d'un short en jean taille haute et d'un pull Scarface, Daisy fait les cent pas, une feuille à la main.

– Tu t'en sors ?

Elle sursaute en faisant volte-face, surprise. Je m'excuse de lui avoir fait peur, tout en entrant dans la pièce. Un bandana blanc recouvre sa tête, d'où quelques mèches s'échappent sur son front.

– Je répète mes scènes de la semaine prochaine et c'est un énorme échec. Je n'en peux plus… Je suis nulle, je n'y arrive pas. Je crois que je vais abandonner et passer la journée sur TikTok, dit-elle en laissant tomber sa feuille sur le lit.

Une alerte se déclenche dans mon cerveau tandis qu'elle tend la main vers son portable, posé sur la table de chevet. Je me rue vers elle et l'attrape par le poignet avant de réfléchir.

– Attends. Je peux t'aider.

Sa réaction est la même que la mienne. Je peine à croire ce que je viens de dire. Je n'ai vraiment aucune envie de faire ça… mais je veux encore moins qu'elle googlise son nom ce soir.

– Toi ? M'aider ?

– Quoi ? Tu ne m'en crois pas capable ? je la taquine en saisissant son script.

Daisy croise les bras sur sa poitrine, l'air un peu timide.

– Ce n'est pas ça…

Je lis le texte en diagonale, histoire de savoir dans quoi je m'embarque. Je comprends mieux sa gêne quand je saisis de quel genre de scène il est question. Le personnage de Daisy et celui de Zach se réconcilient après une dispute motivée par la jalousie…

Je ne laisse rien transparaître, les dents serrées. C'était une très mauvaise idée. Combien de fois doivent-ils s'embrasser, bordel ? Je pensais que c'était une série pour ados !

– Laisse tomber, OK ? dit-elle en devinant ma gêne sur mon visage pourtant impassible. Je ne vaux rien aujourd'hui.

Il ne m'en faut pas plus pour me décider. Je déteste qu'elle dise des choses pareilles. Je l'ai vue de mes propres yeux sur le tournage ; elle est exceptionnelle, bien plus encore que ce que je pensais.

– Donne-moi juste le temps de me mettre dans le personnage, dis-je en me raclant la gorge.

Elle fronce les sourcils, étonnée, puis son visage finit par s'illuminer. Je lis le dialogue une seconde fois en tentant de me préparer. Mes yeux s'accrochent à la phrase en italique : « Ils s'embrassent passionnément. »

Je sais que nous n'avons pas à nous embrasser, mais mon corps frissonne d'électricité contenue. Depuis hier, il semble grésiller sans que je puisse le calmer.

– Je suis prêt. Vas-y.

Je la regarde se concentrer, le regard dans le vide. Une respiration plus tard, Daisy est quelqu'un d'autre. Elle se transforme sous mes yeux et devient une étrangère à mon cœur. C'est toujours aussi surprenant, même après plusieurs fois.

– Cette fille… elle est tout ce que je ne suis pas, dit-elle avec une expression faussement peinée. Je déteste vous voir ensemble, alors je me suis fait des idées.

Je jette un coup d'œil à mon script, mais pas assez longtemps pour risquer de la déconcentrer, et lance ma réplique :

– Callie… Quand vas-tu enfin comprendre ?

Je marque l'arrêt sur ma prochaine phrase sans trop le vouloir, mais elle ne semble pas le remarquer. Elle est totalement immergée dans son rôle.

Je déglutis et murmure en avançant d'un pas :

– C'est toi. Ça a toujours été toi.

Ugh, tellement niais que ça me donne envie de vomir.

Son expression se fait pleine d'espoir, jusqu'à ce qu'elle secoue la tête et détourne le regard en se grattant l'intérieur du poignet.

– Ne dis pas des choses que tu ne penses pas…

Bordel, ce qu'elle est douée. Je regarde ma feuille et vois que le personnage de Zach tente de lui prouver qu'il tient à elle depuis toujours en évoquant tout ce qu'ils ont vécu ensemble.

– Comment pourrait-il en être autrement ? je demande en posant ma main sur sa joue, comme l'exige mon rôle. Parfois, j'ai l'impression que tu as toujours été là… près de moi. On a tout fait ensemble. Même loin de toi, je n'ai jamais cessé de penser à toi.

Cette fois, quelque chose se craquelle au fond de son regard, en harmonie parfaite avec le salto qu'effectue mon cœur. Mes mots font parfaitement écho à notre situation ; tellement que c'en est gênant.

J'en oublie presque le script, mon rôle, tout le reste. Je m'approche davantage encore et baisse la tête pour presser mon front contre le sien. Mon corps bourdonne et je peine à me contenir.

Elle tremble légèrement contre moi. Je devrais tout arrêter avant de gâcher le moment, mais j'en suis incapable. Sa peau est chaude sous la mienne. Ses yeux sont intenses, son parfum, enivrant. Mon regard se perd sur ses lèvres brillantes, cette même bouche d'où sont sortis ces merveilleux sons hier soir…

Soudain, nous ne sommes que Daisy et Thomas.

– On ne devrait pas faire ça, souffle-t-elle et je sais sans avoir à regarder que ça ne fait pas partie du scénario.

Non. On ne devrait pas.

– Alors pourquoi est-ce que j'en ai tellement envie ?

Elle ouvre la bouche, interdite. Sa poitrine s'abaisse et se soulève contre mon torse, et la friction minime est suffisante pour me faire chavirer. La seconde qui suit, ma main entoure sa nuque et l'attire à moi dans un mouvement ferme. Mes lèvres se plaquent sur les siennes avec une douceur inattendue.

Un soupir lui échappe instantanément, qui se réverbère dans ma bouche, comme si elle attendait ça depuis toujours, et putain, je me surprends à espérer que ce soit le cas.

Elle se met sur la pointe des pieds pour avoir meilleur accès, si bien que j'enroule un bras autour de sa minuscule taille pour la soulever un peu. Le désir se diffuse dans mes veines tandis qu'elle ouvre la bouche et mêle sa langue à la mienne.

Je suis foutu.

Une partie de moi veut la dévorer, mais l'autre m'intime de savourer, de prendre mon temps, de ne pas la casser. Je l'embrasse avec tendresse, mais passion, et bordel, ses lèvres sont si douces, et sa main dans mes cheveux me rend dingue.

Je suis incapable d'empêcher mes mains tandis qu'elles explorent son corps. Elles glissent le long de son dos, puis épousent la forme de ses hanches par-dessus son haut. Elle est si petite. J'ai envie de la protéger. Que personne ne la touche plus jamais. Qu'elle soit à moi.

Attends, quoi ?

– Oh, Tommy, soupire-t-elle entre deux baisers.

Je me raidis tout à coup. Elle s'apprête à glisser la main sous mon tee-shirt quand je me réveille enfin.

C'est *Daisy*. Dee. Ma cliente.

Qu'est-ce que je suis en train de faire, bordel ? Je me détache d'elle à contrecœur, le souffle court. Ses joues rouges, preuves de son excitation, n'aident pas à calmer mon érection.

– Je peux pas faire ça, dis-je d'un ton désolé.

Et je le suis. Énormément.

Si la situation était différente, si c'était quelqu'un d'autre, je le ferais. Mais je tiens à elle. Daisy n'est pas seulement la petite sœur d'Hakeem ni même ma cliente. C'est quelqu'un que j'adore. Elle ne mérite pas que je joue avec ses sentiments.

– Pourquoi ? demande-t-elle doucement, l'air blessée. Je sais que tu en as envie…

Ma poitrine se pince à l'idée de lui faire du mal. Mon job est justement d'éviter que cela arrive, et voilà que j'en suis le principal responsable. Je caresse sa joue avant de mettre une certaine distance entre nous, si bien que son bras retombe contre son flanc. Je suis un enfoiré.

– Je ne suis pas amoureux de toi, Dee.

Je veux qu'elle l'entende. Qu'elle sache que c'est impossible. Qu'elle abandonne tout espoir qu'elle pourrait encore nourrir. Je reconnais la douleur sur ses traits avant qu'elle serre les dents en réponse.

– J'en suis incapable. Tout ce que je pourrais te donner, c'est ça.

– Qui te dit que je veux plus ? rétorque-t-elle, piquée au vif. Je ne suis plus une petite fille qui croit aux princes charmants, Thomas. Moi aussi, je pourrais juste vouloir du s…

– Je t'en supplie, ne finis pas cette phrase, dis-je en lui tournant le dos, prêt à partir.

– Pourquoi ? s'exclame-t-elle, désormais énervée. Arrête de me traiter comme une princesse, putain ! Je ne suis pas une poupée de porcelaine, OK ? J'en ai marre, qu'on me mette sur un piédestal, marre, qu'on ne veuille pas détruire mon innocence, marre, qu'on me trouve mignonne, marre, qu'on « me respecte trop », marre, marre, marre ! Qui c'est, cette fille que vous croyez que je suis, bordel ? T'en as envie, moi aussi, alors pourquoi pas ?

Et c'est à ce moment précis que je sais. Je sais que je suis sur le point de dire une connerie. Mais les mots se précipitent sur ma langue et trop vite, ils sont lâchés en pleine nature :

– Parce que tu es comme ma sœur, putain !

CHAPITRE 12

(Not) Pretty enough

« Why should
I be pretty so that they listen to me ? »

DAISY

– Il a dit *quoi ?* s'offusque Micah en me tendant le cintre sur lequel pend une robe à plumes décolletée.

Mon ami est le styliste chargé de m'habiller aujourd'hui. C'est un jour spécial, puisqu'il s'agit de ma première couverture *Vogue*. Kate m'a déposée ce matin en me souhaitant bon courage, puis Micah a pris le relais.

Seulement vêtue d'une fine culotte, je le laisse m'aider à enfiler le vêtement. Je n'ai aucune honte ni pudeur devant lui, et pas seulement parce qu'il est gay. On partage tout ; sauf Javier, il ne faut pas déconner.

– Que j'étais comme sa sœur…

Je ne m'en remets pas. Sur le coup, la phrase m'a donné envie de mourir. C'était la pire chose qu'il pouvait dire et il le sait, surtout après m'avoir donné ce que je souhaitais avec tant d'ardeur.

L'espace d'un instant, rien qu'un, Thomas m'a enfin retourné le regard que je pose sur lui depuis dix ans. La seconde d'après, il a tout fait éclater en morceaux. Je me suis contentée de sourire en disant : « Si tu le dis. »

Ça fait trois jours et aucun de nous n'a abordé le sujet à nouveau.

– Après qu'il t'a lavé la glotte ? Bah bien sûr, ricane Micah en zippant la robe dans mon dos.

J'aimerais le croire, mais c'est difficile. La vérité, c'est que je regrette de l'avoir rencontré quand j'étais jeune. J'en ai marre qu'il voie toujours la Daisy de douze ans qui parle de pharaons et qui danse sur Arctic Monkeys dans son pyjama Naruto. Je veux être la Daisy femme fatale qu'il a du mal à regarder dans les yeux. Celle qu'il ne peut pas chasser de son esprit, dans son lit tard le soir.

Je m'en fiche, qu'il ne soit pas amoureux de moi !

Pour une fois, je veux prendre des risques, avoir le cœur brisé, ne rien regretter. *Vivre.*

– Daisy, chérie, tu sais ce qui est plus fragile encore que la carrière d'actrice de Paris Hilton ? L'ego masculin.

Je ne peux m'empêcher de rire. C'est bien vrai.

– Les femmes le savent et en jouent depuis des millénaires. Ces idiots ne supportent pas qu'un autre mange dans la même assiette qu'eux.

– Je ne te suis plus là, j'avoue…

– La jalousie est une arme très puissante, sourit-il finalement. Thomas n'est pas différent des autres.

Justement si, il l'est. C'est bien ce qui me pose problème. Brianna avait raison, il y a six ans. M'accrocher à Thomas ne m'apportera rien de bon. Pourtant, j'ai très envie de me brûler les ailes.

– Je crois que tu as raison... Il m'a beaucoup questionnée à propos de Zach.

Micah opine en me tendant des boucles d'oreilles pendantes en diamants. Je les enfile en lui expliquant mon plan d'action : détruire mon image de petite fille pour faire comprendre à Thomas qu'il a tout faux, que j'ai changé, que je suis devenue une femme.

– Il ne sait pas ce qui va lui tomber dessus, sourit Micah tandis qu'il s'agenouille pour nouer l'attache de mes talons.

Je finis de me préparer, puis sors de ma loge en compagnie de ma maquilleuse. L'équipe m'accueille très chaleureusement, chacun s'affairant à son job. Je zieute les appareils photo d'un œil excité, m'imaginant déjà devant la toile de fond blanche.

– Waouh ! Tu es trop mignonne, me complimente la photographe en touchant ma perruque de cheveux lisses.

J'ai un mouvement de recul automatique, et je regrette presque que Thomas ne soit pas là pour lui taper sur la main. Je lui offre un sourire crispé à la place.

Pas belle, ni sublime, ni magnifique, ni sexy. Mais « mignonne », « adorable »... Des adjectifs que j'en suis venue à détester. C'est bête, non ? Et pourtant !

Le public me voit comme un petit chiot qu'on veut protéger, une poupée qu'on veut préserver, une fleur qu'on ne veut surtout pas « souiller ».

– Prête ? On va partir sur quelque chose de très féminin, très coloré, très pop. Tu n'as pas peur des animaux, si ?

Je secoue la tête, tout sourire. On m'installe au milieu, assise sur un tabouret en bois, et soudain on pose un perroquet sur mon bras. Les flashs m'aveuglent mais j'ai l'habitude. Micah ne reste pas loin, prêt à rajuster ma tenue ou mes cheveux entre chaque pose.

Je change de vêtements trois fois, en fonction des tableaux. La photographe a l'air d'adorer. C'est un rêve que je suis en train de réaliser ! Lorsque c'est terminé, elle vient me voir dans les loges.

– Je voudrais te proposer quelque chose… d'un peu plus osé.

– C'est-à-dire ?

– Tu accepterais de te dénuder ? Rien de scandaleux ! s'empresse-t-elle d'ajouter en me voyant froncer les sourcils. J'imaginais quelque chose de très classe, tout en suggestion, avec des fleurs qui cacheraient l'essentiel. Je pense que ça pourrait être très beau.

Je sais qu'elle profite du fait que je sois seule, sans Kate, pour me faire sa proposition. Ma manager refuserait tout de suite. C'est pourquoi je m'apprête à décliner, mais voilà que je trébuche sur les mots.

Au fond, j'en ai envie. Je n'ai jamais rien fait d'aussi fou. Et puis, c'est *Vogue* ! Il n'y a rien de bizarre. Au contraire, peut-être est-ce l'occasion rêvée de détruire cette image de petit ange, de montrer que je n'ai plus quinze ans.

Qu'ils arrêtent tous de m'idéaliser, de me garder sous verre comme une poupée de porcelaine. Je ne veux pas être mignonne. *Je veux être sexy.*

– D'accord… pourquoi pas ?

Micah hausse un sourcil surpris mais amusé. On s'occupe de me déshabiller et je reviens sur le shoot seulement vêtue d'un peignoir blanc, la peur au ventre. L'équipe s'est occupée d'installer un divan en velours rose pâle au milieu du set. Des pétales recouvrent le sol à mes pieds, ce qui me fait sourire.

– Tu peux t'allonger ici, et quelqu'un va recouvrir tes seins et le reste de fleurs, comme une robe florale qui lèche le sol.

J'acquiesce, un peu absente. Je remarque qu'elle a viré la moitié des gens qui étaient là au début. Micah me susurre de me détendre, et sa présence m'aide. Je fais comme demandé, l'air froid me donnant la chair de poule.

Le drap qui me cache aux yeux du monde glisse à mesure qu'on le remplace par des fleurs blanches et jaunes. Bientôt, toutes mes parties intimes sont dissimulées. Le reste est toutefois à découvert, ne laissant rien à l'imagination. On voit tout de suite que je suis nue.

– Tête en arrière ! Regarde-moi… Voilà, comme ça. Regard plus mystérieux. Souris un peu… Lève ton bras, c'est ça, et touche légèrement ta tempe… Regarde ailleurs… Ferme les yeux…

La photographe est géniale. Elle détend l'atmosphère en faisant des blagues, et je suis tellement prise dans le jeu que je ne remarque pas tout de suite *sa* présence.

C'est quand on m'aide à changer de position que je croise son regard, derrière l'un des spots énormes. Vêtu d'un tee-shirt gris et d'un pantalon noir, une main dans sa poche, l'autre faisant lentement tournoyer ses clés de voiture sur un doigt.

Ses yeux brûlants sont posés sur moi. Ma poitrine se comprime à l'idée qu'il me voie presque nue, puis je fuis son regard et fais comme si de rien n'était. Qu'il regarde attentivement la Daisy confiante et mature que je suis devenue !

– Touche ton visage… Laisse tomber tes cheveux… Non, pas trop. Voilà.

Je sens l'attention de Thomas, qui m'attend, et c'est ce qui me galvanise et me pousse à m'impliquer davantage. Je me transforme complètement. Je joue de mon charme. Je deviens sexy, séductrice, femme fatale.

Du coin de l'œil, je vois Micah qui s'approche de Thomas pour lui chuchoter quelque chose à l'oreille. Mon garde du corps reste silencieux, le regard toujours fixé sur moi, jusqu'à ce qu'il hoche la tête avec raideur.

Micah rit, mais Thomas a l'air agacé.

– Je vais aux toilettes, annonce mon ami avant de se tourner vers lui. Tu t'en occupes deux minutes ?

Quelques instants plus tard, la photographe me dit qu'elle en a assez. Elle se tourne vers Thomas pour lui demander de m'aider à me recouvrir. Il hésite un petit moment, puis approche en saisissant le peignoir.

– Ça va ? murmure-t-il en l'ouvrant devant moi.

Je me lève, laissant les fleurs retomber au sol, un peu timide. Sa pomme d'Adam bouge le long de sa peau fine, mais ses yeux restent aimantés aux miens.

Je ne cache pas ma satisfaction quand je me tourne pour enfiler le peignoir. Ses doigts froids contre mes épaules brûlantes envoient une dose d'électricité à travers tout mon corps.

– Ça a duré plus longtemps que prévu, réponds-je en faisant un nœud autour de ma taille. Désolée.

– Ce n'est rien.

C'est l'échange le plus normal qu'on ait eu depuis ce soir-là. Il faut croire qu'en grandissant, je fais la tête moins longtemps. Aurais-je arrêté d'être capricieuse ?

– Tu l'as trouvée comment ? demande Micah, qui débarque tel un cheveu sur la soupe, en faisant un clin d'œil discret dans ma direction.

– Captivante.

Ce n'est qu'un souffle, comme s'il n'avait pas l'intention de le laisser échapper. Je contemple

Thomas, interdite. Son expression est douce et sincère.

Pas « mignonne ». *Captivante.*

Il attend dans le couloir tandis que je me rhabille en loge. J'en profite aussi pour passer quelques minutes sur mon téléphone. Ça fait plusieurs jours que je ne suis pas allée voir ce que les gens disent de moi sur les réseaux sociaux, surtout par peur de tomber sur quelque chose écrit par Frank.

Mais il faut croire que je suis accro car je tape mon nom dans la barre de recherche et fouille presque dans l'espoir de me faire du mal. Et… *Bingo !* Des rumeurs circulent sur ma relation avec Zach depuis la publication de nos photos sur le tournage.

Et les réactions ne sont… pas toutes bonnes. Les fans de Zach me critiquent sous prétexte que je l'utilise pour ma carrière. Je sais que c'est faux, ça ne devrait pas m'atteindre. Mais c'est plus dur que ce que je pensais. Parce que même s'il s'agit d'un tissu de mensonges, je déteste l'idée que les gens pensent cela de moi.

Comment endurer le fait qu'il y ait des personnes sur Terre qui me détestent ? Pire : tellement, qu'elles voudraient me faire du mal ?

« Pas si belle », « grosse », « chanteuse surcotée », « danseuse affreuse » et j'en passe. Les mots se mélangent dans ma tête et soudain, je peine à respirer. Ils ont raison. Je ne suis pas si jolie que ça. J'ai un grand nez et des os pointus. Je suis petite, je n'ai aucune prestance, et je ne chante pas si bien que je le pense.

Qu'est-ce que je fais là, au juste ? Et si je ne méritais pas ma célébrité ? Bordel. Ils se rendent enfin compte que je n'ai pas ma place ici.

Soudain, je fais l'erreur de regarder le compte de Frank. Je remarque qu'il se plaint depuis quelque temps, parce que j'ai arrêté de le suivre et de répondre à ses tweets.

« Pourquoi tu ne me réponds plus ? », « Tu m'en veux ? » et j'en passe. Mais le plus effrayant est son dernier tweet, dans lequel il dit que les rumeurs sont fausses parce que nous sortons ensemble, lui et moi…

– Dee ?

Je lève les yeux vers Thomas qui me fait face, l'air inquiet. Il lui suffit de remarquer mon téléphone entre mes mains tremblantes pour comprendre. Il le savait. Il a vu tout ça, mais il ne m'a rien dit.

– Viens, dit-il en me confisquant mon téléphone. On rentre.

J'accepte de le suivre, ne serait-ce que pour prendre l'air. Je suis tellement ailleurs que j'oublie de remettre mon masque en place en arrivant sur le trottoir.

Reste neutre, ne leur donne rien. Ni un froncement de sourcil, ni un sourire. Ils en déduiront ce qu'ils veulent.

Trop tard. Des flashs m'aveuglent tandis que je suis entourée de paparazzis. Je reconnais TMK et

Tomorrow Entertainment dans la foule, qui s'approchent en brandissant leur micro.

– Vous n'êtes pas avec Zach ? Il y a de l'eau dans le gaz ? Pourquoi avez-vous changé de bodyguard, Daisy ?

Thomas les pousse brutalement, le bras au-dessus de moi pour me protéger. Dans la voiture, le silence est glacial. Ce n'est que lorsqu'on tourne au coin de la rue que je fonds en larmes. Thomas se déporte sur le côté, puis s'arrête. L'instant d'après, la portière arrière s'ouvre et il s'assied à côté de moi, mouchoir en main.

– C'était une énorme erreur… je sanglote.

– Tu te souviens de ce que je t'ai dit le jour de ton audition, dans les toilettes ? demande-t-il d'une voix blanche, en séchant les larmes qui dégoulinent le long de mes joues.

Évidemment, que je me rappelle. C'est ce qui m'a fait tenir toutes ces années. J'ouvre la bouche, mais seul un sanglot s'en échappe. Sa main s'empare de mon menton pour me forcer à le regarder dans les yeux.

– « Les gens vont se moquer de toi quoi qu'il arrive. Alors autant faire un truc qui te plaît, non ? » Ces gens parlent de toi sans te connaître. La plupart sont poussés par la jalousie. Pourquoi voudrais-tu les écouter ?

Je hausse les épaules pour toute réponse. Ils ne me connaissent pas, mais ils me voient, ils m'entendent. Et de toute évidence, je ne suis pas à la hauteur.

– Pourquoi est-ce qu'on cherche toujours l'approbation de gens qui ne le méritent pas ? je souffle sans trop attendre de réponse.

Thomas réfléchit, puis arrange mes cheveux d'un geste très tendre. Ses traits sont douloureux quand il répond tout bas :

– C'est vrai… La personne que j'aimerais rendre le plus fière est mon père et il m'a abandonné quand j'avais six ans en me disant que j'étais un bon à rien.

Je le regarde, abasourdie. Il ne parle jamais de sa famille. Je ne savais même pas que ses parents étaient divorcés, encore moins que son père était parti.

– Peut-être… qu'on devrait plutôt arrêter de prendre pour acquis l'amour de ceux qui valent le coup.

Ce n'est pas faux. Je donne plus d'attention à ceux qui me traitent mal qu'à ceux qui croient en moi depuis le début. Thomas reprend sa place et finit par redémarrer.

Vingt minutes plus tard, il arrête le moteur dans l'allée.

– Dee.

Je défais ma ceinture et me penche entre les deux sièges avant, silencieuse. Thomas se tourne pour me regarder droit dans les yeux, son visage à quelques centimètres du mien. Il ne parle pas tout de suite. Puis il lâche :

– J'ai menti. Je ne te vois pas comme ma sœur.

C'est comme si je l'avais rêvé. Je cille, muette. Tout mon corps tremble dans l'anticipation du reste. Son visage est plutôt serein tandis qu'il ajoute :

– C'est bien ça le problème. Alors s'il te plaît… aie pitié de moi.

C'est le grand vide dans mon esprit. Une voix hurle continuellement, mais je lui dis de la fermer. Est-ce que j'hallucine ou Thomas vient d'avouer ? Qu'est-ce que ça veut dire, au juste ? Qu'il est attiré par moi mais qu'il préfère qu'on n'aille pas plus loin ?

– Et si je n'ai pas envie ? je chuchote, le souffle coupé.

Ses lèvres ne sont qu'à un cheveu des miennes. Son regard s'assombrit tandis qu'il les contemple un instant dans un moment de faiblesse.

Il tend soudain la main et ses doigts récupèrent délicatement un cil abandonné sur la rondeur de ma joue.

– Crois-moi, tu ne veux pas réveiller quelque chose que tu n'es pas en mesure d'assumer.

CHAPITRE 13

Eyes so blue (I drown)

« Eyes so blue I drown,
catch me before I fall. »

THOMAS

Il est encore là.

Ça fait deux semaines que je le file et chaque fois que je tourne la tête, cet enfoiré est dans le coin, le visage dissimulé par son énorme appareil photo. Ça commence à m'insupporter.

– Colin est gentil, me répète Daisy ce matin au petit déjeuner. Ça ne peut pas être Frank. Je pense simplement qu'il se sent redevable envers moi.

– Comment ça ?

– On s'est rencontrés à une sortie d'aéroport. Il y avait foule, et pendant qu'on m'escortait, il s'est fait bousculer et s'est effondré par terre. J'ai eu peur, alors je me suis arrêtée pour l'aider à se relever, et je lui ai demandé si ça allait. Il m'a remerciée un bon millier de fois. Depuis, il prêche la bonne parole à mon propos.

Mmh. Ça ne me plaît pas du tout.

– Ou alors c'est le moment précis où il a développé un amour obsessionnel pour toi ? plaisante Finn, la mine tout de même inquiète.

Je ne réponds rien, espionnant sa planque préférée à travers la baie vitrée. Je sais pertinemment qu'il attend au bout de l'allée. Il peut y rester des jours en espérant nous voir sortir. Il nous suit partout.

Daisy lui dit toujours bonjour. Un jour, elle lui a même demandé de déplacer sa voiture parce qu'elle n'arrivait pas à la faire démarrer. On s'est disputés à ce sujet d'ailleurs.

– Je l'ai à l'œil, c'est tout.

Daisy abandonne son assiette encore quasiment pleine, puis va accueillir sa coach vocale pour répéter au studio. C'est Finn qui l'accompagne aujourd'hui, à sa grande déception. J'ai quelques heures de libres avant qu'on prenne l'avion pour Portland, où elle tourne cette nuit et demain.

Elle est triste de ne pas pouvoir fêter Thanksgiving avec les siens, même si elle tente de le cacher. Ses parents et ses frères et sœur partent rendre visite à leur famille pour l'occasion, mais Daisy n'a pas réussi à prendre des congés pour faire de même.

– Qu'est-ce que tu vas faire ? me demande-t-elle.

On n'a pas reparlé de notre discussion dans la voiture, l'autre jour, et tant mieux. J'ai définitivement perdu les pédales depuis notre baiser.

Elle est… *Bordel, Hakeem va me tuer.* Je ne peux pas faire ça. Elle a beau être ensorcelante, je n'ai pas le droit de craquer. Bien sûr, elle n'a pas l'air de vouloir l'entendre et fait de son mieux pour m'attirer dans ses filets comme la sirène qu'elle est.

J'ai peur de ne plus être assez fort.

– Je vais voir quelqu'un.

Elle plisse les yeux, mais je pars avant qu'elle m'interroge à ce sujet.

***

Je l'ai retrouvée.

La raison pour laquelle je suis revenu à Los Angeles.

Je me trouve devant l'une des maisons victoriennes de Carroll Avenue, les mains un peu tremblantes. Je descends de ma moto puis retire mon casque, que je cale contre ma hanche.

Alors c'est ici qu'elle vit. C'est mignon, je suppose. Différent de ce que j'imaginais. Mais encore une fois, je ne sais pas ce que j'imaginais. Juste… autre chose.

Je n'ose pas faire un pas de plus. Je reste en retrait, sur le trottoir d'en face, pendant au moins une demi-heure. Je ne sais même pas ce que je fais là, ni ce que j'espère. Je n'ai jamais eu de plan. Je voulais juste la voir…

Savoir si elle est heureuse.

J'espère pour elle. Pas parce que je le lui souhaite, mais parce que si elle ne l'était pas, tout ça n'aurait servi à rien. En fait, non. J'espère que sa vie est merdique.

Soudain, mon téléphone sonne dans ma poche. Je décroche très vite en pensant que c'est Daisy.

– Qu'est-ce qui se passe ?

– C'est maman.

Je me raidis, surpris. Si j'avais su, je n'aurais pas pris l'appel.

– Tu vas bien ? me demande-t-elle tendrement, un sourire dans sa voix.

– Ça va.

– Et ton job ? Ça se passe bien ? Tu n'appelles plus.

– J'ai pas le temps.

– Est-ce que tu sais quand tu rentres à la maison ? Ta sœur a bien grandi, depuis la dernière fois !

J'ouvre la bouche pour lui répondre que je m'en fiche, quand je *l*'aperçois tout à coup. Elle apparaît au bout de la rue tel un ange, les bras chargés de sacs en papier. Elle a un sourire solaire qui attire tout de suite l'œil.

Je suis incapable de bouger.

Pour la première fois de ma vie, je suis sans voix. Le cœur palpitant, les pieds gelés, les mains tremblantes. Je prie pour qu'elle ne regarde pas dans ma direction, mais je ne réussis pas à me détourner pour autant.

Une petite fille lui tient la main ; elles ont les mêmes yeux bleus magnifiques.

Comme les miens.

– Thomas ?

Les deux filles parlent et rient, puis montent les marches du porche jusqu'à l'entrée. C'est bien elle. En chair et en os. Je fais un pas en avant sans m'en rendre compte, avant de stopper net.

Un homme leur ouvre la porte et l'embrasse avant de prendre la petite dans ses bras. Je déteste ce que j'ai sous les yeux, tellement que j'ai envie de vomir sur le trottoir.

Je le vois sortir une dinde congelée des sacs, et je me rappelle soudain quel jour on est. Thanksgiving.

Une fête célébrée en famille. Chose que je n'ai pas, que je n'ai jamais eue, même quand je le croyais très fort. Je ne sais même pas ce que ça veut dire, ce n'est qu'un tissu de mensonges.

Mais elle, si. Elle, elle va fêter Thanksgiving avec son mari et ses enfants en remerciant Dieu de l'avoir tant gâtée.

Putain, l'arnaque.

– Tommy ? répète ma mère. Je te dérange ?

– Oui. Je dois y aller.

Je serre la mâchoire en raccrochant, l'esprit embrumé par des sentiments très contradictoires, la colère étant la seule que j'arrive à reconnaître. La porte d'entrée se ferme enfin derrière eux et je me retrouve seul à nouveau, rejeté.

J'enfourche ma moto, sur le départ. J'en ai assez vu pour aujourd'hui. J'ai besoin de partir au plus vite. Avant de démarrer, je remarque des messages manqués.

Finn : On est bien arrivés à l'aéroport.

Daisy : T'es où ?

Je pars sans un regard en arrière.

***

Lorsque nous prenons place dans l'avion, Daisy me presse discrètement la main pour me demander ce que j'ai fait de beau cet après-midi.

Je n'avais pas l'intention de le dire, pas comme ça, pas maintenant. Mais je suis tellement énervé de l'abandon, tellement fatigué des mensonges, que je réponds honnêtement :

– Je suis allé voir ma mère biologique.

Daisy a l'air choquée. Je peux deviner les milliers de questions qui se bousculent dans sa tête, mais je me contente de sourire, l'air de dire : « Plus tard. »

Je n'ai pas envie d'en reparler aujourd'hui. Je suis encore chamboulé d'avoir vu ma vraie mère pour la première fois en presque vingt-neuf ans.

Hier, Kate a insisté pour que j'emmène Daisy à l'hôtel une fois à Portland, mais j'ai désobéi. J'ai loué une villa à la place, parce qu'elle le mérite. Je lui ordonne de garder le secret lorsqu'elle défait ses bagages.

Finn est resté à L.A. pour fêter Thanksgiving avec sa petite amie Claire. Il paraît qu'ils vont se fiancer.

Il m'a même montré la bague, prétendant attendre le parfait moment.

Je ne voulais pas que Daisy soit seule ce soir, ce qui aurait été le cas si nous avions chacun pris une chambre d'hôtel. Je sais combien ne pas être en famille aujourd'hui lui coûte. Ses parents, ses frères et sa sœur, c'est toute sa vie. Son ancre. Ce qui la maintient encore sur Terre.

Je vais prendre ma douche une fois arrivé, puis passe un coup de fil en catimini. Quand je suis de retour au salon, Daisy raccroche son propre téléphone.

– C'était Brianna, dit-elle en ramenant ses jambes vers elle sur le canapé. Ils sont tous ensemble… et moi je suis là. J'ai l'impression de ne jamais les voir.

– À ce point ?

– Tous les dimanches, je dois annuler ma venue au déjeuner hebdomadaire. Je loupe leurs appels. J'oublie de répondre aux textos. C'est comme si je ne faisais plus partie de la famille. Parfois, ils font des sorties ensemble sans même m'en parler, et… C'est horrible, mais j'en viens à leur en vouloir. Alors que c'est normal. Mais je me sens seule. C'est drôle, non ? Le monde entier m'adore, tout Hollywood dit être mon ami, et pourtant je ne me suis jamais sentie aussi seule de ma vie.

Je m'approche pour m'asseoir à côté d'elle, les cheveux encore mouillés. Je leur donne un coup avec la serviette, qui pend autour de mon cou.

– Tu n'es pas seule. Jamais.

Au même moment, comme pour appuyer mes paroles, quelqu'un sonne à la porte. Je me lève pour aller ouvrir. Une seconde plus tard, une tête aux cheveux multicolores débarque, bouteille de champagne en main.

– Joyeux Thanksgiving !

Je laisse échapper un faible sourire tandis que Micah, Javier et Hayley se ruent vers une Daisy en larmes. Ils crient et se prennent dans les bras, émus.

À défaut de pouvoir faire venir sa famille, j'ai rameuté ses amis étranges qu'elle aime tant.

– Qu'est-ce que vous faites là ? sanglote Daisy, qui pleure et rit en même temps.

– Ton bodyguard nous a soudoyés, dit Hayley en plantant un baiser sur sa joue. Je ne dis jamais non à un billet d'avion gratuit.

Daisy lève les yeux vers moi, émue. Je lui offre un clin d'œil complice en espérant qu'elle n'en fera pas tout un plat. Ce n'est rien d'extraordinaire. Je n'aurais pas supporté qu'elle soit seule, c'est tout. Égoïstement… je ne voulais pas qu'on se retrouve tous les deux non plus. Ils me serviront de bouclier.

Soudain, Daisy se lève et me saute dans les bras. Je la rattrape au vol, hésitant, avant de succomber. Mon cœur s'apaise tandis que je plonge mon nez dans son cou.

– Merci, souffle-t-elle contre mon épaule.

Je la serre contre moi une dernière fois, puis la relâche.

– De rien, Gollum. Allez vous asseoir, le repas est sur le chemin.

Le groupe s'installe tout de suite, sortant les bouteilles d'alcool et autres snacks. Les repas que j'ai commandés plus tôt arrivent et je me permets de mettre la table et de leur souhaiter une bonne soirée.

Daisy me rattrape par la main au dernier moment, les sourcils froncés.

– Tu vas où ? Reste.

– Ce sont tes amis…

– Et tu es ma famille, dit-elle fermement.

Je réprime un frisson délicieux à ces mots. Je n'aime pas l'effet que ça me fait. Mais j'accepte et bientôt, nous sommes tous assis autour de la grande table. Je suis un peu mal à l'aise au début, je me ferme complètement et ne parle à personne. Mais Micah est un personnage haut en couleur qui ne connaît pas le silence.

Il me raconte toutes sortes d'anecdotes sur Daisy, ce qui gêne cette dernière, à croire qu'il va m'apprendre comment elle est. À croire qu'il la connaît mieux que moi.

Un esprit de compétition étrange s'empare de moi et je cède : je lui raconte les choses les plus embarrassantes dont je me souvienne, certaines datant d'il y a déjà dix ans. Tout le monde est mort de rire, sauf Daisy, qui menace de me débarrasser de tous mes attributs masculins.

Le traiteur a prévu un dîner pour dix, avec dinde farcie, sauce aux cranberries, cornbread, purée de patates douces et une magnifique tarte à la citrouille en dessert, car c'est la préférée de Dee. Tout le monde se régale, elle la première. Elle sourit tellement que je me demande si ses joues lui font mal.

Toute la soirée, Daisy est comme un aimant. Comme le Soleil autour duquel je gravite inévitablement. Je la touche sans faire exprès et elle me le rend bien. Ses doigts m'effleurent quand on veut attraper le sel au même moment, ses pieds frôlent les miens sous la table… C'est insupportable.

Je l'observe furtivement, installé sur le canapé. Elle est assise par terre entre mes jambes écartées, pieds nus. Son gilet glisse sur son épaule dénudée, ce qui me distrait de toute discussion.

Ils finissent par jouer à un jeu d'alcool que je décline poliment. Je checke Twitter tout en nourrissant Daisy de chocolats pralinés.

– Vous allez me trouver bizarre… dit-elle soudain.

– Jamais de la vie. Il n'y a pas plus bizarre que nous, on connaît, la rassure Micah.

Elle sourit, timide. Je ne veux pas écouter, parce que je crois qu'elle a complètement oublié ma présence, mais c'est plus fort que moi.

– C'est juste que… Je sais pas. Parfois j'ai l'impression de ne pas aimer le sexe. C'est étrange, vous croyez ?

Une vague de compassion inconnue m'inonde à ces mots. Je ne sais pas combien de garçons elle a eus avant Zach, ni ce qu'ils faisaient ensemble, mais après avoir été larguée en pleine partie de jambes en l'air… je peux comprendre. Et ça me tue. Qu'elle puisse penser qu'elle n'est pas normale.

– Pas du tout, dit Javier. Le sexe hétéro a l'air ennuyeux à mourir.

– Tu n'as pas tort, ajoute Hayley d'un air pensif.

– C'est juste… J'avais hâte de le faire, vous voyez ? Je pensais que c'était quelque chose d'incroyable, que ça allait me changer, faire de moi une femme, une adulte. Mais en fait, pas du tout ! Hollywood ment sur la marchandise.

– C'est clair, rit Hayley. La seule personne qui ait réussi à me satisfaire comme il faut, c'est moi. Ça pourrait être triste, mais pas du tout. Je m'éclate.

Daisy lui fait un *high five* devant mes yeux interdits.

– Pareil. Je crois que j'idéalisais trop le truc. Zach et moi, on l'a fait assez rapidement. C'était douloureux, mais quand je le lui ai dit, il m'a répondu : « T'inquiète, j'ai bientôt fini. Endure-le encore un peu. »

Je jure sur tout ce que j'ai que je vais retrouver ce connard et lui mettre la dérouillée de sa vie.

– Ce n'est pas normal. Chérie, il aurait dû s'arrêter…

– Je sais. Mais sur le coup, j'avais l'impression d'être trop douillette. De toute façon, ça a duré trois minutes et après ça, j'étais toujours la même… La seule chose qui a changé, c'est que quelqu'un avait désormais vu mon cul dans des positions que personne ne devrait voir !

Tous trois éclatent désormais de rire.

– Je suis sérieuse ! s'écrie Daisy en posant la main sur mon pied. Il faut qu'on en parle ! Je suis la seule à trouver le sexe super gênant ? Se mettre nue devant quelqu'un est déjà assez terrifiant comme ça, mais tout ce qui s'ensuit… Ugh.

– Grave, approuve Javier. Sur le coup, on n'y pense pas. Mais quand c'est fini, il y a toujours ce moment hyper-malaisant où tu te rends compte de ce que tu viens de faire. Au début, j'implorais Dieu de me pardonner pour mes péchés… puis j'ai vite arrêté, sinon je passerais ma vie à genoux.

– Comme quand tu regardes du porno ! renchérit Hayley en hochant frénétiquement la tête. Tu kiffes sur le moment, puis quand c'est fini, t'as l'impression d'être un monstre empli de perversité.

Je ne peux m'empêcher de sourire un peu. Je n'ai jamais ressenti de gêne, personnellement. Je dirais qu'il s'agit davantage d'un… vide. J'aime le sexe parce que c'est bon, parce que ça me soulage, mais la seconde où c'est fini, je me sens froid et creux. Je n'ai plus envie qu'on me touche.

– Et franchement, ce n'est pas aussi génial que ce que je pensais, soupire Daisy.

– Les médias et l'industrie du porno nous font croire que c'est quelque chose d'épique, mais c'est vrai que c'est assez décevant finalement. Du moins la première fois.

– Les trois suivantes aussi, je t'assure.

– C'est parce que Zach était un connard égoïste qui ne cherchait qu'à se donner du plaisir, Daisy, dit Micah en levant les yeux au ciel. Tu as besoin de quelqu'un qui s'excite à l'idée de t'exciter toi.

Je me rends compte trop tard que je suis en train d'opiner.

– Parce que tu ne l'aimais pas, aussi, dit Hayley. On peut dire ce qu'on veut, mais ça compte énormément pour beaucoup de personnes. Tu en fais sûrement partie.

– C'est vrai, renchérit Micah en passant le bras autour des épaules de Javier. Regarde-nous. On s'aime tellement qu'il n'y a plus du tout de gêne. On en arrive même à en rire parfois. Je connais son corps par cœur, et vice versa. On pourrait faire les trucs les plus trash et les plus dégueus, ça les rendrait tout de même beaux, parce qu'on s'aime. Mais ça demande du temps et beaucoup de confiance.

– Bien sûr, tu peux quand même t'éclater sans ça, me rassure Javier avec un regard doux. Je pense que c'est avant tout une question de confiance et de respect entre deux personnes, même sans amour. Tu fais ce que tu veux de ton corps tant que ça te fait du bien.

Daisy semble considérer la question. J'aimerais donner mon avis, mais je ne vois pas en quoi ça l'aiderait.

– Vous avez raison, dit-elle finalement, reposant sa tête contre ma jambe. Zach ne faisait pas du tout attention à moi. S'envoyer en l'air semblait être une compétition pour lui. Une course. Une performance.

– Typique.

– Il me faisait tout le temps douter sur mes compétences, sur mon corps, sur le fait que je pouvais ou non lui faire plaisir. Je me posais mille et une questions à un moment où je devais juste… lâcher prise. En fait, je crois que je préfère me masturber devant des *manhwas*[2] dégradants qui font culpabiliser mon côté féministe.

Micah éclate de rire en haussant les épaules.

– C'est bien aussi. *You do you, girl !*

La soirée se finit en karaoké, à chanter *Hey Jude* debout sur le canapé, et quand le taux d'alcool redescend, Daisy insiste pour jouer à *Guitar Hero*. Je dois la porter jusqu'à son lit après qu'elle s'est assoupie contre mon épaule.

– Reste, souffle-t-elle quand je m'apprête à quitter la pièce. S'il te plaît. Dors avec moi.

Je ne peux qu'éteindre la lumière et me glisser sous les couvertures pour la serrer contre mon torse. Cette nuit-là, son corps chaud dévore les mauvais rêves auxquels je suis habitué. J'oublie tout.

– Je ne savais même pas que tu avais été adopté, chuchote-t-elle comme un reproche.

Je fixe l'obscurité, le cœur froid.

– Je n'ai pas été adopté.

---

2. Bande dessinée coréenne.

Plusieurs secondes s'écoulent, et quand je suis certain qu'elle s'est endormie, je niche mon visage dans son cou pour dévoiler mon plus grand secret… dans l'espoir qu'elle le garde au chaud pour toujours.

– Ma mère m'a volé à la naissance.

CHAPITRE 14

You taste so sweet

« Hot skin and rosy lips,
pleasure dripping down your fingertips. »

DAISY

– Question pour Zach, dit un journaliste en se levant, lunettes rondes sur le nez. Votre personnage est un véritable exemple de complexité. Comment préparez-vous ce rôle ?

Je me tourne vers Zach, comme tous les autres acteurs sur le *panel*. Il se trouve juste à ma droite, un sourire paresseux sur ses lèvres. Il est très à l'aise, comme toujours.

L'équipe de la série est en conférence de presse toute la matinée. Je suis exténuée à force d'enchaîner les interviews, mais je tiens bon.

– … vraiment intéressant pour moi, termine ce dernier en reposant son micro.

Je hoche la tête, même si je n'ai rien écouté de sa réponse. Je n'en ai pas besoin pour savoir que c'est du bidon. Et puis, toute mon attention est rivée sur Thomas, adossé au mur du fond de la salle. Finn lui parle, mais il ne semble pas écouter un mot de ce qu'il dit.

Ses yeux sont dirigés vers quelqu'un dans la salle, même si je n'arrive pas à savoir de qui il s'agit. Son air est sombre. Je n'aime pas ça…

– Question pour Daisy, s'exclame un nouveau journaliste tandis que je saisis mon micro, heureuse qu'on s'intéresse enfin à moi. Comment votre récente relation amoureuse avec Zach a-t-elle changé votre vie ?

Évidemment. Cet enfoiré rafle toutes les questions existentielles, et moi j'ai ce genre de conneries. Pourquoi me réduit-on toujours à ma co-star masculine ?

Cette fois, je ne fais même pas semblant de sourire. Je suis fatiguée de faire semblant.

– Est-ce que vous avez une question en rapport avec la série et non avec ma vie privée ?

Je peux entendre des murmures parcourir la salle. Zach se racle la gorge à mon côté et l'atmosphère se tend à cause de moi, mais je m'en fiche. Je m'apprête à reposer mon micro quand le journaliste insiste :

– En voilà une : vous avez décidé d'un style plus… « mature »... pour votre nouvel album, très loin de l'idée qu'on se fait de Channel D. Qu'en est-il de votre image ?

– Mon image, c'est-à-dire ? Je ne comprends pas la question.

Kate doit être quelque part en train de se manger les cheveux, mais mon cœur bat la chamade dans ma poitrine, la fatigue se fait soudain sentir et je dois me concentrer pour ne pas exploser. Je sais très bien ce qu'il veut dire, et je suis lasse de ce sexisme pourri qu'on me sert depuis mes quinze ans.

Je sens le regard de Thomas sur moi désormais, m'intimant de rester calme, mais de me défendre coûte que coûte. Il a raison. J'en ai marre, qu'on ne me prenne pas au sérieux.

– Voulez-vous que je la raccourcisse, ou que j'utilise d'autres mots ?

Quel gros connard condescendant.

– Non, souris-je froidement. Je n'ai pas compris la question parce qu'elle était inintéressante, pas parce que je suis stupide.

Silence. À ce stade, je suis lancée et il n'y a rien qu'on puisse faire pour m'arrêter. L'homme n'a pas l'air très heureux, mais il ne lâchera pas l'affaire. Il a senti le sang et il compte bien se servir.

– Je vois. Je vais la reformuler, alors : le public vous a connue très jeune, et vous avez rencontré un franc succès en tant que « Perle de l'Amérique ». Comptez-vous abandonner cette image candide et ingénue, notamment au vu de vos nouvelles fréquentations ?

Je ne sais pas très bien de qui il parle… Zach, mon groupe d'amis délurés, ou mon nouveau bodyguard au tempérament violent ?

– Comme vous l'avez si bien dit, j'ai commencé la télé à seulement quinze ans. J'étais une enfant qui…

– On n'est plus vraiment une enfant à quinze ans, si ? m'interrompt-il.

Je continue sans lui donner le plaisir de répondre :

– J'imagine que pour des journalistes comme vous, tentés de nous sexualiser dès le berceau, non en effet.

Eh merde.

– Sauf que je l'étais. Mais j'ai grandi, et aujourd'hui j'aimerais offrir au public une image plus réaliste, plus mature aussi, au travers de ma mu…

– Beaucoup de vos prédécesseurs ont…

– Je suis en train de parler, dis-je sèchement.

Il s'arrête pour me laisser finir, les dents serrées. Tout mon visage est probablement rouge pivoine. Je veux prendre les jambes à mon cou et fuir le plus loin possible, mais je me contiens.

– Mon seul souhait désormais, c'est que mon public me connaisse réellement, en tant que femme. Une femme noire, féministe, passionnée, qui a conscience de sa valeur, et qui ne manque pas d'ambition pour réaliser tous ses rêves. Et je sais que ça ne plaira pas à tout le monde, mais c'est ma vérité.

Le journaliste serre la mâchoire en opinant, peu convaincu, et se rassied en me fixant.

Nous passons vite à autre chose, Dieu merci. Lorsque la conférence se termine, Zach me demande si ça va. Je lui réponds d'aller se faire foutre. Soudain, je sens *sa* présence.

Je lève les yeux vers Thomas, qui nous fait face. Son regard quitte le bras de Zach sur mes épaules pour se poser sur moi.

– Dégage.

Je suppose que Thomas a arrêté d'être poli envers mon ex-petit ami. Zach s'exécute silencieusement, ayant compris le message. Mon garde du corps me tend mes affaires, qu'il a déjà récupérées pour moi, et m'escorte dehors. Dans le couloir, je me heurte à quelqu'un et m'excuse aussitôt.

– Je suis déso… lée ?

– Ce n'est rien, répond l'homme que je viens de bousculer.

Je reste interdite comme une idiote, les yeux écarquillés. Je rêve ou… ? Oh mon Dieu, c'est bien lui ! Chris Hemsworth, le vrai de vrai. Je tourne le menton vers Thomas, qui s'est figé. Chris croise son regard et s'immobilise, un sourcil arqué sur le visage.

L'instant dure une éternité. Les deux hommes se reluquent comme dans un miroir, puis Thomas serre les mâchoires d'un air blasé.

– On y va.

Je veux protester et demander un autographe, une photo, n'importe quoi ! Mais Thomas me prend le poignet et je sautille à sa suite.

– Oh mon Dieu, on vient de voir ton sosie ! je murmure avec excitation, hilare. Ou est-ce l'inverse ? Je sais plus !

– Je t'en prie, tais-toi.

Finn est déjà au volant de la voiture quand j'entre à l'arrière, morte de rire.

– Il était encore là, dit Thomas en regardant droit devant lui.

– Qui ça ? Chris ?

– Ton « paparazzi favori ». Au troisième rang. Il est silencieux, mais il ne te lâche pas du regard. Il te prend en photo, c'est tout. C'est bizarre.

Colin ? Je n'y vois rien d'étrange, étant donné que c'est son métier. Il n'a jamais eu de comportement indélicat.

– Quand tu as perdu ton sang-froid, reprend Thomas, il n'a pas aimé. Je n'arrive pas très bien à savoir si son animosité te visait toi, ou le journaliste.

Concentré sur la route, Finn plisse le front et demande :

– Tu penses que c'est lui ? Frank.

– C'est possible. J'ai fait des recherches sur lui, et ça collerait. Quarante-trois ans, célibataire, a du mal à joindre les deux bouts. Son casier judiciaire est vierge, mais ça ne veut rien dire. Les pires sociopathes sont intelligents et séduisants, ils savent se cacher parmi les autres.

Je reste muette, mais mon regard veut tout dire. Thomas l'ignore, même s'il sait pertinemment à quoi je pense.

Il en sait quelque chose.

– Je vais lui coller des gars aux basques, décide-t-il avant de se murer dans le silence. On verra.

Évidemment, Kate m'appelle aussitôt pour me demander ce qui m'a traversé l'esprit. Je lui réponds que mes parents ne m'ont pas appris à me laisser ridiculiser par de vieux hommes blancs cis hétéros. Elle finit par me dire que je « file un mauvais coton » et qu'il va falloir que je me ressaisisse. Selon elle, je me rebelle.

Au contraire, j'ai l'impression d'enfin devenir moi-même.

***

J'ai passé la soirée à répéter mon texte tout en faisant du sport. Ce matin, Kate m'a dit que j'avais l'air plus grosse. Quand je suis montée sur la balance, j'ai vu que j'avais pris cinq cents grammes en une semaine. Ça me déprime.

Thomas s'est absenté une bonne heure mais je suis aux aguets lorsque j'entends sa moto dans l'allée. Finn finit par partir tandis que je sors de ma salle de danse, en sueur.

– Chris ? je crie pour le taquiner. Thor, fils d'Odin, faut que je te montre un truc !

Je m'immobilise en plein milieu de l'escalier, stupéfaite. Thomas me fait face, à une marche de distance. Je le contemple tandis que mes joues rougissent et que mon cœur s'affole. *Oh... waouh...*

– Qu'est-ce que t'as fait ? je souffle, quasi inaudible.

Je ne peux empêcher ma main de se tendre vers lui. Doucement, j'effleure son doux visage. Il me laisse faire tandis que je la glisse sur ses oreilles froides… puis sur ses cheveux désormais courts.

– Je suis allé chez le coiffeur.

Je vois ça, idiot ! Mais pourquoi ? Ses cheveux, qu'il portait mi-longs, ne font désormais plus que quelques centimètres. J'y passe mes doigts, pleine de regret, même si je dois bien avouer que ça lui va divinement bien.

Il a l'air… plus jeune. Il a exactement la même tête que dix ans plus tôt, quand je l'ai rencontré. Ça me fait quelque chose.

– T'avais raison, dit-il en roulant des yeux. Ce type me ressemble.

Je me mords la lèvre pour m'empêcher de rire. Je comprends mieux, maintenant. Il a vu Chris et a décidé de tout couper.

– Et la barbe ?

– J'irai demain.

– Je peux le faire, si tu veux.

Il me considère un moment, et je peux voir dans ses yeux que c'est une terrible idée, mais il finit par opiner. Nous remontons dans la salle de bains attenante à ma chambre. Je prends un tabouret en bois et lui dis de s'asseoir. Puis je mets une serviette sur ses épaules avant d'aller chercher son matériel de rasage.

Je ne sais pas pourquoi, mais mes mains tremblent.

– On enlève tout ?

– Oui.

J'humidifie sa peau avec un gant de toilette mouillé, puis me positionne en face de lui. Ses longues jambes m'emprisonnent et son visage arrive pile poil au niveau du mien.

– Hakeem le savait ? je demande soudain en appliquant la mousse à raser sur ses joues. Que tu as été adopté.

Il garde le silence un long moment, les yeux dans le vide. Je n'insiste pas, faisant glisser mes doigts pleins de gel autour de sa bouche.

– Oui.

Je hoche la tête, même si je suis un peu déçue. Je suis toujours la dernière au courant, en ce qui le concerne.

– Ma mère biologique est tombée enceinte très jeune, dit-il en fixant mon cou. Elle ne voulait pas de moi, alors je suis né sous X. J'étais prématuré. J'ai vécu un certain temps à l'hôpital, sans prénom ni parents. Seul. L'autre jour… C'était la première fois que je la voyais.

Bordel. Si j'avais su, j'aurais voulu être là pour lui.

– Tu es revenu à cause d'elle ?

Il acquiesce tandis que je saisis le rasoir, prête à commencer.

– La vérité, c'est que j'ai passé ma vie à la chercher. J'ai très vite appris qu'elle vivait à L.A., c'est pour ça que j'ai atterri ici il y a dix ans. Puis j'ai rencontré Hakeem, alors j'ai vite abandonné mes recherches. L'armée m'a servi de pause également. Ce n'est que quand je suis arrivé en Russie que j'ai voulu continuer mes recherches. J'en avais besoin pour avancer, je crois. Pour mettre un visage sur cette femme que je déteste tant.

Je suis étonnée d'apprendre qu'elle était la raison pour laquelle il a emménagé ici si jeune.

– Pourquoi tu la détestes ?

– Elle m'a abandonné, non ?

– Peut-être qu'elle n'avait pas d'autre solution, je murmure. Elle a dû le faire parce qu'elle t'aimait et qu'elle voulait le meilleur pour toi.

Il garde le silence, puis hausse les épaules. Je comprends qu'il n'est pas encore prêt à voir la vérité en face. Pour son enfant intérieur, sa maman l'a abandonné parce qu'elle ne voulait pas de lui, et c'est tout ce qu'il retient.

– Il faut croire qu'elle est très heureuse sans moi. Elle a fondé une nouvelle famille, comme si je n'avais jamais existé. Elle a une jolie petite fille, un mari, une belle maison. Comme si m'abandonner était la meilleure décision de sa vie…

Je fronce les sourcils. Je n'y crois pas une seule seconde. Bien sûr, je ne connais pas toute l'histoire, mais je suis prête à parier que ce ne fut pas une décision facile à prendre. J'aime à croire que ça ne l'est jamais, pour personne.

– Tu ne sais pas pourquoi elle a été forcée de faire ce choix… Vous avez parlé ?

– Non. Je l'ai juste aperçue de loin.

– Tu devrais. Peut-être que ça t'aiderait à tourner la page… Et puis, quand bien même, tu es aimé ! Ton père s'est tiré, OK, mais ta mère adoptive t'aime.

Il sourit, comme si j'avais dit quelque chose de mignon.

– Je ne veux pas en parler, Dee. Laisse tomber.

Son ton est assez ferme pour que je n'ose pas insister. J'opine en silence, puis commence à raser dans le sens du poil. Il reste immobile tandis que je me concentre, mon visage à deux centimètres du sien.

Parler de sa vie m'aide à oublier la mienne. Encore ce soir, j'ai passé mon temps à éplucher tout ce qui se dit de moi sur Twitter. Après ma réplique à la conférence de presse, les fans de Zach m'ont incendiée.

Elles prétendent que je suis ingrate et jalouse de sa popularité, que je prends la grosse tête. Avec eux, je ne gagne jamais de toute façon.

Kate n'a pas l'air de s'en inquiéter plus que ça ; au contraire, elle m'assure que c'est absolument génial, que toute presse est bonne. Peu à peu, je me rends compte à quel point je suis manipulée, utilisée à des fins promotionnelles que je n'imaginais même pas.

Je rince le rasoir et recommence, cette fois dans le sens inverse du poil. L'air est chaud et humide, mais paisible. Au bout de quelques secondes, je lève les yeux et croise ceux de Thomas, qui me fixent intensément.

– Ça ne va pas durer, tu sais, murmure-t-il doucement. Cette période noire. Les gens vont se calmer et oublier… Tu dois juste être forte et t'en foutre.

Je lui adresse un faible sourire. Comme si c'était facile !

– Comment pourrais-je ne pas me soucier de ce que pense le public… quand c'est lui qui me fait exister ?

Il cligne des yeux, comme s'il n'avait pas réponse à ça. Je finis de lui raser le visage, puis enlève le surplus de mousse avec le gant humide. Son visage imberbe est… magnifique. Thomas a l'air plus jeune, plus vulnérable. Moins intimidant. Surtout avec cette expression sur son visage, et la façon dont il me regarde.

Mes yeux tombent sur sa cicatrice, celle qui lui barre vicieusement la bouche ; seul défaut sur son physique de dieu grec. Je la touche du doigt, traçant la ligne qu'elle forme sur ses lèvres.

– C'est laid ?

Son murmure me brise le cœur. Je secoue la tête, parce que non, ce n'est pas laid. Ça fait partie de lui.

– Il n'y a rien de laid chez toi.

Pour le lui prouver, je m'approche pour poser mes lèvres à la commissure des siennes, pile poil sur sa cicatrice. Il frissonne, figé. Suis-je allée trop loin ?

– Tu es la seule qui ne m'ait jamais vu tel que je suis vraiment, souffle-t-il, ses yeux glissant sur mes lèvres.

– Ou peut-être est-ce l'inverse ?

– Tu devrais faire attention, Daisy… Je ne suis pas quelqu'un de gentil. Je risque d'en profiter.

Je n'y crois pas une seconde. S'il l'avait vraiment voulu, il l'aurait fait depuis longtemps.

– Et alors ?

– Alors je ne suis pas sûr que tu puisses le supporter.

– Peut-être que c'est toi qui ne pourras pas le suppor…

Je ne finis jamais ma phrase. Ses mains saisissent mon visage et soudain, sa bouche est sur la mienne. Je papillonne des yeux, surprise. C'est la deuxième fois que Thomas m'embrasse et, bordel, je crois que je ne me ferai jamais à l'idée.

Je pose une main sur son cœur, mais il se détache aussitôt. Ses yeux restent toutefois fixés sur l'endroit qu'il vient de marquer à jamais.

– C'était mon dernier avertissement, Daisy, chuchote-t-il. Maintenant, tu sais dans quoi tu t'embarques.

– C'était quoi, ça ? je murmure.

J'ai peur qu'il recommence, qu'il dise qu'on ne peut pas, que c'est impossible, que je suis comme une sœur pour lui. Il semble hésiter, puis :

– Un baiser.

Je crois défaillir.

– Ah ? Je n'ai pas bien vu… Tu voudrais pas recommencer ? Juste… juste comme ça…

Je tire sur la corde, je le sais. Un mot de plus et je gâche tout. Mais tous les dieux sont de mon côté aujourd'hui, car il me fixe, puis attrape doucement mon menton entre son pouce et son index.

Il tire mon visage vers lui, à un centimètre à peine de sa bouche magnifique. Il a le goût de l'après-rasage.

– Je veux être sûr que cette fois, tu regardes bien.

Je ferme les yeux pour accueillir son contact. Ses lèvres se pressent durement sur les miennes. Elles prennent au lieu de demander, plaident sans s'excuser. Je soupire contre lui, mes mains dans ses cheveux, et mêle ma langue à la sienne.

C'est si bon que je pourrais mourir là tout de suite et ne rien regretter. Moi, Daisy Coleman, j'embrasse mon crush de toujours, Thomas Kalberg.

Il approfondit le baiser, sa langue caressant mon palais, puis l'arrondi de mes lèvres. Je laisse échapper son prénom quand ses mains glissent le long de ma taille et agrippent mes hanches pour m'asseoir à califourchon sur lui.

Bordel.

Une vague de désir me submerge quand je sens son excitation sous mes fesses. Je dois m'arrêter pour respirer, mais j'ai peur de le lâcher.

– Redis-le, dit-il entre deux baisers.

Je lui demande de quoi il parle, essoufflée par notre baiser interminable. Ses mains caressent mes cuisses, puis s'infiltrent dans mon dos, sous mon tee-shirt fin.

– Comment tu m'as appelé, la dernière fois…

– Thomas ?

Il secoue la tête tandis que je réfléchis, confuse. « La dernière fois » qu'on s'est embrassés ? Son regard me fait penser que c'est plus vieux que ça encore, et mon cœur bondit dans ma poitrine quand je comprends à quoi il fait allusion.

Le soir de mes dix-huit ans. La dernière fois que je l'ai vu.

– « Tommy » ?

Ses mains se crispent autour de moi, et il m'embrasse plus fougueusement encore.

– Dis-le encore.

– Tommy… je souffle contre ses lèvres. S'il te plaît, cette fois, ne me repousse pas.

Extrait de la biographie Daisy Coleman : Hollywood's Wildflower *écrite par Kaylee Walters. Chapitre 2 : « Premières amours ».*

La dernière fois que Daisy a vu Thomas, c'était le jour de ses dix-huit ans. Il lui avait promis d'être là, mais il n'est pas apparu avant 23 heures. Elle pensait qu'il ne viendrait jamais, trop occupé à vivre cette nouvelle vie qu'il s'était bâtie en Russie.

« J'avais l'impression de passer mon existence à l'attendre », dira-t-elle sept ans plus tard. Ses parents lui souhaitent un joyeux anniversaire, et elle souffle ses bougies devant une foule de gens qui l'applaudissent, comme au ralenti, tandis que la seule personne qu'elle veut voir n'est pas là, peu importe l'intensité avec laquelle elle fixe la porte.

– Fais un vœu ! lui dit son frère Hakeem.

Elle plaque un sourire factice sur ses lèvres, le même que celui qu'elle servait déjà aux journalistes, et ferme les yeux pour s'exécuter. Tous les ans, le même souhait de jeune fille amourachée lui vient en tête : celui qu'un jour, Thomas l'aime en retour.

Mais ce soir-là, elle prie pour qu'il vienne.

« Elle avait l'air ailleurs, raconte Micah Wilson, qui était présent ce soir-là. On ne se connaissait que depuis peu, mais c'était flagrant. Mon petit ami Javier discutait jardinage avec son père pendant que sa mère me mitraillait de questions sur le maquillage. C'était sympa, tout le monde s'amusait, sauf elle. Elle passait son temps à fixer la porte… comme si elle voulait partir. »

Peu avant minuit, fatiguée d'attendre, Daisy décide de monter à l'étage pour s'isoler. Son frère aîné la croise dans l'escalier et lui demande où elle va. « Elle paraissait triste », selon Hakeem Coleman. « J'en ai profité pour lui dire qu'elle me manquait. On ne la voyait déjà plus beaucoup, maintenant qu'elle avait emménagé avec Dakota et Destiny au dortoir. Je me rappelle lui avoir dit qu'elle était jolie, aussi. Ça m'a marqué, parce que c'est la première fois que j'ai remarqué à quel point elle avait grandi. C'était une femme, désormais. »

Elle finit par s'enfermer dans la salle de bains, loin du brouhaha de la fête organisée en son honneur. Un seul regard à son reflet dans le miroir suffit à la déprimer. Elle s'était faite belle pour Thomas, malgré la discussion qu'elle avait eue deux ans plus tôt avec sa sœur (*cf. p.111*). Rouge à lèvres rouge, petite robe noire, faux cils…

Elle passe de longues minutes seule, assise au fond de la baignoire vide… jusqu'à ce que quelqu'un toque à la porte. Elle s'écrie que c'est occupé, qu'elle est aux toilettes. Seul le silence lui répond, avant que la poignée tourne sur elle-même et que la porte s'ouvre dans un bruit grinçant…

« C'était Thomas, habillé d'un pantalon noir et d'un pull beige que je n'avais jamais vu avant. J'ai cru que j'hallucinais ! » admet Daisy. Il lui répond qu'il commence à croire que c'est son endroit favori, les toilettes. Daisy résiste à l'envie de laisser éclater sa joie quand Thomas ferme la porte à clé derrière lui et retire ses chaussures pour enjamber la baignoire et la rejoindre. Il réussit à s'installer en face d'elle, ses pieds frôlant les siens.

– Tu croyais vraiment que j'allais manquer ton dix-huitième anniversaire ?

Il lui demande ce qu'elle fait là, alors elle lui répond qu'elle a juste besoin d'une pause. « Je voulais lui demander tellement de choses... S'il regardait ma série, s'il me trouvait talentueuse, s'il était fier de moi. Mais, surtout, ce qui le retenait tant de fois à Saint-Pétersbourg, et pourquoi il mettait si longtemps à répondre à mes messages », rapporte Daisy. Mais elle ne demande rien, et Thomas finit par lui souhaiter un joyeux anniversaire.

Au lieu de le remercier, Daisy lève la jambe pour lui mettre son pied sous le nez.

– J'ai cru que tu n'allais pas venir, enfoiré, dit-elle tandis qu'il repousse son attaque.

Elle y joint sa deuxième jambe, réussissant à lui toucher le visage, mais il grogne en lui attrapant les deux chevilles.

– Surveille ton langage !

Il lui tord les chevilles, ce qui arrache un cri de stupeur à Daisy, et il l'immobilise facilement. Ils continuent de se battre gentiment, jusqu'à ce qu'elle abandonne en lui hurlant de ne pas la décoiffer.

« Il voulait me faire sortir de la salle de bains, explique Daisy. Il voyait bien que ça n'allait pas. Alors il m'a emmenée dans ma chambre en me faisant signe d'être discrète ; c'était la seule pièce de la maison qui possédait un balcon. On s'est posés près de la balustrade pour espionner tout le monde dans le jardin. »

À cette heure-ci, les invités papotent sur la terrasse, verre à la main. Micah apprend à twerker à Calvin dans un coin, ce qui fait rire Daisy. Hakeem, quant à lui, discute avec Javier. Thomas lui demande si ce sont ses nouveaux amis, et si la situation avec Dakota et Destiny s'est améliorée. Daisy ne le sait pas encore, mais à cette époque déjà, le groupe 3D's est presque à son point de rupture.

Daisy ment en disant que ça s'est arrangé. Elle lui dit que maintenant, elle sait se défendre. Thomas affirme qu'être si loin l'énerve… qu'il aimerait être plus proche d'eux. D'elle.

– Alors reviens.

– J'ai des choses importantes à faire en Russie, Daisy.

– Dans ce cas, ne dis pas des choses pareilles. Ne me fais pas espérer.

Ils ne parlent pas pendant un long moment après ça. Puis Thomas va chercher quelque chose dans la poche de sa veste, abandonnée sur le lit de Daisy, et revient pour se poster en face d'elle.

Elle accepte le cadeau emballé qu'il lui tend, le cœur sauvage, et déchire le papier sans hésitation. À l'intérieur se trouve… une figurine creuse en bois.

– C'est une poupée russe, murmure Thomas en posant ses doigts sur ceux de Daisy pour l'aider à la dévisser.

En l'ouvrant, une nouvelle poupée, plus petite, apparaît. Comme un oignon, couche après couche, les poupées de bois se succèdent.

– Ça m'a fait penser à toi, dit Thomas d'un air impassible.

Il les remet toutes en place, puis recommence à les dévisser en expliquant :

– Il y a toi, la Daisy Coleman que tu montres au monde entier, la star Channel D que les gens pensent connaître. La Perle de l'Amérique qui sourit même en étant malheureuse, et qui s'empêche d'être elle-même. Puis il y a la Daisy que tu es auprès de ta manager et des gens avec qui tu travailles en coulisses, ajoute-t-il en retirant la première figurine.

Daisy entend les autres qui rient et chantent dans le jardin, mais elle se concentre sur Thomas seulement, tandis qu'il sort la troisième poupée.

– Ensuite, il y a la Daisy que tu es avec tes amis, ces gens avec qui tu te permets d'être plus toi-même. Ces gens en qui tu as confiance, mais auprès de qui tu dois tout de même te contrôler. Car tu penses que pour qu'ils t'aiment, tu dois leur plaire avant d'être toi-même. Tu leur caches tes défauts, fais ressortir tes qualités, jusqu'à ce que le masque tombe et qu'ils se lassent.

Daisy le regarde retirer la prochaine, envahie de tristesse.

– Puis, il y a la Daisy que tu es avec ta famille... avec moi. Celle qui n'essaie pas d'impressionner qui que ce soit. Celle qui ne s'excuse pas de qui elle est. Celle qui aime ses proches de tout son cœur, qui parle trop et trop vite et qui rit en se cognant le pied contre la table.

Daisy sourit avant qu'il lui présente la dernière poupée, minuscule entre ses longs doigts.

– Et enfin, la dernière... La Daisy que tu caches à tout le monde, y compris à toi-même, la Daisy que tu es au plus profond de ton âme, aux démons que tu ne peux même pas t'avouer. La Daisy la plus importante, la plus secrète, la plus précieuse. Celle que tu dois protéger à tout prix, que tu ne dois donner à personne.

« Je n'avais jamais ressenti cela avant, rapporte Daisy. Une chaleur montante, insoutenable, qui se propage dans mes joues, dans mon cou, au creux de ma poitrine. C'est comme s'il me connaissait mieux que personne. Je n'avais qu'une envie : l'embrasser. »

– Même pas à toi ?

Cette fois, son regard croise celui de Daisy.

– Surtout pas à moi.

C'est un avertissement. Elle le sait, elle l'entend. Il est en train de la prévenir, parce qu'il sait. Comme s'il ne voulait pas avoir à la blesser, mais qu'il savait ne pas en être capable. Il la supplie de fuir avant de faire une erreur.

Des années plus tard, Thomas lui avouera : « L'espace d'une seconde, j'ai oublié qui tu étais. Je te voulais, et ça m'a fait peur. »

– Tommy, souffle-t-elle.

« Je me suis penchée vers lui pour l'embrasser... et pendant une nanoseconde, il est resté immobile, prêt à recevoir mon baiser. Ma bouche a frôlé la sienne, puis il a tourné la tête au dernier moment. Mon baiser a atterri sur sa joue, y laissant la trace brûlante de mon humiliation », raconte Daisy.

Thomas venait de la rejeter. En douceur, peut-être, mais cela restait un « non ».

– Dee. Crois-moi, je ne suis pas ce que tu veux, lui dit-il d'une voix indifférente.

À ce moment-là, Daisy le déteste tellement fort ! Pas parce qu'il l'a rejetée, mais parce qu'il essaie de lui dire ce qu'elle ressent. Elle s'apprête à lui répondre quand un bruit les interrompt. Lorsqu'ils se tournent vers la porte de la chambre laissée ouverte, ils découvrent qu'il s'agit de Cath, une ancienne camarade de classe.

– Oups, pardon ! Ton frère m'a envoyée te chercher, on s'inquiétait. Je savais pas que tu avais un petit ami...

– On n'est pas ensemble, répond Thomas. Daisy est comme ma sœur.

« Être touchée par la foudre aurait fait moins mal. C'était pire que ce que je pensais. Si humiliant ! Pour la première fois de ma vie, je voulais qu'il s'en aille. »

Daisy lui dit de la laisser seule. Il prononce son prénom, une fois, mais elle le pousse jusqu'à la porte pour le faire partir. Il obéit sans rien dire et Daisy s'enferme pour pleurer sous les couvertures. Elle entend toquer inlassablement à sa porte, mais elle fait la morte. Minuit passe sans que ses larmes aient encore séché.

Quand elle sort le lendemain, Thomas est déjà reparti pour la Russie. Il n'en reviendra pas avant quatre ans.

CHAPITRE 15

Rich problems

« Hollywood sadness,
money and fame tempt me less and less. »

THOMAS

J'ai fait une énorme connerie.

Quelque chose que je m'étais juré de ne pas faire, mais que je ne peux pas me résoudre à regretter. J'en avais envie, alors je l'ai fait. Pourquoi devrais-je me sentir mal à ce propos ?

J'ai embrassé Daisy.

J'ai été assez fort pour partir il y a quatre ans, quand j'ai ressenti cette attirance pour la première fois. C'était comme une claque en pleine face. Daisy, la petite fille que j'adorais tant taquiner, était devenue une magnifique jeune femme.

Et l'effet qu'elle me faisait dans sa robe noire ne m'a pas échappé. Je ne l'ai jamais dit à personne, même pas à Dee… mais ce soir-là, quelque chose avait changé. Elle était différente… Pour la première fois de ma vie, je l'ai remarquée. Je l'ai vue, de la manière dont elle voulait que je la voie depuis toujours. Et ça m'a fait flipper.

Mais j'ai tenu bon et mis de la distance entre nous. C'était mieux ainsi : je savais qu'elle en pinçait pour moi, même si je ne savais pas encore à quel point.

C'est ce qui me fait peur.

D'être le genre de connard de qui je veux tant la protéger. De prendre, encore et encore, en lui faisant espérer des choses que je ne suis pas capable de lui donner.

Je l'ai prévenue, maintes fois. Mais Daisy Coleman n'en fait qu'à sa tête. Elle y va coûte que coûte, quitte à se brûler les ailes. Et puisque je suis égoïste, j'ai enfin décidé de la laisser faire.

Nous ne reparlons pas du baiser ni de ce qu'il veut dire, mais notre relation change du tout au tout. Bizarrement, nous sommes plus à l'aise l'un à côté de l'autre. Comme si nous avions enfin crevé l'abcès.

Il faut croire que cette tension pesait sur nous depuis plus longtemps que je le pensais.

– J'espère que tu es libre ce soir, me dit-elle un jour après sa douche.

– Ça dépend de ma boss. Elle est un peu casse-couilles.

Elle me fusille du regard, et je souris presque.

– Je te kidnappe. J'ai des envies de pique-nique.

Je plisse le front, curieux.

– Je suppose que c'est ton premier job de serial killer, car en général, on ne prévient pas la victime avant de la kidnapper. Ah, et j'aime pas les pique-niques. Quelle idée de s'asseoir par terre pour manger dans l'herbe !

– OK. Alors on peut faire un pique-nique en intérieur.

J'hésite quelques secondes avant de céder. Elle ne compte pas me lâcher, de toute façon.

– J'ai l'endroit parfait pour ça.

Elle m'offre un sourire satisfait et monte se préparer. Je la retrouve dans le salon une heure après, emmitouflée dans une doudoune noire, coiffée d'un bob blanc qui cache la moitié de son visage. Je la suis du regard tandis qu'elle récupère des lunchbox dans le frigo. Quand a-t-elle eu le temps de préparer ça ?!

– Ce soir, on passe par-derrière. Je ne veux pas que ton cher ami Colin nous suive…

Elle s'accroche à moi sur la moto, la joue plaquée contre mon dos. Je vérifie plusieurs fois dans mes rétroviseurs sur le chemin, qu'on n'est pas suivis. Nous arrivons très vite devant un disquaire. Je sais qu'elle adore ce genre d'endroits. Plus jeune, elle passait sa vie à Amoeba Music, un magasin de disques plutôt connu à L.A.

Les portes sont fermées et la lumière est éteinte, mais Daisy ouvre grand les yeux quand je lui montre la clé que j'ai dans les mains.

– Comment…

– J'ai des contacts, réponds-je, avec une pointe d'arrogance.

J'ouvre la boutique, puis referme derrière nous. Daisy embrasse la salle du regard, des étoiles plein les yeux. Le sol en damier, les bacs et les murs remplis de vinyles, les parois turquoise, les posters de rock et les guirlandes lumineuses qui donnent à l'endroit une atmosphère magique à l'arrivée des fêtes de fin d'année.

– On a vraiment le droit d'être là ?

Je ferme les stores pour nous cacher du monde extérieur, et retire mon manteau pour me mettre à l'aise.

– La boutique est à nous pour la nuit. Tout doit être nickel pour l'ouverture à 10 heures, en revanche.

Elle rit sans trop y croire, jusqu'à ce que ses yeux tombent sur ce que j'ai sorti de mon manteau : une bouteille de champagne.

– J'ai un programme chargé demain… Ce n'est pas sage de boire.

– Je sais. Mais une coupe ne te fera pas de mal.

Elle étend une nappe improvisée sur le sol, puis ouvre tous les Tupperware qu'elle a rapportés : légumes crus, houmous, chips, fruits, donuts… Elle a tout prévu.

C'est moi ou ça ressemble drôlement à un rencard ?

Je la regarde faire le tour de la boutique comme une gosse, excitée à souhait, tandis que j'ouvre la bouteille. Elle me montre mille et un vinyles comme si j'étais censé tous les connaître, et m'explique des choses que je ne retiens pas plus d'une seconde.

Elle met du rock, de la soul, du funk. Je lui sers une coupe de champagne, qu'elle descend comme du jus de pomme ; je lui dis de faire attention quand elle se met à danser. Je refuse de me joindre à elle, mais elle me tire avec force. Je ne sais pas quoi faire de mon corps.

J'enroule sa taille de mes bras et tente de suivre ses pas, mais m'excuse de lui marcher sur les pieds. Elle se contente de rire, heureuse. La bretelle de son haut ne cesse de glisser et son épaule m'appelle inlassablement. J'ai envie de mordre son cou.

Bordel, qu'est-ce qui me prend ?

J'y niche mon visage pour me cacher comme un ado, parce qu'une fille me fait ressentir des choses rien qu'en riant. Qu'est-ce qui m'arrive ?

Je hume l'odeur naturelle de sa peau, avant d'y déposer un baiser, puis de la mordre doucement.

Daisy me laisse me cacher, fourrant ses mains dans mes cheveux, jouant avec mes racines.

– Pourquoi tu ne ris jamais comme ça devant les caméras ? je demande dans un soupir. J'aimerais que tu sois toi-même, que tu montres quand ça ne va pas et que tu envoies chier tout le monde…

Elle glisse ses mains dans mon dos, ce qui me fait tressaillir de façon incontrôlable.

– Parce que c'est effrayant. Je leur donne déjà assez de moi, non ?

– Comment ça ?

– Je ne peux pas me permettre d'avoir un mauvais jour. Je n'ai pas le droit de me lever du mauvais pied ni de perdre mon sang-froid. Parce qu'il suffit d'un ton un peu trop sec ou d'un sourire absent pour que les gens aillent répéter que je suis une diva froide et prétentieuse. J'ai déjà fait l'erreur et je sais que je vais en payer le prix bientôt…

Elle a raison. C'est tellement tordu. Certains lui ont déjà reproché d'avoir mal réagi aux questions de ce journaliste, lors de la conférence. J'ai lu des commentaires malveillants l'accusant d'avoir la grosse tête.

Les gens oublient qu'elle est humaine, et non un personnage de dessin animé, encore moins un robot.

– Tout le monde pense que j'ai la belle vie, que mon quotidien est rêvé… Je ne m'en plains pas car je l'ai choisie. Mais ils ne savent pas ce que ça engendre. Parfois, j'ai l'impression qu'ils pensent que ça m'est tombé dessus. Mais ce que j'ai aujourd'hui, je l'ai obtenu par mon travail. Je continue de bosser comme une acharnée pour. Ils me voient à des soirées huppées, sur des yachts ou avec des sacs de luxe et ils pensent tout connaître de ma vie. Ils ne voient pas l'anxiété, la solitude, la fatigue, les journées de seize heures à chanter, danser, faire du sport pour garder la ligne, changer trente fois de tenue pour poser pendant plusieurs heures devant une foule de gens qui critiquent mon apparence… Et pourtant, je me sens ingrate de me plaindre un peu.

Je la serre contre moi, fort, avant de la lâcher pour saisir son visage entre mes mains. Elle me fixe du regard, les yeux brillants de larmes. J'ai du mal à comprendre ce qu'elle ressent, et même à l'imaginer. Je sais juste que je déteste la savoir triste.

C'est nouveau, ça. Je n'aime pas beaucoup.

– Parfois… parfois j'ai peur que tout disparaisse d'un seul coup et que ma simple existence soit oubliée d'un claquement de doigts. Pouf. Envolée. Et d'autres fois… L'idée que ça puisse arriver me remplit de soulagement.

– Tu regrettes, alors.

– Je ne sais pas. La musique, c'est ma passion, soupire-t-elle en baissant les yeux. J'ai toujours voulu être chanteuse, et j'aime ce que je fais. Me retrouver sur scène, face à des milliers de personnes, c'est comme une drogue pour moi.

– Mais…

– Mais je n'aime pas la façon dont j'en suis arrivée là. Si je pouvais changer ça, je le ferais.

Je hoche la tête en comprenant où elle veut en venir. Channel D, Kate, son image… Ça ne lui plaît pas. Car ce n'est pas elle.

– Montre-moi ce que tu voudrais faire, alors. Rien que nous deux. De toi à moi.

Ses yeux s'écarquillent de surprise et de gêne. Je lui rappelle que je l'ai déjà vue performer une bonne dizaine de fois, sans compter ce que j'ai suivi à la télé.

– C'est différent… C'était mon personnage, pas *moi*.

Je lui donne tout le temps dont elle a besoin, allant m'asseoir sur la nappe. Elle éteint la musique et prend une grande inspiration, les mains moites. Elle ne me regarde toujours pas quand elle ouvre la bouche et commence à chanter.

C'est magique. Un chant de sirène s'échappe de ses lèvres ensorcelantes, et me voilà subjugué sur-le-champ. Loin des effets sonores, des guitares électriques qui couvrent sa voix et des danseuses qui distraient de son chant, il ne reste plus que Daisy en face de moi. À nu.

Sa voix douce trouve sa cible dans mon cœur, tel Éros et ses flèches enchantées. Elle chante sur elle, ses doutes, ses complexes, la vérité de cette cadette aimée mais peu écoutée.

Quand les dernières notes résonnent dans la pièce, elle redevient timide. Le silence se prolonge et elle n'ose toujours pas me regarder dans les yeux.

– Daisy.

– Mmh.

– Approche.

Elle ose enfin lever les yeux vers moi, avant de s'asseoir à mon côté.

– Promets-moi de ne pas garder ça dans un tiroir miteux. Tu dois la faire écouter à Kate, lui dire que c'est ce que tu veux chanter.

Elle commence à m'expliquer en quoi c'est impossible mais je la fais taire d'un baiser. Elle gémit contre ma bouche. Je glisse les mains sous son tee-shirt, touchant la peau douce de son dos nu. Bordel, elle n'a même pas de soutien-gorge. *Sait-elle à quel point je me retiens déjà ?*

– OK, murmure-t-elle contre mes lèvres, à condition que tu ailles parler à ta mère.

Je me raidis entre ses bras. Je déteste qu'on me force à faire quelque chose que je ne veux pas, encore plus qu'on m'adresse un ultimatum. Mais je mordille sa lèvre inférieure avant de la lécher avec tendresse.

– Deal.

Elle sourit, victorieuse, et me laisse l'embrasser un peu plus longtemps. Je me surprends à être insatiable. Daisy est pire encore que l'héroïne. Je me force à ne pas aller trop vite, à ne pas être trop brusque, mais c'est dur.

– Tommy, chuchote-t-elle quand ma langue lui lèche le cou. Qu'est-ce qu'on est, au juste ?

Bordel, j'aime tellement entendre ce surnom dans sa bouche. Je la fais asseoir sur moi, mes mains sur ses fesses, chose qui semble la surprendre.

Je ne sais pas ce qu'on est. Je ne veux pas y penser.

– Qu'est-ce que tu veux qu'on soit ?

– Je ne veux pas que tu aies peur de me dire la vérité, c'est tout, avoue-t-elle courageusement. Si tu ne veux que du sexe, ça me va. Mais là encore, je n'en sais rien. Je sais que tu es timide à ce propos, ce n'est peut-être pas ton truc…

Je fronce les sourcils. *Ne peut-elle pas sentir l'effet qu'elle me fait, là tout de suite ?*

– Qui a dit que ce n'était pas mon truc ?

Elle cille, gênée.

– Personne. Seulement, tu ne veux jamais en parler, alors j'ai cru que…

– Donc maintenant, avoir un peu de pudeur veut dire être complètement coincé ?

– Non, je…

– Daisy.

Elle rougit, silencieuse, et attend que je dise quelque chose. Je l'attire plus encore contre moi, et je vois le moment où elle sent la bosse sous mon pantalon.

– J'aime le sexe, dis-je d'une voix profonde, mes lèvres frôlant les siennes. Je le garde pour moi, c'est tout. Les gens n'ont pas à savoir ce que je fais dans mon lit une fois minuit passé. La journée non plus, d'ailleurs.

Elle hoche la tête. Je bouge ses hanches de façon à ce qu'elle se frotte contre moi, ce qui semble lui plaire si je me fie à l'accélération de son souffle.

– Je ne sais pas ce qu'on est, j'ajoute en déposant un baiser sur sa clavicule. Je sais juste que quoi que ce soit, il ne faut pas qu'Hakeem le découvre.

CHAPITRE 16

Born in Hollywood

« They keep feeding me lies,
right in front of my eyes. »

DAISY

Moi, Daisy Coleman, j'entretiens une relation secrète avec Thomas Kalberg.

Qui l'aurait cru ? Certainement pas moi ! Javier, quant à lui, prétend l'avoir vu dans les cartes. Je traîne avec la bande durant la matinée, occupée à regarder *Euphoria*, puis je repars avec Finn vers midi.

J'ai le tournage d'un Carpool Karaoké prévu tout le reste de la journée. Quand nous arrivons sur les lieux, il pleut à verse. C'est Thomas qui m'ouvre la portière, parapluie en main. Celui-ci ne le couvre pas ; il est pour moi.

Ses cheveux mouillés gouttent sur son front, ce qui lui qui donne un côté plus jeune, moins menaçant.

– Je prends le relais, dit-il à Finn, qui opine.

Je me presse contre Thomas pour l'obliger à se couvrir lui aussi. À l'intérieur, je serre la main du présentateur télé, avec qui j'ai déjà travaillé plusieurs fois. Il m'explique comment ça va se passer, puis me complimente sur le succès de mon premier album solo. Je le laisse m'emmener jusqu'à ma loge, Thomas nous suivant silencieusement quelques pas derrière. Un fantôme, pourtant si difficile à ignorer.

– Je te laisse te préparer. Une maquilleuse va venir te voir. À tout à l'heure !

Je le remercie, et entre dans la pièce. Thomas referme la porte derrière nous tandis que je m'écroule sur le petit canapé dans un soupir fatigué.

– C'est quand, déjà, les vacances ?

Thomas sourit légèrement.

– Pour toi ? Ce n'est pas prévu, désolé.

– C'est bientôt Noël… Cette fois, ma famille vient à la maison.

Je ne supporterai pas de passer les fêtes seule chez moi, même avec Thomas à mes côtés. Peut-être veut-il rentrer chez lui à Stockholm pour les passer avec sa mère ? C'est égoïste de ma part de vouloir le garder auprès de moi.

D'autant plus que c'est bientôt son anniversaire. Dans un mois tout pile. Je veux le lui demander quand mes yeux se posent sur le bouquet de fleurs près du miroir. Je me lève et saisis la carte qui l'accompagne, sourire aux lèvres.

Courage pour aujourd'hui. Je te regarderai. Je suis toujours là, tout près. Avec amour.

Je hausse un sourcil ému vers Thomas, qui m'observe sans comprendre. Je croise les bras sur ma poitrine avant de sentir les marguerites.

– Merci pour ça.

– Pourquoi tu me remercies ? Ça ne vient pas de moi.

Je relis le mot, perturbée. Thomas s'empare de la carte, qu'il lit à son tour, et son visage se ferme immédiatement.

– N'y touche pas, m'ordonne-t-il, le regard noir, avant de tapoter sur son oreillette. Finn. T'es où ?

Au même moment, une maquilleuse débarque, sourire aux lèvres. Thomas l'agresse en lui montrant le bouquet, la voix urgente :

– Quelqu'un a déposé ça ici ?

– Euh… je ne sais pas…

Je veux lui dire de se calmer, que c'est sûrement Zach, mais il insiste en disant que c'est très important.

– C'est un livreur qui est passé plus tôt, bredouille-t-elle. Il a dit que c'était une livraison pour Mlle Coleman. Quelque chose ne va pas ?

Thomas jure dans sa barbe et prend le bouquet à une main avant de se tourner vers moi.

– Reste ici. Prépare-toi, je vais trouver Finn et voir ce qui s'est passé. Vous, ne la lâchez pas d'un œil !

Il est sur le point de partir quand je le retiens par la manche. Ses yeux me sondent avec interrogation.

– Fais attention.

Il cille sans comprendre, confus, puis s'en va sans rien ajouter. Je comprends sa colère. Frank a réussi à m'envoyer des fleurs jusqu'à ma loge privée, ce qui signifie qu'il connaît mon emploi du temps.

Avec un peu de chance, il ne l'a pas livré lui-même jusqu'ici…

– Il y a un problème ? demande la maquilleuse, inquiète.

Je la rassure et tente de ne pas trop y penser. Elle me maquille, puis je passe en revue le portant de tenues qui fait le coin. Je jette mon dévolu sur une robe tailleur et des boucles d'oreilles en or.

Après une heure, Thomas n'est toujours pas revenu. Je quitte ma loge et suis l'équipe de production jusqu'à la voiture qu'on va devoir utiliser pour le tournage. Elle est disposée sur une machine métallique qui va imiter la conduite sans bouger.

Aucun de mes gardes du corps n'est là. Un mauvais pressentiment me contracte la gorge. L'équipe m'explique ce qui va se passer mais je n'écoute que d'une oreille. C'est Finn que je vois en premier, le teint livide.

– Qu'est-ce qui se passe ? je lui demande. Où est Thomas ?

– On a un problème. Il gère ça avec la sécurité.

– Quel problème ?

Je ne suis pas certaine de vouloir savoir, mais je ne peux pas m'en empêcher. Finn hésite, se grattant la nuque, et lève des yeux navrés vers moi.

– C’est ma faute. Je suis désolé… Je n’ai pas bien fait mon travail, je suis tellement nul. Thomas a raison de m’avoir hurlé dessus, vous devriez me virer. De toute façon, il l’a déjà fait.

– Hein ? Thomas n’a pas ce pouvoir, c’est moi qui décide. Alors calme-toi et explique-moi ce qui se passe.

Il soupire, fuyant mon regard, puis me tend mon téléphone. Il est ouvert sur Twitter, ou plus précisément, sur mes messages privés. Mes mains tremblent de peur à l’idée de ce que je vais y trouver.

C’est encore pire que ce que je croyais.

Je frissonne, vacillant presque. Finn me rattrape gentiment par le coude.

– J’étais censé vérifier votre loge en amont, m’explique-t-il. Je l’ai fait, pourtant, je le jure ! Je ne sais pas ce qui s’est passé… Je suis désolé.

T’es belle. Tu as reçu mes fleurs ?

Frank m’a envoyé des photos. Des photos de moi. Dans ma loge. En train de parler à Thomas. En train de me faire maquiller. En train de me déshabiller.

J’ai envie de vomir. La première chose qui me vient à l’esprit, c’est : « Comment ? », puis je comprends. Il était là.

Je suis tout près.

Il était avec moi, tout ce temps, à m’écouter, à m’épier. Caché dans le placard au fond de la salle, prenant des photos à travers les persiennes. Il a bel et bien déposé les fleurs lui-même avant qu'on arrive avec Finn.

J'ai envie de vomir. Cette fois je bloque son compte sans hésiter, et soudain une main s'abat sur le téléphone.

– Daisy.

Je lève les yeux vers Thomas, dans un état second. Son regard dur rencontre le mien et je panique un peu plus.

– Ne pense pas à ça, dit-il doucement, ses mains de part et d'autre de mon cou. Respire. Ne t'en occupe pas. Fais ton truc. Souris à la caméra. Ça va aller, promis. Je suis là.

– Moi aussi, je suis là, ajoute Finn avec détermination.

Celui-ci devient livide quand Thomas tourne lentement la tête vers lui.

– Je crois pas, non. Toi, t'es viré.

Finn me regarde par-dessus son épaule, espérant un peu d'aide, mais Thomas gronde.

– Ne la regarde pas comme ça. Est-ce que tu te rends compte de ce qui aurait pu se passer ? siffle-t-il de colère, attirant l'attention de plusieurs personnes. J'en ai marre, de nettoyer tes m…

– Arrête, dis-je en tentant de me calmer. Finn, tu n'es pas viré. Thomas, tout va bien. Je vais bien.

C'est faux, mais rien ne sert de mettre de l'huile sur le feu. Frank a toujours gardé ses distances avant, mais il s'approche de plus en plus. D'abord chez moi, maintenant ici. Pourtant, il n'agit jamais. Il ne se montre pas violent. Il n'essaie pas de rentrer directement en contact avec moi. Il veille simplement. Cela me pousse à me demander ce qu'il veut, au juste.

Thomas n'essaie pas de me contredire, et je devine qu'il le fait à cause des yeux et oreilles qui nous entourent, mais son regard me fait comprendre qu'on en reparlera plus tard.

– J'imagine que vous avez fouillé la loge après ça ?

Thomas acquiesce gravement.

– Il est parti. Il a dû filer juste après toi.

– On a fouillé tout le bâtiment, ainsi que les alentours. Rien, ajoute Finn d'un air penaud.

Nous sommes interrompus par l'équipe, qui m'annonce qu'on va commencer à filmer. Thomas me presse le bras pour m'encourager, promettant de rester tout près. Je plaque un sourire sur mon visage tout le long du tournage, blaguant et chantant à tue-tête.

Au fond, j'ai juste envie de crier. Je ne comprends pas ce que Frank me veut. C'est bien ça, le problème. Kate refuse d'appeler la police, et de toute façon, que pourraient-ils faire ? Il n'a jamais tenté quoi que ce soit.

Il me harcèle, c'est vrai, mais il est discret. Méticuleux. Il reste assez à l'écart pour ne pas prendre trop de risques. Mais qu'est-ce que ça lui apporte, au juste, si ce n'est être proche de moi ? Attend-il le bon moment pour agir ?

Plus inquiétant encore : comment arrive-t-il à passer entre les mailles du filet de Thomas et Finn ?

Nous étions seuls dans cette loge, ou du moins, c'est ce que je pensais. J'aurais pu faire une connerie. Embrasser Thomas, voire pire. Cet incident me rappelle seulement qu'on n'est jamais trop prudent.

Que même quand je pense être enfin seule… je ne le suis pas. Il reste là. Dans l'ombre. À attendre le bon moment.

***

Thomas demande qu'on vérifie les caméras de surveillance avant de partir. Il refuse d'abord que je regarde, mais j'insiste.

Je le regrette un peu quand je manque de m'effondrer devant les images qui me font face. J'y vois quelqu'un de grand, entièrement vêtu de noir, casquette sur la tête et masque sur le visage, entrer dans ma loge.

– Ça pourrait être n'importe qui.

Je le regarde humer les fleurs qui sont déjà là, puis ouvrir le placard pour s'y cacher maladroitement. Puis je nous vois nous, Thomas et moi, entrer à notre tour. Sa main prend discrètement la mienne tandis que nous fixons l'écran avec des yeux interdits. Frank finit par ressortir peu après moi, comme si de rien n'était. Les caméras de surveillance en viennent à le perdre.

Sur la dernière image qu'on a de lui, il s'arrête au beau milieu du couloir, dos à la caméra. Très lentement, il tourne la tête vers celle-ci comme s'il savait où elle est, sa casquette vissée sur sa tête, cachant ses yeux… et effectue un geste de la main.

Comme pour me saluer. Ou me prouver de quoi il est capable.

– Il se moque de nous, marmonne Thomas en grinçant des dents.

Je devine facilement que la situation le frustre et le pousse à bout. Malgré tous ses efforts, Frank continue de lui échapper. Pire : il semble s'approcher de plus en plus.

Finn s'énerve contre l'équipe de sécurité du bâtiment. Celle-ci s'excuse auprès de moi, plusieurs fois. Je demande qu'on rentre, fatiguée. Je commence à me sentir en danger partout, et ça me pèse.

– Je vous suis, dit Thomas à l'attention de Finn et moi. Je suis venu à moto.

Je suis donc Finn, qui semble désormais en alerte. Il me fait de la peine. Certes, il n'est pas très doué dans son travail. Il est maladroit, brouillon, un peu tête en l'air. Mais je sais qu'il fait de son mieux. C'est pourquoi, une fois dans le parking souterrain, je le rassure :

– Ne te prends pas la tête avec ce que Thomas t'a dit. Il est sur les nerfs, c'est tout.

– Il a raison… C'est ma faute.

– L'erreur est humaine. C'est un oubli, rien d'autre.

Il ne répond rien à cela. Je soupire de fatigue en montant à l'arrière de la voiture. Je n'ai qu'une envie : retrouver la sécurité de ma chambre, de mes couvertures.

Thomas apparaît derrière nous sur sa moto, son casque masquant son visage, tandis que nous tentons de sortir du parking. Mais soudain, Finn appuie brusquement sur le frein avant de s'excuser. Une horde de paparazzis nous a attendus, appareils en mains. Ils nous mitraillent à travers les fenêtres, nous empêchant d'avancer.

– Merde… si je roule, je vais en écraser un.

Il fait signe à ceux de devant de se pousser, mais il ne réussit qu'à avancer de quelques centimètres. Thomas passe à moto à côté de nous, puis s'arrête pour retirer son casque et dire quelque chose que je n'entends pas.

Il tente de nous ouvrir la route en les écartant, faisant signe à Finn d'avancer, mais sans succès. Je reste impassible malgré l'agacement, consciente des caméras pointées sur moi.

Thomas finit par s'énerver, ce qui pousse les paparazzis à tourner leurs appareils vers lui. Ça va mal tourner, je le sais, je le sens. Thomas se fout de sa réputation. Si l'un de ces types le cherche un peu trop, il va le frapper.

– Il faut que je descende, dis-je avec urgence. Ouvre les portes.

– Je ne crois pas que ce soit une bonne idée…

Soudain, les yeux de Thomas se posent sur l'un des photographes et son visage change du tout au tout. Je reconnais Colin, légèrement en retrait… habillé tout de noir, casquette sur la tête et masque dissimulant son visage.

Mon rythme cardiaque s'accélère lorsqu'il remarque l'attention que lui porte Thomas et commence à faire demi-tour.

– Ouvre, vite ! je hurle à Finn à la seconde où Thomas s'élance tel un guépard en chasse.

Finn s'exécute à contrecœur et je me rue dehors, ignorant le bruit des appareils ainsi que les corps qui m'entourent immédiatement. « Daisy, Daisy, Daisy ! »

Thomas réussit à rattraper Colin, le regard fou, sa main fermement accrochée à son gilet.

– C'est toi, espèce d'enfoiré ! Je vais te tuer !

– Lâchez-moi ! C'est une agression, je vais porter plainte !

Trop tard, Thomas lui assène un coup de poing puissant en pleine face. Le bruit est atroce.

– Thomas, arrête ! je beugle en le rattrapant par le bras.

On me pousse, mais je tiens bon. Thomas ne semble ni m'entendre, ni me voir. Il donne un coup dans la casquette de Colin, puis lui arrache son masque de la bouche pour le voir de plus près.

– Tu veux porter plainte ? Vas-y, le défie-t-il froidement. Tu crois que j'en ai quelque chose à foutre ? Je peux te tuer et m'en tirer si je le veux. Pourquoi tu la harcèles ? Qu'est-ce que tu lui veux ?

– J'ai rien fait ! crie Colin en se tenant le nez, abasourdi. Je connais mes droits !

Thomas l'ignore et saisit son appareil photo pour regarder ce qu'il y a dessus. Il lui demande où il était aujourd'hui. Colin doit avoir un peu peur, car il répond du tac au tac :

– J'ai suivi Tom Holland et Zendaya toute la journée ! J'ai la preuve ! Je viens tout juste d'arriver après qu'un collègue m'a appelé.

Son excuse tient manifestement la route parce que Thomas pince les lèvres avec frustration, jurant dans sa barbe. Ce n'est pas lui. Il n'a pas pu être à deux endroits à la fois. Thomas avait tort, et ça le tue.

– Thomas, on y va.

Il semble enfin s'apercevoir de ma présence car il tourne des yeux ronds vers moi, puis remarque la foule de gens qui se pressent autour de moi.

– Qu'est-ce que tu fous là ? demande-t-il, sonné.

Il passe un bras autour de mes épaules et nous fraye un chemin vers la voiture, menaçant les paparazzis de les écraser s'ils ne bougent pas très vite. Je reprends ma place à l'arrière, et Finn réussit à passer, cette fois.

Mon cœur ne veut pas ralentir, même après dix minutes de trajet. Quelque chose me dit que Colin y pensera à deux fois avant de rester en planque devant chez moi, maintenant. Tout comme les autres.

Une fois à la maison, je fonce à la douche pendant que les garçons discutent – ou plutôt, pendant que Thomas passe un savon à Finn.

Je me couche sans manger, morte de fatigue. Je fais un dernier tour sur le compte Twitter de Frank, juste pour me faire du mal. Parmi tous les gens qui interagissent avec lui, l'un d'eux retient mon attention. Un nouveau compte qui n'a ni nom ni photo, seulement un abonnement : moi.

« Tu ferais mieux de rester bien caché. Car quand je te retrouverai, tu le regretteras. »

Je connais assez Thomas pour savoir que ce ne sont pas des paroles en l'air.

CHAPITRE 17

Part human, part machine

« Part human, part machine,
fire upon gasoline. »

THOMAS

Daisy avait raison. Je dois arrêter d'être lâche et faire face à mon passé.

J'ai profité qu'elle n'ait rien de prévu aujourd'hui pour la laisser entre les mains de Finn. Je déteste m'absenter, mais je n'ai pas le choix. Il me faut des réponses. Après tout, je ne peux pas être déçu, puisque je n'ai aucune attente.

Je sais déjà qu'elle m'a abandonné. Je veux juste savoir pourquoi. Et pourtant, j'attends toute la journée devant chez elle sans avoir le courage de frapper à sa porte. Je sais que son mari ne rentre pas avant dix-neuf heures.

Je prends une grande inspiration avant de traverser la route. Cette fois, j'y vais. C'est maintenant ou jamais. Je marche jusqu'à sa porte et frappe avant d'avoir le temps de me dégonfler.

Mon masque est en place. Je suis censé m'en foutre, mais pour une raison que j'ignore, mon cœur bat la chamade. Je me surprends à vérifier ma tenue pour être sûr d'être beau et présentable. Mes doigts remettent en place mes cheveux juste à temps.

Lorsqu'elle ouvre la porte, un sourire chaleureux aux lèvres, je reste muet.

– Bonjour. Est-ce que je peux vous aider ?

Mes yeux observent les siens, essayant d'y reconnaître quelque chose, n'importe quoi, qui me relie à elle.

– Bonjour. Je m'appelle Thomas Kalberg et je suis étudiant en psychologie, mens-je sans difficulté. Je suis désolé de vous importuner, mais j'ai récemment lu votre histoire dans les journaux, et…

– Oh.

Son expression accueillante se craquelle et je devine une lueur de souffrance, de nostalgie peut-être. Elle se racle la gorge, puis s'excuse.

– Je suis désolée, mais j'ai déjà raconté cette histoire trop de fois…

– Ce n'est pas ce que je veux, dis-je en priant pour qu'elle ne me congédie pas. Mais j'écris une thèse sur les situations comme la vôtre, j'aimerais donc vous poser quelques questions très rapides.

Elle ouvre la bouche pour décliner, avant de pousser un soupir. Elle hésite, puis plisse les yeux en m'observant. L'espace d'une seconde, je me fige en me demandant si elle serait capable de me reconnaître.

De savoir que je suis son fils. Que j'ai ses yeux et sa bouche, peut-être même ses cheveux et l'air sévère de mon père inconnu.

– Très bien, accepte-t-elle en ouvrant la porte pour me laisser entrer. Pas longtemps, en revanche. Mon mari va bientôt rentrer.

J'opine pour la remercier, puis la suis jusqu'au salon. La maison est très accueillante, avec un intérieur un peu vieillot à mon goût. Mais tout le charme réside dans les nombreux cadres photos et les dessins d'enfants à la gouache.

Chez nous, c'était la même chose. Du moins jusqu'à ce que j'arrête de remplir mon rôle d'enfant miracle. Quand ma mère est tombée enceinte d'Agnès, pour de vrai cette fois, il n'y en avait plus que pour elle. À nouveau, j'étais rejeté après utilisation.

Les gens font des bébés, veulent des bébés, puis quand ça devient une contrainte, ils s'en débarrassent. À croire qu'on est des jouets, des poupées au fond d'un carton, qui changent de propriétaire une fois que l'ancien en a marre.

Je m'assieds tandis qu'elle me propose quelque chose à boire. Je refuse en sortant un carnet et un stylo, juste pour la forme. Je ne me sens pas du tout à l'aise, pas à ma place.

– Que voulez-vous savoir ?

J'entends dans sa voix combien elle est fatiguée de répondre aux questions. J'imagine qu'elle en a vu passer des tonnes, des journalistes. Je n'ai jamais lu ce qu'elle disait dans la presse. J'étais trop en colère contre elle pour ça. Je le suis toujours.

De quel droit se plaint-elle qu'on lui a volé son bébé si elle n'en voulait même pas ? C'était moi la victime, pas elle.

– Pouvez-vous me raconter les raisons de votre grossesse, et ce qui a motivé votre choix de faire adopter votre enfant ?

Elle frissonne en fuyant mon regard, les mains autour de son corps comme pour se réchauffer.

– J'avais seize ans. J'étais jeune… et seule. J'avais peur. Je n'étais pas prête à avoir un bébé. J'en étais un moi-même, dit-elle tout bas. J'ai donc préféré le faire adopter. Je… Pardon.

Elle s'interrompt pour lever les yeux au ciel. Je vois les larmes poindre au coin de ses paupières, mais je ne réagis pas. J'ai envie de lui dire qu'elle n'a pas le droit de pleurer. Que si je le pouvais, ce serait mon droit à moi et moi seul.

– Vous ne l'aimiez pas ? je demande sans réfléchir.

Elle semble choquée par ma question. Je ne la retire pas pour autant, car je veux savoir.

– P…pardon ?

– Je ne vous jugerai pas. Personnellement, je n'aime personne.

Elle cherche ses mots un instant, puis secoue la tête.

– C'est ma chair, mon sang. Bien sûr, que je l'aimais. C'est justement parce que je l'aimais trop que j'ai pris cette décision.

Cette fois, elle pleure vraiment. Quelque chose tire sur mon cœur, mais je m'empêche de ressentir quoi que ce soit de désagréable. Quoi que ce soit, je n'en veux pas.

– Je voulais que mon bébé ait une chance, ajoute-t-elle tandis que des larmes dégoulinent sur ses joues. Avec des gens qui pouvaient lui offrir ce qu'il méritait. Ce n'était pas moi.

Je la scrute d'une mine impassible. Elle ne m'aura pas comme ça.

– C'est vraiment tout ?

Je sais que ce n'est qu'une question de temps avant qu'elle me vire, mais il faut croire que j'appuie là où ça fait mal, car elle se mord la lèvre avec culpabilité.

– Qu'est-ce que vous voulez que je vous dise ? J'étais jeune, j'avais la vie devant moi… je ne voulais pas la gâcher.

Bingo.

C'était ce que je voulais entendre. C'était donc un acte égoïste. C'est tout ce que je souhaitais savoir. Comme pour me rassurer. Ma mère m'a menti, certes, mais dans un sens, elle m'a aussi sauvé… pas vrai ?

Je n'étais pas voulu. Mais elle, elle me voulait. Elle me voulait tellement fort qu'elle a pris le risque de me voler.

– Dans un premier temps, ce sont les infirmières qui se sont occupées de lui. Je refusais de le voir.

– Pourquoi ?

– Parce que je savais que ça me ferait craquer.

Je fais mine de noter quelque chose sur mon carnet, mais en vérité, je réfléchis à ce qui a bien pu se passer dans sa tête à ce moment-là.

– Donc vous ne l'avez jamais tenu dans vos bras.

Ce n'est pas une question. Toutefois, elle me surprend et murmure dans le silence :

– Si. Une fois.

Je me fige, perplexe. Je ne pensais pas. Cela veut dire… qu'elle m'a déjà vu. Qu'elle m'a déjà eu contre sa poitrine. M'a-t-elle donné mon prénom avant de me laisser ? Je déglutis, mal à l'aise.

– Et comme prévu, j'ai craqué, dit-elle avec un sourire triste.

... *Quoi ?*

– Comment ça ?

Je ne comprends pas. J'ai peur de comprendre. Ses yeux bleus sont comme des aimants fixés aux miens. Je suis incapable de regarder ailleurs.

– Dès que je l'ai tenu… j'ai su, chuchote-t-elle. J'ai su que c'était lui et moi contre le monde. J'ai su que je devais le protéger à tout prix. Mais surtout, que j'étais incapable de le laisser à quelqu'un d'autre. Parce que c'était *mon* enfant. Il est sorti de moi. Je savais que ça allait être difficile, mais plus aucune alternative n'était possible dans mon esprit. Je ne comptais plus jamais le lâcher. Mon fils… il était si beau…

Je suis pétrifié, interdit par ce que je viens d'entendre. Je serre les doigts autour de mon stylo, m'empêchant de réagir, mais c'est dur. Je l'imagine, encore adolescente, en train de me tenir contre elle, puis de me sourire en me promettant de prendre soin de moi.

– Je ne comprends pas, dis-je d'une voix éraillée.

– J'ai changé d'avis. Ce jour-là, je me suis rétractée et j'ai décidé d'élever mon bébé seule.

Je secoue la tête pour toute réponse. Elle ment. Il n'y a pas d'autre explication possible. C'est une menteuse. Elle dit ça pour m'amadouer, pour que je ne la juge pas. Elle m'a abandonné ! Elle n'a pas pu changer d'avis. Sinon… sinon ça voudrait dire que ma mère ne m'a pas sauvé, mais condamné.

– Malheureusement, c'est arrivé avant que je puisse le ramener à la maison, dit-elle tristement. Il était hospitalisé en pédiatrie, il avait du mal à respirer sans oxygène. Du jour au lendemain, j'ai demandé à le prendre et on m'a tendu un bébé qui n'était pas le mien. Je le leur ai dit : « Ce n'est pas mon fils », je l'aurais reconnu n'importe où. Ils ne m'ont pas crue tout de suite. Puis on s'est rendu compte qu'un bébé manquait à l'appel. C'était le mien. Une femme l'avait volé.

Je sais déjà tout ça. Mais je me sens hypnotisé, pendu à ses lèvres. Je suis encore sous le choc de ce que je viens d'apprendre. Les émotions se mélangent et s'entrechoquent en moi.

– Sur les caméras de surveillance, on a l'a vue le prendre tranquillement, puis le cacher dans sa blouse. Elle a quitté l'hôpital sans que personne l'arrête. Quand j'ai vu ça… je me suis effondrée. J'ai hurlé, j'ai pleuré, je n'en dormais plus la nuit. Au fond de moi, je savais que c'était trop tard. Il avait disparu dans la nature et je n'avais aucun moyen de le retrouver.

Je frissonne, la mâchoire serrée. Je n'ose pas ouvrir la bouche.

Mes mains tremblent.

– Ce n'était pas précisé dans la presse.

– Je suppose que non. Pourtant, je n'ai jamais arrêté. J'ai tout fait pour le retrouver, dit-elle en pleurant de plus belle. Tout le monde a fini par me dire que mon bébé était sûrement mort. Je me foutais complètement des statistiques. Moi, je savais. Je *sais* qu'il est vivant, je le sens au plus profond de mon être. Il est quelque part sur cette Terre… sans moi.

Je suis juste là.

Les mots me démangent la langue. Mon enfant intérieur pleure et se demande comment elle peut ne pas me reconnaître.

Tu m'as cherché en vain, alors je suis venu jusqu'à toi.

– Il doit avoir votre âge aujourd'hui, dit-elle en séchant ses larmes. Parfois, quand je fais mes courses, je me dis : « Si ça se trouve, cet homme que tu viens de croiser au rayon légumes est ton fils et tu ne le sais même pas. » Une mère devine ce genre de choses, non ? Je l'espère…

Je ne réponds pas, trop interdit pour réagir.

– Mais je suppose que je n'ai pas été une bonne mère… J'espère juste… qu'il est heureux. Et aimé. Oh oui, faites qu'il soit aimé !

Mon cœur saigne. J'ai envie de tout casser. De renverser la table, de taper dans quelque chose, juste parce que je ne connais pas d'autre moyen d'extérioriser.

Je ne suis pas habitué à ressentir ce que j'éprouve à cet instant. Je ne saurais même pas mettre un mot dessus. De la colère ? De la frustration ? De la rancune ?

Du soulagement.

C'est trop. Beaucoup trop. Tellement que ça me fait flipper. Il faut que je parte. Il faut que je m'en aille, que je mette autant de distance possible entre nous.

– Je vais y aller, dis-je maladroitement.

– Oh… d'accord.

Elle m'accompagne à la porte et me salue une dernière fois, mais je me rue à l'extérieur et ne m'arrête pas. Je marche d'un pas pressé, la poitrine douloureuse. Je m'aperçois trop tard que quelque chose de chaud coule sur mes joues, le long de mon cou.

Des larmes.

Je n'ai pas pleuré depuis longtemps. Ai-je déjà pleuré ? Pourquoi est-ce que je pleure ? Qu'est-ce qui me rend triste au point que je me montre si faible ?

Soudain, je ne peux plus respirer. Je m'arrête et me penche vers l'avant, mains sur les genoux. Je suis à bout de souffle. Ma poitrine est comprimée, je me sens comme submergé par une vague d'émotions.

Je suis voulu.

On m'a désiré.

Toute ma vie est un mensonge.

Je halète sans pouvoir m'en empêcher. Pour la première fois en vingt-huit ans, je m'écroule. Ma tête est assaillie par un trop-plein d'émotions inconnues jusqu'ici, toutes nouvelles et intenses. Je m'étouffe presque avec mes larmes silencieuses.

C'est comme si j'avais mis un ancrage sur mon cœur et qu'il se brisait enfin. Comme si cette femme, par ses révélations, m'avait libéré de quelque chose.

J'ai mal. J'ai tellement mal. Comment les gens peuvent vivre avec ce genre d'émotions ? Est-ce que c'est vraiment censé être si douloureux ? Je n'aime pas ça. J'ai l'impression de mourir.

Je ne réfléchis même pas. Je fonce au seul endroit qui me paraît juste. Je me réfugie auprès de la seule personne capable de m'apaiser.

Daisy m'accueille à la porte de chez elle, sourire aux lèvres. Quand elle voit mon état, son expression joyeuse s'efface. Je ne dis rien. Je n'ai plus d'énergie. Je me sens vidé, et pourtant toujours aussi douloureux.

Je m'approche assez pour nicher ma tête contre son épaule. Je ferme les yeux et entoure son corps de mes bras pour la serrer contre moi. Daisy se laisse faire, poupée de chiffon dans mon étreinte fiévreuse.

– Qu'est-ce qui s'est passé ? me demande-t-elle, interloquée.

– Je crois… que personne ne m'aime.

– Quoi ?!

Les larmes redoublent, noyant ses cheveux, et je me déteste pour cela.

– J'ai vu ma mère aujourd'hui… Je n'ai pas eu le cœur de lui dire que je n'étais pas aimé.

CHAPITRE 18

My poison is you

« Roses are red, violets are blue,
my bed smells like you. »

DAISY

Je n'ai jamais vu Thomas dans un état pareil. Jamais de ma vie, en dix ans d'amitié. Je suis tellement choquée que je ne sais pas comment réagir.

Son visage peiné, ses yeux terrifiés, la fermeté de ses bras autour de moi… comme s'il avait besoin de s'accrocher à quelque chose, n'importe quoi. Comme s'il voulait s'assurer que je n'allais nulle part.

Je lui ai dit de m'attendre dans la salle de musique, puis ai immédiatement renvoyé Finn chez lui. Il a un peu rechigné, mais je ne lui ai pas laissé le choix.

Quand je pousse la porte de la salle, mon cœur se serre. Thomas est assis au piano, ses doigts caressent les touches d'un geste lent et paresseux. Je ne sais pas s'il attend mon contact maintenant, Dieu sait que Thomas n'aime pas ça en temps normal. Ne voulant pas commettre d'impair, je vais m'installer sur le canapé en face de lui, croisant les jambes en tailleur.

Puisque je m'apprêtais à dormir, je ne porte qu'un tee-shirt Nirvana et un short en coton. Bizarrement, ça ne m'a pas l'air approprié vu la situation.

– Qu'est-ce qui s'est passé ? je murmure doucement, par peur de le brusquer.

Il ne réagit pas tout de suite. Je suis subjuguée par les preuves de larmes sur ses joues. C'est bien la première fois que je le vois pleurer.

– J'ai vu ma mère.

La culpabilité commence à me grignoter l'estomac à l'idée que ça se soit mal passé. C'est moi qui l'ai poussé à le faire. L'a-t-elle rejeté ?

– Tu lui as dit qui tu étais ?

Il secoue la tête, toujours sans me regarder. Il semble au plus mal. Je pensais qu'un Thomas impassible et sans émotions était effrayant, mais j'avais tort. Ce qui me fait face me terrifie bien plus. J'aimerais faire marche arrière et retrouver l'ancien Thomas, si ça pouvait l'empêcher de souffrir.

– Elle m'a voulu, chuchote-t-il. Elle m'a désiré. Elle m'a cherché… pendant très longtemps…

Je fronce les sourcils sans l'interrompre, confuse. Aurait-elle regretté sa décision de confier Thomas à l'adoption ? Est-elle arrivée trop tard ?

– Elle espère… que je suis heureux. Et aimé.

Mes yeux me piquent, mais je tiens bon.

– Tu l'es, dis-je doucement. Que tu le veuilles ou non, tu es bel et bien aimé, Thomas.

Il ne répond rien à cela. Je meurs d'envie de le rejoindre, de le toucher, de le rassurer sans avoir besoin de mots futiles et vides de sens, mais j'ai peur qu'il me rejette.

– Ça t'a rendu triste ? je demande à la place.

– Triste ?

Cette fois, son regard se pose sur moi. Je frissonne sous son intensité. Il me pose la question comme s'il ne connaissait pas ce mot, encore moins sa définition.

– Tu pleures encore, j'ajoute en pointant son visage du doigt.

Thomas passe la main sur sa joue, étonné d'y voir de l'eau. Il grimace d'un air dégoûté.

– Alors c'est ça… Pourquoi ça fait si mal ? me demande-t-il avec une naïveté qui me rend perplexe. Comment vous arrivez à vivre avec ça ? C'est horrible.

Je manque d'éclater de rire. Je le regarde, bouche bée, tandis qu'il semble agacé par sa propre souffrance. N'a-t-il réellement jamais ressenti ce genre de choses ? Je n'y crois pas une seule seconde.

– C'est le propre de la tristesse ; de faire mal. Ça nous rend humains.

– Je crois que je préférais comme j'étais avant.

Je ne comprends pas. Sa sociopathie fait de lui une personne égoïste, égocentrique, dénuée d'empathie et de culpabilité, et l'a jusqu'ici empêché de ressentir des émotions pareilles.

Qu'est-ce qui a changé ? Est-ce possible ? Il ne fait pas semblant, ça, c'est certain.

– Crois-moi, tu ne peux pas être heureux si tu ne te forces pas à ressentir la peine autant que la joie.

– Être heureux est une idée utopique, raille-t-il. Ça ne fait pas partie de mes objectifs de vie.

Je l'ignore et continue :

– Tu crois que c'est horrible parce que pour l'instant, tu ne ressens que de la colère et de la tristesse. Mais attends un peu de ressentir l'euphorie… l'amour. Ça vaut le détour, crois-moi.

Cela lui cloue le bec. Il me fixe sans rien dire, l'expression curieuse. Il semble moins agité que quand il est arrivé, si bien que j'en profite pour me lever et le rejoindre sur la banquette.

Il suit du regard chacun de mes mouvements, avec espoir ou méfiance, je ne sais pas trop. Ma cuisse touche la sienne tandis que j'appuie sur quelques touches du piano. Les premiers accords de *La Lettre à Élise* emplissent la pièce.

– À quoi ça ressemble ? souffle-t-il sans cesser de m'observer.

– L'euphorie ?

– L'amour.

Mon cœur bondit dans ma poitrine, mais je reste concentrée sur mon morceau, que je ralentis exprès pour le laisser apprécier chaque note. Sais-je seulement à quoi ressemble l'amour ? Est-ce vraiment être amoureuse, si l'objet de votre affection ne ressent pas la même chose ?

L'amour que je porte à ma famille, en revanche, est réel. Celui que j'éprouve pour Hayley, Micah et Javier est plus vrai que n'importe quoi. Même l'amour à sens unique que je nourris envers Thomas, dont la nature et l'intensité sont encore indéterminées, est authentique.

– Ça ressemble à… la sensation d'être invincible. L'envie de rendre les gens heureux. L'impossibilité de penser clairement. C'est… ça, dis-je en jouant plus intensément sous son regard. L'envie de rendre ce sentiment immortel, de le clamer au monde entier, d'en faire des balades et des poèmes et des peintures…

Ma peau rougit sous l'intensité de son examen, mais je continue coûte que coûte. Mieux, j'attrape ses mains et les place sous les miennes pour le forcer à participer. Ses doigts sont extrêmement chauds. Il se laisse faire tandis que je nous guide, volant au-dessus des touches.

– C'est ton cœur qui bat la chamade, ta poitrine qui menace d'exploser, les frissons qui te parcourent le dos, la chair de poule qui recouvre la peau de tes bras, ton regard qui suit sans arrêt l'objet de ton affection, ton souffle qui se coupe en le voyant, la morsure d'une jalousie noire lorsque quelqu'un d'autre le convoite… C'est l'adrénaline qui fuse dans chaque veine de ton corps, l'envie de le toucher, de le protéger, de l'embrasser, de prendre ses sourires et de les enfermer dans un bocal pour les garder bien précieusement.

Je divague. Je vais trop loin, je le sais, je le sens dans la façon qu'il a de me regarder.

– Dee.

Je ne m'arrête pas. J'entame la section C, ma peau grésillant à son contact. Je me rends compte à quel point nous sommes proches, et du peu de vêtements que je porte. Mon corps entier est en feu. J'ai besoin de m'éloigner avant de commettre une grave erreur.

C'est ce que je m'apprête à faire avant qu'il chuchote :

– Si j'avais un cœur, je choisirais de tomber amoureux de toi.

Mes doigts s'immobilisent d'un seul coup sur les touches. Mon propre cœur tombe dans ma poitrine, à mes pieds, sans vie. Je tourne la tête vers Thomas, son visage à quelques centimètres du mien, le souffle coupé.

Il n'a pas le droit de lancer une chose pareille.

– Qu'est-ce que tu viens de dire ? je chuchote sans trop y croire.

J'ai à peine le temps de terminer ma phrase qu'il enserre ma nuque et m'attire doucement à lui. Je soupire d'étonnement quand il m'embrasse pour toute réponse. Je suis encore sous le choc de ce qu'il vient d'avouer, mais sa bouche s'ouvre et me fait oublier toute pensée cohérente.

Il n'y a plus que sa langue contre la mienne, ses doigts dans mes cheveux, sa main pressant fermement ma cuisse. J'enroule mes bras autour de son cou, puis approfondis le baiser. C'est si bon… si parfait.

Je ne veux jamais que ça s'arrête. Je n'ai jamais rien ressenti de tel auparavant. Une chaleur monstrueuse, un besoin d'exploser, une envie qui fait mal.

– Mon cœur bat la chamade… ma poitrine menace d'exploser… les frissons parcourent mon dos… la chair de poule recouvre la peau de mes bras… souffle Thomas tandis que sa main remonte entre mes cuisses dénudées.

Je ne sais pas ce qu'il essaie de dire mais ça suffit à me faire perdre toute capacité de réfléchir.

– J'ai tellement envie de toi.

Je tremble à ses mots, ouvrant davantage les jambes pour lui donner meilleur accès. Ma langue trace le contour de ses lèvres, puis je prends la sienne dans ma bouche pour la sucer langoureusement.

Il grogne, passant la main sous mon short en coton. Je laisse échapper un souffle plaintif quand ses doigts m'effleurent à travers ma culotte. Mon entrejambe palpite sous sa paume puissante.

– Je sais que c'est mal, mais j'en suis arrivé à un stade où je m'en fous, dit-il contre mon cou, ses cheveux chatouillant délicieusement mon menton. Sais-tu à quel point tu m'as torturé, ces dernières semaines ? À sortir de la douche à moitié nue, encore trempée. À escalader le frein à main en minijupe. À embrasser ce connard sous mes yeux.

Oh bordel. Je pousse les hanches vers ses doigts sans même le vouloir. Toutefois, il ne les bouge pas. Il se contente de me retenir prisonnière, frottant paresseusement sa paume contre mon clitoris. La friction est enivrante, mais loin d'être suffisante.

Je le supplie silencieusement, pantelante d'envie et de frustration, tandis que sa bouche me suce et me mord le cou. Je sais déjà que j'en garderai la marque, c'est pourquoi je soupire :

– Pas ici… pas où ça peut se voir…

Il s'arrête tout de suite, puis passe un coup de langue sur l'endroit qu'il a sucé, comme pour s'excuser. Ses doigts attrapent mon menton tandis qu'il dit, ses lèvres effleurant les miennes à chacun de ses mots :

– Je t'avais prévenue, Dee. Plus de retour en arrière possible désormais… Bienvenue en enfer avec moi.

La chair de poule recouvre ma poitrine à ses mots. Je n'ai jamais été aussi excitée de ma vie… Je sais qu'il s'agit peut-être d'une erreur, que Brianna a probablement raison, que je ne devrais pas m'engager auprès de Thomas.

Qu'il me brisera le cœur, très certainement.

Mais cet idiot est naïf, et une partie de moi après ce soir croit très profondément que le monde a tort : que Thomas Kalberg n'est pas un sociopathe. C'est impossible, et je vais bien finir par le prouver.

Parce que je compte bien le faire tomber amoureux de moi.

– Je ne suis plus une petite fille, dis-je en posant une main sur son érection, heureuse de l'entendre gronder en réponse. Arrête de me traiter comme telle.

Soudain, ses bras m'attrapent et me soulèvent sans effort. La seconde d'après, je suis déposée sur le piano, les touches hurlant des accords plaintifs sous mes pieds nus.

Son regard est enflammé, mais ses gestes sont lents et doux tandis qu'il écarte mes jambes pour se positionner entre elles. J'aurais cru que la lumière et le silence rendraient ça gênant, mais au contraire, je n'en suis que plus excitée.

Je le laisse faire tandis qu'il tire sur mon short pour le faire glisser le long de mes jambes nues. Ma culotte part avec, seul mon tee-shirt me dissimulant encore à son regard.

– Je ne te mérite tellement pas, souffle-t-il en déposant une cascade de baisers de mes chevilles à mes cuisses. Qu'est-ce que tu me trouves, bordel ?

Ses mains saisissent mes fesses pour me ramener au plus près de lui, front contre front. Ma poitrine est complètement écrasée contre son torse musclé. Je griffe son épaule en soufflant :

– Tu es gentil.

Je crois apercevoir un éclair de stupeur dans ses yeux, mais il disparaît l'instant d'après. Il rit doucement, comme s'il se moquait de moi, puis m'embrasse chastement la bouche.

– « Gentil ». C'est la première fois qu'on emploie ce mot pour me qualifier.

– Je le pense.

– Je sais, dit-il en poussant sur mon épaule jusqu'à ce que je sois allongée sur le piano. Laisse-moi te montrer à quel point je peux me montrer gentil, alors.

Je fixe le plafond, le corps en feu, quand il retrousse mon tee-shirt et m'embrasse tendrement entre les jambes.

Je gémis bruyamment, ce qui est hautement embarrassant. Je ferme les yeux au moment où je sens sa bouche sur moi, envahie d'une chaleur étouffante. J'avais tort : Thomas n'est pas timide. Il ne fait pas les choses à moitié non plus. Ses coups de langue sont lents mais précis. J'écarte davantage les jambes avant de lever la tête, incapable de résister au besoin de le voir.

Je n'aperçois presque pas son visage. Seuls ses cheveux blonds me font face, allant et venant sur moi.

– Putain, je gémis en roulant des hanches contre sa bouche.

Thomas me dévore de plus en plus vite, y ajoutant ses doigts, et ma respiration s'accélère à un rythme inquiétant.

– Oh mon… D… Dieu… Je… Tom-m… my… Att…

Il me prive de ses lèvres, luisantes de mon plaisir, et me fixe tout en gardant ses doigts en moi. Sa main vient stabiliser mon ventre, puis caresser mes seins sous mon tee-shirt.

– Utilise de vrais mots, Daisy, dit-il d'une voix rauque qui trahit son excitation. De quoi t'as envie ?

J'en suis incapable. Je fuis son regard, soudain timide. Il me punit en bougeant plus vite à l'intérieur de moi. Je dois mettre mon bras sur ma bouche pour étouffer mes cris de plaisir.

Je n'ai jamais rien ressenti de tel. Pour la première fois de ma vie, je me sens prête à jouir grâce aux doigts de quelqu'un d'autre. Je suis tout près, je le sens.

Thomas saisit ma main pour libérer ma bouche, puis tient ma taille fermement.

– Je veux t'entendre.

Bordel. Le plaisir monte encore et encore, et je crois que j'y suis, enfin, après tant de temps ! Mais au dernier moment, le plaisir retombe et je ne suis qu'une bulle de frustration et d'agacement. Je veux qu'il s'écarte et arrête de me toucher. Je veux me cacher, surtout.

Il doit le voir car il retire ses doigts immédiatement, et m'aide à me rasseoir.

– Eh.

Je le défie du regard, un peu humiliée, mais ses yeux sont doux. Il m'embrasse tendrement et chuchote :

– Tu veux arrêter et aller dormir ? On peut se regarder un film, sinon. Il reste du pop-corn.

Je manque de fondre en larmes à cette question pourtant toute bête. Je me rends compte à quel point Zach m'a rendue bizarre. Il ne prenait jamais en considération mon propre plaisir ; ce n'était que lui, lui, et lui. Si je me plaignais, il me faisait culpabiliser.

Mais Thomas…

– Non. Je suis juste étrange. J'y arrive pas.

J'ai presque envie de m'excuser, mais je me retiens au dernier moment. Je n'ai à m'excuser de rien. Je n'ai rien fait de mal. Et jouir n'est pas une fin en soi, si ?

– Je sais ce qu'on va faire, dit Thomas en me prenant dans ses bras.

Il me dépose sur le canapé en velours bleu pâle, puis s'assied en face de moi, à l'extrémité. Il y a bien deux places vides entre nous. Je l'interroge du regard, soudain très consciente de la situation.

– Touche-toi.

Je manque de m'enfuir à toutes jambes. Je secoue la tête, rouge jusqu'au cou, et ris. Il plaisante, j'espère !

– Non… C'est trop gênant.

– Pourquoi ce serait gênant ? demande-t-il sans comprendre. Tu arrives à jouir quand tu es seule et jamais accompagnée. Ça veut dire qu'on s'y prend mal. Alors montre-moi et la prochaine fois, je le ferai correctement.

Si je pouvais jouir si facilement, je le ferais probablement maintenant, tout de suite. Il ferait mieux d'arrêter, s'il ne veut pas que je tombe encore plus amoureuse de lui. Est-ce même possible ?

Je prends une inspiration, puis écarte timidement les jambes. Je passe ma main entre celles-ci pour me toucher dans un mouvement circulaire. Cela dure quelques secondes à peine avant que je fasse l'erreur de lever les yeux vers Thomas. *Mayday, mayday !*

– Ugh, je n'y arrive pas, désolée… dis-je en fermant les jambes. Pas alors que tu me regardes comme ça !

– Tu peux me le dire à voix haute, si tu préfères.

– C'est encore pire !

– Très bien. Alors… ferme les yeux. Ce sera comme si je n'étais pas là.

Je lui suis tellement reconnaissante. C'est bête, mais voilà enfin quelqu'un qui essaie de comprendre plutôt que de me faire penser que je suis le problème, que ce n'est pas normal. Je ferme alors les yeux et réessaie.

Je fais abstraction de tout le reste. Je pense à la sensation de sa bouche et de sa langue à l'intérieur de moi. J'imagine ses doigts, puis ses lèvres sur mes seins, tout en me touchant. Très vite, la chaleur familière refait surface et je gémis doucement.

– C'est ça, murmure Thomas, que j'entends se rapprocher sur le canapé. Continue.

Je ne sais pas pourquoi, mais ses encouragements ne font que m'exciter davantage. Je sursaute presque quand je sens sa bouche embrasser mes jambes, puis ses mains me caresser tendrement les cuisses.

– Plus fort, dit-il quand je gémis à nouveau. Ce n'est que toi et moi ici. Lâche-toi, Dee.

Je suis tout proche de la délivrance. J'ouvre les yeux au moment où Thomas plaque ses lèvres sur les miennes. Ses mains sont sur mes seins et soudain, c'est trop d'informations en même temps. Trop de sensations. Je jouis en criant contre sa bouche, les jambes tremblant autour de sa taille.

– Tu as été parfaite, chuchote Thomas en m'embrassant la tempe.

Il me faut quelques secondes pour calmer mes battements de cœur erratiques. Thomas n'essaie pas d'aller plus loin, ni ne me demande de le soulager. Il me fait juste asseoir sur lui, son visage niché dans mon cou, et me garde là pendant de longues minutes.

– Je ferai mieux la prochaine fois, me promet-il.

Je hume l'odeur de sa peau en caressant ses cheveux, les yeux fermés. Je peine encore à croire ce qui vient de se passer. Tout est parfait.

– Tommy… Est-ce que tu es heureux ?

Son souffle me chatouille la peau quand il répond :

– Je sais pas vraiment ce qu'est le bonheur… mais là tout de suite, ça y ressemble beaucoup.

CHAPITRE 19

Godlike

« They loved me small and shy,
less now that I touch the sky. »

THOMAS

J'avais sept ans quand j'ai trouvé mon père en bas de l'escalier un matin, une grosse valise à ses pieds. Maman était déjà partie travailler au supermarché.

Il a semblé agacé de me voir là. Je lui ai demandé où il allait. Il a répondu : « Loin. » Quand j'ai voulu savoir quand il rentrait, il a soupiré.

La plupart de ses réponses à mes questions étaient des soupirs. Mais cette fois, il a fait un effort.

– Jamais, j'espère.

J'ai rigolé, pas parce que c'était drôle, mais parce que je ne comprenais pas où il voulait en venir. Il m'a regardé bizarrement, avec une expression que je n'ai pas su identifier sur le moment.

Aujourd'hui, je sais que c'était de la pitié. Du mépris.

Parce qu'après ça, il m'a ébouriffé les cheveux en secouant la tête. La tendresse de son geste m'a fait plaisir. Je l'aimais tellement… même quand il était méchant.

– T'as pas toutes tes cases, là-dedans, hein ? Pauvre gosse.

Je lui ai souri sans comprendre, puis je me suis accroché à sa jambe pour l'étreindre. Je ne voulais pas qu'il parte.

– Évidemment, il a fallu que cette idiote prenne le plus bête de tous, a-t-il soupiré en me repoussant. Désolé, petit, mais cette fois je me barre pour de vrai.

– Papa…

– Écoute, je suis pas ton père, OK ? J'ai aucune obligation envers toi, a-t-il lâché en fuyant mon regard. Et heureusement, parce que t'es vraiment pas une lumière, mon gars.

Je me rappelle l'avoir regardé sans y croire, la tête pleine de questions. Bien sûr que si, c'était mon papa. Pourquoi blaguait-il à propos de ça ? Je ne trouvais pas ça drôle. Mais j'ai ri quand même, pour lui faire plaisir, pour lui faire croire que j'étais drôle, moi aussi.

– Cette femme que t'appelles maman t'a volé à quelqu'un d'autre, m'a-t-il alors avoué en enfilant son manteau. C'est pas ta mère non plus. Tu comprends ?

Cette fois, j'ai compris, oui. Mais ça n'avait aucun sens. Alors je l'ai juste regardé s'habiller et passer la porte sans se retourner. Comme l'idiot qu'il pensait que j'étais, j'ai dévalé l'allée puis je me suis accroché à lui en le suppliant de ne pas m'abandonner.

– Papa, s'il te plaît…

– T'as rien pigé de ce que je viens de te dire, ou quoi ? Je suis pas ton père. Lâche-moi !

Il m'a repoussé et je suis resté planté là comme un imbécile, le regard dans le vide. Je pensais vraiment qu'il reviendrait. Mais quand ma mère est rentrée pendant sa pause déjeuner et m'a vu seul sur le canapé, elle a compris.

On n'en a jamais parlé. Le soir même, j'ai décidé de me coucher sans croire un mot de ce que mon père m'avait dit. Du moins, jusqu'à il y a peu. Et c'est Daisy qui a été témoin de ma prise de conscience. Je devrais en avoir honte, mais je n'y arrive même pas. Je n'ai pas l'énergie pour.

Depuis ce fameux jour, quelque chose a changé en moi. C'est comme si l'ancrage de mon cœur avait cédé sous la pression, comme si la boîte de Pandore avait été ouverte. Toutes les émotions réprimées et contenues à l'intérieur se font soudain la malle… et je ne sais pas comment les retenir.

Encore moins comment les gérer.

– Joyeux réveillon de Noël ! s'exclame Finn en tendant un cadeau joliment emballé à Daisy.

Je l'aide à mettre la table avant que ses invités arrivent. Elle a pris le temps de s'habiller pour l'occasion, et cela devient difficile de ne pas la toucher autant que je le souhaiterais.

J'aimerais beaucoup l'asseoir sur le comptoir de la cuisine et retrousser sa robe bordeaux scintillante pour voir ce qu'elle porte en dessous… Malheureusement, avec Finn constamment dans nos pattes, ça n'a pas été possible.

– Du parfum ! s'émerveille-t-elle en s'aspergeant du produit sur le poignet. Il sent si bon, merci beaucoup Finn. T'es vraiment bon à marier, tu le sais, ça ? Ta copine a de la chance.

– Oh, merci, sourit mon collègue d'un air gêné mais heureux. Je le lui rappellerai.

Je les laisse s'offrir leurs cadeaux et m'assure que tous les plats du traiteur sont dans le frigo. Ni Daisy ni moi n'avons eu le temps de cuisiner quelque chose pour sa famille. J'ai surtout passé la journée à cacher les cadeaux que Frank a envoyés à Daisy pour les fêtes…

– Je vous laisse, alors. À demain !

Je hoche la tête dans sa direction pour le saluer, puis Daisy revient m'aider. Je suis incapable de détourner mon regard d'elle, mes yeux la suivent sans arrêt. C'est nouveau, ça aussi. Bien sûr, je l'ai toujours trouvée très jolie. Depuis quelques mois, je la trouve même attirante, sexy. Mais là…

Elle m'éblouit complètement. Aussi étrange que cela puisse paraître, cela m'agace moins qu'avant. Je suis ouvert à ce doux sentiment qui fleurit dans ma poitrine chaque fois qu'elle me regarde.

– Tu restes avec nous, pas vrai ? me demande-t-elle soudain.

– Pourquoi je resterais ? C'est une fête familiale.

Elle s'approche, l'air mécontente, et ses doigts effleurent les miens. Je les revois encore sur moi, puis entre ses propres jambes, là où ma bouche s'est trouvée de longues minutes. *J'en veux plus.*

– Tu sais que tu es le bienvenu. De plus, tu es mon bodyguard. Et si quelque chose m'arrivait en ton absence, hein ?

Je décolle délicatement un cheveu collé à son gloss.

– Ne rigole pas avec ça, Dee.

Au même moment, la sonnette retentit. Les Coleman nous font signe à travers la baie vitrée, les bras remplis de cadeaux. Nous allons leur ouvrir, en gardant nos distances.

– Thomas Kalberg, le seul et l'unique ! s'écrie sa mère, Sharon, en me voyant.

Elle est toujours aussi belle ; Daisy a tout pris d'elle. Je lui adresse un sourire sage et heureux qui réussit presque à me duper moi-même.

– Ça va, mec ? demande Hakeem en cognant son poing contre le mien.

– Ça va.

Je devrais me sentir mal envers lui, mais je n'y arrive pas. Ce que j'ai fait avec Daisy… je ne peux pas le regretter. Il va très certainement vouloir m'assassiner en l'apprenant, mais je suis prêt.

La famille Coleman s'émerveille de la décoration que Daisy, Finn et moi avons mise en place. L'expression euphorique qui plane sur le visage de

Daisy me fait chaud au cœur. Je sais combien ça lui coûte de vivre loin de sa famille…

Je m'apprête à annoncer mon départ quand mon portable vibre dans ma poche. C'est Levi. Je refuse l'appel en me promettant de le rappeler plus tard, mais au moment de ranger mon téléphone, il se remet à sonner.

Je grogne et décroche aussitôt.

– Tu ne devrais pas profiter de ta copine, au lieu de me harceler le soir du réveillon ? je grogne avec agacement.

– Thomas ?

Je me fige au son de cette voix qui n'est pas celle de mon ami. Ma mère prononce mon prénom à nouveau, et je serre les dents. J'ai décroché sans savoir que c'était elle. C'est bien la dernière personne que j'ai envie d'entendre, là maintenant.

Daisy me jette un regard interrogateur. Je lui fais signe que je m'absente quelques secondes, puis sors dans le jardin.

– Qu'est-ce que tu me veux ?

– Je voulais te souhaiter un joyeux Noël, dit-elle. Tu es occupé ?

– Oui.

Un silence s'ensuit.

– C'est quand même fou que tu ne puisses pas prendre de vacances… Noël, ça se fête en famille.

Je m'étouffe de rire à cette phrase. C'est vraiment l'hôpital qui se fout de la charité, putain.

– De qui tu te moques, au juste ? je rétorque d'un ton froid. Depuis quand on est une famille, nous ?

– Pa… pardon ?

– Depuis quand j'appartiens à ta famille ? La seule famille que j'ai, elle est là avec moi !

Je n'avais pas prévu de dire un truc pareil, encore moins de le hurler. J'ai toujours réussi à garder mon calme avec elle, même à faire semblant, parce que ça ne me touchait jamais.

Mais cette fois… c'est trop. Ça fait mal et je déteste ça. Je ne suis plus en mesure de le garder pour moi, c'est trop gros, ça déborde, ça doit sortir.

– Qu'est-ce que tu veux dire par là ? s'offusque-t-elle. Comment tu peux parler de cette façon à la femme qui t'a porté pendant neuf mois, hein ? La femme qui t'a élevé, qui t'a aimé, qui…

– Espèce de sale menteuse.

Elle est tout aussi choquée que moi par ce que je viens de lui cracher. Je suis heureux de ne pas l'avoir en face de moi, sans quoi j'aurais peut-être faibli devant son visage hypocrite.

– Toi, tu m'as porté pendant neuf mois ? ris-je méchamment. C'est comme ça qu'on dit, de nos jours, quand on vole un bébé à la maternité ?

Je peux entendre le petit cri stupéfait qu'elle laisse échapper à ma révélation. Je l'imagine mettre la main sur sa bouche et se tenir à la table de la cuisine pour ne pas tomber. *Bien fait.*

– Quoi ? souffle-t-elle, incrédule. Qu'est-ce que tu viens de dire ?

– Arrête la comédie, c'est bon. Je sais tout.

Elle prend son temps pour répondre. Quand elle rouvre la bouche, sa voix est tremblante mais sèche.

– Comment ?

– Mon « père » me l'a dit le jour où il s'est barré.

– Quel connard incapable, jure-t-elle.

Je reste muet. Je me sens bizarre. Je savais déjà que tout était vrai, évidemment. J'avais assez de preuves pour cela. Mais l'entendre l'avouer rend la chose plus réelle que jamais. Elle n'a pas l'air… de s'en vouloir.

Je ferme les yeux, soudain très en colère.

– Pourquoi t'as fait ça ?

– Tommy, écoute…

– Ne m'appelle pas comme ça.

– Thomas, soupire-t-elle, la voix brisée. Ta maman ne voulait pas de toi, d'accord ? Elle t'a abandonné, jeté comme une vieille chaussette ! Mais moi… moi, je t'ai vu et je t'ai trouvé tellement mignon. J'étais incapable de repartir sans toi. Je devais t'avoir. T'étais à moi. J'allais te rendre heureux.

Je secoue la tête, silencieux. À aucun moment elle ne s'excuse. Elle se justifie, c'est tout. À quel moment m'a-t-elle rendu heureux, au juste ? Je suis une erreur de la nature, incapable d'agir comme un humain normalement constitué.

Et pour la première fois de ma vie, je crois que je le regrette.

– Je faisais des fausses couches à répétition, à l'époque, continue-t-elle. Je n'arrivais pas à avoir d'enfants, mais tu es apparu. Tu étais un signe divin ! Alors je t'ai pris avec moi… et je me suis occupé de toi. Je t'ai aimé. Dans un sens, on peut dire que je t'ai sauvé.

« Sauvé ». Je ne peux m'empêcher de sourire tandis que je prends conscience de ce qu'elle vient de dire. S'imagine-t-elle que je vais lui dire merci d'avoir ruiné ma vie ? Pour avoir fait de moi un putain de sociopathe incapable de fonctionner correctement ?

– Tu ne m'as pas sauvé. Tu m'as condamné.

C'est sa faute, si je suis comme ça. C'est à cause de toi, si je ne peux pas aimer Daisy ni personne.

– Comment tu peux dire un truc pareil, après tout ce que j'ai fait pour toi ?!

– Putain mais t'as fait quoi pour moi, à part me faire sentir comme une merde ? j'explose en hurlant. Tu m'as pas aimé, t'as profité de moi en pensant que j'allais régler tes problèmes comme par magie ! Tu m'as donné un père qui me répétait tous les jours que j'étais un abruti ! Tu m'as isolé du monde entier pour me garder pour toi seule, puis quand t'es tombée enceinte d'Agnès, ta précieuse fille, ton *vrai* bébé rien qu'à toi, tu m'as jeté à la poubelle !

– C'est faux…

– T'as flippé en apprenant le diagnostic du psy, tu m'as fait comprendre que j'étais dangereux, mal-aimé, un intrus dans ma propre maison.

Un putain de virus qui n'avait sa place nulle part. J'avais rempli ma fonction, alors t'en avais marre. T'as juste… abandonné.

Cette fois, elle pleure pour de vrai. Ça devrait m'attendrir, mais je ne ressens rien. Je suis incapable de savoir si elle est sincère ou si c'est encore de la comédie. Je sais que c'est culotté de la part d'un sociopathe, mais ma mère est une mythomane et perverse narcissique avérée. Je n'ai qu'une envie : lui faire du mal avec mes mots.

– Bonne nouvelle : t'es plus obligée de faire semblant. Je compte pas rentrer. J'ai pas envie de vous voir, ni toi ni ta fille. Alors lâche-moi.

– Espèce d'ingrat, crache-t-elle.

Je souris. Le voilà, son vrai visage. Je le savais.

– Tu es *mon* fils !

– Mais t'es pas ma mère. Donc ne me téléphone plus, sinon j'appelle les flics.

Je lui raccroche au nez, me fichant complètement de sa réponse. Rien d'intéressant, de toute façon. Je remarque que mes mains tremblent légèrement. Je les ignore, prêt à retourner dans le salon.

En faisant volte-face, je me fige, surpris. Daisy et Hakeem me regardent sans rien dire, avec une expression qui mêle choc et culpabilité. Je ne sais pas depuis quand ils sont plantés là, mais au vu des larmes sur les joues de Daisy, je dirais assez longtemps. *Super.*

– On écoute aux portes, maintenant ?

– Mec…

– Laisse tomber, dis-je en passant devant eux.

Daisy pose furtivement sa main sur mon poignet, mais je ne m'arrête pas. Je veux seulement me retrouver seul. Je saisis mon manteau au moment où Isaiah, leur père, pose sa main sur mon épaule.

– Viens t'asseoir, mon garçon.

– Je ne reste pas…

– Bien sûr que si, tu restes. Où est-ce que tu vas comme ça, tout seul, la veille de Noël ? Chez une copine ?

J'ouvre la bouche pour lui répondre, mais soudain mon regard accroche celui de Daisy à la porte. Quelqu'un est avec elle, quelqu'un que je reconnais trop bien…

– Qu'est-ce qu'il fait là ?

Zach me sourit avec arrogance, une boîte emballée entre les mains. Mais c'est sa main que je remarque en premier, posée sur l'épaule de son ex-petite amie.

– Je suis seul pour le réveillon, alors je suis passé donner son cadeau à Daisy.

Hakeem le regarde d'un mauvais œil, l'air d'attendre qu'il fasse une erreur pour bondir. Daisy semble mal à l'aise, et je comprends pourquoi.

– Qui est ce beau jeune homme ? demande Isaiah. Je crois l'avoir déjà vu en XXL sur un bus.

– *Ubaba*, c'est Zach. Je joue avec lui dans ma série.

– Oh, le fameux petit ami…

– Faux petit ami, je rectifie en même temps qu'Hakeem, qui me regarde en fronçant les sourcils.

Eh merde. J'aurais dû me taire. Ce ne sont pas mes affaires, et pourtant je suis sur les nerfs ce soir. Je sens la morsure de la jalousie sur mon cœur.

Je déteste qu'on touche à ce qui m'appartient.

– Ça tombe bien ! se réjouit Isaiah. Restez avec nous. Plus on est de fous, plus on rit.

C'est une blague ? Zach lui offre un grand sourire hypocrite, puis le remercie de l'invitation. Daisy le fusille du regard comme une diablesse, puis se tourne vers moi :

– Et toi ?

– Thomas a d'autres plans, semble-t-il, commence son père, que j'interromps sans ménagement :

– C'est annulé.

***

C'est officiel : Zach McRae est un enfoiré de première.

Je n'arrive pas à déterminer s'il est juste opportuniste ou s'il croit vraiment aimer Daisy. En tout cas, il se comporte en véritable gentleman. Toute la tablée est sous son charme, Isaiah le premier.

Ça m'énerve. Qu'il puisse agir comme il le souhaite quand moi, je dois me cacher et faire semblant.

Hakeem l'observe avec méfiance, ce qui me console un peu. Je suis assis en face de Daisy, trop loin à mon goût. Zach est installé à sa droite, bien évidemment, puisque son père semble jouer le *wingman*[3] ce soir. Je me contente de les observer sans rien dire.

– Comment c'est, de travailler avec Daisy ? demande Brianna en servant l'entrée.

Zach est ravi qu'on lui accorde de l'attention, et lui répond poliment. Tout le monde est pendu à ses lèvres, sauf Daisy. Je la fixe, les dents serrées tandis qu'elle joue le jeu, fuyant mon regard. Ça me rend dingue.

– Daisy est géniale… Elle a été mon premier *celebrity crush*, vous saviez ? rit-il timidement. Elle sait qu'elle peut compter sur moi. Je suis toujours là, tout près.

– Je vais me le faire.

Je cille, surpris, et me tourne vers Hakeem, à ma gauche, qui porte la même expression meurtrière sur le visage.

– Tout doux.

– Il couche peut-être avec ma sœur et tu veux que je me calme ? peste-t-il tout bas. Qu'est-ce qu'il fout là, déjà ?

Hakeem est un type bien. Il ne perd jamais son calme, sauf quand il s'agit de ses sœurs, et particulièrement de la plus jeune. S'il connaissait la vérité sur nous, je sais qu'il n'hésiterait pas à me briser la mâchoire.

---

3. Rôle qu'endosse quelqu'un lorsqu'un·e ami·e a besoin d'aide pour approcher des partenaires romantiques et/ou sexuels potentiels.

– Tu chantes très bien, en tout cas ! Dee nous dit beaucoup de bien de toi…

– *Ubaba*, murmure Daisy en lui faisant les gros yeux. C'était il y a longtemps.

– Je dis juste que si les rumeurs étaient vraies, vous n'auriez pas à nous le cacher ! dit Isaiah avec un grand sourire. On serait contents, chaton.

Je grogne au même moment qu'Hakeem, ce qui nous surprend tous les deux. Daisy nous jette un regard noir, nous obligeant à nous détourner.

– Ça me touche de l'entendre, Monsieur, dit Zach en posant la main sur son cœur.

Conneries. Il passe le reste du repas à faire son charmeur. J'essaie d'attirer l'attention de Daisy sur moi, mais elle fait tout son possible pour m'ignorer. Je ne le supporte pas, encore moins quand Zach lui tend son assiette, lui murmure des blagues à l'oreille ou l'aide à remonter les manches de son gilet sur ses coudes.

Tout le monde est pris dans des groupes de conversation lorsque je me décide à avancer mon pied sous la table. Il touche le sien, timidement. Je la vois sursauter puis jeter un coup d'œil dans ma direction.

Mon cœur s'apaise. *Elle me regarde enfin, putain.* C'était pas compliqué, non ? Pourquoi m'ignore-t-elle comme ça alors que c'est elle qui a insisté pour que je reste ce soir ?

Elle fait mine d'écouter Calvin, qui lui raconte quelque chose, tandis que je remonte dangereusement mon pied le long de sa jambe nue.

Je la vois avaler sa salive, puis serrer les dents malgré son air indifférent. Je la taquine un instant, la suppliant de me regarder à nouveau. C'est une douce torture.

Je monte le pied plus haut encore, jusqu'à ce que sa main s'abatte sur ma cheville. Je m'arrête, et ses yeux se posent discrètement sur moi. Je lui fais un signe de la tête discret en direction de la cuisine.

Viens.

Sur ce, je libère mon pied de son emprise et me lève de ma chaise.

– Je vais chercher le dessert.

Hakeem me demande si j'ai besoin d'aide. Je m'apprête à refuser quand Daisy se redresse à son tour, les joues délicieusement rouges, et débarrasse quelques assiettes.

– Je m'en occupe. Restez là, j'arrive avec le dessert.

Je prends de l'avance, rassuré d'entendre ses talons aiguilles me suivre. Mon cœur palpite dans ma poitrine sans que je sache pourquoi.

J'ai juste très envie de l'embrasser, et ça me rend dingue de ne pas pouvoir le faire. Comment je faisais avant ? Je ne m'en souviens pas.

Je me retourne au moment où elle franchit la porte de la cuisine. Puis je ne sais pas ce qui se passe, je perds tous mes moyens, je suis incapable de me retenir, je bondis tel un jaguar sur ma proie.

Je saisis ses joues et plaque ma bouche contre la sienne. Elle laisse échapper un cri étouffé, surprise, et lâche tout ce qu'elle tenait dans ses mains. Deux assiettes et leurs couverts s'écrasent par terre avec fracas, mais je n'y fais même pas attention et plaque Daisy contre le mur.

Je la tiens contre moi comme si elle risquait de m'échapper, la suppliant d'ouvrir les lèvres.

– Tout va bien ? j'entends demander depuis le salon.

Daisy saisit mon menton pour interrompre notre baiser, à bout de souffle. Ses yeux sont enfiévrés, parfait reflet des miens. Sa voix chevrote légèrement quand elle crie, son regard plongé dans les miens :

– Oui, oui, j'ai fait tomber une assiette ! On ramasse et on arriv…

Je ne la laisse pas terminer sa phrase. J'enroule sa taille de mes bras et la soulève pour l'asseoir sur le comptoir, ma bouche embrassant son cou.

– Qu'est-ce qui te prend ? souffle-t-elle en s'accrochant à mes cheveux. On va nous voir…

– Pourquoi tu refuses de me regarder ?

– Hein ?

Je caresse sa joue de mon doigt, puis sa lèvre inférieure, que je lèche tendrement.

– Je déteste qu'il soit là, dis-je contre sa tempe. Je déteste qu'il soit assis à côté de toi. Je déteste que tu le regardes comme tu le fais quand je suis juste en face de toi à espérer que tu m'accordes un peu d'attention.

De toute évidence, elle ne s'attendait pas à ça. Elle m'observe avec curiosité et surprise, puis un sourire s'épanouit lentement sur sa bouche. À quoi pense-t-elle ?

– Quoi ?

– Rien, dit-elle avant de m'embrasser langoureusement. Si tu veux mon attention, tu n'as qu'à me le dire. Je te la donne, Thomas Kalberg. Toujours.

Seigneur. Pourquoi est-elle si mignonne et sexy à la fois ? Ça devrait être illégal. Nous nous embrassons un long moment, mes mains effleurant la couture de sa culotte sous sa petite robe, jusqu'à ce que j'entende le raclement d'une chaise sur le sol.

Daisy se fige dans mes bras, paniquée. J'ai tout juste le temps de la soulever pour qu'elle retombe sur ses pieds. Quand Brianna débarque dans la cuisine, elle me voit accroupi en train de ramasser les bouts de porcelaine et Daisy debout en train de me tendre le balai.

– Qu'est-ce que vous faites ?

– On nettoie, dis-je fermement malgré l'expression coupable de sa sœur.

– C'était un peu long…

Quelque chose dans son ton me fait comprendre qu'elle n'y croit pas une seule seconde. Elle ne m'accorde toutefois aucun regard. Elle fixe Daisy de ses yeux perçants, les lèvres pincées.

Cette dernière déglutit, puis ne peut s'empêcher de tirer sa robe sur ses cuisses. Un réflexe que Brianna remarque tout de suite. Son visage se ferme et elle secoue la tête en soupirant.

– Daisy, putain.

– C'est pas ce que…

– Tu fais ce que tu veux, la coupe-t-elle sèchement. T'es plus une gamine. T'es une adulte maintenant, j'ai pas à t'interdire quoi que ce soit. Mais tu sais ce que j'en pense.

Je ne comprends pas tout.

Je me relève, n'appréciant pas la façon dont elle parle à sa sœur ; avec mépris. Brianna lève la tête pour me regarder, peu impressionnée, puis elle jette un dernier coup d'œil à Daisy en me pointant du doigt.

– Tu fais une très grosse erreur.

Ah, je vois. Elle n'a pas tort, cela dit. Je ravale ce sentiment désagréable sur lequel je n'arrive pas à mettre un nom, me tournant vers Daisy. Celle-ci fixe le dos de sa sœur, qui a disparu dans le salon, avec de grands yeux terrifiés.

– Dee.

La douceur de ma voix la ramène à la réalité et elle cille dans ma direction.

– Ça va ?

– Oui, désolée, je… Ça va.

– De quoi elle parlait ? je demande, bien que je connaisse pertinemment la réponse.

Daisy me sourit, mal à l'aise, et va sortir la tarte du four. Est-il possible que Brianna et elle aient déjà eu cette discussion ? Sa sœur lui aurait donc déconseillé de s'associer à moi…

Compréhensible, et pourtant, je la déteste pour cela. Mes mauvaises habitudes me poussent à supprimer tout obstacle à l'objet de mon désir. J'ai envie d'avoir une discussion avec Brianna pour lui dire de ne pas s'en mêler, quitte à paraître menaçant, mais je dois me rappeler qu'il s'agit de Daisy.

Je ne veux pas merder.

– Rien d'important, dit Daisy en me tournant le dos. Elle ne sait pas ce qu'elle dit. Oublie, OK ?

J'attrape sa main au moment où elle tente de s'enfuir. Daisy s'immobilise, les doigts hésitants. Je me colle donc à son dos et baisse la tête pour poser le front sur son épaule. Mon bras entoure son cou tandis que j'embrasse sa peau et hume son odeur.

J'aimerais ne jamais la lâcher.

– Joyeux Noël, Dee. Et merci…

– De ?

Je ferme les yeux.

– D'être ma seule famille.

CHAPITRE 20
Such a slut

« I heard she was born naked, that slut. »

DAISY

Finn se transforme en photographe personnel tandis que je pose dans ma tenue, sourire aux lèvres. Il s'implique, concentré, ce qui fait doucement rire toute l'équipe technique.

– Je crois que c'est bon, dit-il en me rendant mon téléphone.

Je fais défiler les différents clichés, satisfaite.

– Merci, c'est parfait !

Je poste la plus jolie en story Instagram, avec pour légende : « *Shooting Day !* » En effet, je tourne le clip de ma *title track* aujourd'hui, qui sera mise en ligne peu après la sortie de l'album.

Kate voulait se faciliter la vie, mais j'ai dit non au fond vert. Cette fois, je veux faire les choses pour de vrai. Il s'agit déjà de notre second jour de tournage, et je suis exténuée. Hier, nous avons ajouté la construction d'une pièce dans l'eau, quatre murs et une porte. J'ai ensuite dû plonger moi-même, habillée et maquillée, tandis qu'on me filmait le temps du refrain.

Je devais faire semblant de me noyer, de ne plus réussir à respirer. C'est moi qui ai trouvé l'idée il y a plusieurs semaines, pour mettre en lumière cette impression constante que j'ai d'étouffer, d'être prisonnière.

Plus que tout, j'aime que le réalisateur prenne mon avis en considération. On discute des images ensemble après chaque prise, et j'adore ça ! Seul point négatif : après être restée dans l'eau froide pendant plusieurs heures, je suis tombée malade.

– Tiens, dit Thomas en s'accroupissant devant moi. Ça va te tenir chaud.

Il insère des compresses chauffantes dans mes UGG, puis dans mes manches de doudoune. Je lui souris pour le remercier, tremblante. Sous mon accoutrement bizarre, je porte une robe rose fuchsia absolument sublime.

– Ça m'a l'air dangereux, non ?

– Ça a l'air trop cool, surtout ! Faut que je m'échauffe.

Je fais quelques exercices d'étirement, prête à donner mon maximum. Thomas me regarde sans rien dire, mais un léger sourire étire ses lèvres.

Peu après, la réalisatrice m'emmène devant les caméras en m'expliquant comment la séquence va se passer et ce que je dois faire. Hier, c'était l'eau, aujourd'hui, c'est le feu.

– Tu as tout compris ?

J'acquiesce en me mettant en place, tandis que stylistes et maquilleuses me retirent doudoune et bottes. Il fait un froid de canard, mais je tiens bon. Une fois que j'ai chaussé mes talons hauts, je me prépare psychologiquement.

Nous sommes en pleine nuit, sur une route au beau milieu de nulle part. Un énorme panneau sur lequel est écrit mon nom nous surplombe, censé prendre feu à un moment précis.

– OK, prêts ? Trois, deux, un… Ça tourne !

Deux types se mettent à courir à reculons devant moi, la caméra posée sur un chariot à roulettes. C'est mon tour ! Je m'élance à toute allure, courant en ligne droite. Sur mon chemin, le panneau au-dessus de moi éclate en feu d'artifice à chacune de mes foulées.

Des étincelles de feu tombent en pluie autour de moi, mais je les ignore et continue sur ma lancée. La séquence est faite en dix secondes à peine.

– Magnifique ! C'est dans la boîte !

Thomas arrive aussitôt pour recouvrir mes épaules de ma doudoune, baissant la capuche sur ma tête. Une maquilleuse lui reproche de me décoiffer, mais il ne la regarde même pas.

– Tu as faim ? Je t'ai apporté à boire, tiens.

Je ne sais pas ce qui lui prend, mais j'accepte la bouteille qu'il me tend et bois autant que je le peux. Il continue d'être aux petits soins sans s'occuper des remontrances de l'équipe, ce qui me fait rire.

La séquence d'après, je suis vêtue d'une combinaison blanche à manches longues, recouverte de sequins et de plumes. Je chante sur place tandis que, à quelques mètres à peine, une voiture prend feu dans mon dos. La chaleur est insoutenable, tellement qu'on doit recommencer plusieurs fois à cause de ma toux. La fumée, noire et épaisse, s'évade dans les airs dans un tourbillon inquiétant.

Je suis en train de me rhabiller sous la tente prévue à cet effet, fatiguée, quand Thomas me rejoint.

– Tu m'aides ?

Il s'approche pour m'aider à refermer ma jupe dans mon dos, déposant un baiser volé dans mon cou au passage. Son geste me semble si doux, si naturel, que je tique. Nous n'avons pas vraiment mis de mots sur ce qu'on partage, mais j'ai remarqué que quelque chose avait changé…

J'ai peur d'espérer.

– Thomas.

– Quoi ?

– C'est ta mère, qui t'a dit que t'es sociopathe ?

Il ne s'attendait pas à cette question, je peux le voir sur son visage. Ça fait quelque temps qu'elle me démange, jour et nuit. Après avoir entendu sa conversation avec sa mère, le soir du réveillon, je n'ai pas su comment réagir…

J'en ai longuement parlé avec Hakeem, qui était déjà au courant. Il m'a dit de laisser tomber, de faire la sourde oreille. J'en suis incapable. Il faut que j'en parle, que je sache.

Au moins, je comprends mieux sa réaction après avoir vu sa mère biologique pour la première fois. Ce qui lui est arrivé est abominable… et ça me tue.

– Je l'ai entendue en parler au téléphone, dit-il enfin. J'avais dix ans.

Je fronce les sourcils tandis qu'il rassemble mes cheveux sur mon épaule gauche et m'aide à enfiler mon gilet.

– Tu étais surpris ?

– Je ne savais pas ce que c'était, j'étais trop jeune. Je suis allé chercher ce que ça voulait dire sur Internet, avoue-t-il. Je n'ai pas trop réagi.

– Et… tu as trouvé que ça avait du sens ?

Il hausse les épaules.

– Je sais pas. Je me suis juste dit : « OK. C'est ce que je suis. » J'ai vite compris que ce n'était pas une bonne chose, puisque ça terrifiait ma mère.

– Et aujourd'hui ? j'insiste tandis qu'il zippe mon gilet sur ma poitrine, le visage impassible.

Il prend son temps pour répondre, et je crois d'abord être allée trop loin.

– Parfois, je me fais peur. Je suis incapable de ressentir un quelconque intérêt pour quoi que ce soit. Je n'ai aucune passion. Je n'ai pas d'attachement particulier aux choses ni aux gens. Je ne sais pas mettre des mots sur ce que je ressens quand c'est le cas. La sociopathie, c'est… une sorte de dépression, je crois. Je m'ennuie. Je sais que je suis malheureux, mais je ne le ressens pas. Je sais que j'ai mal, mais je ne le ressens pas. Je suis juste… vide.

Il avoue tout ça comme si ça le libérait d'un fardeau énorme. Je l'écoute, les larmes aux yeux. Nous n'avons jamais été aussi différents l'un de l'autre : lui, la machine incapable de ressentir de l'empathie. Moi, l'éponge affective qui absorbe la peine des autres.

En croisant mon regard, Thomas prend conscience de mes larmes. L'espace d'une seconde, il semble regretter ses mots, caressant ma joue avec tendresse.

– Ne sois pas triste pour moi, Dee.

Il se penche pour m'embrasser, et je me laisse faire. J'ai envie de lui demander s'il m'aime, juste un peu, si je dois continuer à m'accrocher ou s'il est préférable que j'abandonne tout de suite… mais au fond de moi, je connais déjà la réponse.

Masochiste que je suis, je ne veux pas avoir à m'éloigner de lui. Je veux profiter de tout ce qu'il a à m'offrir.

– Tu comptes faire quelque chose ?

Il sait très bien de quoi je parle. Il secoue la tête, les lèvres pincées.

– Le mal est fait.

– Et ta vraie mère ?

Il hausse les épaules sans rien dire. Je suppose qu'il est encore trop tôt pour en parler.

– Finis de te préparer, on rentre. T'as besoin de dormir.

Il pince gentiment ma joue avant de partir. Je reste un long moment à ne rien faire, dépitée. C'est un nouveau message de Zach qui me réveille de ma transe.

Zach : Kate t'a dit ? Je t'accompagne aux Golden Globes.

Moi : Non merci.

Zach : Il va falloir que tu me pardonnes un jour ou l'autre, D. J'ai fait une erreur, et je le regrette. Je t'aime. On est faits l'un pour l'autre.

Je tape une réponse incendiaire avant de balancer mon téléphone dans mon sac. Un homme me dit qu'il m'aime, mais ce n'est pas le bon. Suis-je condamnée à n'être aimée que par des connards obsessionnels comme Zach et Frank ?

Au moins, j'ai mon art. Lui, il ne me quittera jamais.

Il me faut quelques minutes pour me démaquiller et reprendre mes esprits. En sortant de la tente, j'aperçois Finn et Thomas en train de parler doucement dans un coin. Finn a l'air inquiet, et c'est ce qui m'interpelle tout de suite.

Je les rejoins à grandes enjambées, le cœur battant. J'ai un mauvais pressentiment. Quelque chose cloche.

– Qu'est-ce qui se passe ?

Les deux hommes se tournent vers moi, étonnés. Thomas soupire tandis que Finn grimace, silencieux.

– C'est Frank ? Dis-moi. Je veux savoir.

– Je ne crois pas que ce soit… commence Finn.

– Laisse-la, l'interrompt Thomas en me tendant son téléphone. Elle le verra de toute façon.

Je ne comprends pas immédiatement : c'est mon propre compte Instagram qui apparaît sur l'écran. Il y a de nouvelles stories postées depuis le début du tournage…

Quand je clique dessus, je tremble tellement que le portable manque de me tomber des mains.

Quelqu'un a hacké mon compte pour poster des choses à ma place !

Ce sont des vidéos de moi prises à mon insu. Sur la première, on me voit bronzer sur l'un des transats du jardin, riant au téléphone. Je reconnais ce maillot de bain jaune… C'était un partenariat ! Je le détestais, mais Zach me trouvait sexy dedans. Je l'ai porté tout l'été dernier, et j'ai fini par le jeter.

– Ce sont d'anciennes vidéos, je murmure en faisant défiler les stories.

Après trois autres vidéos de moi, Frank a posté une photo qui me coupe le souffle. Ça n'a pas été pris chez moi, car je ne reconnais pas les draps. En revanche, je reconnais les sous-vêtements posés dessus. Ce sont toutes les culottes et tous les soutiens-gorge qui ont disparu ces derniers mois…

Au même moment, je reçois une notification sur mon propre téléphone : un nouveau compte Twitter me mentionne et je sais tout de suite que c'est lui. Il a fait ça toute la semaine. Plus je le bloque, plus il crée des comptes. C'est un cercle infernal. Il n'a cessé de me demander pourquoi je l'avais bloqué, et si j'avais aimé mes cadeaux de Noël.

Aujourd'hui, il me dit :

Je commence à fatiguer, Daisy…
Débloque-moi. Si ça continue,
je dévoilerai au monde
tous tes petits secrets.

Je ne peux plus respirer. Je dégaine mon téléphone et supprime toutes les stories à la hâte, paniquée. Thomas me regarde faire sans rien dire. Je sais ce qu'il pense. Ça ne sert à rien, le monde entier l'a vu. Les gens en parlent déjà sur Twitter, j'en suis certaine.

– Il a fouillé dans mes conversations privées, je croasse. Il a mes fringues, putain… C'est complètement tordu !

Thomas m'ordonne de changer tous mes codes, puis nous prenons la sortie de derrière pour rejoindre le SUV. Finn semble perdu dans ses pensées. Moi-même, je suis encore secouée.

Je n'arrive pas à savoir si Frank est une réelle menace ou juste un geek un peu trop fanatique. Il s'est quand même introduit chez moi et a volé mes affaires !

– Daisy… se lance Finn d'une voix timide, presque incertaine. Je commence à penser que Frank n'est pas un inconnu.

– Hein ?

– Je suis persuadé que c'est quelqu'un qui te connaît, quelqu'un proche de toi. Ce n'est pas possible autrement… Tu l'as bien vu.

– Je suis d'accord, ajoute Thomas, l'air pensif. C'est même logique. Et j'ai déjà ma petite idée.

Je m'apprête à lui demander à qui il pense quand Finn semble touché par une illumination divine.

– Et si ce n'était pas un homme ?

Thomas et moi nous regardons, surpris par sa suggestion. Je me doute que Frank n'est qu'un pseudonyme, pourtant j'ai toujours pensé qu'il s'agissait d'un homme, vu les lettres.

– Comment ça ?

– Dites-moi si je vais trop loin, soupire Finn, l'air fatigué. Mais je commence à me dire que tout ceci n'est qu'une mise en scène. Et s'il n'y avait aucun Frank ? Et si c'était juste un moyen de te faire peur ? Pour se venger, par exemple…

J'ai du mal à croire que quelqu'un aille jusque-là pour de telles raisons, mais j'imagine qu'on a déjà vu bien pire.

– Tu penses à qui ?

– À ton avis ? Qui est la personne qui te déteste le plus ? La personne qui aurait tout à gagner à faire un truc pareil quelques jours avant la sortie de ton album ?

Je n'ai pas besoin de réfléchir longtemps. Il n'y a qu'une seule fille qui me hait pour avoir saboté sa carrière et sa réputation à vie. Cette même fille qui m'a harcelée pendant plusieurs années.

– Destiny.

Extrait de la biographie Daisy Coleman : Hollywood's Wildflower *écrite par Kaylee Walters. Chapitre 4 : « Les 3D's. »*

Voici la retranscription d'un entretien que j'ai mené avec Daisy sur l'implosion de son groupe, les 3D's.

Kaylee Walters : Comment vous sentiez-vous, ce soir-là ?

Daisy Coleman : Très nerveuse. Je me rappelle être assise à ma table et penser : « J'ai choisi la pire robe possible. » À ce stade, j'allais finir par laisser échapper un bout de téton, ou trébucher dessus et dévaler les marches façon Jason Derulo au Met Gala 2015. (*Rires.*) Certes, il s'est avéré que la photo était un *fake*, mais ça reste drôle.

La robe était très belle, cela dit. En soie noire, si interminable qu'elle léchait le bout de mes orteils à chaque pas, avec une fente le long de ma cuisse et un décolleté en triangle.

Le problème, c'est qu'on m'avait interdit de porter un soutien-gorge. J'ai été forcée de maltraiter ma poitrine en mettant du *body tape* sur mes mamelons, qui commençait à se décoller à cause de la sueur.

K.W. : Pourtant, vous aviez l'air parfaitement à l'aise sur les photos. Vous aviez un sourire rayonnant !

D.C. : C'est normal. Ce sourire, je le connaissais par cœur. C'est d'ailleurs la première chose qu'on a apprise à nos débuts chez Channel D. Destiny était la meilleure de nous trois à ce petit jeu. « Entretuez-vous à l'appartement si ça vous chante, mais une fois le pied dehors, vous êtes les meilleures amies du monde ! Entendu ? » ne cessait de nous répéter Kate, notre manager.

K.W. : C'est violent. Elle savait qu'il y avait des tensions dans le groupe, alors ?

D.C. : Je ne vois pas comment elle aurait pu passer à côté. Mais elle se fichait pas mal que le trio en vogue se déteste en secret. Sa seule condition, c'était de ne pas « frapper où ça se voit ». Destiny l'avait très bien compris. Elle tapait là où les blessures étaient invisibles à l'œil nu, ce qui est pire selon moi : avec des mots. Quant à Dakota... elle ne disait jamais rien.

K.W. : Ce soir-là, vous avez gagné le prix du Meilleur Album de l'année ! C'était d'ailleurs votre première victoire.

D.C. : Et la dernière. Quand j'ai entendu : « Et le gagnant est... Forever Young, des 3D's ! », mon cœur a bondi dans ma poitrine. J'ai ravalé mes larmes et dissimulé mes mains tremblantes. Les filles et moi, on oublie quelques secondes qu'on ne s'aime pas, et on se saute dans les bras. Car mine de rien, on avait bossé dur, toutes les trois. On était sincèrement heureuses.

On a commencé à monter sur scène... Puis soudain, mes talons hauts se sont pris dans la traîne de ma robe et je me suis effondrée misérablement sur les marches. Mon pire cauchemar ! À ce moment-là, je n'avais qu'une alternative : me relever et faire comme si de rien n'était, ou jouer l'autodérision.

K. W. : Vous avez choisi la seconde option. Sage décision !

D. C. : En effet. J'ai fait face à la foule en riant doucement, le coude posé tranquillement sur l'une des marches, l'air de dire : « C'était prévu ! » Ni Destiny ni Dakota ne m'ont aidée à me relever. C'est Finn, notre bodyguard, qui s'est rué vers moi en me tendant la main.

À en croire le regard que m'a jeté Destiny quand je les ai rejointes sur scène, elle comptait me le faire payer plus tard.

K. W. : Et après ça ?

D. C. : J'ai fait un discours improvisé. Je crois avoir sorti un truc du genre : « Bon... bah ça, c'est fait ! Les filles, avouez-le : vous êtes bien contentes que ça ne soit pas tombé sur vous. Je me suis sacrifiée pour l'équipe, de rien. » Les gens ont ri, et j'ai compris que ce n'était rien de grave. Après tout, si Jennifer Lawrence a pu s'en remettre, j'en étais capable moi aussi !

K. W. : C'est une fois que vous avez quitté la scène que ça s'est gâté, non ?

D. C. : Oui. C'était de la pure folie backstage. On ne s'en rend pas compte de l'autre côté, mais il y a beaucoup de personnes derrière le rideau ! Des techniciens, mais aussi des célébrités qui discutent et d'autres qui répondent aux interviews de journalistes VIP. Je me suis excusée pour ma chute, mais Destiny était verte d'humiliation.

Le pire, c'est quand on a vu Kate apparaître en compagnie de Ross, son stagiaire. Son teint était livide, alors j'ai vite compris que quelque chose clochait. « On a un problème », a-t-elle lâché froidement.

K. W. : Vous étiez en Top Tendance sur Twitter. Une photo de Destiny avait été dévoilée pendant la soirée. Comment Kate l'a-t-elle pris ?

D. C. : Très mal. Les filles et moi, on ne comprenait pas de quoi elle accusait Destiny. Elle répétait seulement des : « Je vous avais prévenues ! Comment tu as pu être aussi stupide ? » et des : « Ça va te coûter ta carrière ! »

Puis elle a montré son téléphone à Destiny, et cette dernière a commencé à trembler. Elle semblait sous le choc.

Ross a dit qu'ils avaient déjà commencé à faire retirer la photo, mais tout va trop vite sur les réseaux sociaux... C'était fini. Il n'y avait rien à faire.

K. W. : Ça a dû être dur pour elle...

D. C. : Oui... Elle s'est mise à pleurer sans savoir comment se justifier, et ça m'a fait de la peine. Elle a fini par dire que c'était impossible, qu'elle était la seule à avoir cette photo. Au moment où Kate a craché : « Et l'imbécile à qui tu l'as envoyée, tu l'oublies ? », j'ai compris qu'il s'agissait d'un *nude* qui avait fuité.

Destiny s'est défendue en répondant qu'il ne ferait jamais ça, qu'ils s'aimaient.

K.W. : C'est là qu'elle vous a accusée ?

D.C. : Elle s'est tournée vers moi, en larmes, et l'espace d'un instant... j'ai voulu lui offrir mes bras. Pour la réconforter. Mais elle a pointé son doigt sur moi et m'a accusée d'avoir fait le coup. Les gens autour commençaient à nous regarder, nous parlions trop fort.

Elle disait que j'avais fait ça pour me venger, que c'était parce qu'elle me traitait mal, que j'avais ruiné sa vie...

Je n'ai pas eu le temps de réagir. Elle m'a giflée de toutes ses forces.

K.W. : Quelle a été votre réaction ?

D.C. : J'ai entendu un cri de surprise général autour de nous, similaire au mien. Je l'ai regardée avec des yeux ronds, la main sur ma joue brûlante. Je n'arrivais pas à croire qu'elle ait fait ça, et devant témoins !

J'étais trop choquée pour me jeter sur elle, et c'est aussi à ce moment-là que j'ai pris conscience du monde extérieur. Tous les invités présents en coulisses nous observaient en murmurant derrière leurs mains manucurées. Les journalistes avaient désormais leurs caméras braquées sur nous, immortalisant le moment...

Alors je n'ai rien fait.

K.W. : La presse people, elle, s'est empressée de réagir en tout cas ! Et de manière plutôt virulente.

D.C. : Comme toujours. Le lendemain, nous faisions les gros titres. Tout le monde ne parlait plus que de nous. Notre première victoire aux Grammys, tout comme ma chute sur les marches, a été très vite éclipsée par le reste.

Il n'était plus question que du fait que « les 3D's se haïssent en secret », avec des témoins anonymes affirmant que Destiny harcelait et maltraitait ses partenaires depuis quatre ans. Quant à ses *nudes*... Kate n'a rien pu faire. Ils ont fait tout le tour d'Internet en à peine quelques heures, et son prétendu petit ami n'a plus donné signe de vie.

K. W. : Vous étiez soulagée, peut-être ? Que votre bourreau récolte ce qu'elle avait semé, pour ainsi dire ?

D. C. : Non. Pas vraiment. J'avais de la peine pour elle, mais surtout... J'étais énervée. Parce qu'évidemment, personne ne parle de *lui*. C'est toujours la fille qui prend. Tout ce qui leur importait, aux journalistes et aux fans, c'était de critiquer le corps de Destiny et de pointer du doigt la manière dont elle vivait sa sexualité. Elle recevait des messages de haine, des menaces de mort, et finissait par ne plus quitter l'appartement. À ce moment-là, ma nouvelle co-star, Zach, était là pour me soutenir dans cette épreuve. J'étais reconnaissante.

K. W. : Est-ce que la dissolution du groupe a été une décision unanime ?

D. C. : Ce n'était pas notre décision. La semaine qui a suivi l'incident, nous avons toutes les trois été convoquées au siège de Channel D pour discuter de la suite. Destiny est restée silencieuse jusqu'à la fin, le regard baissé vers le sol. Aucune de nous n'a essayé d'arranger les choses.

Un mois plus tard, notre groupe de musique se séparait.

CHAPITRE 21

Hard to sleep

« Ceiling full of stars, mind full of thoughts, heart full of you. »

THOMAS

Destiny Jones. Vingt-trois ans. Repérée par Channel D puis propulsée sur le devant de la scène aux côtés de Daisy et Dakota. Elle est vite connue pour son côté grande gueule et sa position de leader dans le groupe.

Des rumeurs sur le traitement des autres filles commencent à circuler deux ans après leurs débuts. Rien n'est confirmé jusqu'à ce fameux soir, qu'à l'époque je suis en direct depuis Saint-Pétersbourg, où Destiny craque et gifle Daisy sous l'œil des caméras.

Depuis, silence radio. Le groupe se sépare et Destiny disparaît de la surface de la Terre. Certains se demandent ce qu'elle devient, beaucoup spéculent, mais personne ne sait vraiment.

Moi, je sais.

Parce que depuis que Finn a émis des suspicions, je passe mon temps à faire des recherches sur elle.

Je l'ai suivie, aussi. Destiny Jones est désormais juste Destiny, une jeune femme normale qui travaille à temps partiel dans une boutique de vêtements.

Elle est retournée vivre chez sa mère et ne cause plus aucun problème. Au contraire, j'ai l'impression qu'elle fait tout pour rester sous les radars. Partout où elle va, elle semble se cacher, regarder par-dessus son épaule, à croire qu'elle a le démon aux trousses.

Ou une conscience peu tranquille.

Je ne lui fais pas confiance. Je la garde donc à l'œil jusqu'à ce que le jour J arrive enfin : la sortie du second album de Daisy, celui sur lequel elle a travaillé pendant plus d'un an. Je regarde Dee passer son temps sur son téléphone, poster ses visuels de promo sur Instagram et Twitter, sans jamais oublier le lien vers iTunes. En une seconde, son portable est bombardé de messages, retweets et de commentaires.

C'est impressionnant.

Sa semaine est très chargée. Interviews, performances live, talk-shows et j'en passe… Finn et moi sommes au taquet, et Kate aussi. Elle passe quasiment tout son temps à la maison pour coacher Daisy. Celle-ci dort très peu. Quand je vais dans la salle de danse au milieu de la nuit, prêt à la porter jusqu'à son lit, je la trouve bien éveillée, encore transpirante, à danser comme une folle.

– Tu es contente ? je lui demande en la conduisant jusqu'au lieu de sa seconde interview de la semaine.

– Stressée, surtout. Et si personne n'aime ? Et s'ils ont attendu si longtemps simplement pour être déçus ? Et si c'était un flop total qui brisera ma carrière avant qu'elle ait pu commencer ?

– Ça n'arrivera pas. J'ai écouté ton album, et il sonne très juste. Fais-toi confiance.

Elle me jette un regard dans le rétroviseur, soudain immobile.

– *Toi*, tu as écouté mon album ?

Je prends mon temps pour répondre. Peut-être n'aurais-je pas dû ? Aussi étonnant que cela puisse paraître, j'ai bien aimé. Je n'écoute pas de musique en général, encore moins de la pop rock.

Mais sa voix m'attire tel un chant de sirène et ses paroles… ses paroles m'ont mis dans un état tel que j'ai déjà écouté l'album trois fois. En boucle.

– Ça te surprend ?

– Oh mon Dieu, tuez-moi ! couine-t-elle en se cachant le visage.

Je souris, amusé, car je sais à quoi elle fait référence. Plusieurs de ses chansons me concernent, c'est clair. En les écoutant, je n'ai pas su comment réagir. Ça m'a fait plaisir. Mais ça m'a fait peur, aussi.

– Mes préférées sont *Eyes so Blue (I Drown)*, *You Taste So Sweet*, *My Poison Is You*, et *Ace of Spades*…

Elle me fusille du regard, mais je lui souris pour toute réponse. Il est sorti, maintenant, et le monde entier peut l'écouter – dont moi. Elle devrait fêter ça, au contraire, et être fière de son travail.

Je la suis toute la semaine, la conduisant de plateau en plateau. Elle ne s'arrête jamais. Pourtant, elle trouve tout de même le temps de stresser à propos de Destiny. Je la rassure en lui disant de ne pas s'occuper de ça ; c'est mon job, pas le sien.

J'en parle avec Finn, et il m'affirme la connaître. Il était son bodyguard à elle aussi, après tout. Je ne le savais pas, mais il a été engagé par Kate il y a trois ans, donc peu avant le scandale des 3D's.

– Sympa, dit-il quand je lui demande comment elle était. Mais elle avait toujours besoin de briller plus que les autres, de parler fort, d'être regardée partout où elle allait.

D'après ses dires, elle aurait eu un petit ami secret pendant plusieurs mois. Je veux lui demander s'il savait ce que Destiny faisait endurer à Daisy et pourquoi il n'a rien fait, mais je m'abstiens. Ce n'est pas le sujet.

– Tu crois vraiment que ça pourrait être elle ?

Finn réfléchit longuement avant de soupirer.

– J'en sais rien. C'est horrible, mais j'ose espérer que oui… parce que c'est toujours mieux qu'un malade mental, pas vrai ?

***

Après une semaine de folie, Daisy est appelée à tourner sa dernière scène pour la série avec Zach.

Pour cela, nous voyageons jusqu'en Floride pendant quatre jours. Nous sommes logés dans une villa ridiculement grande, avec palmiers et vaste piscine à débordement.

Elle n'a pas une minute pour elle, partagée entre interviews, shootings et séances studio. Ce soir, je m'ennuie sur le canapé de la terrasse pendant qu'elle s'entraîne à faire je ne sais quoi à l'étage. Je reçois un message de Levi, qui dit avoir acheté l'album de Daisy – je ne lui ai pas vraiment laissé le choix. Je sais qu'il pourrira probablement dans un coin de son appartement, mais ce n'est pas grave.

Levi : Et toi, t'en as acheté combien ?

Je roule des yeux, les doigts suspendus au-dessus de l'écran. Il me connaît trop bien.

Moi : 5.

Levi : Et pour de vrai ?

Moi : 50*.

Je suis prêt à parier qu'il est hilare au fond de son canapé.

Levi : C'est quand qu'on la rencontre ?

Jamais. Je refuse que Daisy soit mélangée à cette partie de ma vie. C'est une facette de moi laide et sombre, faite de magouilles et d'argent sale.

Je veux lui épargner de tout ça, qu'elle reste dans sa bulle rose et parfaite. Je choisirai toujours de la protéger. Si elle était suspendue au bord d'une falaise d'un côté tandis qu'un groupe d'enfants, ma mère, Hakeem et Levi étaient de l'autre, et que je ne pouvais en sauver qu'un…

Ce serait toujours elle.

Parce que je le lui ai promis. Parce que c'est le serment que je me suis fait il y a dix ans, quand j'ai empêché un crétin de l'attraper par les cheveux. Parce que mon souffle se coupe en la voyant. Parce que j'ai l'impression d'avoir été mis sur cette Terre pour la protéger, pour la toucher, pour l'embrasser…

Je suis sur le point de répondre à Levi quand un nouveau message apparaît sur l'écran.

Maman : Thomas, je suis désolée…
Je m'en veux. Appelle-moi, s'il te plaît ?
Je peux t'expliquer.

– Tu t'ennuies ?

Je lève les yeux, surpris. Daisy s'avance dans l'obscurité du soir, seulement vêtue d'un peignoir blanc. Je la regarde marcher en équilibre au bord de la piscine, les bras tendus.

– Non.

C'est faux. Je m'ennuie comme un rat mort. J'aimerais aller courir un peu, faire quelques passes, mais il est hors de question que je laisse Daisy seule ici.

– J'ai envie de me baigner.

Pour appuyer ses paroles, Daisy saisit la ceinture de son peignoir pour la dénouer, puis laisse tomber celui-ci à ses pieds. Mon cœur défaille à la vue qui s'offre soudain à moi. *Seigneur, aide-moi.* Elle porte un maillot de bain rose qui fait ressortir sa peau foncée. Mon regard glisse de ses seins recouverts d'un soutien-gorge triangle à ses fesses magnifiques, moulées dans un bas de bikini échancré.

C'est un véritable test pour mon self-control.

– Tu viens ? dit-elle en descendant les marches de la piscine, un regard jeté par-dessus son épaule.

Oui. Non. Bordel, je ne sais pas. Je suis plus faible que je ne le pensais, car je me lève. Elle est comme un aimant. Où elle va, je vais. Son corps disparaît de ma vue et elle se pose sur le dos pour nager tranquillement, le regard perdu vers des étoiles que la pollution dissimule.

Je reste debout sur le rebord, l'observant sans rien dire.

– Tu te rappelles les jours où on allait nager ? dit-elle soudain. En été, on passait tout notre temps à Venice Beach. On a même vu des baleines, une fois.

Je m'en souviens, bien sûr. Hakeem y allait surtout pour les jolies filles en maillot de bain. Parfois, on réussissait à en convaincre certaines de jouer au *chicken fight* avec nous. Daisy s'assurait toujours d'être dans mon équipe.

– J'étais bien trop heureuse de pouvoir monter sur tes épaules, rit-elle en croisant mon regard.

C'est drôle, la vie… À cette époque, j'étais bien trop occupé à regarder ces filles aux bikinis trop petits. Parfois, avoir Daisy dans nos pattes semblait un fardeau. Aujourd'hui, je ne vois qu'elle.

– Je t'en voulais tellement, ajoute-t-elle en s'approchant du rebord tel un crocodile à la recherche de sa proie. Chaque fois qu'Hakeem et toi disparaissiez en pleine nuit pour voir des filles. Ça me rendait dingue. J'ai même essayé de sortir avec des garçons, pour t'oublier ou dans l'espoir que ça te rende jaloux. C'était débile… Tu t'en fichais complètement.

Je m'accroupis en silence quand elle arrive près de moi. Elle a raison, je n'y faisais pas attention.

– Et maintenant ?

J'arque un sourcil sans comprendre le sens de sa question. Son regard est chaud et fiévreux. Tout mon corps frissonne lorsqu'elle se lèche les lèvres.

– Maintenant… tu t'en fiches toujours ?

Mes yeux scannent son sublime visage, à la recherche d'une réponse qui ne me trahisse pas trop. Mes doigts suivent la direction de mon regard, caressant sa peau soyeuse.

Je repense à toutes les fois où je l'ai vue en compagnie de Zach, parfois même de Finn, et mon cœur se serre.

– Ça me rend dingue, j'avoue dans un souffle.

Je ne comprends pas encore très bien pourquoi, moi qui n'ai jamais été jaloux, mais c'est la vérité.

Daisy sourit face à ma réponse, puis passe une main sur ma nuque pour m'approcher plus encore.

– Tant mieux. Désormais, tu sais ce que ça fait.

Je n'ai pas le temps de réagir. Je me penche un peu trop, dans l'espoir de l'embrasser je suppose, et sa main me tire brusquement vers elle. Je bascule d'un seul coup. Mes lèvres se plaquent contre les siennes au moment où je touche la surface de l'eau.

Elle se presse contre moi, refusant de me lâcher. Je fais de même tandis que nous brisons la surface à deux. Je ne m'arrête pas, mes deux mains tenant son visage en cœur, et je l'embrasse à en perdre haleine.

Je suis conscient de ses jambes nues qui s'enroulent autour de moi, de ses seins pressés contre mon torse, de ses mains dans mes cheveux… et mon corps aussi.

– Qu'est-ce que tu m'as fait ? je souffle d'un ton accusateur.

– Je te rends la pareille…

Je tire sur ses cheveux pour libérer l'accès à son cou, que j'embrasse langoureusement. Son dos heurte le rebord de la piscine, et ses mains caressent les muscles saillants de mon torse. J'aime qu'elle me touche. J'aimerais qu'elle le fasse davantage.

Je presse mes hanches contre les siennes, ce qui fait accélérer son cœur sous ma main. Petit à petit, ma bouche descend le long de sa poitrine. Elle lui embrasse les seins par-dessus son maillot de bain, et elle gémit timidement.

Si ce n'était pas déjà le cas, ce simple son suffirait à me faire bander.

C'est lorsque ma langue s'infiltre sous le tissu que je sens les gouttes tomber sur mes épaules. Je ne m'arrête pas pour autant, prenant un téton dans ma bouche. La seconde d'après, le ciel nous tombe sur la tête et il se met à pleuvoir à verse.

Daisy laisse échapper un souffle stupéfait, à cause de la pluie ou de mes lèvres, je ne sais pas. Elle serre le poing dans mes cheveux, tout son corps tendu. Les gouttes d'eau sont gelées, et ses bras tremblent.

Je relève le visage pour lui demander si elle a froid, mais la vue que je découvre me coupe le souffle.

Je me fige, interdit. Daisy a les paupières lourdes de désir et la bouche entrouverte, comme si elle cherchait sa respiration. Ses joues sont rouges et son regard me supplie avec transparence. La pluie dévale sur son visage et s'accroche à chaque cil…

Elle est tellement sexy à cet instant que je ne réfléchis pas. Je la soulève entre mes bras et remonte les marches.

– Qu'est-ce que tu fais ?

Je ne réponds pas, tandis qu'elle resserre sa prise autour de mes épaules, et nous amène jusqu'à la chambre la plus proche. Le lit est immense. Mon short imbibé d'eau mouille le sol mais je m'en fiche. Je laisse Daisy retomber doucement sur les couvertures, le corps chaud et trempé.

Son regard se pose sur mon érection, et je jure devant Dieu qu'elle s'empourpre immédiatement. Je me baisse pour l'embrasser mais me fige quand elle pose sa main sur moi. Mon corps se recouvre de frissons. Je dois me retenir de jouir tout de suite lorsqu'elle baisse mon short, qui tombe à mes pieds.

Ses mains mouillées sont froides. Je veux lui dire qu'elle n'est pas obligée, mais bordel, j'en ai tellement envie, et j'ai peur qu'elle s'énerve en me reprochant de l'infantiliser à nouveau.

C'est pourquoi je ne l'arrête pas lorsqu'elle fouille le tiroir de sa table de chevet et en sort un préservatif. Je la regarde le déchirer, puis me l'enfiler.

– Oh, bordel…

Je ferme les yeux lorsque sa langue s'enroule autour de moi. *Calme-toi, Kalberg, elle n'a encore rien fait !* Ses caresses sont timides, inexpérimentées, mais elles me font un effet de dingue malgré tout. Je trouve ça mignon. Sexy, même.

Contrairement à toutes les filles avec qui j'ai couché et qui savaient très bien ce qu'elles faisaient, Daisy ne cherche pas la performance.

Je veux la regarder, mais j'ai peur de perdre les pédales. Je fixe le plafond un petit moment, les joues brûlantes, pendant qu'elle me prend plus profondément dans sa bouche.

Je craque et baisse les yeux vers elle. Je grogne. Daisy a le regard levé vers moi alors qu'elle me suce avec tendresse.

Je lève ses cheveux pour qu'ils ne la gênent pas, me retenant d'entamer des va-et-vient. Au bout de quelques minutes, je sens le sang fuser plus vite à l'intérieur de moi. Je gémis en me retirant, puis l'embrasse en la redressant.

– Arrête, dit-elle entre deux baisers.

Je hausse un sourcil, confus.

– Arrête de te retenir. Je ne vais pas me casser.

Elle ne sait pas ce qu'elle demande. Et pourtant, c'est tout ce dont j'avais besoin. Je tire doucement sur le cordon de son haut, comme on ouvrirait un paquet-cadeau, et celui-ci tombe sur sa taille.

– Allonge-toi.

Pour une fois, Daisy ne discute pas mes ordres. Elle se recule, allant s'étendre au milieu du lit, seulement vêtue de son bas de bikini.

Je la rejoins, à genoux, et lève ses deux bras au-dessus de sa tête. J'utilise son haut de maillot pour lier ses poignets. Sa poitrine se soulève, attendant mon prochain geste, frôlant délicieusement mes pectoraux.

Lorsque c'est bien serré, je m'assieds sur mes talons et la contemple. Elle est à couper le souffle… et ce soir, elle est entièrement à ma merci.

– Ça te fait mal ?

Elle secoue la tête, frottant ses cuisses entre elles. Je me penche, soufflant doucement sur sa poitrine, puis le long de son ventre. Elle frissonne quand je lèche son nombril avec lenteur. Puis je lui retire son bikini, le faisant glisser le long de ses jambes. Elle est tellement parfaite…

Je m'allonge confortablement entre ses cuisses repliées, et la prends dans ma bouche. Daisy gémit en gesticulant, je devine qu'elle essaie de me toucher sans pouvoir m'atteindre. Je n'ai jamais autant pris mon pied !

Soudain, un téléphone sonne. Elle se raidit, tournant la tête vers la table de chevet. J'y reconnais son portable… et le nom qui apparaît sur l'écran.

Je m'empare de l'objet, le regard noir, et jette un coup d'œil à Daisy.

– On répond ?

Elle secoue la tête en voyant que c'est Zach. La sonnerie s'arrête pour reprendre l'instant d'après. Je n'hésite qu'une seconde avant de répondre à l'appel en activant le haut-parleur.

Daisy ouvre grands les yeux, paniquée.

– Débarrasse-toi de lui, je mime silencieusement.

– Allô ? demande Zach. Daisy ? Je te dérange ?

Je pose le téléphone près d'elle et lui fais signe de lui répondre. Ce faisant, je retourne entre ses jambes pour la torturer avec ma langue.

Daisy laisse échapper un grognement étouffé. Je vois dans ses yeux qu'elle me déteste, mais que ça l'excite aussi.

– Un peu… Qu'est-ce que tu veux ? répond-elle d'une voix tremblante.

Ce bouffon commence à lui parler du tournage et je comprends qu'il s'agit d'une piètre excuse.

Daisy ne l'écoute pas, trop occupée à fixer mon visage entre ses cuisses.

Ma langue accélère le mouvement et elle se mord la lèvre pour ne pas gémir.

– … alors j'ai pensé qu'on pouvait répéter ensemble ce soir, continue Zach. Je peux passer ?

Je fronce les sourcils, mécontent.

– Dis-lui de ne plus jamais t'appeler ou je m'en occupe, je chuchote pour éviter qu'il m'entende. Et crois-moi, tu ne veux pas que je le fasse…

Elle ferme les yeux, son corps se mettant à trembler plus fort contre moi. Elle est proche de l'orgasme. Je la touche alors de mes doigts, ce qui ne l'aide pas à articuler :

– Je… je peux p… pas… ce soir…

– Pourquoi ? insiste Zach. Je sais que t'as rien de prévu, je connais ton emploi du temps.

Quel emmerdeur ! Mes doigts caressent son clitoris, et elle tente d'étouffer ses bruits de plaisir contre son bras. Tout son corps tremble tandis qu'elle manque de jouir.

– Daisy ? Je te parle, putain…

Je grogne et saisis le téléphone sans m'arrêter.

– Elle est occupée.

Je raccroche, balançant le portable sur le tapis. Au même moment, Daisy se raidit et crie des mots inintelligibles. Je ne lui laisse pas le temps de s'en remettre.

Je m'allonge entre ses jambes et la pénètre avec douceur. La sensation est si divine que c'est comme un putain de feu d'artifice dans chaque terminaison nerveuse de mon cerveau.

– Oh oui… je soupire en fermant les yeux. Putain, c'est si bon…

Daisy plaque son front contre le mien et gémit de plaisir. Ses tempes sont recouvertes d'une fine pellicule de sueur, la rendant plus sexy encore. Son souffle se mélange au mien, et c'est si intime que j'en frissonne.

Son regard croise le mien. Je comprends qu'elle ressent exactement la même chose que moi. C'est magique. Je n'ai jamais vécu un truc pareil, une telle connexion. On ne fait qu'un. Je ne peux m'empêcher de l'embrasser à ce moment-là, dans l'espoir de faire taire mon cœur qui s'emballe.

J'ondule contre elle, dopé à la sensation de son étau brûlant autour de mon sexe. Elle est si chaude, si serrée… et si mouillée, aussi. *Bordel, c'est moi qui l'excite autant ?*

Elle murmure quelque chose, à bout de souffle, mais je ne comprends pas.

– Je t'ai déjà dit d'utiliser de vrais mots, Daisy.

– Plus… profond, gémit-elle en bougeant contre moi. S'il te plaît.

Je jure dans ma barbe puis m'empare d'un coussin, que je pose sous ses reins pour qu'elle soit un peu surélevée. Ça va lui changer la vie.

Elle plante ses pieds nus dans mes fesses lorsque je la pénètre plus profondément. Mon nez touche le sien, et elle en profite pour m'embrasser à nouveau.

Notre baiser n'a aucun sens, mais sa langue a un goût divin et ses gémissements font écho au fond de ma gorge.

Je me redresse, passant une main paresseuse sur sa poitrine.

– Tu te rappelles ? dis-je en levant l'une de ses jambes contre mon épaule. Le jour où tu m'as dit que tu n'étais pas du genre à crier.

Je me souviens encore du bond qu'a fait mon cœur à cette phrase, qui m'a hantée toute la nuit d'après.

– Je maintiens ce que j'ai dit, dit-elle avec entêtement. Je n'ai toujours pas crié, à ce que je sache.

Je laisse échapper un rire, amusé. Elle va me rendre fou.

– Ça ne devrait plus être très long… Je suis pas Zach, moi.

Et puisque je tiens mes promesses, j'accélère le rythme sans lui laisser une seconde de répit. La regarder se retenir est un véritable plaisir. Je lui fais l'amour comme un fou, tellement que je ne peux bientôt plus me retenir.

Quand je me sens prêt à jouir, je frotte son clitoris jusqu'à ce qu'elle tressaute sous mon assaut. Ses gémissements montent crescendo, tout comme les miens.

L'entendre crier au moment de l'orgasme suffit à me faire basculer sur-le-champ.

– Oh… putain… !

– Je te l'avais dit, je soupire en l'embrassant une dernière fois. J'aime quand tu cries.

Je me laisse tomber à côté d'elle, à bout de force, et défais le nœud autour de ses poignets. Daisy se blottit contre moi, et c'est la première à s'endormir.

CHAPITRE 22

Highway to hell

« Voices in my head, soon I'll see Belial welcoming me to Hell. »

DAISY

« DESCENTE AUX ENFERS DANS LA CITÉ DES ANGES.

À seulement 22 ans, Daisy Coleman, la Perle de l'Amérique, choque le pays qui l'a vue grandir. L'ancien groupe 3D's, connu pour ses scandales sulfureux, compte un nouvel ange déchu à son arc. En effet, c'est en tenue d'Ève qu'elle apparaît sur la couverture mensuelle du magazine Vogue... »

« L'ancienne favorite du groupe 3D's déchante ! »

« Daisy Coleman parle de féminisme… en se déshabillant. »

« La star Disney a bien changé, et ses envies aussi ! »

« Spears, Lohan, Cyrus… et maintenant Coleman ! »

Voici les gros titres sur lesquels je suis tombée au réveil. *Vogue* a sorti l'édition du mois de janvier, où j'apparais en couverture. Évidemment, ils ont choisi une photo de moi toute nue pour faire la une. Seuls des pétales cachent le bout de mes seins ainsi que mon entrejambe.

L'interview qu'ils relatent à l'intérieur est plutôt cool. J'y parle féminisme, j'y montre mon vrai visage, une Daisy adulte et bien dans sa peau. Une aubaine pour eux.

Tout le monde pense désormais que je marche dans les pas de Miley Cyrus et Lindsay Lohan. Ils ont même déformé mes propos à certains passages, ce qui me donne envie de hurler de rage. Ce n'est pas nouveau, cela dit.

Je pleure depuis que le scandale a éclaté, même si j'ai dû sécher mes larmes quand Kate m'a appelée en vidéo. Elle a demandé une réunion d'urgence avec tout le monde chez Channel D : l'équipe de direction et l'équipe des relations publiques. J'ai tout juste eu le temps d'enfiler un peignoir et de retirer mon bonnet de nuit.

– On va publier une lettre d'excuses au public, m'annonce Kate devant tout le monde. Jerry l'écrira, et tu la publieras sur tes réseaux.

Je ne comprends pas de quoi je dois m'excuser, exactement.

– Pourquoi ?

Elle me jette un regard noir, mais c'est le directeur qui me répond sèchement :

– Parce que c’est comme ça qu’on fait, chez Channel D. La réputation que tu commences à te forger ne correspond pas à l’image de notre agence. Alors je te conseille de te reprendre en main avant que ce ne soit trop tard.

Je ressens un violent sentiment d’injustice. *Je n’ai pas sorti une sextape, bordel !*

– Ce n’est qu’une couverture de magazine…

– Tu ne sembles pas comprendre, jeune fille, m’interrompt-il en croisant les bras devant lui. Tu n’es pas une rock star, Daisy Coleman. Ton fond de commerce, à toi, ce sont les adolescentes. Quel genre de parents accepteront d’acheter ton album à leur enfant s’ils savent que tu te balades toute nue dans la presse ?

Je comprends ce qu’il dit, c’est pourquoi je me tais. Pourtant, je ne suis pas d’accord. Et je ne suis pas une « jeune fille », mais une femme, connard.

– On va te laisser te préparer, dit Kate. N’oublie pas que tu es en direct dans une heure.

Aller à un talk-show pour parler de mon album après cette tornade folle ? Et puis quoi encore !

– Je n’ai pas oublié.

Sur ce, elle raccroche. Je m’emmitoufle dans les couvertures de mon lit, déprimée. Quand un scandale éclate, la première chose qu’on nous apprend, c’est : « Évite les réseaux sociaux. Pas de Twitter, pas d’Instagram, pas de Snapchat, pas de TikTok, et surtout : ne te googlise jamais ! »

Évidemment, je fais toutes ses choses et plus encore.

Sans surprise, je suis en Top Tweet. Et là, c'est le drame.

Selon Internet, je suis un cliché ambulant. Une traînée qui cache bien son jeu. Une opportuniste. Une féministe à deux balles. Une menteuse hypocrite. Une pute qui donne le mauvais exemple.

J'ai menti à mes fans. J'ai laissé tomber les jeunes filles qui me voyaient comme un modèle. J'ai joué les femmes pures alors que je ne le suis pas. Je suis une fourbe. Je veux faire le buzz. Je suis incapable d'intéresser les gens sans retirer mes fringues. Je suis tellement avide d'attention, tellement désespérée, que je compense mon manque de talent avec du sexe.

Je verrouille mon téléphone et cache mon visage dans mon coude, en larmes. C'est pire que tout.

Je n'avais pas imaginé que c'était ce qui se passerait quand j'ai accepté de faire ces photos. Je voulais juste me sentir belle, puissante, sexy. Je ne pensais pas qu'ils l'utiliseraient contre moi, en première de couverture.

Soudain, j'entends la porte de ma chambre grincer, puis des pas s'approcher de mon lit. Une main retire la couverture qui me recouvre, puis caresse ma joue.

– Ça va ? demande Thomas.

Je peine à retrouver une respiration normale.

– Le monde entier me déteste, je larmoie en levant les yeux vers lui.

Son visage est fermé, mais je peux reconnaître la colère sur ses traits. Il saisit mon menton dans sa main.

– Tu veux que je les tue ? Je peux avoir leurs adresses. Les journalistes, la photographe, tout le monde.

Je sais qu'il n'est pas sérieux – en tout cas, je l'espère –, c'est pourquoi je lève les yeux au ciel. Ce n'est pas leur faute, mais la mienne. J'ai merdé. Kate m'avait pourtant prévenue. J'ai bien vu ce que Destiny a enduré il y a deux ans, qu'est-ce qui m'a pris de faire un truc pareil ?

– Dee… ne regrette pas, s'il te plaît.

– Tout le monde va me tourner le dos.

– C'est faux. Les journalistes sont des vautours, ils en font un pataquès alors qu'ils s'en tapent pas mal, que tu poses nue ou non pour un magazine. Ils mettent de l'huile sur le feu pour t'affaiblir, pour faire vendre, mais t'as rien à te reprocher. T'as rien fait de mal.

Je ne sais pas. Je ne sais plus. Je sais qu'il a raison dans le fond, mais j'ai tout de même peur. Peur que cela signe la fin de ma réputation. Tout me tombe dessus depuis peu, et je ne peux m'empêcher de prendre ça pour un signe.

Les fans furieuses de Zach, mes combats féministes qui ne plaisent pas, et maintenant ça. Au départ, je voulais simplement faire de la musique, c'est tout.

– Ils trouveront toujours quelque chose à te reprocher, tu le sais. Montre-leur que tu n'as pas honte de ces photos, bien au contraire, dit Thomas en m'embrassant sur la bouche. Tu étais incroyablement sexy. Tu n'as plus quinze ans, et ils devront l'accepter. Force-leur un peu la main, c'est tout.

Il a raison. Si je reste dans cette image d'adolescente pure, positive et innocente, je ne ferai pas long feu. Et surtout, je me sentirai toujours prisonnière d'un rôle dans lequel je ne me suis jamais reconnue.

Et puis merde, qu'ai-je fait de mal ? Je n'ai même pas posé nue ! Et quand bien même, qu'est-ce que ça aurait changé ? Jamie Dornan l'a bien fait, tout comme Adam Levine ! Pourquoi ce serait sexy quand ce sont eux et vulgaire quand c'est moi ?

J'en ai marre, qu'on me dise ce que je dois faire ou non. Marre, de devoir faire attention à ce que je dis juste parce que je suis une femme. J'ai envie d'être bruyante, et alors ? Qui m'en empêchera ?

– Thomas.

Un sourire s'étire sur ses lèvres, car il sait très bien ce que je vais lui dire. La détermination doit se lire très facilement sur mon visage.

– Fais chauffer la voiture.

***

Je suis la cible à abattre, et je le sais très bien.

C'est pourquoi je débarque sur le plateau du talk-show avec une paire de cuissardes noires et une petite robe évasée sur les cuisses. J'ai demandé à ma coiffeuse de me faire des cornes sur ma perruque, pour endosser le rôle d'ange déchu qu'on m'attribue déjà.

En coulisse, le présentateur, John, m'a promis d'éviter le sujet qui fâche. Une fois sur le plateau, il m'accueille chaleureusement, nous échangeons quelques blagues, mais l'ambiance est étrange. Les gens du public réagissent très peu. Finalement, il dit avoir une surprise pour moi. Je joue le jeu, jusqu'à ce qu'il sorte un exemplaire du magazine *Vogue*.

Mon cœur se serre, mais je souris davantage pour cacher mon malaise. *L'enflure ! Il avait promis !*

– Je suis belle, pas vrai ? J'adore l'idée des fleurs.

– Très belle ! Mais je dois avouer que j'étais très surpris… comme tout le monde, je crois.

Je devrais changer de sujet, mais je préfère foncer tête baissée et lui demander pourquoi.

– Tu es la première à dire qu'il faut arrêter de sexualiser les femmes… toi la première… puis la seconde d'après, tu poses nue pour accélérer ta carrière.

Connard. Je sais à quoi il fait référence : toutes les fois où j'ai refusé de participer à leurs jeux dérangeants où des hommes de l'âge de mon père devaient m'embrasser sur la bouche ou me toucher les seins. Toutes les fois où j'ai posté des tweets à l'adresse des paparazzis qui me prenaient en photo pour ensuite tout ramener au sexe ; ma tenue, ma posture, mon regard de lolita. J'avais déjà parlé du fait qu'il fallait arrêter de nous sexualiser, surtout lorsqu'on était mineures.

De toute évidence, cet homme est rancunier. Je suppose qu'il s'est senti visé.

– Le consentement, ça vous dit quelque chose ? dis-je d'un ton blagueur, pour ne pas paraître trop frontale. Si j'ai envie d'être sexualisée, pour me sentir belle ou pour avoir confiance en moi, comme ce jour-là chez *Vogue*, c'est mon choix. Je l'ai décidé.

– Dites que je suis un peu vieux jeu, mais je ne comprends pas très bien la différence, rit-il en regardant le public. J'ai juste l'impression que les jeunes d'aujourd'hui s'offusquent de pas grand-chose, non ?

La faute des jeunes, toujours. Parce qu'on dénonce des problèmes de société, parce qu'on tente d'éveiller des consciences et de faire bouger les choses, on est pires que des militants.

– La différence, c'est que je suis fatiguée qu'on me sexualise quand je fais quelque chose d'ordinaire. Arrêtez de me sexualiser quand je ne cherche pas à l'être : dès que je porte un pantalon serré ou du rouge à lèvres rouge, que je fais du yoga, que je mange une banane ou que je mordille un stylo.

Il roule des yeux, un peu ennuyé, et s'esclaffe en me faisant signe que ce ne sont que des détails.

– Tout ça, c'est pour rire. Petit conseil d'un ancien comme moi : tu ne tiendras jamais longtemps dans le showbiz si tu n'as pas d'humour, Daisy.

Ah parce que c'est censé être drôle ? *Pour qui ?*

– Tu sais quoi, John ? Je pense surtout que les hommes n'aiment pas voir une femme prendre le contrôle sur qui peut ou non la sexualiser. C'est vrai, ça. Vous le faites quand elle n'a rien demandé, mais quand elle décide que vous pouvez le faire, elle devient soudain une pute à vos yeux. Il faudrait peut-être se poser des questions… Parce qu'on dirait que ce que vous aimez, surtout, c'est nous mettre mal à l'aise.

Je n'avais pas l'intention de dire tout ça, mais une fois lancée, je n'ai pas su m'arrêter. C'est trop tard maintenant. Ce qui est fait est fait. Du coin de l'œil, je vois Thomas près des coulisses, un sourire sadique aux lèvres.

– Parlons plutôt de ton album.

C'est un peu pour ça que je suis là, donc oui, en effet, ça serait bien. Je le lui permets, même si je sais que c'est une façon de se dérober à la vraie discussion. J'ai terriblement mal au ventre, mais je tiens bon.

J'ai chaud, aussi. Pourquoi fait-il si chaud, bordel ?

John me questionne à propos de l'album et de son concept, me félicitant des chiffres de vente impressionnants pour un début. Je suis en trend partout sur TikTok.

– C'est un véritable hit ! Il a atteint la première place sur iTunes et le Billboard t'a élue « Femme de l'année », me félicite-t-il. À ton avis, à quoi dois-tu cette soudaine célébrité ?

Je me retiens de lui dire que ce n'est pas soudain, mais sept ans de travail acharné. Kate m'a maintes fois préparée à ce genre de questions. Je suis censée remercier mon équipe, mes fidèles fans, et bien sûr, mentionner ma persévérance dans le travail. Mais surtout : la chance qui m'a amenée là.

Sauf que ce soir, je n'ai pas envie d'être humble. C'est pourquoi je fais mine de réfléchir, avant de hausser les épaules.

– À mes bonnes chansons, je suppose ? J'en suis plutôt fière. Quelle est votre préférée, d'ailleurs ?

Il bat des cils quelques secondes, et je sais pertinemment qu'il me hait très fort. Il n'a même pas écouté mon album, j'en mettrais ma main à couper.

– Pour être honnête, elles sont toutes incroyables, dit-il, la mine terriblement hypocrite.

– Je suis bien d'accord. Merci de l'admettre.

Je ne voulais pas le dire, mais c'est sorti tout seul. On me prend déjà assez pour une diva. La vérité, c'est que je m'assume enfin, c'est tout. Avant, tous ces gens m'aimaient parce que je fermais ma bouche et opinais en souriant bêtement.

Parce que j'étais discrète, docile et peu sûre de moi.

Mais maintenant que je refuse qu'on me censure, que je refuse qu'ils me contrôlent, ça me dit de redescendre ?

Les rappeurs ont bien le droit de se montrer confiants, non ? Ils envoient paître les journalistes, manquent de respect aux femmes pendant que tout le monde rigole, mais on raconte qu'ils forcent le respect parce qu'ils disent ce qu'ils pensent et jouent la carte du gros melon en guise de tête.

S'il faut agir comme un homme pour se faire respecter, alors j'en serai un.

– Et si tu nous en chantais une ? demande John. Mesdames et Messieurs, Daisy Coleman !

Je me lève, micro en main, tandis que le décor disparaît et que la lumière se tamise peu à peu autour de moi. La scène m'appartient complètement désormais. Je ne peux plus voir le public qui me fait face, plongé dans l'obscurité.

Les premières notes de *Be a Good Girl* retentissent et je me prépare à donner l'une de mes meilleures performances. Il ne faut pas que je me rate, malgré le stress, mon corps qui m'abandonne, la chaleur qui fait couler mon maquillage avec ma sueur.

« Shut up and smile, a good girl always hides what's on her mind. »

Je commence à chanter les premières paroles, concentrée. Ma voix sonne bien. Pourtant, arrivée au refrain, un murmure s'élève dans la foule et soudain…

Je me fais huer.

Moi, Daisy Coleman, je suis huée du public. C'est le pire de mes cauchemars qui est en train de se dérouler sous mes yeux. Je ne sais pas comment faire face. Kate ne m'a jamais appris à réagir dans ce genre de situation.

Mon corps commence à trembler, mais je continue coûte que coûte. Mon sourire est tellement figé que je crains qu'il s'imprime sur mes lèvres à jamais.

Je remarque Thomas, tout près de la scène, qui a quitté les coulisses pour intimider les perturbateurs. J'ai mal partout, je suis triste, j'ai juste envie de rentrer. Pourtant, je donne mon maximum.

– Sale féministe de merde !

Je n'ai pas le temps de le voir venir qu'un projectile m'atteint en pleine face. Je grogne de surprise, puis glisse sur mes talons. La seconde d'après, je m'effondre par terre comme une idiote, coupée dans ma chanson.

Quelqu'un vient de me lancer une canette à la tête.

J'appuie sur mon œil qui a été touché et panique. Qu'est-ce que je suis censée faire ? Je remarque Finn qui s'élance pour neutraliser le coupable, puis Thomas, les yeux écarquillés, qui s'avance vers la scène dans le but de m'aider.

Kate le retient par le bras pour l'en empêcher, murmurant des choses que je n'entends pas, et j'en profite pour me relever *illico*. La tête me tourne, mon œil brûle et gonfle, mais je continue.

Parce que c'est ce qu'on m'a appris. *The show must go on !*

Je reprends mon micro et termine la chanson avec le sourire aux lèvres et les jambes tremblantes.

Je me suis tué le coccyx. Mon œil est mal en point, aussi. Ma tête tourne. J'ai envie de pleurer et de ne plus jamais montrer mon visage au monde.

Je ne suis pas assez forte pour continuer. Je ne suis peut-être pas faite pour cela, finalement. Je le pensais, mais c'était un leurre.

Quand je termine ma chanson, je pose, accroupie au milieu de la scène. Mes jambes menacent de s'écrouler à tout moment.

– C'était Daisy Coleman avec *Be a Good Girl !* Son deuxième album est sorti la semaine dernière, alors foncez ! s'écrie joyeusement John en revenant, son bras sur mes épaules. On se retrouve demain, comme d'habitude…

Je ne l'écoute plus. Je ne l'entends plus, en fait. Un tsunami de chaleur m'inonde la poitrine, le cou, la tête. Mes mouvements se font lents, trop lents, tandis que je me dégage de son étreinte pour rejoindre les coulisses.

Je remarque Thomas, qui m'attend à la lisière du rideau, la mine inquiète. Je me sens partir. C'est long et insupportable. J'essaie d'ouvrir la bouche pour les prévenir, « Je vais tomber dans les pommes », mais les bruits autour de moi s'effacent et ma propre voix me paraît déformée, comme si j'étais sous l'eau.

– Dee ?

J'ai à peine dépassé le rideau que je m'effondre dans les bras de Thomas et perds connaissance.

CHAPITRE 23

Everyone loved her

« They love me when I fake,
this hypocrisy makes me ache. »

THOMAS

Les fans de Daisy s'inquiètent pour elle.

Ce ne sont pas les seuls. Je passe mes journées à la regarder dans la crainte qu'elle s'effondre à nouveau. J'ai bien cru que j'allais tuer quelqu'un, hier. Si je ne savais pas que ça ne ferait qu'empirer les choses pour elle, je serais allé la chercher sur scène.

Elle me répète que tout va bien, mais j'ai insisté pour qu'un médecin vienne à la maison l'ausculter. Selon lui, c'est une baisse de tension due au stress. Il faut qu'elle se repose, et surtout qu'elle mange.

Mais bien sûr, Daisy ne sait pas ce que c'est que le repos. Le lendemain, elle est de retour au studio pour bosser. Elle a tenté de couvrir son corps le plus possible, mais les patchs antidouleurs sur ses épaules dépassent de son pull. Je sais qu'elle en a puisque c'est moi qui les lui ai mis. Elle en a à peu près partout sur le corps.

Certains fans l'ont remarqué et ont lancé un hashtag visant Channel D, accusé de surmener leurs artistes. Ça n'a pas plu à Kate, forcément. Elle a reproché à Daisy de ne pas faire assez attention, et l'a obligée à rassurer ses fans.

C'est pourquoi Daisy est en train de poster des selfies d'elle, sourire aux lèvres, en disant que tout va bien, qu'elle n'a jamais été aussi heureuse de sa vie et que tout ça, c'est grâce à eux.

Ces mêmes gens qui la traitent de traînée et d'opportuniste.

– Pourquoi tu fais ça ?

Je m'interroge vraiment. Daisy laisse échapper un « Mmh ? » distrait sans jamais lever les yeux de son téléphone, sur lequel elle tape à la vitesse de la lumière. C'est tout ce qu'elle semble faire depuis quelque temps.

– Dee. Regarde-moi, s'il te plaît.

Elle ne réagit pas, se contentant de froncer les sourcils en se rongeant l'ongle du pouce. Je m'approche, agacé, et saisis son téléphone. Elle sursaute, me voyant enfin.

– Qu'est-ce qui te prend ? m'accuse-t-elle. Je suis en train de poster un truc !

– Et moi je suis en train de te parler.

– J'ai pas entendu…

– Je sais. C'est bien ça, le problème.

Elle cligne des yeux, silencieuse. Je sais qu'elle s'en rend compte, mais c'est plus fort qu'elle. Son téléphone, c'est toute sa vie. Savoir ce que le monde pense d'elle, c'est son oxygène. Elle ne supporte pas que des gens la détestent, alors elle compense.

– Pourquoi poster des trucs pareils alors que c'est faux ? je demande en jetant un coup d'œil au selfie qu'elle voulait mettre en ligne. T'es tombée dans les pommes sur scène, Daisy. Un connard t'a jeté une putain de canette en pleine tête !

– Parce que c'est mon job.

– Mais c'est pas la vérité. Alors à quoi ça sert ?

Elle ricane, comme si je n'y comprenais rien, et je suppose que c'est le cas. Je me sens à mille lieues de son monde que je déteste de plus en plus.

– C'est pas la vérité, qu'ils veulent, me dit-elle en reprenant son téléphone. C'est pas pour la version fatiguée et déprimée de Daisy Coleman qu'ils paieront. Tu sais ce que le public hait encore plus qu'une star qui échoue ? Une star qui a tout pour elle… mais qui trouve quand même le moyen de se plaindre.

Je sais très bien à quoi elle fait référence, et ça me brise le cœur. Après s'être évanouie, Kate lui a demandé ce qui n'allait pas. Daisy a pleuré en disant que c'était trop dur, qu'elle était malheureuse. C'était la première fois qu'elle le disait à haute voix.

Mais Kate l'a regardée de haut, les mains sur ses hanches, et a dit : « Est-ce que tu sais combien de personnes tueraient pour être à ta place ? Arrête de te plaindre, et grandis un peu. Tu as le monde à tes pieds, bon sang ! »

Je me rappellerai toujours ce que Daisy a soufflé dans un sanglot.

« Alors pourquoi j'ai l'impression que c'est le monde qui me tient dans le creux de sa main ? »

J'ai peur. J'ai peur qu'ils la brisent une bonne fois pour toutes.

– Tu me le dirais… si tu arrivais à ton point de rupture ? Pas vrai ?

Son visage ne laisse rien paraître. Je la vois déglutir, puis l'instant d'après, elle me sert ce sourire que je déteste de tout mon cœur.

Le sourire qu'elle sert aux journalistes.

– Évidemment !

Elle me prend le téléphone des mains et termine ce qu'elle était en train de faire. Je passe le reste de l'après-midi à la regarder chanter derrière la vitre du studio. Elle recommence un nombre incalculable de fois, ce qui l'énerve. Rien n'est jamais assez parfait.

Même quand on lui dit que la prise est bonne, elle trouve le moyen de réessayer pour faire mieux.

Mon portable ne fait que vibrer dans ma veste. Je n'ai pas besoin de regarder pour savoir de qui il s'agit. Ma mère, à nouveau.

Maman : Espèce d'ingrat psychopathe ! Je t'ai sauvé de la rue et c'est comme ça que tu me remercies ! Tu as bien fait de partir !

Je n'ai jamais répondu à ses messages après notre dernier appel, mais elle insiste. Et cette fois, elle montre son vrai visage. Après avoir tenté de m'attendrir, elle m'insulte en voyant que ça ne marche pas.

Je me contente de lever les yeux au ciel. *Pathétique.*

DAISY

Thomas a vingt-neuf ans aujourd'hui.

Il pense que j'ai oublié, mais c'est mal me connaître. J'ai fait quelque chose que je n'aurais pas dû faire, et si j'en étais fière sur le moment, je commence doucement à le regretter.

Quand Thomas était sous la douche, après sa séance de sport quotidienne, j'en ai profité pour fouiller son téléphone à la recherche d'un numéro. Je me suis enfermée dans ma chambre pour passer le coup de fil, la trouille au ventre.

J'ai attendu ce moment toute la semaine, excitée comme une puce. Pourtant, alors que je traîne un Thomas aux yeux bandés le long du port, j'ai juste envie de fuir.

– Où est-ce qu'on va ? demande-t-il, les sourcils froncés.

– C'est une surprise !

– J'espère au moins que ça implique toi toute nue.

Je roule des yeux en silence, même si ça me fait sourire. Je lui dis qu'on y est presque, et j'avance de quelques pas encore. Quand nous y sommes, je le lâche et me poste devant lui.

– OK… tu peux ouvrir les yeux.

Mon cœur bat à tout rompre. Thomas saisit le bandeau qui lui enserre la tête et papillonne des cils dans ma direction.

– Joyeux anniversaire !

Il se fige tout à coup, les yeux légèrement écarquillés. Ce n'est pas moi qu'il regarde, ni le yacht devant lequel nous sommes postés, ou Hayley, Javier et Micah.

Non, ses yeux sont rivés sur Levi et Rose, à mes côtés, dont les sourires sont plus railleurs que sincères. L'excitation redescend et je commence à paniquer. *Merde, j'ai fait une erreur, pas vrai ?*

– Surprise, Chris ! s'écrie Rose. Un câlin ?

– Qu'est-ce que vous faites là ?

Mes amis grimacent, mal à l'aise, tandis que mon sourire s'évanouit. C'était une mauvaise idée. Je n'aurais pas dû m'immiscer dans sa vie privée… Je voulais juste que ses meilleurs amis soient là pour lui, comme il l'a fait pour moi le soir de Thanksgiving.

De toute évidence, je me suis trompée.

Levi me lance un regard en coin et remarque mon expression inquiète.

– Arrête de faire ton boudin, lance-t-il à Thomas, les mains enfoncées dans ses poches. T'es heureux de nous voir, avoue-le.

Je lui suis reconnaissante de m'aider, même si je ne suis pas certaine que ça fonctionne. Thomas me regarde, puis semble comprendre ce qui s'est passé. Il finit par détourner les yeux, ravalant son agacement, et avance pour saluer Levi.

– Où sont Lucky et Li Mei ?

– Occupés, répond Rose. Ils t'embrassent.

– J'y crois pas une seule seconde, mais merci.

Leur dynamique est vraiment étrange, mais ça ne me choque pas tant que ça. C'est Thomas, après tout. Quand j'ai appelé Levi en nous présentant, moi et mon projet, il m'a tout de suite intimidée. Il était avenant, ce n'est pas le problème, mais j'ai senti quel genre d'homme c'était.

– Daisy nous a invités pour ton anniversaire. C'est gentil de sa part, non ? ajoute Rose avec un sourire mystérieux.

Je ne sais pas si elle se moque ou si elle essaie de m'aider, mais Thomas opine sans me regarder. Je m'attendais à une réaction différente, je l'avoue.

– J'ai loué un yacht pour la journée et la soirée, dis-je dans un sourire crispé. On y va ?

Mes amis saluent Thomas en lui souhaitant bon anniversaire, puis je les invite à passer en premier. Mon bodyguard fait de même, m'attrapant par le poignet alors que nous fermons la marche.

– Pourquoi tu as fait ça ?

Cela sonne comme une accusation.

– Je voulais te faire la surprise. Tu parles sans cesse d'eux, et je sais qu'ils habitent loin, alors…

– Bah t'aurais pas dû.

Ah. La déception s'insinue dans ma poitrine, puis se transforme doucement en colère. J'aurais peut-être dû demander avant, c'est vrai, mais ça partait d'une bonne intention. Je l'ai fait pour lui !

– OK. Bah t'es pas obligé de venir, je rétorque fermement en repoussant sa main. Et désolée d'avoir essayé de te faire plaisir et d'avoir pris du temps que je n'ai pas pour t'organiser un anniversaire sympa.

Je me détourne, furieuse, mais il me retient par le poignet.

– Attends.

Je m'immobilise, impatiente. Je n'aime pas rester dehors, à la vue de tous, le visage de Thomas à quelques centimètres seulement. Je ne suis ni déguisée ni très discrète, cette fois.

Thomas penche la tête sur le côté pour étudier mon expression, puis soupire de frustration.

– C'est juste que… je veux pas que tu sois en contact avec Levi et les autres.

– Pourquoi ? T'as honte de moi, la gamine qui chante pour Channel D ?

– De quoi tu parles ? s'offusque-t-il, agacé. Est-ce que j'ai eu honte de toi ne serait-ce qu'une seule fois ? Tu comprends rien.

– Alors explique-moi !

– Levi et Rose, c'est une partie de ma vie que je ne veux pas que tu approches, d'accord ? lâche-t-il soudainement, comme un aveu qui fait mal. Parce que ça reflète une facette de moi noire, laide et déprimante. Toi, t'es parfaite, Daisy. T'es la chose la plus parfaite que j'ai dans ma vie et c'est déjà un putain de miracle alors j'ai pas envie de déteindre sur toi. J'adore Levi et Rose, mais leurs vies sont aussi tordues que la mienne. S'il te plaît, ne deviens pas aussi tordue que nous.

Je l'avoue, je n'ai pas écouté une seule chose qu'il a dite après : « T'es la chose la plus parfaite que j'ai dans ma vie. » Mon cœur gonfle de joie. Je me dois de résister à l'envie de l'embrasser pour lui montrer ce que je ressens.

Il a sorti ça sans réfléchir, je ne suis même pas certaine qu'il s'en soit rendu compte. Alors je le regarde, un mince sourire aux lèvres, et opine.

– OK.

Thomas semble étonné de ma docilité. Je me penche plus près pour chuchoter malicieusement :

– Moi toute nue, c'est pour après… dans le Jacuzzi.

***

La fête bat son plein. Nous sommes tous réunis sur des fauteuils, l'air marin ébouriffant nos cheveux, autour d'une table basse.

Nous buvons, mangeons, rions, avec une playlist d'Hayley en fond sonore. Le choc des cultures est impressionnant, entre Rose l'Italienne, Levi le Russe, Thomas le Suédois et mes amis américains.

– C'est vrai que t'as remporté le tournoi mondial de poker ? demande Micah, la voix suspicieuse.

Levi opine, adossé à la banquette, un bras sur les épaules de Rose. Celle-ci sirote son verre de whisky, pas peu fière.

– Thomas est allé loin, aussi.

Je tourne la tête vers celui-ci, bouche bée.

– Je savais pas que tu jouais au poker !

Comment puis-je l'ignorer alors que je le connais depuis dix ans ? C'est injuste. Thomas me fait signe que ce n'est rien d'important, mais je suis tout de même déçue.

– Je suis certain que tu sais plein d'autres choses croustillantes, répond Levi, avec un sourire inquiétant. Dis-nous tout, petite marguerite.

Thomas me lance un regard d'avertissement, mais je craque et raconte quelques anecdotes d'adolescence. Ses amis semblent se régaler, surtout Rose, qui promet de les lui rappeler chaque année.

Je mange presque tout le buffet à moi seule. Je devrais en avoir honte, mais je suis affamée. Je ne sais même plus ce que j'ai avalé pour la dernière fois… des amandes hier avant de dormir, sûrement ?

– C'est bon, petit écureuil ? j'entends murmurer à côté de moi.

Je me tourne vers lui, la bouche pleine. Il m'observe en secouant la tête, amusé, et finit par rire doucement. Sa main se pose sur ma joue, qui forme une boule.

– T'as assez stocké pour l'année, tu crois ?

Je le fusille du regard, mais il se contente de sourire.

– Fronce pas les sourcils, Gollum. Je suis contente de te voir avaler quelque chose.

À ces mots, il prend mon menton entre ses doigts et dépose un baiser sur la bosse d'écureuil. C'est tellement mignon, tellement inhabituel, que j'en rougis.

Nous finissons par danser, sauf Levi et Thomas, qui discutent calmement sur le canapé. Hayley ne lâche pas Rose d'une semelle, je crois qu'elles discutent vêtements et voyages.

Les garçons restent à mes côtés, mais je n'arrive pas à me laisser aller. Je ne fais que penser à Thomas, à Hakeem, à Brianna… à mes fans. Je ne sais plus où j'en suis, ni ce que je dois faire. Je sais juste que je me sens creuse. Vidée d'énergie.

Thomas ne le sait pas, mais je m'endors chaque soir en pleurant. Des crises de panique me réveillent au milieu de la nuit, lors desquelles je crois que je ne peux plus respirer. Je ne me sens plus en sécurité dans ma propre maison, tellement que je fais mon maximum pour en sortir. Je passe chaque minute libre sur les réseaux, fouillant chaque commentaire à mon sujet.

Mais surtout… je pense à Frank. Au fait qu'il puisse me tomber dessus à n'importe quel moment.

Je suis constamment remplie de terreur.

Soudain, je sens des mains se poser sur mes hanches. Je me raidis par réflexe, avant de reconnaître Thomas dans mon dos. Les garçons nous ont rejoints sur le *dancefloor*. Je remarque Levi en train d'embrasser Rose, puis Hayley en sandwich entre Javier et Micah.

Personne ne fait attention à nous, et quand bien même. Ce sont mes amis. Pour une fois, Thomas et moi n'avons pas à nous cacher, ni à faire semblant. Il n'y a que la mer et l'infini autour de nous. Ça me fait du bien.

– À quoi tu penses ? chuchote Thomas contre la peau de mon cou.

Je repose la tête en arrière, sur son épaule, et ferme les yeux. Ses mains guident mes hanches dans un mouvement lent et sexy. Je danse contre lui, avec lui, savourant l'effet de sa bouche sous mon oreille. Tout mon corps s'enflamme. Je ne sais pas qui nous regarde, mais je m'en fous.

– Rien d'important.

Il mordille mon lobe, doucement, en me serrant contre ses hanches.

– Tu as parlé d'un Jacuzzi, plus tôt… Il serait temps de déballer mon cadeau, non ? souffle-t-il en faisant glisser ma bretelle le long de mon épaule.

– Je ne suis pas certaine que tu aies été assez sage.

Je l'entends rire contre mon cou, puis il me retourne pour joindre les mains dans mon dos. Sa bouche se pose sur la mienne, fiévreuse.

– Quoi que j'aie pu faire, je me ferai pardonner.

Plus tard ce soir-là, il me le prouve volontiers.

CHAPITRE 24

Jealousy kills little girls

« Jealousy, jealousy, worse than ecstasy.
Addiction like no other, wishing I was better. »

DAISY

– Henry m'a dit « je t'aime » hier.

Micah, Javier et moi écarquillons les yeux au même moment, sous le choc. Hayley lève les siens au ciel pour toute réponse, l'air indifférente. Depuis peu, mon ami célibattante a accepté de donner sa chance à un ami *streamer*[4] à elle.

– Et ? Tu l'as bloqué et ghosté depuis ? plaisante Micah.

C'est tout à fait son genre, c'est vrai.

– On était sur son canapé, c'était difficile de fuir.

Je lui demande ce qu'elle a répondu pendant que Javier m'épile les sourcils en prévision des Golden Globes Awards de ce soir. Hayley grimace, honteuse.

---

4. Activité consistant à proposer et diffuser des parties de jeu commentées en live ou en différé, sur des plateformes comme YouTube Gaming ou Twitch.

– « Moi aussi. »

Attendez, quoi ? Je me redresse si subitement que Javier manque de me crever l'œil. Micah crie de terreur, aussi choqué que moi. Ça n'est jamais, ô grand jamais, arrivé !

– C'est pas ce que vous croyez, soupire Hayley, la main sur sa tempe. Il a cru la même chose que vous, car soudain je l'ai trouvé très ému, au bord des larmes, et j'ai compris qu'il y avait quiproquo. Du coup, j'ai essayé de me reprendre avec un misérable : « Non, je… Moi aussi, je… enfin, moi aussi je m'aime. Pardon, c'est vrai que ça portait à confusion. »

Nous éclatons tous de rire, ce qui lui vaut de se cacher le visage honteusement. Typique d'Hayley ! Je lui demande comment il a réagi, mais elle m'affirme que ça allait, qu'il s'y attendait.

– Et toi… ça va ?

Je me rends compte qu'elle s'adresse à moi quand je sens toutes les têtes se tourner dans ma direction. C'est vrai qu'on n'en a pas parlé.

– Très bien.

C'est un mensonge, bien sûr. Je vais mal. Je le sais, et pourtant je refuse de craquer. Ce n'est pas le moment. Mon album vient de sortir, je dois me montrer forte et endurer pour perdurer. De toute façon, j'ai d'autres choses plus importantes encore à gérer.

Frank a été très discret ces derniers temps. Ça devrait être une bonne nouvelle, et pourtant ça me tracasse. Tellement, en fait, que je n'en dors pas la nuit. Je rêve que Destiny s'introduit chez moi et me kidnappe.

Ça ne peut plus durer.

Moi : On peut se voir ?

Je suis persuadée de ne jamais avoir de réponse. C'est le troisième message que j'envoie depuis deux jours, mais silence radio. C'est suspect… Ou alors ai-je le mauvais numéro de téléphone ?

Soudain, mon portable vibre sous ma cuisse. Mon souffle se coupe à sa réponse brève :

OK.

Bordel, bordel, bordel.

Moi : Aujourd'hui ? Dans un café,
11 heures ?

Mon cœur bat à tout rompre tandis que je patiente, angoissée. Lorsque j'ouvre la réponse, je suis déçue d'y voir :

Pas de lieu public. Chez moi.

Puis un nouveau message :

Pas de bodyguard non plus.

C'est une blague ? Je lui réponds que je ne peux pas me déplacer seule. Thomas ne doit pas savoir où je vais, sinon il m'en empêchera, et Finn refusera de me laisser y aller seule, juste au cas où.

Pourtant, j'ai besoin de réponses. Même si c'est dangereux. Sa réponse ne tarde pas :

Alors non.

Moi : OK, c'est bon.
Donne-moi l'adresse.

– Les gars, dis-je à haute voix, déterminée. J'ai besoin de votre aide.

***

Thomas va me tuer, c'est certain. Parce que s'il y a bien une chose que je sais, c'est qu'il devine toujours tout. Je ne peux rien lui cacher. Cela ne m'étonnerait pas qu'il ait dissimulé une puce de géolocalisation dans mon téléphone, voire dans mon bras.

Je lui ai demandé s'il pouvait aller m'acheter des « tampons senteur pêche » dans la seule pharmacie qui en vend, à l'autre bout de la ville. Le temps qu'il y aille, qu'il cherche, qu'il comprenne que ça n'existe pas puis qu'il revienne, je serai normalement déjà rentrée.

Finn est censé me surveiller, mais j'ai demandé à mes amis de s'enfermer dans ma chambre en prétendant passer l'après-midi avec moi. Mon garde du corps n'osera jamais venir nous déranger là-haut. Je suis sortie par la fenêtre.

C'est dangereux, mais j'en avais besoin.

J'en ai marre, de ne pas savoir, marre d'attendre que Frank me tombe dessus. Je suis peut-être en train de foncer droit dans son piège… et si je meurs, Thomas sera *très* en colère contre moi.

J'ai tout de même apporté le couteau qu'il m'a offert il y a peu, caché dans la manche de ma veste. J'ai mal au ventre quand j'appuie sur la sonnette, casquette vissée sur la tête. Je ne pense pas avoir été suivie.

J'entends des pas approcher, puis quelqu'un regarder à travers le judas. Après plusieurs secondes stressantes, la porte s'ouvre assez pour me laisser entrer.

Je pénètre dans la maison, les mains moites.

– Salut.

Destiny croise les bras sur sa poitrine, l'air impassible, voire un peu méfiante. Je suis soufflée de voir à quel point elle a changé. Elle qui brillait tant autrefois a l'air complètement éteinte. Elle porte un pull bouloché par-dessus une paire de leggings, mais je peux facilement deviner tous les kilos qu'elle a repris depuis la dernière fois qu'on s'est vues.

Sa peau est grise et ses yeux sont entourés de cernes.

Je veux lui demander comment elle va, mais la réponse est plutôt évidente. Je retire ma casquette tandis qu'elle se dirige vers le salon en silence. Je jette un coup d'œil aux alentours, craignant que quelqu'un me saute dessus par surprise.

– Ça fait longtemps. Qu'est-ce que tu me veux ? dit-elle d'une voix éraillée. Te vanter ? Te rassurer en jetant un coup d'œil à la Destiny que je suis devenue ?

Je m'assieds sur le canapé en face d'elle, seule la table basse nous séparant. Sa pique me fait mal, je l'avoue.

– Si tu crois encore que c'est qui je suis, alors tu n'as toujours rien compris.

Elle me fusille du regard, mais détourne les yeux sans répondre. Comment peut-elle encore me haïr après tout ce temps ? Je n'ai absolument rien fait de mal. Tout ce que je voulais, c'était des amies. Des sœurs. Si j'ai réussi à lui pardonner son harcèlement, pourquoi ne peut-elle pas faire de même ?

– Je ne t'en veux plus, tu sais, dis-je doucement.

Elle ricane, les bras croisés sur sa poitrine.

– Et je dois te remercier ?

– Non. Je voulais juste que tu le saches. Je n'ai jamais voulu que les choses se passent comme ça… J'aurais aimé qu'il en soit autrement.

Elle fixe un point sur le tapis, la mâchoire serrée. Je lui laisse un peu de temps, ne sachant comment évoquer le sujet qui fâche. Comment suis-je censée lui demander si elle me harcèle – *à nouveau* – pour se venger ?

J'ouvre la bouche pour me lancer, mais elle m'interrompt d'une voix basse :

– Je suis désolée.

J'ouvre grands les yeux, abasourdie. Je ne m'attendais pas à ça, loin de là. Destiny plonge enfin son regard dans le mien, et je vois qu'il brille de larmes.

– J'étais petite, stupide et bouffée par la jalousie, continue-t-elle, et soudain elle m'apparaît très jeune. Tu étais tout ce que je n'étais pas. Les gens t'adoraient. Tu souriais tout le temps et tu avais une voix qui te venait si facilement. Moi… c'était tout l'inverse. Il fallait du temps avant qu'on apprenne à m'apprécier. Je me demandais pourquoi il était si dur de m'aimer.

Cette dernière phrase me brise le cœur. Comment peut-elle penser une chose pareille ? Moi, je l'appréciais. La première fois qu'on s'est rencontrées, elle était si aimable, si forte, si *badass*. Elle m'intimidait, mais de manière positive. Je voulais être comme elle.

– J'ai passé de longues et nombreuses années à perfectionner mon chant pour réussir, et toi, tu débarques et on dirait que ça te vient naturellement. Je t'ai détestée d'être aussi douée. Je n'ai pas supporté que tout ce pour quoi j'avais bossé te vienne sans que tu fasses d'effort. Et au lieu de me remettre en question, d'apprendre de toi… j'ai cherché à t'écraser. J'ai tout fait pour que tu démissionnes parce que c'était plus facile que d'être meilleure que toi. Au fond, je savais que je n'y arriverais pas, alors c'était ma seule alternative.

Je la regarde, interloquée par ses révélations. Je n'aurais jamais pensé que c'était ce qu'elle ressentait. Je croyais simplement qu'elle détestait mon caractère, ma faiblesse, ma sensibilité.

Elle essuie ses larmes sur ses joues, et mon cœur se serre douloureusement dans ma poitrine. L'entendre s'excuser m'enlève un poids énorme.

– Destiny… Moi aussi, j'ai dû travailler dur, dis-je en fronçant les sourcils. Moi aussi, je me suis pris des taules. Moi aussi, je me suis comparée. Moi aussi, j'ai été jalouse. Tu penses que tout m'est venu facilement, mais c'est faux. La célébrité… c'est très décevant, au final. On est seul, et on a peur. Peur qu'en se réveillant, le monde ait décidé de nous détester. Je pensais qu'au moins, on était dans le même bateau, qu'on se soutenait.

– Comment voulais-tu que je pense comme ça quand Kate me montait la tête à chaque occasion ?

Je plisse le front, confuse.

– De quoi tu parles ?

Elle soupire, comme si elle regrettait d'en avoir trop dit, puis laisse échapper un rire sarcastique.

– Waouh… elle t'a vraiment épargnée alors, hein ? C'est fou. Parfois, je me dis qu'elle savait dès le début que tu serais la seule à t'en sortir. Qu'elle comptait là-dessus, même. Peut-être qu'elle a tout fait pour.

– Je ne comprends pas…

– Kate nous montait les unes contre les autres, m'avoue-t-elle d'un ton sec. Cette vipère passait son temps à me prendre à part en me disant que j'étais sa favorite, mais que je ne faisais pas le poids contre toi. Que je devais maigrir, sourire plus, devenir meilleure chanteuse. « Daisy l'a mieux fait », « Prends exemple sur Daisy », et j'en passe. Même chose avec Dakota.

J'ai du mal à croire ce que j'entends. Pourtant, une partie de moi n'est pas surprise. J'ai toujours su que notre manager avait un côté fourbe. Mais si j'avais su ce qu'elle faisait dans mon dos…

– Forcément, j'ai fini par te détester. C'était ce qu'elle voulait, j'en suis sûre.

C'est tellement tordu. Nous n'étions que des adolescentes, à l'époque ! Comment a-t-elle pu jouer avec nous ? Comment a-t-elle pu nous isoler autant ?

Je veux ajouter quelque chose, mais soudain mon portable vibre dans ma poche. Un message de Thomas.

Thomas : J'ai fouillé tout le rayon,
j'ai même demandé à une dame,
elle me dit que les tampons senteur
pêche n'existent pas. Je suis passé
pour un con, Daisy. WTF ?

Je ne suis même pas d'humeur à rigoler. Je lui réponds :

Désolée, j'ai dû me tromper.
Senteur cerise, alors ?

– Je suis désolée que tu aies dû vivre ça, dis-je à Destiny, très sincère. Ça n'excuse pas ce que tu m'as fait subir, mais ça m'aide à mieux comprendre. Je crois… qu'on était toutes les deux des victimes d'un système trop gros pour nous.

Elle hoche tristement la tête, muette. J'en profite pour lire le nouveau message de Thomas, qui me fait grimacer.

Thomas : … T'es où, Daisy ?

Il n'est pas bête. Il doit avoir deviné mon petit jeu.

Moi : Dans ma chambre.

Moi : Hayley est en train de m'épiler
en prévision de ce soir.

Moi : Le maillot.

Moi : Et le sillon interfessier.

Bordel, tout pour qu'il se sente embarrassé et abandonne. Malheureusement, c'est Thomas. Dès qu'il s'agit de ma sécurité, il se fout du reste.

Thomas : J'appelle Finn. J'espère
vraiment que tu ne me mens pas.

– Fait chier, je jure en me levant subitement. Je suis désolée, je dois partir.

De toute façon, si je reste plus longtemps, je serai en retard sur mon planning. Une équipe de maquillage doit débarquer dans quelques heures pour me préparer au tapis rouge de ce soir.

Destiny plisse les yeux, surprise, et se redresse à son tour.

– Attends. Tu n'as pas quelque chose à me dire, toi aussi ?

Je me fige sans comprendre. Je pense qu'il est clair, après tout ça, qu'elle n'est pas Frank. Destiny n'est pas une mauvaise personne, juste une jeune fille qui a été manipulée.

– Non, désolée, je me suis trompée…

– Tu ne crois pas que c'est à ton tour de t'excuser ? Pour les photos.

J'ouvre la bouche, interdite. Parle-t-elle des *nudes* qui ont fuité et qui lui ont coûté sa carrière ?

– Attends… Après tout ce temps, tu crois encore que c'est moi qui ai fait ça ? je souffle avec stupéfaction. Destiny, je te le répète une bonne fois pour toutes : ce n'était pas moi. Je ne savais même pas que tu avais un copain. Et quand bien même, je n'aurais jamais fait un truc pareil.

Elle ne semble pas me croire, car j'aperçois des flammes dans ses yeux.

– Pas toi directement, mais *lui*.

– « Lui » ? Ton copain ?

– *Ton* copain, *mon* copain, peu importe. Tu sais très bien de qui je parle.

Et pourtant, non. Je reste silencieuse, clignant des yeux, et plus les secondes passent, plus le doute s'inscrit sur son visage. Finalement, elle décroise les bras et murmure, incrédule :

– Tu es sincère ?

– On ne peut plus sincère. Qu'est-ce qui se passe, là ? Je pige rien.

Elle fronce les sourcils, pensive, et se met soudain à regarder autour de nous. On dirait qu'elle craint qu'on nous observe.

– Destiny ?

– Le mec avec qui je suis sortie, articule-t-elle difficilement tandis que j'ignore mon téléphone qui vibre sans interruption. On a gardé ça secret pendant un temps, on évitait de se voir trop souvent pour ne pas éveiller les soupçons. On n'avait pas le droit. J'ai… j'ai envoyé des photos parce qu'il me l'avait demandé.

Elle fait une pause, avant de continuer péniblement :

– Quand elles ont fuité, je l'ai confronté. Il m'a dit… que c'était ma punition pour avoir fait de ta vie un enfer.

Je m'immobilise tout à coup, sous le choc. Mon corps frissonne de terreur.

– Il m'a dit qu'il ne m'aimait pas, qu'il avait fait semblant depuis le début. Que lui et toi… vous étiez faits l'un pour l'autre.

Je tremble tellement que mes jambes menacent de céder sous mon poids. Je me tiens au canapé, livide. Destiny comprend à ma réaction que je n'ai aucune idée de quoi elle parle.

– Forcément, j'ai cru que tu avais manigancé ce plan avec lui pour me faire du mal et niquer ma carrière, pour te venger de ce que je te faisais subir. Oh mon Dieu… tu n'en avais aucune idée, pas vrai ?

Je secoue la tête, manquant de vomir sur mes chaussures.

– Je sais pas du tout de qui tu parles.

C'est lui. C'est comme une évidence. C'est Frank, il n'y a aucun doute là-dessus. Il a voulu me défendre et s'est infiltré dans la vie de Destiny pour la punir, jouant les justiciers masqués.

Mais ça voudrait dire que Finn a raison. Qu'il s'est déjà immiscé dans ma vie. Qu'il sait ce que je vivais derrière les caméras. Qu'il est tout proche.

« Je suis tout près. »

J'ai envie de vomir et porte la main à ma bouche. Je sors mon téléphone d'une main tremblante, prenant conscience des appels manqués de Thomas. Ses derniers messages me font comprendre que je dois rentrer au plus vite.

Thomas : Daisy, réponds-moi
tout de suite.

Thomas : DAISY ! T'es où ??

Thomas : Tu ferais mieux de fuir très
loin, car si je te retrouve, je te tue.

Thomas : Est-ce que tu vas bien ?
Réponds-moi juste oui, putain, Daisy.
Je m'inquiète.

Je réponds un rapide : Oui, j'arrive et range mon téléphone dans mon sac. Destiny semble aussi secouée que moi. Je m'approche et pose mes mains sur ses épaules, déterminée.

J'ai déjà peur de ce qu'elle va me répondre, mais je dois poser la question.

– Destiny… Ce type, qui c'est ?

Elle secoue frénétiquement la tête, de plus en plus rapidement. Je réitère ma question, mais elle panique et me repousse.

– Je peux pas. Je suis désolée.

– Pourquoi ?

– Il m'a menacée. Il m'a dit de ne jamais en parler à personne, qu'il me retrouverait. C'est pour ça que j'ai fui, que je me fais petite, que j'ai préféré disparaître. Il… Je crois qu'il est dangereux.

Sans blague ? Si c'est vraiment Frank, c'est plus grave que ce que je pensais. Il est prêt à tout, quitte à approcher mes proches et foutre leur vie en l'air. Et s'il nous avait tous à l'œil ?

– Fais attention à toi, Daisy, ajoute-t-elle, l'expression remplie d'effroi.

– Est-ce que je le connais ? je souffle en la suppliant du regard. S'il te plaît. Je veux juste savoir si je le connais.

Elle hésite, les larmes aux yeux. Puis, très lentement… elle hoche la tête.

C'est la douche froide. Je recule d'un pas, effrayée.

Je ne sais pas quoi dire d'autre, alors je tourne les talons. Destiny me supplie de ne parler à personne de notre rendez-vous, et j'accepte. Je quitte sa maison, les jambes en coton et la tête anesthésiée.

Thomas m'appelle à nouveau et cette fois, je réponds en m'appuyant contre le tronc d'un arbre.

– T'es complètement malade, putain ? s'écrie-t-il avec rage, et je peux deviner qu'il est très énervé. Dis-moi où t'es, tout de suite.

Mon cerveau est en surchauffe. Je déglutis, au ralenti, et ignore les larmes qui coulent sur mes joues.

– Sur la 107ème rue.

Je l'entends jurer dans sa barbe, puis faire ronronner le moteur de sa moto. Il me dispute en me disant que je suis inconsciente, que j'avais promis de ne plus faire ça, que je veux mourir, que je l'ai pris pour un abruti, et je ne peux que me contenter d'écouter sans rien dire.

Mes pensées divaguent. Je pense aux manigances de Kate, à Destiny, à son amoureux secret, à Frank… Ça date d'il y a presque trois ans. Depuis quand ce malade mental me suit-il ?

– Dee ? Ça va ?

La voix de Thomas s'est adoucie. Il a dû comprendre que je ne l'écoutais pas. Frank est intelligent, mais peu prudent. C'est comme s'il n'essayait même pas de se cacher.

Comme s'il… jouait avec moi. Peut-être veut-il que je le cherche. Peut-être s'attend-il à ce que je le trouve. C'est pour cette raison qu'il n'essuie pas ses traces derrière lui, qu'il prend des risques considérables pour m'approcher.

C'est amusant, pour lui, de me voir apeurée. Il doit être fatigué de voir que je n'entre pas dans son jeu à fond.

Soudain, mon téléphone vibre à l'arrivée d'un nouveau message. C'est un numéro inconnu. Je me fige en lisant mot par mot.

Inconnu : Tu chauffes, jolie marguerite.

J'étouffe un sanglot dans ma main, laissant mon téléphone tomber par terre. Il sait. Il sait que je suis là, il sait que j'ai parlé à Destiny. Je regarde autour de moi comme une folle, le cœur au bord des lèvres, et reprends mon téléphone hâtivement.

– Thomas, j'ai peur.

– Qu'est-ce qui se passe ?!

Je tourne sur moi-même pour m'assurer que personne ne se cache derrière une voiture, en train de m'espionner. Je deviens parano. Il est là, à m'observer. Et s'il faisait du mal à Destiny ?

Quelque chose me dit qu'il n'ira pas jusque-là. Au contraire, il m'attend. Il est peut-être même déçu que j'aie mis tout ce temps. Ça l'excite, de me savoir aux portes de la vérité !

Si Frank savait que Destiny me harcelait avant que les photos fuitent, ça ne peut pas être n'importe qui. Les options sont limitées… et j'ai déjà ma petite idée.

Cette simple pensée me soulève le cœur et je me penche pour vomir. Au même moment, une moto arrive en trombe dans la rue, puis freine dans un crissement de pneus à quelques pas.

– Dee !

Je continue de vomir, les épaules secouées par mes haut-le-cœur. Mes larmes dégoulinent le long de mon cou tandis que Thomas passe une main dans mon dos, l'autre repoussant mes cheveux derrière mon épaule.

– Daisy, dis-moi ce qui se passe. Est-ce que je dois t'emmener à l'hôpital ?

Je secoue la tête en m'essuyant la bouche, en pleurs. Quand je redresse le menton, Thomas apparaît enfin. L'inquiétude et la colère se mêlent sur ses traits. Il prend mon visage en coupe, caressant mes joues de ses pouces.

Je plonge mon regard dans le sien, le cœur battant, et avale ma salive. Je n'arrive pas à y croire, mais…

– Je sais qui c'est.

Thomas ne semble pas comprendre, c'est pourquoi je répète :

– Je sais qui est Frank.

CHAPITRE 25

Girl with broken wings

« Broken angel, wings are meant to fly,
then why can't I ? »

THOMAS

Cette fois, j'ai bien cru que j'allais tuer Finn à mains nues. J'étais prêt à retrouver Daisy et à la séquestrer dans sa chambre, qu'elle le veuille ou non. Elle avait promis de ne plus faire ce genre de conneries.

Puis je l'ai retrouvée sur un trottoir en train de vomir, en larmes…

« Je sais qui c'est. »

Putain. Je l'observe depuis l'autre extrémité de la pièce, adossé au mur, les bras croisés. Elle est assise en tailleur sur le canapé, encore secouée, tandis que Finn lui sert une tasse de thé. Je n'ai rien dit de plus pendant le trajet retour. Je ne lui ai pas demandé de qui il s'agissait, ni ce qu'elle faisait là-bas.

Je l'ai ramenée, puis je lui ai fait promettre de changer de numéro cette semaine. Je l'ai laissée se calmer, surtout. Je suppose que je suis encore énervé contre elle.

– Ça va mieux ? s'assure Finn en s'installant à ses côtés, laissant un espace poli entre leurs cuisses.

Elle hoche la tête sans lever les yeux. Ses épaules tremblent légèrement, même si elle fait tout pour le cacher. Ça me rend dingue.

– T'étais où ?

Daisy s'humidifie les lèvres, puis répond du bout des lèvres :

– Je suis allée voir Destiny.

Je me raidis, furieux. Quelle idiote inconsciente ! Aller chez notre principale suspecte, seule, sans arme pour la protéger en cas de problème.

– Tu veux mourir ?

Cette fois, elle lève les yeux vers moi. Ma voix est glaciale. Même Finn grimace, l'air de dire : « Ce n'est pas le moment. »

– Quoi ?

– Je te demande si tu veux mourir, je répète calmement. Parce que si c'est ce que tu veux, c'est simple : Finn et moi, on démissionne, et tu gères ta merde toute seule.

C'est la première fois que je lui parle si mal. Je pensais qu'elle s'excuserait, mais Daisy me fusille du regard.

– Elle voulait que je vienne seule !

Je laisse échapper un rire moqueur.

– Tu serais la première à crever dans un film d'horreur, toi, c'est sûr.

– J'avais mon couteau au cas où, ainsi que mon portable, se défend-elle, les joues rouges. Et puis…

je crois qu'au fond, je savais qu'elle était innocente. Destiny n'est pas une mauvaise personne.

Ça, ce n'est pas à elle d'en décider. Le problème, c'est que j'étais censé être là, bordel. Après tout ce temps, elle ne me fait toujours pas confiance. Si elle m'en avait parlé, j'aurais accepté de venir et de rester en retrait.

Mais non. Daisy gère toute seule, comme une grande.

– Qu'est-ce qui s'est passé ?

– Elle s'est excusée pour le harcèlement. Elle pensait que j'avais *leaké* ses photos.

Je lui laisse le temps de siroter son thé, puis de froncer les sourcils lorsque le liquide lui brûle les lèvres.

– Et ?

– C'est son ex-copain qui les a partagées sur Internet… par vengeance. Il lui a dit que c'était pour la punir de m'avoir maltraitée.

Je me raidis, confus. Si Destiny dit vrai, cela veut dire que ce connard gravite autour de Daisy depuis des années. Finn avait vu juste ! Il croise mon regard et hoche la tête pour me faire comprendre qu'on pense la même chose.

– Elle a cru que vous étiez de mèche, dis-je en comprenant enfin.

Daisy opine sombrement. Il l'a défendue, et pourtant il n'a jamais voulu révéler son geste. C'est étrange. Ne voudrait-il pas que Daisy le remercie ? Je n'arrive toujours pas à comprendre son but, ses motivations. S'il voulait lui faire du mal, il aurait pu agir depuis longtemps. Mais s'il souhaitait être avec elle, il se serait déjà montré aussi.

– Elle a pu te dire qui c'était ?

– Non. Il l'a menacée, soupire-t-elle en se frottant les yeux.

Finn grogne de frustration.

– Typique, dit-il en secouant la tête. Mais je savais bien que Destiny était une piste intéressante. Tu ne l'as jamais vue avec un homme à cette époque ?

Daisy réfléchit longuement, mais j'interviens alors :

– Tu m'as dit que tu savais qui c'était, pourtant.

– Il n'y a pas trente-six personnes qui étaient au courant pour Destiny et moi, dit-elle d'un ton résolu. On était plutôt isolées, aussi. Chez Channel D, tout le monde se connaît, c'est comme une secte. Je n'étais proche de personne, tout simplement parce que je me méfiais de tout le monde.

– Sauf ?

Elle avale sa salive, sans jamais détourner son regard du mien.

– Sauf de Zach.

Je décroise lentement les bras, digérant l'information, et viens m'asseoir sur la table basse pour lui faire face. Finn est muet, mais je vois dans son regard qu'il réfléchit à cette possibilité. Daisy a l'air sûre d'elle.

– Ça a du sens, insiste-t-elle. On venait tout juste de le rencontrer avec les filles, et Kate m'avait fait comprendre qu'on serait amenés à jouer ensemble dans le futur. Il était sympa, je l'appréciais… et il me le rendait bien. Je me suis beaucoup confiée à lui. Il savait ce que Destiny me faisait vivre, et… il en est venu à la détester. Il me répétait que je devais me défendre, qu'il fallait lui donner une bonne leçon, lui faire comprendre où était « sa place. »

Finn se frotte la mâchoire, perdu dans ses souvenirs.

– Destiny avait un crush sur lui, non ? Je me rappelle qu'elle essayait toujours d'attirer son attention.

– Ouais. C'est aussi pour ça qu'elle me détestait, je suppose. Zach m'aimait bien, c'était flagrant pour tout le monde. Ça me plaisait que Zach soit de mon côté… mais je ne voulais pas prendre part à tout ça. Ce n'est pas moi.

En effet, Daisy est plus du genre à pardonner et à trouver des excuses. Je déteste le gars, mais je suis d'accord avec Zach sur ce point. J'aurais probablement pris Destiny à part pour la menacer d'arrêter ses conneries, moi aussi.

– Donc tu penses qu'il a agi seul pour te protéger ? je récapitule, les coudes sur mes genoux. Qu'il a profité du fait qu'elle soit amoureuse de lui pour lui faire croire à une idylle, puis *leaker* ses photos dans le but de la faire disparaître de la circulation ? C'est tordu.

Ça m'a l'air tiré par les cheveux, mais Daisy a raison : ça expliquerait tout. Ils sont sortis ensemble après la séparation du groupe, quand il l'avait enfin pour lui tout seul, et il avait accès à la maison puisqu'il venait y passer ses nuits dans le dos de Finn. Et s'il s'était fait un double des clés ? De toute façon, il connaît les entrées et les sorties par cœur, l'agenda de Daisy aussi, et il est assez influent pour pouvoir rentrer où il veut, sur n'importe quel plateau ou coulisses, s'il le souhaite.

Putain, tout se tient. Mais dans ce cas-là, pourquoi l'avoir quittée ? Cela dit, il a vite regretté son geste…

Je ne dis rien à voix haute, car Finn n'est pas au courant de leur relation secrète. Même si, au point où nous en sommes, ça ne changerait pas grand-chose.

– J'en sais rien, soupire Daisy, fatiguée. J'ai une intuition, c'est tout. Zach est un type bizarre.

Nous restons silencieux un long moment, pensifs, jusqu'à ce que Finn brise la glace.

– Est-ce qu'on devrait le dire à la police ?

Je secoue la tête.

– Sur quels arguments ? On n'a que des impressions. Destiny ne témoignera pas tant qu'on n'aura pas de solides preuves, puisque parler la mettrait en danger. Il nous faut plus d'indices. Il faut le pousser à la faute, le forcer à se dévoiler.

– Comment ? demande Finn.

Très bonne question. Je veux lui dire qu'il faut y réfléchir, mais soudain, on sonne à la porte d'entrée. Nous nous tournons vers la baie vitrée, stupéfaits.

Un groupe de gens aux mains chargées nous fait signe, tout sourire.

– Merde, j'avais oublié…

Daisy a une soirée mondaine ce soir, avec tapis rouge et stars hollywoodiennes. Il lui faut tout l'après-midi pour se préparer avant le grand départ.

– On en parle plus tard, dis-je en allant ouvrir.

Finn et moi nous effaçons le temps des préparatifs. Daisy va à l'étage avec toute son équipe, comprenant maquilleuse, coiffeuse, styliste et je ne sais qui d'autre. J'occupe ces heures interminables à la table de la cuisine, le cerveau en ébullition. Finn se joint à moi, proposant mille et un plans pour attraper Zach.

Ça tombe bien, ce psychopathe – et je dis ça avec tout le respect dont je suis capable – sera justement là ce soir… au bras de Daisy, pour leur série télévisée. C'est Kate qui a insisté il y a plusieurs semaines, sous prétexte de redorer son image.

– Ce soir, on garde un œil sur lui.

***

C'est une limousine qui vient nous chercher à la maison. Finn et moi avons dû nous apprêter aussi, bien entendu. J'attends Daisy dans l'allée, vêtu d'un costume noir et d'une chemise blanche, sans oublier le nœud papillon.

Nous sommes à l'heure quand quatre personnes, dont deux tenant la traîne gigantesque de sa robe, aident Daisy à descendre les marches.

Mes yeux se posent soudain sur elle, et l'adrénaline se met à fuser dans chaque veine de mon corps.

Oh, waouh. Elle est royale. À couper le souffle. Elle porte une robe à paillettes bleu nuit brillant de mille feux. Elle est parfaite, du bustier à la taille ceinte d'une fine ceinture en forme de nœud. Le bas tombe en vagues sur ses pieds tel un volcan en éruption, et les fentes au niveau de ses hanches laissent entrevoir ses jambes hâlées à chaque mouvement.

Mais aussi qu'elle ne porte pas de sous-vêtements.

– Resplendissante, pas vrai ?

Je reviens à la réalité en entendant la question de sa maquilleuse, au même titre que Finn, à mon côté, qui se met soudain à rougir. Je ne peux pas lui en vouloir.

Mon regard revient sur Daisy, qui me sourit timidement. Ses fines tresses blanches ont été coiffées en un chignon sur le haut de sa tête, et ses mèches de bébé ont été gelées sur son front en forme de vagues.

– Elle a même des poches, se vante-t-elle tandis que je l'aide à monter à l'arrière de la limousine. Signée Ralph & Russo ! Tu aimes ?

– Tu as vraiment besoin de demander ?

Finn s'installe sur le siège passager avant tandis que je monte à la suite de Daisy, à l'arrière. Nous prenons enfin la route, direction le Beverly Hilton, où se déroulent les Golden Globes. J'espère sincèrement ne pas tomber sur Chris Hemsworth cette fois…

Le conducteur roule doucement, prévoyant quelques embouteillages sur la route. J'en profite pour observer Daisy du coin de l'œil, silencieuse, qui s'arrache les cuticules autour des ongles.

– Nerveuse ?

Elle se tourne vers moi et m'inonde d'un sourire solaire.

– Non, je suis habituée.

Je la connais assez pour savoir que c'est un mensonge. Je continue de la contempler, silencieux. Je sais ce qui la tracasse. C'est son premier gros événement depuis le scandale de *Vogue*, et le premier depuis qu'elle est tombée dans les pommes sur scène.

En plus de cela, Zach sera à son bras. Un homme potentiellement dangereux.

– Je suis désolée, chuchote-t-elle sans oser me regarder. D'y être allée seule.

Je la regarde enfin, et mon cœur s'adoucit. Elle a l'air terrifiée, perdue, triste. Elle ne sait plus à qui se fier, ce qui est normal. C'est trop pour elle. Et voilà qu'elle doit endurer une autre soirée superficielle à sourire quand elle veut pleurer ; à embrasser des gens qui prient pour qu'elle échoue ; à répondre à des journalistes sexistes et racistes qui déformeront ensuite ses paroles.

– Je ne serai jamais loin, je souffle au creux de son oreille, m'assurant que personne d'autre ne m'entend. Ça va bien se passer, Dee. Je te le promets. Je ne laisserai rien t'arriver.

Elle déglutit, serrant ma main dans la sienne. Ses yeux sont rivés sur la vitre qui sépare l'arrière de la voiture du conducteur. Tout son corps semble tétanisé par l'angoisse, ses nerfs en boule.

J'y jette un coup d'œil pour m'assurer que les autres regardent devant eux, puis me penche vers elle pour mordiller son lobe d'oreille.

– J'ai une méthode imparable pour t'aider à te détendre…

CHAPITRE 26

American idol

« American's Sweetheart,
Soul like fire and magic in her eyes. »

DAISY

La main de Thomas s'infiltre lentement dans la fente de ma robe, électrisant ma peau nue au passage. Je me tends aussitôt, les yeux rivés sur le rétroviseur intérieur de la limousine.

Je veux lui dire d'arrêter, qu'on n'est pas seuls, qu'il est complètement fou. Mais mes lèvres restent scellées tandis que ses doigts serrent ma cuisse dans une pression possessive. Je déglutis, sentant une chaleur familière remonter le long de mes jambes jusqu'à cet endroit très particulier qui l'appelle.

La tension est à son comble lorsque je sens ses doigts entre mes cuisses. Je frissonne contre lui, mais il garde une expression impassible. Personne ne peut se rendre compte de ce qu'il est en train de faire.

Thomas regarde droit devant lui sans ciller. Quant à moi, j'ai les mains jointes sur le devant de ma robe, immobile. Mais soudain il effectue des cercles lents sur mon clitoris et je ne peux m'empêcher de gigoter sur mon siège.

Bordel de merde.

– Relax, chuchote-t-il, serein.

Facile à dire ! Et si Finn se retournait et voyait la main de Thomas disparaître sous ma robe ? Mon expression coupable et mes joues rouges nous trahiraient tout de suite. Et pourtant… Seigneur, ce que c'est bon ! Ses doigts me touchent lentement avant d'entrer en moi. Je me mords la lèvre pour m'empêcher de gémir, écartant les cuisses afin qu'il ait davantage de place.

Tout à coup, Finn se retourne et me sourit. Je me raidis et serre les cuisses, paniquée. Thomas grogne doucement, les doigts enserrés à l'intérieur de moi. Sa main est prisonnière entre mes jambes.

– Stressée ? me demande Finn.

Mon cœur bat à tout rompre. Il suffit qu'il baisse les yeux pour voir ce qui s'y passe, même à quelques mètres. Thomas ne se retire pas pour autant, au contraire. J'ouvre la bouche, mais ses doigts commencent à aller et venir en moi et j'en perds la parole.

– Un… un peu.

Bordel, retourne-toi !

– Ça va le faire, me rassure-t-il gentiment. Thomas et moi, on sera là pour toi.

Je hoche la tête, priant pour qu'il s'arrête là. Mais il fronce les sourcils en m'observant, et je manque défaillir. Thomas doit le sentir car il retire ses doigts et pose sa main sur moi pour me dire de ne pas bouger.

– Tu es un peu livide, quand même…

– Combien de temps jusqu'à l'hôtel ? demande Thomas d'une voix sèche.

Finn cligne des yeux, surpris, et bredouille :

– Euh, une dizaine de minutes je dirais.

– Elle va s'allonger un moment pour se reposer, alors, dit-il, sans que j'ose bouger un muscle. Ferme la vitre.

Je regarde Finn, craignant qu'il trouve ça suspect, mais il hoche la tête. Il appuie sur un bouton et la vitre électrique remonte, nous cachant à sa vue. La seconde d'après, la bouche de Thomas est sur la mienne. Je soupire de plaisir en mêlant ma langue à la sienne. Soudain, je me fiche de ma coiffure ou de mon maquillage.

Je veux juste qu'il me dévore tout entière.

– Qu'est-ce que tu fais ? je demande quand il retrousse le lourd tissu de ma robe pailletée pour saisir mes cuisses.

La lueur dangereuse dans ses yeux me fait tressaillir. Il murmure contre ma bouche :

– Je t'ai dit que j'allais t'aider à te détendre, non ? Alors dis-moi… Où est-ce que tu me veux ?

Seigneur. Pourquoi est-il si sexy ? Ce n'est pas le moment de faire ce genre de choses ! Encore moins avec un animal comme Thomas, qui risque de me transformer en poupée de chiffon avant même que je passe le tapis rouge.

J'avale ma salive, enfiévrée. Je ne me reconnais pas lorsque je lèche ma lèvre supérieure et dis tout bas :

– À genoux. Entre mes cuisses.

Il a le visage fermé, mais je reconnais à son expression qu'il est excité.

– Tu veux que je te vénère ? souffle-t-il lorsqu'il pose un genou à terre, puis le second. Que je t'idolâtre comme tous ces gens, là-dehors ? Dis-moi, Daisy… Est-ce que tu veux que j'implore pour avoir un seul regard de ta part ?

J'opine silencieusement en le regardant remonter ma robe. L'excitation menace de me faire perdre la tête, mais ce n'est rien comparé à ce qui suit. La tête de Thomas disparaît sous la cascade de tissu, si bien que je ne vois plus qu'une bosse sous ma robe.

Je sens ses mains s'accrocher à mes cuisses tandis qu'il pose sa bouche sur moi. Je pensais qu'il irait doucement, mais j'avais tort. Sa bouche me dévore avec violence et passion, mêlant lèvres, langue et dents. Je gémis sans pouvoir m'en empêcher, avant d'abattre une main sur ma bouche.

Thomas me donne une tape sur le haut de la cuisse pour me punir. Je ferme les yeux, tendue par le plaisir. Ses doigts entrent en moi et je gémis à nouveau.

Je vais jouir. J'ai peur de faire trop de bruit. Dieu merci, les vitres sont teintées. Je tape sur sa tête pour lui faire comprendre que je vais venir et il s'arrête soudain. Le plaisir redescend en flèche.

Je souffle de soulagement en le voyant réapparaître, essuyant le contour de sa bouche.

– Je suis détendue… merci.

– Parce que tu as cru que j'avais fini ? dit-il en arquant un sourcil.

Hein ? L'instant d'après, Thomas est assis sur la banquette et attrape mes hanches pour me faire asseoir sur lui. Je m'installe à califourchon tandis qu'il m'aide pour ne pas froisser ma robe.

– Tu es tellement parfaite, comme ça, dit-il en embrassant mon visage du regard, où pas un cheveu ne dépasse. Ça me donne envie de tout ruiner.

Oh oui, je t'en supplie. J'en ai tellement marre, d'être parfaite.

– Juste une chose, je murmure lorsqu'il déboutonne son pantalon. S'il te plaît, ne déchire pas cette robe ou je vais devoir la rembourser. Tu sais combien elle coûte ?

Cette fois, il m'accorde un sourire arrogant avant de m'embrasser la bouche.

– Je ferai très attention. Maintenant, tiens-toi à moi.

Lorsqu'il baisse légèrement son pantalon, je lui tends ma minuscule pochette. Il l'ouvre, découvrant un préservatif à l'intérieur.

– Sans commentaire, dis-je quand il s'apprête à se moquer.

Il l'enfile, puis je descends sur lui avec lenteur. Thomas ferme les yeux, laissant échapper un râle de plaisir que j'étouffe avec ma bouche. C'est si bon que j'ai peur de jouir trop vite.

Thomas m'embrasse passionnément, sa main guidant mes hanches. L'autre est posée au-dessus de mon crâne, et je comprends un peu tard que c'est pour m'empêcher de me taper contre le plafond.

Soudain, il brise notre baiser pour s'adosser à la banquette dans une posture de pacha.

– Laisse-moi te regarder, souffle-t-il en m'observant le chevaucher.

Mes mains caressent son torse par-dessus sa chemise, sentant ses muscles se contracter au rythme de ses coups de reins.

– Plus vite, je le supplie doucement, sentant la vague de plaisir m'étouffer.

Il accélère la cadence, touchant ce point sensible qui me fait perdre les pédales. Je pousse un gémissement irrépressible, ce qui l'encourage à aller plus profondément encore.

– Je sais, Dee… C'est bon pour moi aussi.

Je me mords la lèvre avec force, mais ses doigts m'en empêchent.

– Tu vas te faire mal. Mords mon cou, s'il le faut.

Putain. Je me penche vers lui pour nicher ma tête dans le creux de son épaule, ondulant des hanches contre lui. C'est si parfait… Je commence à transpirer tellement j'ai chaud. Lorsque Thomas glisse la main sous ma robe pour frotter mon clitoris avec sa paume, je mords dans la peau de son cou pour étouffer mes cris.

Il grogne en me répétant que c'est bon, que je suis parfaite, qu'il m'adore, qu'il veut mourir en moi. Cela suffit à me faire exploser.

Je jouis, me crispant autour de lui. Je crois d'abord qu'il va suivre le mouvement, mais il se retire soudain. Je pose le front sur son épaule, le souffle court, tandis qu'il me caresse la nuque.

– Alors… détendue ?

– Tu n'as pas joui.

Ses lèvres se posent derrière mon oreille, tendres.

– Je ne veux pas risquer de te salir.

Je me redresse doucement, le regardant se rhabiller malgré son érection.

– Ça risque d'être gênant, souris-je, amusée.

– C'est pour ça qu'il va falloir que tu descendes de mes genoux avant qu'on arrive, dit-il en passant une main dans ses cheveux courts.

Je me penche pour l'embrasser, mon nez contre le sien, mais il retient mon menton entre ses doigts. Je reste tranquille tandis qu'il efface les traces de rouge à lèvres qui débordent.

– On ne veut pas qu'ils se demandent ce que tu faisais à l'arrière de ta limo, non ? murmure-t-il d'une voix suave qui me donne des papillons dans le ventre.

Je m'apprête à lui répondre lorsque la portière s'ouvre soudain. Je sursaute, sous le choc, et me rends compte trop tard que la voiture est arrêtée.

Nous sommes arrivés devant le tapis rouge du Beverly Hilton… et deux visages nous observent avec des expressions perplexes.

Finn et Zach coulent un regard vers mes jambes, confortablement enfourchées sur les genoux de Thomas, puis sur la main de celui-ci, tout près de ma bouche.

Je suis paralysée par la panique en remarquant les photographes qui attendent que je sorte. La scène semble durer de longues minutes. En réalité, seules quelques secondes s'écoulent entre le moment où Zach ouvre la portière et celui où Thomas la referme d'un coup sec.

– Oh… Oh merde… Oh non !

– Hey, dit Thomas en prenant mon visage dans ses mains. C'est rien. Respire. Pas de panique. Personne n'a rien vu à part Zach et Finn. Relax.

Mais c'est impossible, et il le sait ! Je vois la panique dans ses yeux à lui aussi. Ça ne va pas du tout. Je descends de ses genoux, en me recoiffant, tandis qu'il s'assure que ma tenue est parfaite. Mes jambes sont en coton, mes mains tremblent. J'aperçois la silhouette de Zach près de la portière, qui attend sans savoir quoi faire.

Et s'il était vraiment Frank ? Et s'il pétait un plomb après m'avoir vue avec Thomas ?

– S'il y a le moindre problème, fais-moi signe, me répète Thomas. Souris aux caméras, et c'est bientôt fini. Tu es incroyable. Je serai là, à ne regarder que toi. OK ?

Il dépose un baiser sur ma bouche et sort par l'autre portière. Je me retrouve seule dans la limousine, apeurée. Ça aurait pu être pire, c'est vrai. C'est ma faute. Pourquoi ai-je fait un truc aussi risqué ? Et si le chauffeur avait entendu quelque chose depuis le siège conducteur ?

C'est bête, car je suis tout aussi fautive de m'être laissée embarquer là-dedans, mais j'en veux à Thomas de m'avoir fait prendre un tel risque.

Je suis même encore plus stressée qu'avant !

La portière se rouvre alors, la main de Zach tendue vers moi. Je remets mon masque en place, la poitrine comprimée, et prends sa main en sortant de la voiture. Aussitôt, les flashs crépitent.

– Tu es magnifique, souffle Zach à mon oreille, le visage résolument fermé. Pour une traînée.

Je me raidis, tentant de ne pas montrer ma confusion. Thomas et Finn restent à proximité, les yeux braqués sur nous. Je ne réponds rien, m'accrochant à son bras, tandis que nous marchons à deux sur le tapis rouge. L'effervescence du moment est dingue, mais j'ai l'esprit ailleurs.

C'est trop. Trop pour moi. Je me détache de mon enveloppe charnelle, me contentant de sourire bêtement aux photographes. C'est comme si j'assistais à la scène de l'extérieur.

– Par ici ! crient-ils dans ma direction quand je commence à prendre la pose. Regarde devant toi ! Daisy, par ici ! Un sourire ? Mets une main sur ta hanche s'il te plaît, voilà…

J'obéis à toutes leurs demandes, posant dans toutes les directions possibles. Zach a le bras enroulé autour de ma taille tel un serpent. Son souffle chaud sur ma joue quand il se penche à mon oreille me donne envie de vomir.

– Ça dure depuis combien de temps, au juste ?

– J'ai pas de comptes à te rendre, sale psychopathe, dis-je entre mes dents serrées.

Sa prise se resserre autour de moi, menaçante.

– Si j'étais toi, je serais gentille, Daisy… Tu ne veux pas savoir de quoi je suis capable.

Bordel. Mon regard croise celui de Thomas dans la foule, pétrifié. Il fronce les sourcils en comprenant que quelque chose ne va pas. Je suis incapable de respirer.

Il approche d'un pas, hésitant, mais Finn l'arrête. Il n'a pas le droit de me rejoindre, et il le sait.

Je détourne donc les yeux, courageuse.

– C'était toi ? je souffle malgré les caméras sur nous, peut-être parce que j'ai peur de le faire une fois qu'on sera seuls. Les lettres, les fleurs, les tweets… Destiny.

Il ne me répond pas tout de suite. Je lève donc les yeux vers lui, le souffle coupé. Il se contente de saluer les caméras, tout sourire. Quand nous avançons de nouveau, son visage change du tout au tout.

Il m'adresse un regard noir qui me pétrifie.

– Je ne vois pas de quoi tu parles.

Il ment.

– Tu sais… je crois que je t'ai trop idolâtrée, ajoute-t-il. Je pensais que tu valais le coup de prendre tous ces risques. Mais en fait, t'es comme les autres. Une salope en recherche d'attention qui baiserait n'importe qui.

Je refoule l'envie de le gifler. Si je fais ça devant témoins, je peux dire adieu à ma carrière. Je n'ai pas besoin d'un autre scandale, et si je ne le brosse pas dans le sens du poil, il risque de faire courir la rumeur… Voire d'aller plus loin. Il a accès à ma maison, bordel !

Je reprends possession de mon bras et m'écarte de quelques pas, tremblante. Il arque un sourcil, amusé. Pourtant, je reconnais la colère marquée sur tous ses traits.

– Quoi ? T'as peur ?

– Reste loin de moi, Zach. Je suis sérieuse. Ou tu vas le regretter.

Il éclate d'un rire qui illumine son visage magnifiquement, ce que photographient avidement les journalistes. Ils pensent sûrement qu'on plaisante, qu'on s'aime à la folie.

– T'inquiète pas… Je suis beaucoup moins intéressé maintenant que tu t'es fait passer dessus. Je ne reprends pas les objets cassés.

J'abandonne mon sourire et tourne les talons pour le laisser là. Je sens Thomas et Finn fermer la marche, prêts à intervenir s'il le faut.

Je pose pour de nouvelles photos, en solo, puis je réponds à des interviews sur le côté. Javier me rejoint, accompagné de Micah, et tout ce temps, je souris.

Je souris à m'en faire mal.

Je souris à m'en dégoûter.

Je souris pour me convaincre moi-même que tout va bien.

Et pendant un bref instant, j'y arrive presque.

CHAPITRE 27

Ace of spades

« He left me breathless,
Hoping he would confess. »

THOMAS

Pour la première fois depuis que j'ai accepté le job, Frank est muet comme une tombe.

Pire encore : il a supprimé tous ses comptes. Son profil Twitter est désormais introuvable, faisant disparaître tous les messages et photos qu'il a un jour partagés.

Nous sommes sur le qui-vive depuis les Golden Globes. Daisy n'a pas tardé à me rapporter les mots échangés avec Zach sur le tapis rouge. Comment a-t-il osé ?

Je n'attends qu'une seule chose : une preuve, n'importe quoi, pour débarquer chez lui avec une batte et plaider la légitime défense ensuite, l'envoyant en prison pour harcèlement et tentative d'agression.

Trois jours plus tard, ce petit con poste un tout nouveau morceau sur son SoundCloud. Les paroles donnent à penser qu'il est en plein chagrin d'amour, que l'objet de son amour l'a abandonné pour un autre.

Forcément, ses fans commencent doucement à spéculer. Je suis certain qu'il le fait exprès pour discréditer Daisy.

– Vous couchez ensemble ? m'a demandé Finn peu après l'incident.

Il semblait à la fois déçu et stupéfait. J'ai vite compris qu'il nous en voulait de ne pas l'avoir mis au parfum.

– Ce n'est pas tes affaires, ai-je répondu d'une voix ferme. Daisy et moi, on est amis depuis dix ans. J'ai pas de comptes à te rendre sur notre relation. Elle… m'est précieuse.

Il s'est contenté de hocher la tête, compréhensif. J'ai su qu'il ne dirait rien. Finn est un peu bête, mais il est gentil. Et surtout, il tient à Daisy. Je crois même que cette dernière le considère comme un ami, depuis le temps.

Nous passons les prochaines semaines à craindre que quelque chose nous tombe dessus d'un moment à l'autre. Mais comme ni Zach ni Frank ne se manifestent, Daisy se permet enfin de respirer.

– C'était vraiment lui, alors, dit-elle un soir quand nous donnons à manger à Tornade. Tu crois qu'il a abandonné en voyant qu'on couchait ensemble ?

Je reste pensif. Je n'ai aucune idée de la manière dont ce genre de personnalités fonctionnent. Mais vu le contenu des lettres de Frank, je comprends qu'il aimait ce côté pur et innocent de Daisy.

Il s'imaginait être le premier, il comptait sur le fait qu'elle se préserve.

Le *photoshoot* de Vogue l'a rendu muet. Mais ça… ça, il n'a pas pu le supporter. Le problème n'est plus de savoir qui est Frank.

Désormais, c'est de trouver un moyen de le coincer. Hors de question que je le laisse dans la nature. Soit on réussit à le faire avouer pour le mettre en taule, soit je m'en occupe moi-même. Mais je sais que Daisy détestera l'idée.

La voir dans cet état m'énerve déjà assez. Elle fait semblant d'aller bien, mais c'est évident que non. Tout le monde le voit, même Finn, Hayley ou les garçons. Elle va mal. Elle travaille trop et ne dort pas assez. Son corps la lâche. Tout l'angoisse, et un rien peut être source d'emportement.

Ses amis viennent de moins en moins souvent, et je peux voir que c'est parce que Daisy les agace. Ça me brise le cœur. Car je sais qu'elle est malheureuse et que c'est en partie ma faute.

Je ne suis pas capable de faire du bon travail.

Pire encore : je suis incapable de garder mes mains pour moi quand elle est près de moi. Elle me met dans tous mes états. Pas seulement parce qu'elle est ultra-sexy, mais parce que…

Parce que c'est Daisy.

Ce que je ressens pour elle, je ne l'ai jamais ressenti pour personne. Elle sourit, et le monde entier s'illumine. Elle me prend la main, et mon cœur s'apaise immédiatement. Plus ça va, plus je me demande depuis combien de temps ça dure sans que je le sache.

Est-ce ce qu'ils appellent l'amour ?

C'est impossible. Je ne suis pas en mesure de tomber amoureux, je le sais. Et pourtant… Pourrait-elle être une exception ? Ou est-ce que je me mens à moi-même ? Daisy serait-elle une lubie, un objet de désir, un moyen d'assouvir mes tendances malsaines ?

Après tout, je l'ai toujours obsédée. Elle m'a voulu pendant longtemps, sans jamais que son intérêt pour moi flanche. Et j'aimais ça, déjà plus jeune.

Et si j'étais en train de me servir d'elle ?

Je relis les derniers messages de ma mère, reçus plus tôt ce matin.

Maman : Pardon, je me suis emportée
la dernière fois. Je vais très mal,
tu sais ? Parfois, j'ai envie d'en finir…

Maman : Tu ne vas pas me dénoncer,
hein ? Pense à ta sœur ! Je suis tout
ce qu'elle a. Ne sois pas cruel.

Je secoue la tête, dégoûté. Après la manipulation et les insultes, voici le chantage affectif. N'a-t-elle toujours pas compris ? Ça ne fonctionne pas sur moi.

Je me contente de bloquer son numéro et d'appeler quelqu'un d'autre à la place.

– Allô ? répond une voix féminine sur le portable de Levi.

Ugh. Super. Je savais que lui téléphoner n'était pas une bonne idée. Pour une fois que j'ai besoin du conseil d'un homme, il me laisse en compagnie de sa copine.

– Où est Levi ?

– Sous la douche. Quoi de neuf ?

Je m'apprête à raccrocher quand je m'immobilise, une idée me venant soudain en tête. Quand j'y pense… Rose est la mieux placée pour me conseiller, non ? Sa mère est psychothérapeute. Elle-même a suivi des études de psychologie pendant un temps. Elle peut m'aider.

– J'ai une question, dis-je avec hésitation.

Elle doit comprendre à mon ton que ce n'est pas le moment de faire des blagues, car elle me laisse parler.

– Est-ce que… est-ce que les gens atteints de sociopathie peuvent tomber amoureux ?

Je crois d'abord qu'elle va se foutre de moi, mais elle prend le temps d'y réfléchir.

– Hm… tu veux que je sois honnête ?

– Oui.

– Alors, non. Désolée… dit-elle tout bas, l'air sincère. Je n'appellerais pas ça de l'amour à proprement parler, puisqu'ils sont dénués de toute empathie. Ils peuvent avoir de l'affection pour quelqu'un, mais c'est davantage un besoin de possession. Ils veulent que cette personne leur appartienne. Leurs besoins passeront toujours en premier.

C'est bien ce que je pensais. Seulement… quelque chose dans ce qu'elle vient de dire me dérange. Quelque chose que j'ai toujours su, mais qui n'a plus de sens.

Un sociopathe est dénué d'empathie.

C'est comme ça que j'ai vécu la plus grande partie de ma vie. Je me foutais des gens. S'ils étaient tristes, cela m'importait peu. Je ne me suis jamais senti triste en retour, je n'ai jamais été capable de me mettre à leur place.

Mais Daisy… Il suffit qu'elle se mette à pleurer pour que j'aie envie de taper quelqu'un. Il suffit d'un regard peiné, d'un sourire faible, pour que je veuille la prendre dans mes bras et la protéger du monde entier. C'est de l'empathie, non ? Avoir le cœur qui se serre quand je l'imagine seule et triste à Thanksgiving. Quand je ne supporte tellement pas de la voir malheureuse que j'achète cinquante copies de son album dans le seul but de la voir sourire.

Je pourrais m'arracher le cœur de la poitrine si cela lui permettait d'être heureuse à jamais.

Et le plus choquant, c'est… que ça a toujours été comme ça. Ce n'est pas nouveau. Je n'étais pas amoureux d'elle avant, c'est vrai, mais j'ai toujours ressenti le besoin de la protéger, de prendre soin d'elle, de la faire sourire. Je faisais tout mon possible pour être là à ses anniversaires, car je savais que ça comptait pour elle.

– Je crois… je crois que j'ai une faille. Un défaut.

– Comment ça ? demande Rose, intriguée.

– Je crois que Daisy est ma vulnérabilité ; la faiblesse du système. Je sais pas… Elle me fait ressentir des choses bizarres. J'ai tout le temps envie d'être avec elle. Je pense à elle quand je suis loin. Je compte ses sourires ; deux fois depuis ce matin, sept fois hier. J'ai jamais aimé personne, j'ai toujours obéi à mes propres règles, mais elle… Elle, cette fille d'à peine un mètre cinquante-trois, elle me tient totalement par les couilles. Et c'est pas normal. Alors dis-moi : c'est quoi mon problème ? Que je règle ça vite.

Silence. Je n'entends que la douce respiration de Rose au bout du fil, puis soudain… un rire. Si je pouvais rougir, je le ferais sans doute. D'humiliation.

– T'as aucun problème, Hemsworth, dit-elle, et je peux entendre le sourire dans sa voix. Je dirais même que, pour une fois, tout est normal. J'ai bien l'impression que t'es amoureux…

– Mais tu viens de dire que c'était impossible.

– Bah peut-être que t'es pas sociopathe, alors.

C'est la douche froide. Je cligne des yeux, agacé. Ma vie était si simple avant Daisy, quand je n'avais pas à me poser toutes sortes de questions inutiles.

– Tu as peut-être été mal diagnostiqué, m'explique Rose. Tu étais très jeune, ça peut arriver… Il y a beaucoup de troubles similaires, après tout. Tu veux que j'en parle à ma mère ?

Soudain, tout va trop vite. Je panique intérieurement. Je ne veux parler à personne, mais surtout je ne veux pas savoir. Je m'apprête à répondre lorsque je remarque du mouvement au coin de mon œil. Je me retourne et tombe nez à nez avec Daisy, vêtue d'un pull *oversize* par-dessus des collants résille et une paire de Dr. Martens.

– Non, laisse tomber. On se rappelle plus tard.

Je remercie à peine Rose avant de raccrocher. Je sais qu'elle ne le prendra pas mal, elle me connaît.

– Ça va ?

Je remarque tout de suite qu'elle est tendue. Mon premier réflexe est de lui proposer une balade à moto. Je me mords l'intérieur de la joue pour m'en empêcher.

Qu'est-ce qui ne va pas chez moi ? Daisy m'a déjà dit qu'elle refusait de croire à ma sociopathie. Maintenant, c'est Rose. Est-ce que… ce serait possible ?

C'est impossible. Parce que si j'alimente cette once d'espoir, si je me lance dans une relation avec Daisy et découvre plus tard que j'avais tort et que je ne suis qu'un autre connard psychopathe… ça me tuerait.

Elle mérite mieux.

– J'ai besoin de sortir d'ici, dit-elle alors, tapant du pied par terre. D'aller quelque part où je me sens en sécurité.

Elle a l'air excitée, et pourtant au maximum de la fatigue. Les cuticules autour de ses ongles sont rouges de sang. Ses lèvres sont légèrement gercées, preuve qu'elle s'arrache aussi la peau ici.

– Prenons la moto, alors.

J'attache mon deuxième casque sous son menton, puis nous prenons la route, direction la plage. Je vérifie que personne ne nous suit depuis la maison.

Je choisis un coin peu fréquenté sur El Matador Beach, puis reste debout près de la moto tandis que Daisy marche jusqu'au rivage. Je la regarde retirer ses chaussures et tremper ses pieds dans l'eau, les cheveux au vent. À quoi pense-t-elle ? À Zach, ou aux gens qui la démontent sur les réseaux ? Sa famille lui manque-t-elle ? Dois-je appeler Hakeem à la rescousse ? Pour une fois, je suis à court d'idées.

Je la rejoins, les mains dans les poches de mon jogging.

– À quoi tu penses ? je demande, le regard fixé sur l'horizon.

– Tu m'aimerais toujours si j'étais un ver de terre ?

Je baisse les yeux vers elle, perplexe.

– Non.

Daisy me retourne mon regard, l'expression offusquée.

– Pardon ? Et pourquoi ça ?

– Parce que tu serais… un ver de terre ?

– Et alors ? T'es censé m'aimer, peu importe à quoi je ressemble !

Je l'observe sans rien dire, attendant la chute de la blague. Celle-ci ne vient jamais. J'ouvre la bouche sans savoir quoi répondre, secouant la tête.

– Je suis tellement perdu, là.

– Moi, je t'aimerai toujours, dit-elle en croisant les bras sur sa poitrine, les yeux de nouveau rivés sur la mer. Même en ver de terre. Parce que ce serait toujours toi. Et que je suis née pour t'aimer, Thomas Kalberg. Ver de terre, sociopathe, sosie de Chris Hemsworth, ou je ne sais quoi d'autre. *Ça change rien.* J'ai passé ma vie à te regarder dans l'espoir que tu me voies à ton tour.

Je suis figé, stupéfait. J'ai toujours été conscient de son intérêt pour moi. Mais jamais Daisy ne m'a dit qu'elle m'aimait pour de vrai, avec tout son cœur.

J'entends le mien battre plus fort dans ma poitrine à cette révélation.

Elle m'aime. Je n'ai jamais été aimé, pas vraiment, mais Daisy Coleman, elle, m'aime. J'ai passé ma vie à me faire abandonner par les gens qui étaient censés m'aimer, mais Daisy Coleman, elle, est toujours restée à mes côtés, même en dépit de mes rejets.

Et… aussi bizarre que cela puisse paraître, je crois que je l'aime en retour. Parce que j'étais sincère, ce jour-là. Si je suis capable de tomber amoureux, ce sera d'elle et de personne d'autre. C'est ma vérité.

Nous ou rien.

– Daisy.

Elle refuse de me regarder. J'aperçois une larme solitaire couler le long de son visage, et c'est la goutte de trop. Je me poste devant elle, bloquant sa vue, et pose mes mains de part et d'autre de son cou. Je la force doucement à lever les yeux vers moi.

Lorsqu'elle me regarde enfin, je me jette à l'eau.

– Je te vois, maintenant.

Elle cille, et de nouvelles larmes dégoulinent sur ses joues. Je les récupère du bout des lèvres, puis l'embrasse sur la bouche. Ses mains s'accrochent aux pans de ma veste tandis qu'elle bouge contre moi.

Mes émotions fusent dans tous les sens. J'ai envie d'appeler Rose pour le lui dire, pour comprendre une bonne fois pour toutes.

– Je ne vois que toi, Dee, je souffle contre sa bouche humide.

J'avale son soupir de plaisir, heureux de sentir ses mains s'infiltrer sous mon tee-shirt.

Click ! Click ! Click !

Je me fige. Mon premier instinct est évident : protéger Daisy. Je la serre contre moi et pose ma main derrière son crâne pour plaquer sa joue contre mon torse.

Je le vois tout de suite. Colin, caché à quelques mètres, armé de son énorme appareil photo.

Mon regard croise le sien, interdit… et cet enfoiré me sourit.

CHAPITRE 28

*F*ck everyone*

« Can we go back to
when I didn't hate my life ? »

DAISY

Je reconnais le bruit immédiatement.

Thomas me serre contre lui et me couvre la tête de ses mains, mais c'est trop tard. Je le sais. Quelqu'un vient de nous prendre en photo. Je suis foutue. Je repousse Thomas et me retourne pour en avoir confirmation.

Mon regard croise celui de Colin, qui ne fait plus aucun effort pour rester caché. Celui-ci continue de nous mitrailler, l'air satisfait. Je ne sais pas ce qui me prend, mais soudain, je suis en marche vers lui.

Je suis épiée chez moi. Je suis épiée dehors. Je suis épiée partout, tout le temps, et j'ai peur de perdre la tête.

Thomas veut me retenir. J'arrache mon bras de son étreinte. Colin me voit approcher, mais il ne bouge pas.

– C'est un moment privé, ça, dis-je d'une voix tremblante, mais ferme.

Il baisse son appareil de devant son visage, imperturbable. Quelque chose grandit dans ma poitrine. Un sentiment de trahison, de violation, de fatigue intense. J'en ai marre, de me cacher, de faire semblant, de me battre pour un semblant de vie privée. Je suis justement venue ici pour échapper à la toxicité des réseaux, et aux paparazzis qui campent devant chez moi !

– Ça en a tout l'air, en effet, répond Colin. Il n'avait pas menti…

Je me raidis. Qui ça, « il » ? Quand j'y pense, c'est vrai que Colin a disparu des radars pendant un temps, surtout depuis que Thomas l'a agressé. Étrange qu'il réapparaisse d'un seul coup, au bon endroit, au bon moment. A-t-il été prévenu ?

– Qui ça ?

– Votre deuxième petit ami. Zach.

Cette enflure. Je serre les poings le long de mes hanches, furieuse. Il a osé. Il a abandonné ses menaces, supprimé tous ses comptes, mais il voulait tout de même se venger sans se salir les mains.

Il ne me lâchera donc jamais. Il me fera ce qu'il a fait à Destiny. Est-ce le futur qui m'attend ? Déprimée et sans carrière, forcée de me cacher par crainte qu'on me tombe dessus ? Hors de question.

Et pourtant, j'ai peur. J'ai peur parce qu'il est partout, parce qu'il me regarde, me suit, contrôle toute ma vie. Je me sens comme un rat en cage. Il faut que ça s'arrête.

Je tente de rester calme en disant :

– Effacez les photos. S'il vous plaît.

Colin me rit au nez, l'air tout de même méfiant. Il jette des coups d'œil par-dessus mon épaule pour s'assurer que Thomas ne lui saute pas dessus.

– Bah, bien sûr.

– Je vous paierai.

– Je suis déjà payé, répond-il nonchalamment. Ces photos sont une mine d'or pour ma carrière. Il fallait y réfléchir à deux fois avant de vous envoyer en l'air avec votre bodyguard.

Thomas pose la main sur mon épaule avant que je puisse répondre, m'entraînant à sa suite.

– On rentre.

Il est au moins aussi énervé que moi, mais il se positionne en tant que pacificateur parce qu'il sent que je suis sur le point de faire une connerie. Je choisis donc d'être sage et le suis pour regagner la moto. J'entends Colin nous suivre au bruit de son objectif.

– Où est-ce que vous allez ? À la maison ? Vous allez continuer ça là-bas ?

Ne réponds pas, ne réponds pas, ne réponds pas.

Évidemment, sa présence interpelle les quelques passants, qui commencent à se tourner vers nous. Mon rythme cardiaque s'accélère tandis que Thomas bloque ma vue avec son corps puissant, me tendant une paire de lunettes de soleil.

Mais Colin se montre plus inconscient encore et marche à mon côté, me bousculant presque.

– Dégage, je crache en le repoussant violemment, ce qui le fait trébucher. T'as eu ta photo, maintenant lâche-moi, putain !

– Est-ce que vous venez de me toucher ? dit-il en braquant son objectif sur moi, et je devine qu'il est en train de filmer. Quoi ? Vous allez m'agresser vous aussi ?

Une colère noire se fraie un chemin jusqu'à mon cœur. Je le déteste. Je les déteste tous. Je veux qu'ils me laissent tranquille, qu'ils arrêtent de me suivre, que personne ne me touche à nouveau, que tout le monde oublie qui je suis.

Je veux disparaître de la surface de la Terre.

– Depuis combien de temps ça dure ? continue-t-il à crier dans mon oreille. C'est sérieux ? Est-ce vrai que vous trompez Zach McRae avec lui ?

– Si tu dégages pas, je vais finir par vous briser, toi et ton appareil, le menace Thomas d'une voix glaciale.

Évidemment, Colin se contente de sourire avec arrogance.

– Fallait pas devenir célèbre, si vous ne pouvez pas supporter quelques photos.

Certaines personnes nous prennent en vidéo avec leurs téléphones, choquées de me voir là. Lorsque nous arrivons enfin à la moto, Colin est si près de moi qu'il me touche. J'essaie de monter derrière Thomas, mais Colin me déstabilise et je trébuche. C'est à ce moment précis que quelque chose de fou arrive.

C'est simple… Je pète les plombs.

– Putain mais barre-toi, espèce de connard ! je hurle en le saisissant violemment par le col.

Il semble surpris le temps d'un instant, au moins autant que moi. Je le pousse avec brutalité, puis avance vers lui d'un pas menaçant.

– C'est quoi votre problème, à tous ? Je fais ce que je veux, pigé ? C'est *ma* vie ! Si tu prends ne serait-ce qu'une photo de plus, je te poursuis en justice pour harcèlement !

– Daisy !

J'ignore Thomas, galvanisée par la colère et l'adrénaline, portée par l'angoisse et la fatigue.

Ils m'ont poussée à bout. Moi, la Daisy heureuse et souriante qui aime tout le monde, ils ont réussi à me pousser au bord du précipice. C'est ce que la célébrité fait. Elle vous prend tout ce que vous avez, ne vous laissant que des miettes de ce que vous étiez autrefois.

Colin finit par se taire, si bien que je tourne les talons pour remonter sur la moto. Mais à peine suis-je retournée que j'entends le *click* incessant de son objectif.

Je n'en peux plus d'entendre ce bruit.

J'explose et donne un énorme coup dans son appareil, qui va s'écraser au sol avec violence.

– Hey ! s'écrie-t-il, furibond.

Je suis incapable de m'arrêter. Je ne vois pas les gens qui nous filment ni n'entends Thomas qui gronde mon nom. Je saisis la sangle autour du cou de Colin, de laquelle pend un autre appareil que je jette contre un arbre de toutes mes forces.

– Donne-moi ton téléphone !

– Putain, mais vous êtes complètement cinglés ! Vous allez payer pour tout ça !

Je me contente de le repousser à nouveau, ma main sur son visage. Je suis enragée. Colin veut se défendre, et bloque mes bras lui aussi, mais il me lâche une seconde après en gémissant de douleur.

Thomas se trouve derrière lui, la main fermement enroulée autour de son bras, qu'il lève dans son dos.

– Je déteste me répéter, grogne-t-il. Si tu tiens à ton bras, je te conseille de ne plus jamais poser le doigt sur elle. T'as compris ?

Colin halète de douleur, puis finit par hocher la tête en rougissant d'humiliation. Je comprends aux murmures choqués qui nous encerclent que je viens de commettre une énorme erreur.

Mais l'adrénaline court encore dans mes veines, tellement que je me fiche bien des conséquences.

Thomas le lâche, écrasant ce qui reste de ses appareils avec son pied, et me prend la main. J'enfourche la moto, mes bras enroulés autour de sa taille, et nous démarrons au quart de tour…

… laissant une foule de gens capables de réduire ma réputation en cendres.

***

Cet enfoiré avait tout prévu.

Le temps que nous rentrions à la maison, Twitter s'est déjà enflammé. Les photos nous montrant en train de nous embrasser sur la plage confirment que Colin avait également un téléphone portable sur lui.

Tout le monde y va de son commentaire, comme si ce n'était pas de mon intimité qu'il s'agissait. Comme si chacun de ces inconnus avait un mot à dire sur ma vie. Comme s'ils me connaissaient, moi, Daisy Coleman, après m'avoir vue jouer un rôle dans une série.

Certains disent que je cache bien mon jeu, que je me lâche ces derniers temps, que je suis une hypocrite et une menteuse. Ceux qui me défendaient encore au moment du scandale de *Vogue* me laissent complètement tomber cette fois-ci.

« Cette garce a trahi Zach ! Comment ose-t-elle ? »

« J'en étais sûre ! Sa nouvelle chanson parlait d'elle ! »

« Zach mérite bien mieux et le monde s'en rend enfin compte. »

« Son bodyguard ? Sérieux ? Est-ce qu'il est consentant, au moins ? Pauvre type. »

« La dégringolade commence… C'était drôle le temps que ça a duré. Bye bye ! »

« Waouh, elle a vraiment pété un câble là ! Elle me fait peur… J'ai toujours su que son sourire était faux. »

« Elle a l'air aussi folle que son bodyguard. C'est violent. »

– Arrête de te faire du mal, s'énerve Thomas en m'arrachant mon téléphone des doigts. T'es accro à ce truc, ma parole.

Ce dernier sonne au même moment, l'écran affichant le nom de Kate. C'est le troisième appel en cinq minutes. Je n'ai pas envie de lui répondre, pas envie de lui parler.

– Laisse-moi, je réplique en le reprenant brusquement. Je fais ce que je veux, d'accord ? Si je veux me faire du mal, je me fais du mal. J'en ai ma claque, qu'on me dise quoi faire, ne t'y mets pas toi aussi !

Thomas ne répond rien, l'expression impassible, mais je le vois serrer les dents. Sur ces mots, je m'en vais m'enfermer dans ma chambre et hurle dans mon oreiller. J'ai envie de crier, de taper dans quelque chose, peu importe. J'ouvre Twitter à nouveau et, prise d'une folie soudaine, rédige un tweet d'une main tremblotante.

« Si vous n'êtes pas contents, c'est la même chose. »

J'hésite avant d'appuyer sur Entrer, les nerfs en boule. Je m'apprête à l'envoyer quand mon téléphone se met soudain à sonner. Je veux refuser l'appel, persuadée qu'il s'agit encore de Kate, avant de me figer.

Hakeem.

Merde. Merde, merde, merde. Je décroche avec lenteur, portant le téléphone à mon oreille.

– Allô ?

Il est silencieux. Je me mords l'intérieur de la joue, au bord des larmes. Il est déçu, je le sais, je le sens, je l'entends dans son silence. Tout ce que j'ai toujours voulu, c'était le rendre fier, lui plus que n'importe qui.

Le garçon qui m'a élevée.

– Hakeem…

– Dis-moi que c'est pas vrai, m'ordonne-t-il d'une voix rauque. Pas lui, pas Thomas.

Je ferme les yeux en pleurant, exténuée par le flot d'émotions qui m'assaille.

– Je l'aime, dis-je en sanglotant misérablement.

Il jure dans sa barbe. L'instant d'après, il me hurle que je suis une gamine idiote, que Thomas ne m'aimera jamais, que j'ai fait une connerie, qu'il va le tuer à mains nues.

Encore une fois, on essaie de me contrôler. Alors je hurle à mon tour.

– T'as pas ton mot à dire là-dedans, c'est clair ? T'es pas mon père, putain ! Tu m'entends ? Arrête d'agir comme mon père ! Je suis plus une petite fille, et je fais ce que je veux !

Il digère l'information, et je sais que mes mots lui font mal, mais il tient bon.

– Je savais que c'était une mauvaise idée… Cette audition, la série, la musique. Ça te monte à la tête, Daisy. T'as pas les épaules.

Ça m'en coupe le souffle. Je reste bouche bée devant mon miroir, la poitrine douloureuse. « T'as pas les épaules. »

– Quoi… ?

– T'es plus la même, ajoute-t-il froidement. T'as changé, Dee. C'est pas ma petite sœur, ça, cette fille qui passe ses journées sur des yachts au lieu de nous téléphoner, qui fait des *photoshoots* à poil et qui affiche sa vie privée dans les magazines ! T'as oublié d'où tu venais. Tu te perds…

Je ne peux plus respirer. Tout ce que je craignais sort de sa bouche et chaque mot est un poignard en plein cœur. Je me sentais seule, mais je savais qu'au moins, j'avais ma famille. Sauf que voilà, elle m'abandonne à son tour.

Personne ne m'aime. Tout le monde me fait des reproches alors que je tente seulement de vivre ma vie comme je l'entends, alors que tout ce que j'essaie de faire, c'est survivre dans un monde de requins pour l'amour de ma passion.

Comment ne peuvent-ils pas voir que je vais mal ?

Je pleure de plus belle, découragée. Je n'ai même plus la voix pour crier. Mes prochains mots sortent brisés quand je dis :

– Ça fait six ans que je vais mal, Hakeem. Six ans que je tiens bon en espérant que quelqu'un s'en rende compte. Six ans que je me sens seule. Six ans que personne ne me demande si ça va… Ça ne va pas, j'éclate sans pouvoir respirer. Ça ne va pas du tout. Je ne respire plus, j'étouffe, j'ai envie de disparaître.

– Dee…

Je raccroche et balance mon téléphone contre le mur dans un élan de rage. C'est fini. Je n'y arrive plus. Ils ont eu ce qu'ils voulaient. J'arrête.

Je n'ai pas les épaules.

Alors je fais la seule chose que je suis capable de faire.

Je prends la fuite.

Extrait de la biographie Daisy Coleman : Hollywood's Wildflower *écrite par Kaylee Walters. Chapitre 5 : « Vie privée et réseaux sociaux ».*

Le monde s'est retourné contre Daisy une fois, lorsque sa relation avec Thomas Kalberg a été dévoilée au public. Les réseaux sociaux se sont alors enflammés et, l'espace de vingt-quatre heures, son nom était sur toutes les lèvres.

Jahir@stillwithyou
Évidemment, qu'elle couche avec son garde du corps ! Je ferais pareil, si j'avais le même... *rawr*
#DaisyColemanIsOverParty

hourly daisy !@daisyforluv
C'est fou, comme tout le monde retourne sa veste après UNE photo ! Ne soyez pas idiots et arrêtez de croire à tout ce que vous voyez dans les magazines. #DaisyColemanIsOverParty

tay says hello@NoPseudoFound
Dis donc, elle se lâche ! C'est plus ce que c'était, Channel D... #DaisyColemanIsOverParty

i love only one man@zachbemybabe
Quelle garce. Elle a la chance de sortir avec Zach et c'est ce qu'elle en fait ? Qu'elle meure.
#DaisyColemanIsOverParty

Zach daily updates@ZachMcRaeUpdates
JE LE SAVAIS ! Pauvre Zach... Daisy a toujours été fausse, elle ne le mérite pas. Si vous la soutenez encore après ça, vous êtes tout aussi pourris qu'elle ! #DaisyColemanIsOverParty

daisy pics@daisycolemanworld
Je suis sous le choc. Impossible que Daisy ait trompé Zach ! Ils ont forcément rompu avant ! Et vous, vous en pensez quoi ? #DaisyColemanIsOverParty

riceball <3@ happybutpoor
Très déçue... Mais il faut croire que ça lui pendait au nez. #DaisyColemanIsOverParty

Daxx@ zachaisy4ever
À la suite des récents événements, j'ai le regret de vous annoncer que je vais fermer ce compte. Je ne crois plus en l'amour...
#DaisyColemanIsOverParty

CHAPITRE 29

Never alone, always lonely

« Glitter and champagne, thousands of friends. Am I even someone without them ? »

THOMAS

Daisy a disparu.

Une fois qu'elle s'enferme dans sa chambre, je fais les cent pas dans le salon en attendant qu'elle se calme. Je ne suis pas énervé contre elle, je comprends qu'elle soit sur les nerfs. Je suis plutôt énervé contre de tous les autres qui l'ont poussée au point de non-retour.

Je suis énervée contre moi-même, surtout. Tout est ma faute. Tout allait bien avant que je revienne à L.A. Depuis que je me suis plongé dans cette relation, sa descente aux enfers s'est accélérée. Encore aujourd'hui, c'est moi qui ai fait l'erreur de l'embrasser en plein jour.

Qu'est-ce qui m'a pris, putain ?

Quand je décide de répondre aux appels incessants de Kate, celle-ci me dit que Daisy a éteint son téléphone portable. Je monte donc pour la prévenir, mais quand je tourne la poignée, je découvre que la pièce est vide.

La fenêtre est ouverte sur le jardin, je comprends donc tout de suite qu'elle s'est fait la malle.

Encore.

Sauf que cette fois, j'ai peur qu'elle ne revienne pas.

Je m'élance dehors à toute vitesse et enfourche ma moto en appelant Finn. Je lui dis de la chercher et de fouiller les réseaux sociaux au cas où quelqu'un tweeterait sur sa localisation.

Où qu'elle aille, les gens la reconnaîtront forcément.

Je m'apprête à partir, sans aucune idée d'où aller ni par quoi commencer, quand je reçois un appel d'Hakeem. Je n'hésite qu'une seconde avant de décrocher.

– Quoi ? J'ai pas le temps.

– Daisy est avec toi ?

Sa voix est sèche et froide. Je devine tout de suite qu'il est au courant. Je suis surpris qu'il ne soit pas venu pour m'en mettre une.

– Non. Je la cherche, justement.

– Comment ça, tu la cherches ? riposte-t-il. T'es pas censé être son putain de garde du corps ? Ou alors tu fais semblant depuis le début pour te la taper ?

Ses mots ne m'atteignent pas. Je me fous bien de ce qu'il pense depuis longtemps.

– Si tu m'appelles pour ça, je raccroche. J'ai pas le temps pour tes conneries.

– OK, attends, s'empresse-t-il. Daisy est injoignable, je m'inquiète. On s'est disputés au téléphone, et…

– Quoi ? Comment ça ?

Hakeem soupire, l'air hésitant.

– J'étais énervé, OK ? Je lui ai dit qu'elle avait changé… qu'elle avait oublié d'où elle venait, et… ugh. J'ai dit que tu ne l'aimerais jamais et qu'elle faisait une grosse connerie.

Je ferme les yeux en me pinçant l'arête du nez, énervé. Tout s'explique. C'était trop pour Daisy, alors elle a préféré fuir. Dieu seul sait où elle est allée. Je n'ai pas l'impression qu'elle ait pris d'affaires avec elle, ce qui est tout de même une bonne nouvelle. Ça veut dire qu'elle ne compte pas aller loin.

« J'ai dit que tu ne l'aimerais jamais. » Ces mots, prononcés par mon meilleur ami, mon frère, font mal.

– Daisy a disparu.

Silence.

– Comment ça, disparu ?

– Elle a éteint son téléphone et s'est enfuie par la fenêtre. Je pars à sa recherche à l'instant, en espérant la retrouver avant que la nuit tombe.

Il jure dans sa barbe et je l'entends qui attrape ses clés et ferme la porte de l'endroit où il se trouve.

– Je vais la chercher aussi.

***

Je la cherche partout.

Je l'appelle sans cesse, mais je tombe tout le temps sur sa messagerie. J'ai peur qu'elle n'ait plus de batterie, plus d'argent, et qu'elle erre dans les rues de L.A. pour revenir à la maison. Kate attend là-bas pour me prévenir si jamais elle rentre. Finn et Hakeem cherchent de leur côté, mais rien.

Elle est introuvable. Un fantôme. Même sur les réseaux sociaux, personne ne semble l'avoir croisée. Je fais tous les cinémas que je peux trouver, je vais chez le disquaire, je fouille la plage… Sans succès.

Où va-t-elle, quand ça va mal ? Où se réfugie-t-elle, quand elle ne veut plus voir personne ? La vérité, c'est que je ne le sais même pas.

J'aurais pensé qu'elle irait voir sa famille, mais Brianna affirme ne pas l'avoir vue.

Je me déteste pour avoir de telles pensées, mais j'ai peur qu'elle fasse une connerie. Qu'elle craque. Qu'elle perde le contrôle. Je ne suis même pas certain qu'elle ait avalé quelque chose aujourd'hui. Et hier ?

Putain, est-ce que je fais partie des personnes qui n'ont rien vu, qui ne font pas attention à elle ? Je l'ai regardée tomber en sachant qu'elle allait mal, et pourtant je ne l'ai pas arrêtée.

Je suis une merde.

– Des nouvelles ? je demande à Hakeem en le rappelant.

– Non… J'ai peur, Thomas. Notre dernière conversation se répète en boucle dans ma tête et je me déteste tellement d'avoir sorti des trucs pareils. Je ne le pensais même pas, bordel…

J'entends l'émotion dans sa voix. Il s'arrête pour renifler. Je devine qu'il pleure. Je ne ressens rien. Je n'ai aucune envie de le rassurer, parce qu'il a raison. Je le déteste aussi. Je ne suis pas mieux que lui, c'est vrai, mais je n'ai aucune peine pour ses états d'âme.

Si Daisy se fait du mal à cause de lui, il mérite de souffrir.

– Je l'aime tellement, dit-il. Daisy, c'est… c'est comme ma fille. Elle est née, et je suis tombé fou d'amour pour elle. Je sais que ça n'a aucun sens, mais c'est vrai. C'est pour ça que je ne veux pas que tu l'approches.

– Je ne lui ferai jamais de mal. Tu devrais le savoir.

– Je sais pas… je sais plus. Tu crois que je n'ai jamais vu qu'elle en pinçait pour toi ? Je suis pas aveugle, Thomas. Mais tu ne l'as jamais regardée comme ça, alors je t'ai fait confiance. Tu savais que ma sœur, c'était la limite. Qu'est-ce qui t'a pris ?

Je soupire en entendant la colère ressurgir dans sa voix. Je n'ai aucune réponse toute prête. Ou plutôt, je n'en ai qu'une, même si elle ne lui plaira pas.

– Je crois… que je l'aime.

Aussi simple que cela. J'en suis le premier surpris.

– Tu l'aimes ? se moque Hakeem avant de hausser le ton. T'es littéralement incapable d'aimer quelqu'un, Thomas. Réveille-toi, putain ! C'est de Daisy qu'on parle, là ! Ma sœur n'est pas l'une de tes lubies !

Je sais que quoi que je dise, il ne me croira pas. Et de toute façon, je m'en fiche. Tout ce que je veux, c'est retrouver Daisy et m'assurer qu'elle va bien. Je lui demande s'il a des pistes pour changer de sujet.

– Même pas un endroit où elle aimait aller étant petite ?

C'est en posant la question qu'une idée me vient tout à coup. Mais bien sûr ! Je sais ce que Daisy fait quand ça ne va pas.

Elle chante.

Combien de fois m'a-t-elle envoyé des photos et vidéos d'elle, seule au karaoké, pendant que j'étais en Russie ?

– Je crois savoir où elle est, dis-je précipitamment en lançant une recherche sur mon téléphone.

Hakeem me demande de lui expliquer, mais je suis trop occupé à faire défiler la liste des karaokés de Los Angeles. Il y en a tellement… Elle pourrait être dans n'importe lequel d'entre eux.

Soudain, l'un d'eux attire mon attention.

Bordel. Si Daisy n'est pas là-bas, c'est que je ne la connais vraiment pas.

– Hakeem. Rejoins-moi au Pharaoh Karaoke dans une dizaine de minutes.

Je n'ai jamais roulé aussi vite de toute ma vie, sauf peut-être le soir où Frank est entré chez elle. J'arrive devant le *lounge* en cinq minutes à peine. Mon cœur bat la chamade quand je pousse la porte de l'établissement et dépasse toute la file de jeunes pour m'adresser directement au caissier.

L'endroit est plongé dans l'obscurité. Les lumières se mélangent sur nos visages dans des tons orange, roses et turquoise.

– Eh oh, m'interpelle le vendeur. Y a des gens derrière. Tu fais la queue, comme tout le monde.

– Je crois pas, non. J'ai une tête à venir chanter, abruti ? Je cherche quelqu'un. Tu l'as vue aujourd'hui ?

Je lui montre une photo de Daisy sur mon téléphone, réticent à l'idée de donner son nom. Le type plisse les yeux devant le cliché, puis secoue la tête.

– Désolé, mais je ne peux pas divulguer ce genre d'in…

Il ne finit pas sa phrase, car je l'attrape par le col et le plaque contre le mur avec sauvagerie. Les clients derrière moi laissent échapper des cris de stupeur. L'homme panique tandis que nos nez se touchent presque.

– J'ai pas l'impression que t'aies compris, dis-je calmement mais froidement. Si tu refuses de me répondre, je vais fouiller toutes les pièces. C'est ça, que tu veux ?

– Je vais appeler la police…

– C'est moi, la police.

Il baisse les yeux sur mon corps, puis déglutit en hochant la tête.

– Salle 11.

Bordel. Elle est là. Elle est bien là. Je tapote sa joue en relâchant ma prise autour de lui.

– Tu vois. C'était pas si compliqué.

Je n'attends pas sa réponse et déboule dans le couloir, dont le plafond est recouvert de triangles illuminés de vert. Je cherche le numéro 11, mais je remarque vite qu'il n'y a pas de chiffre sur les portes.

Je choisis donc d'ouvrir chacune d'entre elles. Je tombe sur des groupes d'amis hurlant sur du Mariah Carey, puis des couples en train de se bécoter. Je perds vite patience. Je m'apprête à retourner menacer le propriétaire quand j'ouvre une porte et m'immobilise.

Dee.

La pièce est sombre, plongée dans une lueur violette, mais je reconnais tout de suite la silhouette roulée en boule sur la banquette.

Je m'avance vers elle et repousse les mèches de cheveux qui cachent son visage. Elle est inconsciente, endormie ou évanouie, je ne sais pas trop. Il n'y a ni bouteille ni nourriture sur la table, je devine donc qu'elle est simplement venue ici pour se cacher.

Bordel, j'ai eu si peur.

Je retire mon sweat-shirt et le lui enfile, faisant retomber la capuche sur sa tête. Puis je la soulève dans mes bras, me rendant compte seulement maintenant à quel point elle est légère. Elle n'était pas aussi mince avant, si ?

Je passe devant l'entrée, imperturbable, sous les regards curieux et mécontents des clients et du personnel. Dans la rue, j'aperçois Hakeem qui sort de sa voiture.

– Seigneur, Dieu merci ! s'écrie-t-il en voyant sa sœur. Elle va bien ?

– Je crois qu'elle est tombée dans les pommes. Je ne suis pas sûr qu'elle ait mangé aujourd'hui.

Il me fusille du regard, comme si c'était ma faute. Je ne peux pas le blâmer.

Hakeem m'aide à l'allonger sur sa banquette arrière. Je m'occupe de boucler sa ceinture et d'installer sa tête dans une position qui ne lui fera pas trop mal. Mes doigts s'attardent sur sa joue, l'effleurant malgré sa froideur.

– Tu devrais la ramener chez tes parents, dis-je en claquant la portière. Je te suis à moto, et j'appellerai Kate pour la pré…

Ma phrase est interrompue par le coup de poing qu'Hakeem m'assène en pleine face. Je suis surpris par sa force, mais pas par le geste. Je savais qu'il arriverait tôt ou tard.

Je me touche la mâchoire sans rien dire. C'est mérité.

– Ne me suis pas, crache-t-il.

Je me fige. Attends, quoi ? Il ne s'attend tout de même pas à ce que je retourne chez Daisy sans elle, sans même savoir si elle va bien ?

Je lui attrape violemment le bras quand il essaie de contourner sa voiture.

– Tu plaisantes, là ?

Il me repousse et ouvre la portière conducteur sans rien ajouter. Mon regard s'attarde sur la silhouette inanimée de Daisy à l'arrière, et mon cœur se serre. Si je partais… ce serait comme l'abandonner au pire moment de sa vie.

Je sais ce que ça fait, d'être abandonné.

Jamais je ne voudrais qu'elle ressente une chose pareille.

Je décide donc de le suivre à bonne distance. Il doit me voir, mais je m'en fous. Qu'il essaie de me tenir à l'écart, il sera déçu !

Je ressens un soulagement sans nom en le voyant porter Daisy à l'intérieur de leur maison d'enfance. Elle est saine et sauve, entourée des gens qui l'aiment le plus. Je peux enfin respirer.

Je reste un moment dehors. J'appelle Kate et Finn pour les rassurer, puis Hayley, Javier et Micah, qui se faisaient un sang d'encre de leur côté.

– Thomas ?

Je tourne vivement la tête, les cheveux mouillés à cause de la pluie qui s'est mise à tomber. Le père de Daisy se trouve devant moi, un mince sourire aux lèvres. J'écarquille les yeux, gêné, et le salue d'un hochement de tête.

– Qu'est-ce que tu fais dehors, sous la pluie ?

– Comment elle va ? je demande plutôt que de répondre à sa question.

Isaiah me dévisage pendant un long moment, puis soupire.

– Pourquoi ne viendrais-tu pas à l'intérieur ? Il fait plus chaud.

Je ne sais pas si j'en ai le droit. Pas après leur avoir menti, encore moins après avoir abusé de leur confiance et d'avoir souillé ce qu'ils ont de plus précieux.

Mais l'envie de voir Daisy est plus forte que les remords, c'est pourquoi j'accepte en silence. Hakeem ne m'accorde aucun regard quand je passe la porte du salon. Je salue Sharon, qui semble avoir beaucoup pleuré. Elle me tapote la joue comme elle le fait toujours, comme une mère le fait à son fils, et le poids que je porte sur mon cœur semble s'alléger comme par magie.

Suis-je censé m'excuser ?

– On l'a mise au lit, m'apprend-elle. Quand elle se réveillera, on la forcera à avaler quelque chose.

J'opine bêtement, car je ne sais pas quoi dire d'autre. Comme chaque fois que je me retrouve face aux Coleman, je perds ma langue. Je me sens gêné, timide, tel un enfant. Et pourtant, j'ai l'impression d'être en sécurité ici plus qu'ailleurs.

Est-ce ça, le sentiment de revenir à la maison ? Parce que si j'en ai une, c'est bien celle-ci. C'est étrange… mais agréable, aussi. Je n'ai pas envie de les décevoir. J'ai envie qu'ils m'aiment et m'acceptent parmi les leurs.

– *Ubaba*, tu dis rien ? lui reproche Hakeem en croisant les bras sur son torse.

Le paternel Coleman soupire, excédé. Finalement, il se tourne vers moi. Je me tiens plus droit, prêt.

– Je n'ai que deux questions à te poser. Un, est-ce que ça a commencé quand elle était mineure ? Si oui, je vais devoir te tuer et t'enterrer dans mon jardin, fiston.

J'avais oublié. Évidemment, que c'est la première chose à laquelle ils pensent. J'ai connu Daisy quand elle était très jeune… Vu de l'extérieur, ça peut paraître étrange.

– Non, Monsieur. Je n'ai jamais eu ce genre d'intérêt pour votre fille quand elle était jeune, j'avoue en le regardant droit dans les yeux. C'est devenu sérieux à mon retour de Los Angeles seulement, il y a quelques mois.

Hakeem me fusille du regard au loin. Son père prend un air pensif, se demandant sûrement s'il doit me croire ou non.

– Deux, est-ce que tu l'aimes ?

– Je… Je ne sais pas.

Ce n'est pas la réponse qu'il voulait, j'en suis conscient. Mais le père d'Hakeem finit par sourire, comme si j'avais répondu « oui ». Je me raidis lorsqu'il me prend dans ses bras et murmure à mon oreille :

– Si tu la blesses, je te retrouve et je te fais la peau.

Au moins, c'est dit. Je lui rends son étreinte, aussi bizarre soit-elle, et me tourne vers mon meilleur ami. Son expression est méfiante et déçue. Il se sent trahi plus qu'autre chose, et je le comprends.

– Je suis sérieux, Hakeem. Je sais que tu crois que c'est une lubie, mais c'est faux. Je sais très peu de choses sur moi, sur la vie de manière générale, mais s'il y a bien un truc dont je suis sûr désormais, c'est ce que je ressens pour elle. Je commence à penser que c'est pour ça que je suis parti si loin pendant quatre ans. Parce que je savais quel effet elle aurait sur moi, parce que mon regard commençait à s'attarder sur elle, et ça m'a fait flipper. Mais maintenant… je ne peux plus fuir.

Je n'ai jamais été aussi sincère de toute ma vie. Ça m'arrache la bouche et j'ai tout de suite envie de me cacher. Mais le visage d'Hakeem s'adoucit au fil de mes confessions.

– Qu'est-ce que ça veut dire, au juste ?

Je me sens soudain vulnérable, et je déteste ça. J'ai peur qu'il me rejette, peur qu'il se moque de moi. Mais la crainte qu'il m'enlève Daisy est si forte que je me force à être sincère.

– Je… Je veux être heureux, moi aussi, j'avoue timidement, comme si je n'en avais pas le droit. Je ne sais pas ce que c'est, mais si j'en suis capable… j'aimerais essayer. Avec Daisy.

CHAPITRE 30

Rock bottom

« I can't do this anymore,
They don't love me no more. »

DAISY

Je dors. Beaucoup.

Je crois n'avoir jamais autant dormi de ma vie. Pourtant, chaque fois que je me réveille, j'ai l'impression d'être plus fatiguée encore. Alors je me rendors. Je ne sais pas combien de fois ce cycle se produit. Je fais des cauchemars aussi. Beaucoup. Je me réveille à des heures étranges de la nuit, en sursaut et en sueur, persuadée d'avoir du sang sur les mains. Je rêve de meurtre. Je rêve de Zach. Je me vois le poignarder à de nombreuses reprises, tellement de fois qu'en rouvrant les yeux, je crois encore être dans mon rêve.

Je me rendors en pleurant. J'entends des gens ouvrir la porte de ma chambre pour s'assurer que je respire, ou me demander si j'ai faim.

Je me contente de mettre la tête sous la couette. Je n'ai pas envie de sortir, je ne sais même pas si je suis capable de me lever. J'ai l'impression d'être constituée de coton. Mon corps m'a définitivement lâchée. Je n'ai même pas la force – ni l'envie – d'aller jusqu'à la salle de bains pour me laver.

Au bout de ce qui me paraît une éternité, des semaines peut-être, je sens le creux dans mon ventre s'agrandir. Je me frotte les yeux, ma joue contre l'oreiller. Il me faut plusieurs minutes pour trouver la force de me lever.

J'ai immédiatement froid. J'enfile un pull au hasard par-dessus mon tee-shirt, je crois que je l'avais sur moi en me couchant mais que j'ai dû l'enlever dans mon sommeil.

J'y jette un coup d'œil en sentant l'odeur familière qui s'en dégage. Noir, immense… Je saisis le col pour le humer en fermant les yeux. Ça sent exactement comme lui.

Est-ce que c'est Thomas qui m'a retrouvée et ramenée ?

Je descends l'escalier tel un zombie. J'entends des conversations au rez-de-chaussée, qui s'estompent quand j'apparais sur le seuil. Je suis surprise de voir ma famille au complet, ainsi que Thomas en bout de table. Ils me regardent tous comme si j'étais revenue d'entre les morts.

Je suppose que dans un sens, c'est le cas.

– Hey, dit Brianna en s'approchant, sa main sur mon épaule. Tiens, assieds-toi. Tu veux manger quelque chose ?

Je meurs de faim, même si j'ai peur de vomir si j'avale quoi que ce soit. Je hoche la tête en la laissant m'asseoir à sa place, entre mes deux frères. Tous deux me fixent avec inquiétude, comme s'ils craignaient que je m'effondre à tout moment.

– Tiens, bois, me dit Hakeem en me servant du jus d'orange.

Je m'exécute, gênée d'être au centre de l'attention. Coupable, aussi, de les avoir tous tant inquiétés. J'adresse un faible sourire à mes parents pour les rassurer, refusant de regarder Thomas. Je sais qu'ils sont tous au courant désormais, et je n'ai pas encore le courage de gérer ça.

– Désolée… pour hier, dis-je doucement, la voix éraillée. Je voulais juste être un peu seule.

– Hier ? Bébé, tu as dormi trois jours, m'apprend ma mère d'une voix douce.

Ah. Je vois. Elle me demande comment je me sens, et je hausse les épaules en leur disant que ça va. Brianna pose une assiette de toasts devant moi, que je grignote du bout des lèvres.

Je ne sais pas quoi dire. Par quoi commencer ?

De toute évidence, ma famille le comprend, car elle arrête de m'observer et soudain, ils reprennent tous leurs conversations sans faire attention à moi.

Je lève les yeux vers Thomas, assis en face de moi.

Il me regarde déjà, silencieux. Mon cœur est inondé de chaleur à l'inquiétude que je lis sur ses traits. À la réserve, aussi. Je sais que ça ne doit pas être facile d'être ici, mais il est resté… pour moi.

Je m'en veux d'avoir perdu les pédales. Je me rends compte que je suis en plein burn-out. Mon corps m'a envoyé des signes, mais j'ai préféré les ignorer jusqu'à la rupture.

Et maintenant ? Maintenant, le monde me déteste probablement. J'ai agressé un paparazzi, j'ai affiché ma relation secrète avec mon bodyguard, j'ai déçu ma famille, je me suis éloignée de mes amis…

Mais surtout, je me suis laissée tomber, *moi*. La petite Daisy qui rêvait de musique et c'est tout. Hakeem avait raison, même si ça me tue de l'avouer. Je deviens quelqu'un d'autre, une personne que je déteste, tout ce que je m'étais promis de ne jamais être.

– Où est mon téléphone ? je demande à Calvin, qui échange un regard gêné avec Hakeem.

Je me tourne vers mon grand frère, les sourcils froncés. Il se racle la gorge.

– C'est moi qui l'ai.

– Je peux l'avoir, s'il te plaît ?

C'est gênant, de lui parler comme si de rien n'était après notre dernière conversation. J'ai honte de moi, tellement que j'ose à peine le regarder dans les yeux.

– Non. On a décidé que tu ferais une cure de désintox des réseaux sociaux pendant un temps.

– Pardon ?

C'est une blague ? De quel droit me confisque-t-il mon téléphone comme si j'avais encore douze ans ? J'en ai besoin pour savoir ce que les gens disent de moi ! Je dois appeler Kate, Micah, Finn… Je ne peux pas fuir mes responsabilités pendant tant de temps !

Mais surtout : je dois rassurer mes fans, m'assurer qu'ils m'aiment toujours, que je n'ai pas tout gâché.

Je jette un regard appuyé à Thomas, le priant de me soutenir sur ce coup. Il sait très bien que j'ai un agenda serré. Malheureusement, il secoue la tête d'un air implacable.

Sale traître.

– J'ai déjà appelé Kate pour la prévenir que tu prenais des vacances. Elle n'a pas aimé, mais je ne lui ai pas laissé le choix.

Des vacances ? Je manque d'éclater de rire. Je n'ai pas pris de vraies vacances depuis… sept ans ? Bordel. Je commence à trembler à mesure que les questions fusent. Qu'est-ce que disent les gens ? Est-ce que le monde entier me déteste déjà ? Colin a-t-il porté plainte ? Et Zach, dans tout ça ?

– On pourrait appeler ça… un retour aux sources, dit mon père avec un sourire éclatant. Tu es de retour à la maison. Profites-en pour te reposer, d'accord ?

Comment pourrais-je décliner ? J'ai déjà envie de me recoucher et de dormir. Je suis incapable de me remettre à bosser, trop faible pour danser et chanter, trop déprimée pour revenir dans cette maison où rôdent des journalistes jour et nuit.

Ici, dans la maison de mes parents, j'ai l'impression d'être en sécurité. Comme si c'était un lieu secret, caché du monde entier par un sortilège invisible, comme Wakanda[5]. Ici, personne ne peut me trouver, ni m'atteindre. Je redeviens une enfant, celle de mes parents. *Dee, et c'est tout.*

– OK.

***

Je prends une douche brûlante et reste assise sous le jet d'eau une bonne demi-heure, les yeux fermés. Mes muscles se détendent jusqu'à ce que ma peau devienne rouge.

Ça fait déjà deux jours. J'ai terriblement envie de checker mes réseaux sociaux, mais Thomas fait tout son possible pour m'en tenir éloignée. C'est lui qui s'occupe de communiquer avec Kate.

On s'est déjà violemment disputés plusieurs fois à ce sujet. La première, quand j'ai fouillé ses affaires à la recherche de mon téléphone. La deuxième, quand il m'a trouvée cachée dans toilettes, l'ordinateur de mes parents sur les genoux. Là, j'ai compris que j'avais un problème… et que j'avais besoin d'aide.

Je pensais qu'il rentrerait à la maison, mais il faut croire que Thomas fait vraiment partie de la famille maintenant. Il dort dans la chambre d'Hakeem tandis que celui-ci rentre chez lui tous les soirs pour retrouver Emily.

---

5. Le royaume du Wakanda est un pays fictif d'Afrique de l'Est présent dans l'univers Marvel.

Je passe mes journées à me reposer dans mon lit ou sur le canapé, parce que je n'ai pas l'énergie de faire autre chose. Aujourd'hui, j'ose sortir sur la terrasse du jardin pour rejoindre Hakeem, qui lit un recueil de poèmes sur la balancelle.

– Tu vas attraper froid, dit-il en voyant mes cheveux mouillés.

Je l'ignore et m'assieds à côté de lui, posant ma tête sur son épaule. Je me rends compte combien il m'a manqué, plus que n'importe qui. C'est sûrement mon plus grand regret : voir de moins en moins ma famille.

– Dee, murmure-t-il en me prenant la main, déposant sa joue sur mon crâne. Je t'aime.

– Je t'aime aussi.

Je ne fais rien pour essuyer mes larmes tandis qu'il serre mes doigts entre les siens.

– Je suis désolé, pour ce que j'ai dit. Je suis tellement fier de toi… Heureux de savoir que tu fais ce que tu aimes.

– Non, tu avais raison. Plus ça va, plus je me demande si je fais ce que j'aime, justement. Tout ça… Channel D, les musiques pop et girly, c'est pas moi. C'est pas ce que j'imaginais. Et je sais pas quoi faire pour me sortir de là.

– On trouvera. Il n'est pas trop tard, tu as toute la vie devant toi pour choisir quel chemin prendre… Les gens te suivront.

Je ricane tristement.

– J'en suis plus si sûre.

Hakeem garde le silence. Il n'essaye pas de me rassurer, et je ne m'attends pas à ce qu'il me mente. On sait tous les deux que ce sera compliqué. Pas impossible, mais difficile tout de même. Je me suis embourbée dans un engrenage toxique.

– À propos de Thomas…

Je me prépare mentalement. Je ne suis pas assez forte pour me disputer avec lui, pas encore, pas déjà. Lui non plus je suppose, car il me dit doucement :

– J'ai du mal à comprendre, pour être honnête. Je veux le meilleur pour toi, et même si j'aime Thomas de tout mon cœur, je ne crois pas qu'il le soit.

– C'est ton droit de le penser.

Il soupire. Je ne sais pas moi-même ce que l'avenir nous réserve, mais il m'a avoué tenir à moi – chose que je pensais autrefois impossible. Après des années à l'observer et à l'aimer de loin, il me rend enfin mon amour. Comment suis-je censée m'en détourner ?

– Je sais que je ne peux pas te l'interdire de toute façon, ajoute-t-il, et Thomas m'a bien fait comprendre qu'il était prêt à disparaître de ma vie si c'était le prix à payer pour rester auprès de toi. Le mec est piqué.

– Il a dit ça ? je m'étonne.

Hakeem roule des yeux en me regardant, l'air ennuyé.

– Ouais. L'enflure.

Je ris, ce qui semble le surprendre un peu.

– Il me faudra un peu de temps pour m'y habituer, je crois... Mais j'ai pas envie de perdre ma sœur, ni mon meilleur ami. Mais ne vous embrassez pas devant moi, s'il te plaît. C'est trop tôt, là.

Je pars dans un fou rire incontrôlable tandis qu'il fait semblant de vomir. Au même moment, probablement attiré par notre hilarité, Thomas pousse la baie vitrée pour nous rejoindre.

– Justement, on se moquait de toi.

– Je m'en doutais, c'est pour ça que je suis venu, dit Thomas.

Il se plante devant nous, les mains dans les poches, et l'espace d'un instant, j'ai l'impression de revenir dix ans en arrière. Quand nous étions encore un trio inséparable. Quand nous n'avions pas encore de problème, pas vraiment.

Nous parlons et plaisantons comme avant, mais entre adultes désormais. Je sens le regard de Thomas constamment sur moi, me suppliant de le lui rendre, mais la présence de mon frère me gêne.

– Bon... je vais faire à manger, soupire Hakeem.

Il m'adresse un clin d'œil avant de s'éclipser. Thomas n'hésite qu'un instant avant de prendre sa place à mon côté. Je pose naturellement mes jambes sur ses genoux. Il les caresse d'un geste nonchalant.

– Tu m'as fait peur.

Ce n'est pas un reproche, je le sais bien, mais je ne peux m'empêcher de m'excuser. Sa main se pose sur ma cuisse, ses yeux plongés dans les miens.

– La prochaine fois que tu as envie de fuir… S'il te plaît, prends-moi avec toi.

Je hoche la tête, émue. J'ai passé ma vie à le suivre partout, et désormais c'est son tour. Comme quoi, les choses ont vraiment changé.

– C'est toi qui as l'habitude de partir, pas l'inverse, dis-je en lui offrant un faible sourire.

– Plus maintenant. J'en ai marre, de courir.

Je me fige tandis qu'il s'approche pour déposer ses lèvres sur les miennes. J'accueille son baiser avec un mélange de stupeur et de soulagement. Ces quelques mots, pourtant si vagues, suffisent à apaiser mon cœur.

Je ne sais pas s'ils veulent dire la même chose pour lui, ni quelle notion de l'amour il a, mais je l'accepte. Parce que je le crois, quand il dit qu'il ne ressentira jamais cela pour une autre.

– Il va falloir rentrer, pas vrai ? je soupire, front contre front.

Nous savons tous les deux que c'est le cas. Kate commence à s'impatienter, et j'ai trop de responsabilités pour disparaître si longtemps.

Je vais devoir me montrer brave et faire front.

– Non, souffle-t-il toutefois en frottant son nez contre le mien. Personne ne te forcera plus jamais à faire quelque chose que tu ne veux pas.

– Mais j'en ai envie… Je ne veux juste pas reprendre les choses comme elles étaient.

– Qu'est-ce que tu veux, alors ?

Je fais mine d'y réfléchir, même si ma décision est déjà prise depuis longtemps.

– J'aimerais… quitter Channel D. Changer de genre. Faire du rock, comme je l'ai toujours voulu. Je ne veux plus de chorés ni de danseuses ; juste moi, mon groupe, un micro et une guitare électrique. Je veux écrire tous mes textes, diriger mes clips, choisir mes tenues… Je veux pouvoir sortir avec qui je veux. Être moi-même.

Il hoche la tête, comme s'il approuvait chaque mot, chaque phrase prononcée.

– En voulant réussir, je me suis éloignée de ce que je désirais vraiment, de mon vrai rêve. Et je le regrette un peu, car aujourd'hui je suis prise au piège dans un carcan qui ne me correspond pas. Mais Kate va me l'interdire, c'est sûr…

– Tu vires Kate et c'est réglé, dit-il sèchement. C'est une manipulatrice de toute façon, et elle n'a aucune intention de te protéger, juste de se faire de l'argent.

J'écarquille les yeux, stupéfaite mais amusée.

– Daisy, tu n'es pas n'importe qui. Je ne sais pas si tu t'en rends compte… mais tu n'as plus besoin d'eux. T'es arrivée à un point où ils ont plus besoin de toi que l'inverse. Ta communauté est énorme, fidèle, impliquée. Elle t'adore et elle te suivra quoi que tu fasses, juste parce qu'ils t'aiment *toi*, avant ta musique. Et si tu perds des fans au passage, c'est pas grave. Tu en gagneras d'autres en retour.

Le secret, c'est de rester fidèle à soi-même. Parce que sinon, ils le verront.

Ses paroles s'ancrent en moi et me rassurent. Aucune carrière n'est parfaite. Si je veux continuer à faire ce que j'aime, je vais devoir apprendre à me foutre de ce que pensent les autres.

– Tu as raison. Je vais le faire, dis-je dans un mélange de peur et d'excitation. Tu resteras mon garde du corps, hein ?

– Évidemment. D'ailleurs, tu ferais mieux de virer Finn au passage. C'est un idiot incapable.

– C'est mon ami ! Hors de question que je le vire, même si Frank a disparu.

Il ne répond rien, mais je sais déjà ce qu'il pense. Zach a beau se montrer très silencieux depuis le scandale des photos, il n'a pas confiance en lui.

– OK, mais j'exige qu'il déménage, répond Thomas. Hors de question qu'on vive tous ensemble. On n'est pas un trouple.

Je hausse un sourcil arrogant.

– Oh, tu « exiges » ? je chuchote, amusée, en rapprochant mes lèvres des siennes pour le narguer. Monsieur Kalberg, dois-je vous rappeler que je suis votre boss ?

Il résiste un moment avant de céder dans un soupir.

– Putain… Daisy Coleman, tu me tiens vraiment par les couilles.

CHAPITRE 31

Golden cage

« Trapped like a bird. A golden cage,
but still a cage. »

THOMAS

Daisy commence à reprendre du poil de la bête. Elle ne m'a pas demandé son téléphone depuis quelques jours. Kate appelle sans arrêt pour savoir si elle est prête à revenir, gérant la presse de son côté. Elle s'en fout, de sa santé. Elle veut simplement retrouver sa poule aux œufs d'or.

Hayley, Micah et Javier viennent lui rendre visite à plusieurs reprises, ce qui la met en joie. J'ai l'impression de retrouver la Daisy joyeuse et insouciante d'avant, celle qui n'avait à s'inquiéter de rien.

Je sais que c'est seulement temporaire, que ça ne durera pas, qu'il y a un moment où nous devrons faire face à la réalité. Mais pour l'instant, je profite. C'est comme revenir dix ans en arrière et passer mes journées chez les Coleman.

Ses parents travaillent la journée, ce qui nous laisse en tête à tête. On regarde la télé dans le salon en partageant un plaid – elle m'a forcé à commencer *L'Attaque des Titans*, même après qu'elle m'a spoilé toute l'histoire tellement elle était excitée, et je fais semblant d'être surpris par les *plot twists*. On joue à des jeux de société, aussi. Parfois, elle dort. Je la laisse se reposer et fais mon sport dans le jardin. Mes journées préférées sont celles où Daisy fait de la musique. Je peux l'écouter pendant des heures alors qu'elle improvise une mélodie depuis la balancelle, ou fait des essais sur son micro.

C'est comme la regarder retomber amoureuse de la musique. Sa chambre n'a pas changé depuis la dernière fois qu'elle est partie. On peut passer des après-midi entiers, allongés sur son lit, à se remémorer des souvenirs que l'autre avait oubliés.

On rit beaucoup. Pour la première fois depuis très longtemps, presque depuis toujours, je ris vraiment. Je me sens bien ; mieux encore une fois la nuit tombée, lorsque je la rejoins dans son lit pour serrer son corps chaud contre moi.

Lorsqu'on se retrouve tout seuls, Daisy réussit à me convaincre de prendre ma douche avec elle. Je suis en train de laver ses épaules, la mousse dégoulinant jusqu'à ses seins, tandis qu'elle fredonne une douce mélodie.

J'ai quelque chose à lui dire, mais je ne sais pas comment m'y prendre. J'ai beaucoup réfléchi. Son monde, la célébrité, et tout ce qui va avec, je n'en ai jamais voulu. Et pourtant, j'ai promis que je resterais près d'elle.

Parce que s'il y a bien une chose dont je suis sûr désormais, c'est que j'ai trouvé ma place.

Près d'elle.

– Dee.

– Mmh ?

Je rince ses épaules avec attention tandis qu'elle rejette doucement sa tête sur mon épaule.

– Je suis désolé.

Elle se raidit contre moi, et je m'en veux de lui faire peur l'espace d'une seconde.

– Je suis désolé de t'avoir laissée si longtemps dans le flou, je m'explique à mesure que les portes de la douche se couvrent de buée. Je sais… que je ne suis pas facile à aimer. Encore moins à comprendre. Alors je veux que les choses soient bien claires dans ta petite tête.

Ma bouche effleure sa joue et mes yeux suivent le mouvement de sa poitrine qui se soulève et s'abaisse. J'ai passé ma vie à avoir le contrôle sur tout et tout le monde, même sur mes propres émotions.

Aujourd'hui, je m'en remets entièrement à elle. Étrangement, je n'ai pas peur. Au contraire… je suis soulagé d'un poids.

– C'est toi que je veux, Daisy Coleman. Je sais pas comment c'est possible, et les gens diront peut-être que je mens, que je me fais des illusions, que ça ne durera pas, mais moi je sais que c'est réel…

Elle ferme les yeux, m'empêchant de savoir ce qu'elle ressent, mais j'aperçois une larme couler le long de sa joue.

– Je ne te promets pas que ce sera toujours facile, mais je veux tenter le coup. Alors… sois ma petite amie, OK ?

Mon cœur bat la chamade dans ma poitrine, tellement fort que j'en ai honte. Je me demande si elle le sent contre son omoplate. Pour la première fois de ma vie, j'ai peur qu'on me rejette.

J'ai peur qu'elle comprenne, comme ma mère avant elle, combien je suis dangereux et incapable d'être aimé.

Mais Daisy se retourne entre mes bras et m'embrasse soudainement. Quand elle recule, elle a le plus beau sourire que j'aie jamais vu de ma vie.

– OK, Thomas Kalberg. Faisons ça.

Bordel. Daisy Coleman est ma copine.

Pris d'une fièvre incontrôlable, je la pousse contre le mur, puis écarte ses cuisses à l'aide de mon genou. Sa bouche s'ouvre dans un O silencieux lorsque je dirige le pommeau de douche vers elle.

Je capture sa bouche avec la mienne en prenant soin de diriger les jets d'eau à l'endroit qui la rendra folle. Elle resserre sa prise sur mes cheveux, gémissant à cause de la pression.

Je veux la toucher, mais voir à quel point ça lui fait du bien me force à être patient. Elle s'accroche à moi, la tête baissée vers le jet d'eau, et pousse un juron qui me fait sourire.

– Arrête… J'ai envie de toi. Vite.

– J'ai pas de préservatif.

Elle grogne de frustration, les joues rouges.

– Je ne couche qu'avec toi et je suis clean, dit-elle, haletante.

– Moi aussi.

Je me fais régulièrement tester, et Daisy est la seule que je vois depuis longtemps maintenant. Je ne prendrais jamais le risque si ce n'était pas le cas. Elle non plus.

Elle me regarde, je la regarde, et soudain je ne tiens plus.

Je repose le pommeau au-dessus de nos têtes, l'eau tombant sur mes épaules, et la retourne. Elle gémit, probablement à cause des carreaux froids contre ses tétons durcis.

J'embrasse son oreille en levant l'une de ses jambes, impatient d'être en elle sans barrière. Puis je la pénètre d'une poussée soudaine.

– Oh… mon Dieu…

C'est encore meilleur que les fois précédentes. Je pose une main sur son dos cambré, lui ordonnant gentiment de se baisser davantage. Elle se tient au mur avec ses avant-bras, la tête baissée.

Je me retire entièrement avant de revenir en elle jusqu'à la garde. Je fais ça plusieurs fois, ce qui semble lui plaire.

– Plus fort, halète-t-elle.

– Je n'ai pas bien entendu. Tu peux répéter ?

– Plus vite, gronde-t-elle en faisant osciller son bassin contre moi.

Ma bouche s'étire en un demi-sourire amusé.

– Plus vite ou plus fort ? Il y a une différence, Dee.

Elle bougonne quelque chose, et je crois entendre un « Je te déteste ». J'en déduis que c'est les deux en même temps. J'accélère la cadence, allant de plus en plus loin.

– Comme ça ? je souffle en la caressant entre les cuisses. Ça te fait du bien ?

– Oh, oui…

Je remarque que ses avant-bras sont rouges, et passe un bras sous sa taille pour la relever.

– Pourquoi tu ne me le dis pas, si ça te fait mal ? je lui reproche, le front plissé.

– Pourquoi tu t'arrêtes ?

Seigneur, a-t-elle décidé de m'achever ? Je me retire, puis la retourne pour la prendre dans mes bras. Daisy croise ses chevilles dans mon dos, sa bouche plaquée contre la mienne.

Je la pénètre à nouveau, mes mains sur ses fesses.

– C'est mieux ? je chuchote contre ses lèvres.

Elle hoche la tête, me chevauchant comme une déesse. Elle est absolument sublime, alors je le lui dis, une bonne dizaine de fois au moins. Le sourire qu'elle m'adresse est si précieux que si je le pouvais, je l'enfermerais dans un bocal pour le garder avec moi pour toujours.

Si c'est ça l'amour… alors finalement, ce n'est pas si mal.

***

– On rentre à la maison.

Tout le monde tourne la tête vers Daisy, stupéfait. Ça fait dix jours qu'on est là maintenant. Daisy va mieux, même si je sais que ce n'est que le début et que la suite ne sera pas de tout repos.

Elle va devoir prendre des vacances plus longues. Je lui ai déjà fait promettre de ne pas chercher les critiques de son plein gré, et surtout d'engager quelqu'un pour s'occuper de ses réseaux sociaux.

– Tornade me manque. Le pauvre Finn s'en occupe tout seul… Ce n'est pas son travail. Et puis, je ne peux pas me cacher indéfiniment.

Hakeem se contente de croiser mon regard, inquiet. Je hoche la tête en comprenant la demande silencieuse. Il n'a même pas besoin de me le dire. Évidemment, que je vais faire attention à elle. Je l'ai toujours fait, ça ne s'arrêtera pas maintenant.

Daisy et moi finissons de saluer tout le monde. Je les remercie pour leur hospitalité, et nous prenons la moto direction la maison. Daisy porte de nouveau mon sweat-shirt à capuche et des lunettes de soleil sur le nez. Je n'ai pas l'impression que des journalistes nous suivent mais on ne sait jamais.

– Thomas… Je crois que je veux déménager.

La nuit est tombée quand nous remontons l'allée de bambous. Je ne suis qu'à moitié étonné par sa révélation. Je comptais le lui proposer de toute façon. Un endroit où Zach ne pourra pas l'atteindre.

– Très bien. On va s'en occuper, alors.

Je lui prends la main d'un geste rassurant avant de passer la porte. Finn est accroupi devant la gamelle de Tornade et lève des yeux surpris vers nous.

– Vous êtes là !

Daisy se baisse pour accueillir son chat, qui vient se blottir contre elle tout de suite, tandis que je pose ce que j'ai dans les mains sur la table.

– Tout s'est bien passé ? je demande à Finn tout bas.

Il ouvre la bouche, hésitant, et lance un regard vers Daisy. Celle-ci le remarque et fronce les sourcils, Tornade dans les bras.

– Qu'est-ce qu'il y a ?

Finn soupire en rougissant, mal à l'aise.

– Kate m'a dit qu'elle voulait te voir quand tu reviendras, m'annonce-t-il. Elle est plutôt remontée, d'après ce que j'ai compris…

– Moi ? Là maintenant ?

Finn hausse les épaules. Daisy semble un peu paniquée. Elle sait, tout comme moi, que c'est mauvais signe. Elle va me virer, c'est certain. Je caresse la joue de Daisy d'un geste nonchalant mais rassurant, puis embrasse son front avant de lui redonner son sac.

– Je fais vite.

De toute façon, que Kate me vire ou pas, ça ne change rien. Je vis ici maintenant. Je resterai aux côtés de Daisy pour la protéger, contrat de travail ou pas.

– Bon alors j'y vais, lui dis-je sans oublier de reprendre mon téléphone. Prends une douche et va dormir, OK ? Ne m'attends pas.

Je devine à son regard qu'elle m'attendra malgré tout, ce qui me réchauffe le cœur. Je prends la voiture plutôt que la moto pour rejoindre le centre de L.A. Mes yeux sont fatigués, mais je fais en sorte de rester debout.

Kate croit pouvoir tout contrôler, mais elle sait parfaitement que les ficelles de sa marionnette se sont brisées. Daisy n'est plus une gamine impressionnable. Si elle me vire, c'est tant mieux. Je quitterai mon agence. Je n'ai pas besoin de cet argent de toute façon.

Je compte bien en profiter pour jeter Zach sous le bus – métaphoriquement parlant, bien sûr. Daisy n'apprécierait pas. Je dirai à Kate qu'il la harcèle, qu'il a voulu faire taire Destiny, qu'il est dangereux. Je suis en train d'accumuler des preuves contre lui.

Il tombera, je m'en suis fait la promesse.

Soudain, mon téléphone vibre dans ma poche. Je veux y jeter un regard lors d'un arrêt à un feu rouge, mais ma main s'enroule autour de deux appareils différents. En les sortant, je remarque avoir embarqué un téléphone qui ne m'appartient pas. C'est le même modèle, raison pour laquelle j'ai dû me tromper en partant, mais le fond d'écran…

Soudain, mon cœur s'arrête de battre dans ma poitrine. Je donne un coup de guidon et m'arrête sur le côté, paniqué. Je ne rêve pas. Il s'agit bien d'une photo de Finn… et Daisy. Pourquoi a-t-il choisi cette photo en fond d'écran ?

Est-ce qu'il…

Non. C'est impossible. Il doit y avoir une erreur. Et pourtant, j'ai la main qui tremble légèrement en appuyant sur la notification qu'il vient de recevoir. Une notification Twitter sur un compte que je ne connais que trop bien.

Mon corps est secoué de frissons glacials en comprenant enfin ce qui m'échappe depuis le début.

Frank est Finn.

Finn, qui suit Daisy depuis des années.

Finn, qui savait que Destiny la harcelait.

Finn, qui a accès à la maison, aux caméras de surveillance et au calendrier de Daisy.

Finn, qui disparaît toujours comme par magie lorsque Frank agit.

Finn, qui nous a surpris dans la limousine.

Finn… qui est seul avec Daisy ce soir.

CHAPITRE 32

Be a good girl

« Shut up and smile,
a good girl always hides what's on her mind. »

DAISY

– Ça va mieux ? me demande gentiment Finn tandis que j'attends Thomas sur le canapé du salon.

Je sais qu'il m'a dit d'aller me coucher, mais j'en suis incapable. Si Kate le vire, c'est elle que je virerai. De toute façon, c'est ce que je rêve de faire depuis longtemps déjà. Elle s'est trop servie de moi.

– Je crois…

Finn m'observe fixement depuis la cheminée, un doux sourire aux lèvres. Le temps d'une seconde, je le trouve… sûr de lui. Loin du garçon timide et maladroit que je connais. C'est étrange.

– On peut arrêter de faire semblant, maintenant, dit-il.

Je fronce les sourcils sans comprendre. Faire semblant de quoi ? Finn laisse échapper un petit rire, les joues rouges, comme s'il était gêné.

– C'est contre les règles, je sais, soupire-t-il. Mais on est seuls, et j'en ai marre d'attendre. Marre de jouer.

J'ouvre la bouche, confuse, mais il me devance à nouveau :

– Je pensais que t'allais jamais le faire partir. Je t'avoue que j'étais pas très content de vous voir ensemble… mais je sais que tu faisais ça pour nous.

Je ne réagis pas, tout simplement parce que je ne sais pas quoi dire ni quoi faire. Qu'est-ce qui se passe, là ? De quoi parle-t-il ?

– Je… comprends pas.

– On devrait fuir ensemble, m'annonce Finn en s'asseyant près de moi, son visage tout près du mien. J'ai tellement attendu ce moment…

Je me raidis à sa soudaine proximité, incapable de comprendre la tournure que prennent les événements. Est-ce qu'il plaisante ? Qu'est-ce qui lui prend ? Finn ne s'est jamais montré aussi familier avec moi, jamais. Et pourtant, je nous considère comme de très bons amis !

– De quoi tu parles, Finn ? dis-je dans un sourire crispé.

Il devient tout à coup sérieux, l'expression très émue, et serre ma main dans la sienne en avouant :

– De nous, enfin ! Je t'aime, Daisy. Je suis fou amoureux de toi depuis ce jour, il y a trois ans, où tu m'as tenu les portes de l'ascenseur. Tu étais tellement belle… et ton sourire ! J'ai tout de suite compris dans tes yeux que c'était le coup de foudre. Que tu me voulais. Alors j'ai postulé dans l'espoir de me rapprocher de toi.

Oh… mon Dieu. Je suis trop choquée pour dire quoi que ce soit, incapable de bouger ne serait-ce que le petit doigt.

– Je sais qu'on a un deal, qu'on ne devait en parler à personne, que c'est interdit… mais je n'en peux plus de faire semblant, soupire-t-il.

– Mais… Finn, on n'a jamais discuté de tout ça. Je m'en souviendrais, quand même !

– Je croyais que tu avais une petite amie ?

– Oui ! Toi.

Je me fige, muette. Tout ce temps, Finn pensait qu'on était ensemble ? Comment c'est possible ?

– Je sais, je sais. J'ai été très patient, sourit-il en me caressant les cheveux. Je te regardais flirter avec moi, et pourtant tu n'osais pas venir m'en parler. Au début, j'ai pensé que tu étais trop timide. Puis après, j'ai compris. C'était délicat pour toi, tu n'avais pas le droit de tomber amoureuse. Il fallait donc qu'on garde ça secret, qu'on attende le bon moment. Je suis resté à tes côtés pour te protéger jusqu'à ce que tu fasses le premier pas…

Je panique intérieurement en digérant le sens de ses paroles. Je prie pour que ce soit une blague, mais je comprends à ses yeux remplis d'espoir et d'adoration qu'il est sérieux. Tout ce qu'il vient de me dire, il y croit dur comme fer. Je tente de calmer la panique qui enfle en moi, en vain. J'ai besoin de comprendre, d'être sûre qu'il n'est pas qui je crois.

– Finn… je murmure lentement. Est-ce que c'est toi qui as diffusé les photos de Destiny ?

Finn sourit davantage encore, et je me retiens de vomir.

– Elle te l'a dit, hein ? Je savais que cette garce ne pourrait pas se la fermer.

Je tremble comme une feuille, figée. Non… Je n'arrive pas à y croire. Il faut qu'il me lâche, que je quitte la pièce, que j'appelle la police. *Où est Thomas ?*

– Les lettres, les tweets, c'était un moyen de t'écrire en disant ce que je voulais sans éveiller les soupçons ! explique-t-ilavec excitation. Tu as fait le lien, pas vrai ? Frank Farmer… Le garde du corps de Whitney Houston dans le film *Bodyguard* ! C'était une référence à notre histoire d'amour. Intelligent, non ?

Oh, Seigneur. Tout ce temps, c'était lui… Frank est Finn. Finn est Frank. Et les deux sont à côté de moi, la cuisse pressée contre la mienne, à me tenir la main. J'ai été assez idiote pour l'inviter à vivre chez moi, pour lui confier ma vie, à commencer par ma sécurité. Tout ce temps, c'était moi qui lui donnais tout ce dont il avait besoin sans même le savoir : mes sous-vêtements, l'accès à la maison, les informations concernant mes déplacements… Tout.

Quand Zach nous a surpris dans la limousine, Finn était avec lui. Je me rappelle encore son visage fermé, son étrange silence après ce jour-là. Zach est un connard opportuniste, mais ce n'est pas le *stalker* qu'on recherchait.

Et maintenant ? Je ne suis pas dupe. Malgré le sourire qu'il m'octroie et les belles paroles qui sortent de sa bouche, je suis en danger et je le sais.

Je ne dois pas le mettre en colère.

– Très, je souffle d'une voix vacillante.

– Tu as bien joué le jeu aussi, me félicite-t-il. Tu es vraiment bonne actrice ! Faire semblant de rechercher le *stalker* pour brouiller les pistes... Du génie. Cet idiot de Thomas y a cru à fond.

Je hoche la tête comme un robot, terrifiée. Ce psychopathe a éloigné Thomas volontairement pour qu'on soit seuls ! Kate n'a jamais appelé, j'en suis certaine désormais. Et bien sûr, Thomas a gardé mon téléphone.

Qu'est-ce que je suis censée faire, maintenant ?

– On y va ? J'ai déjà préparé nos sacs.

Je le regarde se relever, soulagée de ne plus sentir sa peau contre la mienne. Il veut qu'on parte ? Là maintenant ? Je ne peux pas faire ça. Si je le suis, personne ne me retrouvera jamais. Je dois gagner du temps en attendant que Thomas comprenne et revienne.

Finn me tourne le dos un instant, et mon premier instinct de survie est de saisir le couteau posé sur la table près de son assiette à moitié pleine. Je me lève d'un bond au moment où il se retourne, tout sourire, bagages en mains.

Lorsque ses yeux tombent sur mon arme improvisée, son expression joyeuse retombe. Mes doigts tremblent, mais je serre le couteau de toutes mes forces.

– Qu'est-ce que tu fais ? demande-t-il d'une voix froide et déçue.

– Ne t'approche pas de moi… Je n'irai nulle part avec toi.

– Dee.

– T'as un problème, Finn, dis-je en tremblant de toutes parts, reculant d'un pas. Je ne suis pas amoureuse de toi. Je ne t'ai jamais fait d'avances. Il n'y a pas de relation secrète. Il faut te faire aider.

Les sacs retombent dans un bruit sourd sur le sol. Son regard plonge dans le mien, glacial. Le garçon gentil et timide que je connais est parti et a laissé place à un homme froid et dangereux.

– Tu te fous de moi ? C'est toi qui es venue me chercher ! s'écrie-t-il soudain, les traits déformés par la colère. Et maintenant que tu m'as eu, tu me jettes ? Pour qui ? Pour *lui* ?

– Je ne suis pas…

Je laisse échapper un cri de stupeur lorsqu'il donne un coup de pied puissant dans la lampe à côté de lui. Celle-ci part valdinguer et s'éteint, nous plongeant dans une semi-obscurité.

– Après tout ce que j'ai fait pour toi, c'est comme ça que tu me remercies ? En m'humiliant ?

– Je t'ai jamais rien demandé…

– Tu t'es servie de moi, dit-il dans un murmure peiné, presque au bord des larmes.

Au même moment, le téléphone fixe sonne. Mon cœur bondit dans ma poitrine. C'est Thomas, j'en mettrais ma main à couper. Je recule pour aller y répondre, tendant le couteau dans la direction de Finn.

– Ne réponds pas, m'ordonne-t-il froidement.

– Je suis armée.

Son expression est complètement vide lorsqu'il passe la main dans son dos et sort un pistolet, qu'il pointe dans ma direction.

– Moi aussi.

Je m'immobilise, figée par l'effroi. Le téléphone continue de sonner dans le vide, encore et encore. Et c'est là que je comprends : *Je vais mourir ici.*

Je tremble tellement que le couteau me tombe des mains. Les larmes coulent sur mon visage sans que je puisse les arrêter, et je lève les bras devant moi dans un signe de défense.

– Je suis désolée… s'il te plaît, ne fais pas ça…

– Moi aussi, dit-il d'un ton morne. Je pensais qu'on s'aimait, mais tu es comme les autres. Tu mens.

Je secoue la tête, apeurée, mais il continue.

– Tu m'as détruit… alors maintenant, c'est mon tour.

Mon réflexe est de faire une dernière prière tandis qu'il arme le pistolet dans un bruit atroce. Puis soudain, Tornade miaule en se frottant à son pied. Surpris, Finn détourne le regard une seconde, rien qu'une.

C'est suffisant. Je prends mes jambes à mon cou sans réfléchir, me ruant vers l'escalier. Je ne sais pas où je vais, ni ce que je compte faire. Je sais simplement qu'il faut que je fuie le plus loin possible.

Je monte une marche, deux marches, trois marches, puis une main m'attrape la cheville et tire. Je m'effondre tête la première contre une marche, me mordant la lèvre au passage. Je goûte le sang sur ma langue, la tête me tourne après le choc.

Je vais mourir, je vais mourir, je vais mourir.

– Tu n'aurais vraiment pas dû faire ça, grogne Finn en me tirant de nouveau par la cheville.

Je me débats comme un beau diable en hurlant à l'aide, puis réussis à donner un coup violent dans la crosse de son arme, qui va s'écraser par terre. Évidemment, il n'a pas besoin de ça, il est bien plus fort que moi.

Je m'accroche aux marches, plantant mes ongles dans le bois, tandis qu'il me saisit par la taille et me tire vers lui. Je tiens bon, mais ce n'est pas assez. Mes mains douloureuses lâchent prise et mon menton claque contre chaque marche que je dévale sur le ventre.

Finn me retourne et je le gifle, encore et encore, tandis qu'il tente de me maîtriser. Je tape, griffe, tire ses cheveux de toutes mes forces, jusqu'à ce qu'il craque et m'assène une violente claque.

Je vois des étoiles ; je suis sonnée plusieurs secondes. *Bordel, ça fait mal !*

– C'est ta faute, tout ça, me reproche Finn en posant ses deux mains autour de mon cou.

Je griffe ses avant-bras jusqu'au sang, paniquée, tandis qu'il appuie sur ma trachée. Je ne peux plus respirer. J'essaie de crier, mais j'en suis incapable. Mes poumons luttent, la panique monte, et je tente tant bien que mal de saisir un objet, n'importe quoi.

Mes doigts tombent alors sur quelque chose. Je ne sais même pas ce que c'est lorsque je l'abats de toutes mes forces sur son crâne. Il grogne de douleur tandis que du verre tombe en pluie au-dessus de moi. Certains débris me coupent le visage. Je ferme les yeux en toussant, sentant mes poumons se remplir à nouveau d'air. La main ensanglantée, j'use de mes dernières forces pour lui donner un coup de pied dans l'entrejambe.

Il s'agenouille en fermant les yeux, m'insultant au passage. J'en profite pour remonter l'escalier en vacillant, tout le visage lancinant de douleur. Je cours m'enfermer dans ma chambre, espérant retrouver la sécurité de mon placard.

C'est ce que je fais, après avoir fermé à clé derrière moi et bloqué la porte avec mes meubles. Je m'isole dans mon placard, la peur au ventre et mon ordinateur en main. Je n'ai pas de téléphone, mais ça ne m'empêche pas d'alerter le monde entier !

Je tape un tweet d'appel au secours avec des doigts tremblants, accompagné de mon adresse, et je prie pour que quelqu'un me prenne au sérieux et appelle la police. Je ne prends pas le temps de regarder les centaines de réponses qui commencent à fuser, le cœur au bord des lèvres, et envoie un message *via* Instagram à Thomas.

Moi : Asgard !!!!!!!!!!!!!!

Moi : Finn est Frank. Au secours.

Moi : Dans le placard.

Je tremble comme une feuille dans le noir. Moins de dix secondes plus tard, Thomas me répond !

Thomas : J'arrive !
J'ai appelé la police !

Thomas : Ne bouge pas !
Je viens te chercher !

Je ne sais pas combien de temps je reste là. Pas longtemps, mais assez pour mourir d'effroi. J'entends bientôt les sirènes de la police, et je laisse échapper un sanglot de soulagement. C'est fini. Thomas arrive, la police arrive. Finn a dû fuir. Je suis en sécurité.

Thomas : Je suis là !

Je suis incapable de faire un mouvement quand je l'entends forcer la porte de la chambre. Je me contente de pleurer en silence, tremblante, encore sous le choc. La porte éclate et j'entends ses pas s'approcher.

Je suis sur le point de m'évanouir de soulagement lorsqu'il ouvre le placard.

– Je suis désolé.

Sauf que c'est Finn qui me fait face, le pistolet braqué sur moi. Je n'ai pas le temps de réagir.

Il appuie sur la gâchette. L'impact du coup me propulse vers l'arrière. Je perds connaissance quelques secondes.

Lorsque je rouvre les yeux, la douleur est foudroyante. Ce n'est pas tant le trou dans mon épaule qui me fait mal, mais plutôt la chaleur de la balle qui brûle ma chair. J'ai l'impression d'être en feu. Je veux hurler, mais j'en suis incapable. Tout mon corps semble paralysé par la douleur. Mais surtout, je me sens partir. Je suis fatiguée, tellement fatiguée…

Je sens la chaleur de ses bras autour de mon corps.

– Dee… Dee, je t'en supplie, ne t'endors pas…

Je papillonne des yeux malgré l'énergie que cela me demande, et reconnais le visage de Thomas au-dessus du mien. Il me berce contre lui, le visage baigné de larmes.

– Je suis là… je suis désolé d'être en retard… Je suis là, maintenant.

J'ai seulement le temps d'apercevoir une silhouette immobile à son côté, puis la police débarque en lui hurlant de lever les bras en l'air.

La seconde d'après, c'est le noir total.

CHAPITRE 33

Too young to be sad

« Too young to be sad,
too sad to be young. »

THOMAS

Je suis le pire bodyguard de la Terre… et pas seulement parce que je suis tombée amoureux de ma cliente.

C'est ce que je me répète, encore et encore, pendant que je déprime en salle d'attente. Les Coleman sont avec moi, la mine éplorée. Je n'imagine même pas ce qu'ils doivent ressentir.

Daisy a été emmenée à l'hôpital en urgence. Je suis resté auprès d'elle pour lui tenir la main, au moins aussi longtemps que j'ai pu. Ils sont encore en train de l'opérer. D'après les médecins, elle devrait s'en sortir.

Dieu merci, Finn a tiré à bout portant, mais il a seulement touché l'épaule. Au fond de lui, je suis persuadé qu'il ne voulait pas la tuer. Lui aussi a été emmené à l'hôpital. Malheureusement, il va bien. Il est seulement menotté à son lit avec quelques contusions.

Je ferme les yeux sans pouvoir effacer ce souvenir terrible et encore trop frais dans ma mémoire. Le bruit du tir qui m'a arrêté net dans l'escalier. La peur qui m'a saisi le cœur en imaginant le pire. Le choc quand je suis arrivé à la porte et que j'ai découvert le corps inconscient de Daisy sur le sol, en sang.

J'ai cru que j'allais crever.

Finn la tenait contre lui en pleurant, un peu sonné. Je n'ai pas réfléchi. J'ai sauté sur lui pour l'écarter, puis je l'ai frappé comme une bête. J'ai cru que j'allais le tuer. J'allais le faire, jusqu'à ce que Daisy rouvre les yeux.

– Elle va s'en sortir, dit Calvin à voix haute, comme pour se rassurer lui-même.

Comment ai-je pu passer à côté d'un truc pareil ? Maintenant que je le sais, c'est tellement évident. Finn était Frank depuis le début… Et je n'ai rien vu. Pire encore, j'ai laissé Daisy entre ses mains telle une offrande.

Kate débarque, faisant claquer ses talons sur le sol de l'hôpital, téléphone en main.

– Bon… La presse est là, et elle est déchaînée, soupire-t-elle. Je suis pas payée assez pour cette merde.

Je la fusille du regard, furieux. A-t-elle vraiment osé dire une chose pareille alors que Daisy est sur la table d'opération en ce moment même ? Devant ses parents ?

Je me lève et la toise, menaçant. Cela ne semble pas trop l'impressionner, car elle me pointe du doigt et crache :

– Vous, vous êtes viré.

– OK.

Elle fronce les sourcils, surprise, et se racle la gorge.

– Super. Partez, maintenant.

– Je ne crois pas, non, répond Hakeem à mon côté, la voix glaciale. Vous, partez.

– Je te demande pardon ? bredouille Kate. Hakeem !

– Seule la famille est autorisée ici.

Une chaleur étrange se développe dans ma poitrine à ces mots. La famille… Dont je fais partie.

Kate me jette un regard noir, mais je me contente de lui montrer la sortie de la main. Elle finit par prendre congé, nous laissant seuls. Hakeem m'oblige à me rasseoir.

Nous reprenons notre attente.

***

Daisy est hors de danger.

Elle a eu beaucoup de chance. Elle se repose en soins intensifs, et de nouveaux vigiles surveillent sa porte. Les Coleman pleurent un peu, la tension étant redescendue. Je n'ai jamais été aussi soulagé de ma vie.

J'appelle Hayley, Micah et Javier pour les prévenir, mais ils disent être déjà en route pour l'hôpital.

Les réseaux sociaux s'enflamment, surtout après le tweet SOS que Daisy a posté pendant l'agression. C'était intelligent. D'après les médias, l'ambulance et la police ont reçu des milliers d'appels ce soir-là. Désormais, tout le monde y va de son avis sur le pronostic vital de Daisy.

L'identité de Finn est dévoilée, et nous découvrons grâce à une psychothérapeute qu'il est érotomane, victime d'un trouble délirant qui le rend convaincu d'être aimé par quelqu'un d'autre.

Cela peut prendre une forme obsédante, voire de harcèlement. Il fera tout pour provoquer la rencontre et faire avouer à l'autre ses prétendus sentiments, qui sont en fait inexistants. S'il est rejeté, il peut céder à la dépression, voire devenir violent et agressif.

C'est ce qui s'est passé pour Finn. Il était persuadé que Daisy l'aimait, s'inventant des excuses chaque fois qu'elle le rejetait, jusqu'au moment où il n'a plus supporté d'être mis à l'écart. La police a effectué une perquisition chez lui et on y a découvert beaucoup d'affaires appartenant à Daisy. C'était comme si elle habitait chez lui. Il y avait des tiroirs spécialement pour ses sous-vêtements, des cadres photos d'elle et de sa famille, une brosse à dents rose, le shampoing qu'elle utilise…

Dans son ordinateur, ils ont trouvé des centaines d'e-mails qui lui étaient adressés, laissés en brouillon. Finn s'était inventé une vie avec elle, allant jusqu'à dire à ses proches que Daisy était sa petite amie. Quand la police l'a interrogé, il a affirmé que Daisy l'avait dragué en premier. Tout ça faisait partie de son délire.

– Personne n'aurait pu s'en douter, dit Micah lorsque je les retrouve tous trois devant l'hôpital.

– Et dire qu'il attendait son moment depuis trois ans… Ça fait peur, murmure Hayley dans un frisson.

– Elle a eu de la chance de t'avoir, ajoute Javier en me jetant un regard reconnaissant. J'aurais dû m'en douter. Je l'avais vu dans les cartes, vous vous rappelez ? L'as de pique.

Je ne sais pas de quoi il parle, et je m'en fiche. Micah le rassure en lui disant que ce n'était pas assez clair, que ce n'est la faute de personne sauf celle de Finn.

L'important, c'est que Daisy soit saine et sauve. Et que Finn soit mis en prison, bien sûr. Il n'y restera pas longtemps, car le système est pourri et corrompu, mais je l'attendrai à sa sortie. Et je serai prêt, cette fois.

– Vous avez vu ce qu'a dit Zach aux journalistes ? nous demande Micah, l'air dégoûté. Ce mec a du culot.

Je lui demande de quoi il parle. Je n'ai pas regardé la télé depuis que je suis là.

– Il a voulu entrer dans l'hôpital, mais les paparazzis l'ont encerclé. Il a dit avoir eu très peur, et qu'il priait pour son bon rétablissement. Qu'il lui a « pardonné » et qu'il ne lui souhaite que le meilleur.

Je secoue la tête, énervé. Il a beau ne pas être coupable, il reste un enfoiré jaloux qui se servait de Daisy pour sa propre promotion. Il a pété un plomb en voyant qu'elle avait tourné la page et que son plan avait foiré. Sa dernière tentative était probablement d'envoyer Colin pour profiter du scandale et se faire passer pour une victime trompée.

– Elle se réveillera quand, tu crois ? me demande Hayley, les yeux remplis de larmes.

– Je sais pas. Je suis pas médecin.

Je n'ai pas le temps ni l'énergie de la rassurer. Je suis moi-même dans tous mes états et ça prend trop de place à l'intérieur de moi.

Qu'est-ce que je suis censé faire, maintenant ?

***

Je ne sais pas ce que je fais là.

Je m'étais pourtant promis de rester auprès de Daisy. Mais ça faisait trop mal. Trop mal de ne pas pouvoir la voir, trop mal de faire tourner en boucle la dernière image que j'ai d'elle ; inanimée, en sang, dans mes bras. J'ai dû m'absenter pour respirer, pour prendre l'air et m'aérer l'esprit. Sauf que j'ai commencé à marcher, et que je ne me suis pas arrêté.

Je regarde où mon cœur m'a amené… sur ce bout de trottoir que je ne connais que trop bien.

La dernière fois que je suis venu, je me suis promis de ne jamais revenir.

Et pourtant.

Dans le besoin de réconfort, j'ai voulu appeler ma mère. Parce que c'est elle qu'on appelle quand ça ne va pas, non ? C'est elle qui trouve des solutions.

Maman, qu'est-ce que je dois faire ? Pourquoi je ressens tout ça ? Qui suis-je ?

Bordel, je me demande ce que je fais sur le porche d'une femme qui ne sait même pas qui je suis, une femme que je n'ai vue que deux fois dans ma vie.

– Est-ce que ça va ?

Je sursaute et tourne la tête, stupéfait. Elle est là, sacs de courses en main, à me regarder d'un air inquiet. Ses sourcils se soulèvent de surprise en me reconnaissant.

– Oh… C'est encore vous !

Je suis paralysé. Je ne sais pas quoi faire. J'ai peur de m'effondrer, peur de l'effrayer. Soudain, son regard change. Je ne saurais pas l'expliquer. C'est comme si elle était touchée par la foudre. Ses yeux s'écarquillent légèrement et elle déglutit avant de souffler :

– Est-ce que… Est-ce qu'on se connaît ?

C'est bête, mais je le sens, je le devine. À cet instant précis, elle sait qui je suis. Je le vois dans ses yeux noyés de larmes qui me fixent sans rien dire. J'aimerais lui répondre que oui, mais j'ai la gorge gonflée, les lèvres scellées, la poitrine douloureuse.

Pour la première fois de ma vie, je suis lâche.

– Je suis désolé, dis-je en partant.

Elle m'interpelle mais je ne m'arrête pas.

CHAPITRE 34

Product of society

« Be yourself, they say.
Who wants that ? they mean. »

DAISY

C'est ma mère qui me tient la main quand je me réveille.

Je suis fatiguée et un peu sonnée. Elle m'explique que je me suis fait tirer dessus, que Finn a été arrêté, que la police est arrivée à temps grâce à Thomas qui les a prévenus… mais aussi grâce à tous mes fans, dont les cadeaux inondent la pièce.

Je pleure. Beaucoup. Le stress, la fatigue et la peur retombent en même temps. La trahison de Finn me heurte de plein fouet, aussi.

J'ai du mal à tout suivre. Je suis encore sous le choc de ce qui vient de m'arriver. Les souvenirs de cette soirée abominable me reviennent à l'esprit et je fais une attaque de panique en revoyant le canon du pistolet pointé sur moi. Je me rappelle le sang sur mes mains, je peux presque encore le sentir glisser entre mes doigts.

D'après les médecins, la balle a traversé mon épaule.

« Vous allez vous en sortir. »

Thomas a bien compressé la blessure pour tenter d'arrêter l'hémorragie, ce qui m'a sauvée. J'ai dû m'évanouir à cause du choc. Je me rappelle vaguement avoir repris connaissance dans le camion d'ambulance, mais rien d'autre.

– Le scanner dit que rien de vital n'a été touché, me rassure ma mère en me faisant boire un peu d'eau.

Mon épaule est dans une écharpe. Elle me fait mal, mais ça va. Je ne parle pas beaucoup. Je demande si Thomas va bien. On me dit qu'il arrive, que je ne dois pas m'inquiéter, seulement penser à ma guérison.

J'ai subi une première opération, durant laquelle on m'a nettoyé l'intérieur de l'épaule. On a enlevé les débris de balle et d'os, puis on a effectué un état des lieux des ligaments et des muscles. *Charmant.*

– La tête de votre humérus a disparu, m'annonce le docteur.

– La quoi ? répète ma mère en fronçant le nez.

– L'humérus, explique-t-il en pointant mon épaule du doigt, est un os du bras, juste ici. Il va falloir porter une prothèse pendant une dizaine de jours. Bien sûr, il faudra faire de la rééducation. Le mot d'ordre, c'est : repos.

Je hoche la tête en le remerciant. Lorsqu'il sort, j'aperçois un nouveau visiteur passer la porte.

Mon cœur palpite plus fort en croisant le regard de Thomas. Ma mère le remarque, puis m'embrasse sur le front.

– Je vais te chercher à manger.

Elle nous laisse seuls en refermant derrière elle. Thomas s'approche et s'assied sur la chaise près de mon lit, prenant ma main dans la sienne. Nous restons comme ça de longues minutes, immobiles, silencieux.

– Pardonne-moi, murmure-t-il en pressant mes phalanges contre son front.

– Arrête.

– Je t'ai laissée tomber. Tout est ma faute. Je savais que *ça*… nous deux… serait une distraction. J'étais sûr que ça me pousserait à l'erreur et j'avais raison.

– Personne ne s'en doutait, je le rassure. Tout va bien.

Il secoue la tête sans rien dire, puis dépose un baiser sur ma paume en me félicitant d'avoir été si forte. Il m'avoue avoir eu si peur qu'il a pensé mourir. Le temps d'une minute, il a cru qu'il ne s'arrêterait jamais de le frapper, qu'il allait le tuer à mains nues.

– Je m'étais promis de te protéger… dit-il.

– Tommy.

Je relève son menton, caressant ses lèvres du doigt.

– Je vais bien. Mais toi… Qui te protège ?

***

– Le médecin a dit que c'était une blessure de guerre, dis-je à Hayley et aux garçons quand ils viennent me rendre visite. La balle est passée à travers moi. Vous imaginez ?

Ils me regardent comme si j'étais folle de plaisanter de ça. Je sais que c'est encore tôt, mais je ne peux m'en empêcher. Je refuse de déprimer et d'angoisser quand je suis entourée de mes proches. C'est une manière de me protéger aussi, je suppose.

J'en ai déjà assez de voir le visage de Finn chaque fois que je ferme les yeux. D'entendre le son de la gâchette qui me réveille à chaque sieste.

– Ça va t'aider pour tes futurs rôles au cinéma, me sourit Micah. Tu sais ce que ça fait, maintenant, de te faire tirer dessus. Tu devrais le marquer sur ton CV.

– Pas bête, ça ! Tu pourrais me dire tout ça en détail, un de ces quatre ? me demande Javier. Ça me serait utile.

Je lui promets qu'on se prendra le temps d'en parler plus tard et Thomas nous dit qu'on a l'air de fous.

Mon séjour à l'hôpital se passe bien. Je suis chouchoutée. Il y a deux boutons magiques à portée de main : celui de la pompe à morphine et un autre pour appeler l'infirmière. Je ne suis jamais seule. Je demande à regarder la télé, et je vois les infos parler de moi. Toutefois, je refuse toute visite autre que celle de ma famille et mes amis. Je n'ai pas la force.

Même Kate doit attendre avant de me voir. Hakeem lui dit d'être patiente ; c'est son pire cauchemar.

La police, quant à elle, me rend rapidement visite. Ils ont besoin de mon témoignage pour comprendre ce qui s'est passé, et vite. Je leur raconte ma version des faits aussi clairement que je le peux. Ils sont attentifs à chaque détail. Apparemment, ils ont déjà interrogé Thomas.

Pour être honnête, je suis encore choquée de savoir que Finn était Frank… Je pensais le connaître. Je croyais qu'on était amis. Je lui faisais confiance.

– C'est étrange, tout de même, marmonne l'un des inspecteurs. Ce type est persuadé que vous avez vécu une idylle.

– Et c'est faux…

– J'entends. Mais vous avez forcément fait quelque chose pour le lui faire croire, non ? Vous avez dû lui donner espoir, peu importe comment.

Je suis trop choquée pour répondre. Thomas s'apprête à l'insulter mais il continue :

– Avouez-le… Vous avez couché ensemble, n'est-ce pas ? Au moins une fois.

Je laisse échapper un rire tout sauf amusé. Évidemment… Même dans une situation comme celle-ci, c'est moi qui n'aurais pas dû le pousser dans son délire.

– Si je vous réponds que oui, nous avons couché ensemble, est-ce que vous allez mieux faire votre travail ? je rétorque froidement. Est-ce que ça vous confortera dans votre opinion ?

Un silence gênant s'ensuit durant lequel il se racle la gorge.

– Nous ferons notre possible, mademoiselle Coleman.

Lorsqu'ils sont sur le point de partir, Thomas arrête le second policier, qui a l'air plus professionnel.

– Quelque chose d'autre te revient, gamin ? demande l'inspecteur en sortant son calepin.

Je regarde Thomas d'un air interrogateur. Celui-ci semble hésiter, l'expression fermée, puis :

– Non. Mais j'ai des informations concernant une disparition d'enfant.

CHAPITRE 35

See If I Care

« You think you can hurt me ?
The boy I love cannot love me back. »

DAISY

J'ai dit à Kate que je voulais faire une interview. Elle a refusé sous prétexte que je ne suis plus autorisée à prendre ce genre de décision – à croire que j'avais déjà le choix avant. Elle m'a même menacée de contrôler mes réseaux sociaux dorénavant. Bien sûr, elle m'a aussi interdit de revoir Thomas.

Je dois désormais suivre les règles si je veux avoir une chance d'évoluer dans ma carrière et de ne pas tomber dans l'oubli. Je lui ai dit que je voulais effectuer certains changements, mais elle m'a répondu qu'on verrait ça une fois à la maison. Autant dire qu'elle m'a poussée à bout.

Le jour où je suis censée sortir de l'hôpital, une foule de journalistes m'attend en bas de l'établissement. Je suis entourée de Kate, d'Hakeem et de deux nouveaux gardes du corps tandis que nous approchons de la sortie.

Les flashs de leurs appareils me mettent mal à l'aise, mais je tiens bon. Kate place sa main devant mon visage quand nous sortons. Les journalistes pointent leurs micros dans ma direction et me posent un tas de questions.

Sur Finn, sur Zach, sur Thomas, et sur ma carrière chez Channel D.

Puisque je suis quelque peu revancharde, je m'arrête et réponds :

– Je n'ai plus de carrière chez Channel D.

J'espère que les caméras réussissent à filmer la réaction de Kate, car ça n'a pas de prix. Les journalistes sentent le sang et se rapprochent comme des sangsues affamées.

– Je suis actuellement en train d'entreprendre des démarches pour briser mon contrat avec eux, j'explique lorsqu'on me demande pourquoi. Je suis très reconnaissante de ce qu'ils ont fait pour moi. Malheureusement, je crains que notre collaboration ne s'arrête là. J'arrive à un point de ma vie où je remets mes choix de carrière en question, ainsi que mon entourage. J'ai été forcée de faire des choses que je ne voulais pas sous prétexte que je ne réussirais jamais sans. Je ne veux plus de tutelle. Je suis une adulte, et je suis assez grande pour prendre mes propres décisions.

On me demande ce que j'envisage pour la suite. Je prends une grande inspiration et souris, haussant mon épaule valide.

– Je vais continuer à faire ce que je fais de mieux : chanter. Je veux me diversifier avant tout. Pourquoi pas monter un groupe de rock ? On verra bien !

Kate me tire le bras, rouge de rage, mais je la force à me lâcher.

– De plus, je tiens à m'excuser auprès de mes fans, de vous, qui m'avez soutenue avec tant d'amour et de ferveur. Je n'ai jamais voulu vous mentir ni vous trahir, seulement vous montrer la vraie Daisy tout en protégeant ma vie privée. Oui, j'ai grandi, oui, je peux être une femme respectable, intelligente et féministe tout en voulant être sensuelle. Oui, je suis folle amoureuse d'un homme que je connais depuis dix ans et qui s'avère être mon garde du corps. Et, oui, ça ne regarde que moi.

Je hoche la tête dans leur direction, souriante, et fais signe à Hakeem qu'on y va.

– Daisy, siffle Kate en me retenant.

– Tu es virée, je réponds simplement en me dégageant de son étreinte. Mes avocats reviendront bientôt vers toi.

Cette fois, elle me lâche pour de bon. Je ne me suis jamais sentie aussi libre de toute ma vie. Hakeem me tient bien fermement, m'emmenant vers la voiture au volant de laquelle Thomas m'attend. Mes jambes vacillent sous le poids du stress, mais je tiens bon.

À l'abri du reste, au chaud dans le véhicule, Thomas se retourne vers moi et m'adresse un clin d'œil.

– Tu as été *badass*, princesse.

– Appelle-la encore « princesse » devant moi et je te casse les dents, bougonne Hakeem.

– Faut déjà que tu coures assez vite, Coleman.

J'éclate de rire tandis que Thomas fait démarrer la voiture. Je croise son regard dans le rétroviseur et lui souris, heureuse.

– Dis… Tu cherches du travail ?

***

Je n'ai jamais vu Thomas dans un tel état d'angoisse. Il pense très bien le cacher, mais je le connais assez pour voir plus loin que son air impassible.

Il a les chocottes.

Je serre sa main dans la mienne, me voulant rassurante. Je sais à quel point ce jour est stressant et précieux pour lui. Il l'a probablement rêvé toute sa vie… redouté, aussi.

– Et si elle refuse de me parler ?

– Pourquoi elle ferait ça ? Thomas, ça fait presque trente ans qu'elle te cherche.

J'ai surtout peur qu'elle s'évanouisse, à dire vrai. Thomas a enfin accepté de faire face à sa mère biologique. Elle sait sûrement qui il est, maintenant qu'il a prévenu la police de son enlèvement. Je sais qu'il craint les conséquences de son acte pour sa petite sœur Agnès. Il se demande aussi si son geste aura un quelconque impact, après tout ce temps.

– Qu'est-ce que je lui dis ? Et si elle me prend dans ses bras et m'appelle « mon fils » ? Je sais pas si je suis capable de faire ça… C'est bizarre. On se connaît pas.

– C'est normal. Ne te force à rien. Vous apprendrez à vous connaître, il faut du temps.

Il opine, le regard braqué sur la porte d'entrée. Je le laisse hésiter et se préparer psychologiquement. Je me contente de le soutenir en silence.

Quand il se sent prêt, je toque enfin à la porte. J'ai le cœur qui bat la chamade tandis que nous entendons des pas se rapprocher. Soudain, la porte s'ouvre, laissant place à…

Une petite fille.

Je suis bouche bée. Thomas reste silencieux, broyant mes doigts entre les siens. Sa demi-sœur le regarde fixement, et je ne sais pas où me mettre. Elle doit avoir douze ans, environ.

– Coucou, dis-je en souriant. Je suis Daisy. Et toi, comment tu t'appelles ?

Son regard se pose enfin sur moi et elle écarquille les yeux avant de hurler.

– Oh mon Dieu ! Tu es Daisy Coleman ! Je suis hyper-fan de toi ! Maman ! Viens vite !

Oh… Oh non. Tout mais pas ça. Je me raidis sans rien dire, gênée. Thomas, au contraire, semble rassuré que l'attention ne soit plus dirigée vers lui. La petite me demande ce que je fais là, si c'est une caméra cachée, et je bredouille quelques réponses stupides le temps que sa mère arrive.

Lorsqu'elle nous aperçoit, elle se fige. C'est le silence le plus intense que j'aie jamais vécu. Elle lui ressemble tellement… Impossible de passer à côté.

– Tate… va dans ta chambre s'il te plaît, dit-elle d'une voix brisée.

Elle se tient le ventre, et ce geste me brise le cœur. C'est comme si elle se rappelait avoir porté Thomas dans ce même endroit, même après tout ce temps.

La petite Tate râle un peu, mais obéit. Thomas n'a pas l'air prêt à prendre la parole, je me décide alors à briser le silence :

– Bonjour. Je me présente, je m'appelle Daisy. Et voici… mon ami, Thomas.

Ses yeux pivotent légèrement vers moi, comme surpris de ma présence, avant de revenir aussitôt sur son fils perdu. Elle avale sa salive, tentant de se retenir, mais les larmes finissent par couler et mon cœur se serre.

– C'est toi, pas vrai ? souffle-t-elle. Ils m'ont dit que c'était toi.

Thomas hoche la tête sans rien dire, le dos droit. Je sais que c'est le bordel dans sa tête, même s'il ne le montre pas. Sa mère s'effondre soudain et j'ai le réflexe de la rattraper par le bras.

– Vous voulez vous asseoir ?

C'est Thomas qui prend le relais et l'aide à s'installer sur son canapé. Je referme la porte d'entrée avant de les rejoindre, timide. C'est leur moment.

– Je suis tellement désolée… sanglote-t-elle en serrant la main de Thomas dans la sienne. Tu m'as tellement manqué… mon bébé…

Je ne peux même pas imaginer son choc, sa peine, en découvrant que le bébé qui lui a été enlevé, l'enfant qu'on lui a dit être mort il y a près de trente ans, se tient debout devant elle. Bien vivant.

– Je t'ai cherché si longtemps… Ils m'ont dit que c'était trop tard… que tu ne reviendrais plus jamais…

Thomas fronce les sourcils et s'accroupit devant elle. Il ne dit toujours rien, mais ce n'est pas grave. Sa mère a la main qui tremble quand elle ose caresser sa joue.

– Tu es tellement beau. Tu ressembles à ton père.

Je souris en essuyant mes pleurs silencieux. Je ne sais pas s'ils pourront créer une vraie relation mère-fils, mais j'y crois. Thomas n'est plus le même, et je sais qu'il continuera de changer. Parce qu'il est entouré, maintenant. Parce qu'il a un cœur qui fonctionne comme les autres.

Pour la première fois depuis que nous sommes arrivés, Thomas ouvre la bouche.

– Tu peux être tranquille, maintenant.

Elle renifle en lui demandant pourquoi, et un premier sourire naît sur le visage de Thomas tandis qu'il répond :

– Je suis aimé.

Extrait de la biographie Daisy Coleman : Hollywood's Wildflower *écrite par Kaylee Walters. Chapitre 8 : « La construction d'un empire ».*

Après un an de silence à la suite de l'incident qui a failli lui coûter la vie, c'est plus forte et déterminée que jamais que Daisy reprend la musique. L'industrie musicale est alors persuadée qu'elle a perdu sa communauté, que son temps est passé…

Mais Daisy Coleman surprend tout le monde et bat tous les records avec un troisième album qui fera de sa carrière ce qu'elle est aujourd'hui.

Voici un article paru à son retour détonnant, le 18 juin 2024, à 11 h 34.

Le phénomène Daisy Coleman

Tout le monde connaît Daisy Coleman, la reine de la pop au visage de chérubin. Après une profonde remise en question, la Perle de l'Amérique se lance à la conquête de la planète rock ! C'est armée de paroles chocs et de pensées féministes qu'elle se hisse en tête de course des American

Music Awards, qui auront lieu ce vendredi. Décryptage.

C'est fraîchement sortie de l'empire Channel D, où elle tenait un rôle principal dans *Rock My Life*, puis plus tard dans *Jess & Callie* aux côtés de Zach McRae, que Daisy Coleman révèle ses talents de chanteuse et actrice.

Son premier album, *Too Young to Be Sad*, accumule des milliards d'écoutes et détient le record de l'album le plus écouté en une semaine sur Spotify. Si elle choisit de jouer sur ce personnage innocent et coloré dans lequel elle a été découverte, tout change l'année suivante

Son deuxième album, *Not a Woman but a God*, la propulse au rang de star mondiale. La puissante *title track* du même nom décroche le record de la chanson la plus écoutée en vingt-quatre heures sur le service Spotify. Selon le magazine *Rolling Stone*, un tel succès est dû à ses talents d'auteure-compositrice, que Coleman utilise pour dénoncer la machine hollywoodienne.

Mais la jeune artiste se révèle surtout une âme attachante capable de rassembler les foules. « Ce que les gens aiment, c'est son naturel. Tout le monde peut se retrouver en elle, et c'est ce dont le public a besoin : quelqu'un à qui s'identifier », fait observer Shana Rhodes, professeure de musicologie.

Huit ans plus tard, l'enfant rebelle se détache de l'enfant star et met un point d'honneur à protéger sa vie privée, trop souvent mise à mal par le passé.

Forte d'une pause de neuf mois, Daisy Coleman sort aujourd'hui son premier album punk-rock, intitulé *Nightmare*.

ÉPILOGUE

THOMAS

Un an plus tard.

– Cette fois, pas de partie de jambes en l'air dans la limo, s'il vous plaît. On est là.

Je fusille Lucky du regard tandis que j'ouvre la portière en attendant que Daisy descende. *Qui lui a dit ?*

– Moi, ça ne me dérange pas, intervient Li Mei en nous rejoignant, habillée d'une robe sirène noire.

Lucky fronce les sourcils en la suivant à l'intérieur de la voiture.

– Chérie, je te l'ai déjà dit, j'ai du mal à savoir quand tu blagues et quand t'es sérieuse…

Je n'entends pas la réponse de Li Mei. Je jette un dernier regard à mon reflet à travers la baie vitrée, puis recoiffe un peu mes cheveux. Je me fiche pas mal de ce à quoi je ressemble. Je ne veux juste pas humilier Daisy. Costume de luxe noir, chaussures flambant neuves, barbe de trois jours impeccable…

Levi me tape sur l'épaule en s'adossant à la limousine, la main dans sa poche de pantalon. Contrairement à moi, il est habillé tout en blanc. Une première pour lui, qui préfère habituellement les couleurs sombres.

– Stressé ?

– Pourquoi je serais stressé ?

– Parce que c'est votre première apparition officielle en tant que couple. Dans un sens… elle te présente au monde, dit-il en souriant, amusé.

C'est vrai. Cela fait un an que notre relation secrète a éclaté au grand jour. Le monde sait déjà. Pourtant, je suis resté discret. Si les paparazzis ont plusieurs fois réussi à nous prendre en photo, un câlin par-ci, un bisou par-là, j'ai toujours refusé de faire partie de ce monde.

Daisy aussi. Je crois qu'elle essaie de me protéger, ou de me garder pour elle seule. Elle ne sait que trop bien ce que ça fait, d'être sous le feu des projecteurs.

Aujourd'hui, Daisy présente son nouvel album au Grammys et m'a demandé de l'accompagner sur le tapis rouge. J'ai même réussi à avoir des places pour la bande, qui passe ses vacances à L.A.

– Je ne suis pas stressé, dis-je alors. Je suis fier d'elle.

– Ça se voit.

Je le regarde d'un air curieux, mais il se contente de rire doucement. Rose et Daisy finissent par arriver en s'excusant de leur retard. Je le leur pardonne très volontiers en voyant la tenue de ma petite amie…

Elle me sourit en lisant mes pensées, vêtue d'une robe bustier vert canard : le haut est un corset qui épouse ses formes, mais un drapé en soie enroule sa taille et tombe à ses pieds. Encore une fois, la fente laisse entrevoir ses jambes magnifiques.

Elle sait que j'adore ça.

– Et dire que ma fabuleuse fiancée ne sera même pas sur le tapis rouge, dit Levi en embrassant la joue de Rose, qui porte une robe blazer entrouverte sur sa poitrine nue. Du gâchis.

Je prends la main de Daisy, lui chuchotant combien elle est belle, et tiens la portière pour qu'elle s'installe. Les autres suivent et bientôt, nous sommes en route. C'est Li Mei qui ouvre le champagne et nous sert chacun une coupe.

Nous trinquons tous ensemble : à notre bonheur, à notre succès, à nos amours. À toutes ces aventures qui nous attendent encore. Et, bien sûr, à la carrière florissante de Daisy, une star montante.

– Tu plaisantes ? s'écrie Li Mei lorsque Daisy lui avoue avoir été retenue pour jouer dans le prochain film de Tim Burton.

– Non, rit celle-ci. Je ne plaisante jamais avec Tim Burton. C'est la chance de ma vie !

Li Mei lui fait promettre de lui présenter un tas de stars, « sauf Jake Gyllenhaal bien sûr ». Quand

Daisy lui avoue que Taylor Swift l'a invitée à sa fête d'anniversaire, Li Mei s'évanouit quelques secondes. Lucky doit lui donner plusieurs petites gifles pour la ranimer. Tout ce temps, Rose est hilare pendant que Levi lui chuchote des trucs à l'oreille, probablement des cochonneries.

Je les regarde tour à tour, Rose, Levi, Li Mei, Lucky et Daisy, et je me surprends à sourire. Ma famille, la voici.

Pour la première fois de ma vie, je suis heureux. Cette dernière année n'a pas été de tout repos. J'ai dû affronter les conséquences de mes actes et témoigner contre la femme qui m'a élevé.

J'ai été forcé de consulter un psychologue, qui m'a annoncé que je n'étais effectivement pas sociopathe, mais que je présentais des troubles de la personnalité sur lesquels j'allais devoir travailler.

– C'est à creuser, a-t-il dit d'un air intrigué. Ça peut aussi être de l'alexithymie. C'est encore peu connu, mais bien réel.

– Qu'est-ce que c'est ce truc, encore ?

– Ce « truc », c'est… comme une anorexie des sentiments, en somme. C'est la difficulté à reconnaître et nommer ses propres émotions ainsi que celles des autres. Par exemple, vous pouvez pleurer sans comprendre qu'il s'agit de tristesse, ou de colère. D'autres symptomes sont une vie imaginaire et fantasmatique très pauvre, un manque d'empathie et une difficulté à créer des liens avec autrui. Ça vous dit quelque chose ?

Un peu, ouais... Je ne comprends pas bien tous ces nouveaux mots, et, pour être honnête, je m'en fous. Je fais ça pour Daisy. C'est pas un type que je ne connais pas qui va me dire qui je suis et si je suis capable d'aimer quelqu'un.

Mais j'avoue... que le voir m'a soulagé. Finalement, je ne suis pas le diable que ma mère avait imaginé. D'après le psy (et Rose, qui m'a tenu la jambe quatre heures au téléphone), avoir été mal diagnostiqué a agi sur moi comme une prophétie autoréalisatrice : inconsciemment, j'ai passé ma vie à agir comme une personne atteinte de sociopathie.

J'ai posé un ancrage sur mon cœur pour supprimer toute émotion... jusqu'à ce qu'il éclate.

Me dégager de tous ces automatismes est encore difficile, surtout dans ma relation avec Daisy. On rame, mais on s'accroche. J'ai même appris à aimer Tornade malgré nos débuts compliqués. Et enfin, j'ai dû créer de toutes pièces une relation avec ma mère biologique, la femme qui m'a enfanté. Ça a été compliqué... surtout pour moi.

Mais Daisy était là, du début à la fin. Elle n'a jamais cessé de m'accompagner, de me pousser, de m'écouter. On a fait ça ensemble. Et, quelque part, j'ai trouvé les obstacles moins amers...

Ma demi-sœur Tate est mignonne. Je n'aime pas vraiment les enfants, mais elle m'attendrit pour une raison que je ne saurais expliquer. Parfois, elle me parle et mes pensées divaguent vers Agnès... Je me demande comment elle va. Et je regrette. Parce que je sais qu'elle aura une vie de merde, comme la mienne.

Alors j'ai commencé à lui écrire des lettres. Je lui envoie de l'argent aussi, pour m'assurer que ça va. Toute cette situation est étrange, mais on fait aller.

– Dis donc toi ! s'exclame Li Mei en zieutant Rose avec une expression accusatrice. T'as dit non au vin rouge d'hier soir, et là tu ne bois pas de champagne…

Toutes les têtes convergent vers Rose, qui la regarde sans rien dire. Levi, à son côté, affiche un sourire orgueilleux. Daisy et Lucky s'écrient au même moment, manquant de me crever le tympan droit.

– T'es enceinte ?!

Rose et Levi se regardent, puis éclatent de rire. Finalement, Rose roule des yeux.

– Bien sûr que non, vous êtes cons.

– C'est vraiment pas prévu, renchérit Levi en finissant sa coupe cul sec. Même si ma mère nous tanne avec ça.

– Elle ne cesse de me faire des allusions aux bébés à longueur de temps, renchérit Rose. C'est ça qui me donne envie de vomir, rien d'autre.

Li Mei plisse les yeux, peu convaincue, et lui demande pourquoi elle ne boit pas. En effet, c'est surprenant. Nous savons tous à quel point Rose aime l'alcool ; un peu trop. Levi l'aide avec ses problèmes d'addiction, mais à l'en croire, ce n'est pas toujours facile.

Ils se disputent beaucoup à ce propos, du moins c'était le cas au début. J'ai l'impression que ça va beaucoup mieux maintenant. Ils ont l'air heureux.

Comme pour appuyer mes pensées, Levi pose la main sur son genou et dit avec fierté :

– Mon incroyable petite amie est sobre depuis deux cent quatre jours.

Nous sommes abasourdis. Rose semble très émue tandis que nous la félicitons avec sincérité. Je savais qu'elle était forte, mais j'avoue l'avoir sous-estimée. C'est une drôle de femme, cette Alfieri.

– Du coup, moi-même je ne bois plus quand on est à la maison, nous explique Levi. Et ça fait un bien fou.

Daisy hoche la tête, et je sais qu'elle comprend. Sa cure de désintox à elle, c'était les réseaux sociaux. Elle s'est imposé un temps limité par jour, et elle a embauché quelqu'un pour s'occuper de sa promo à sa place. Grâce à ça, elle passe beaucoup moins de temps sur son téléphone, et surtout, à s'occuper de ce que les gens pensent d'elle.

Je crois aussi que cette histoire avec Finn l'a perturbée pour un long moment… Elle s'est rendu compte qu'elle partageait trop d'informations sur Internet, et ça lui a fait peur. Nous restons désormais secrets, et ça nous va.

– On est arrivés.

Je jette un coup d'œil à travers la vitre teintée. Daisy me lance un regard timide, même si je peux déceler l'excitation sur son visage. C'est son moment.

Je dépose un baiser sur sa joue et ouvre la portière pour sortir le premier. Je sens le flash des photographes dans mon dos, mais je n'ai d'yeux que pour Dee. Comme toujours.

Je me penche vers elle et lui tends la main.

– Prête à montrer au monde ce que tu vaux ?

Elle me sourit avant de souffler un bon coup et de glisser sa main dans la mienne.

– Je suis née prête.

TOO YOUNG TO BE SAD – EP

Daisy Coleman
POP – 2021

1 house of memories
2 heart like ice
3 fake friends
4 i miss you, i'm sorry
5 first love
★ **6** too young to be sad
7 lovesick
8 rich problems
9 born in hollywood
10 godlike
11 i love myself
12 highway to hell
13 everyone loved her
14 girl with broken wings
15 american idol
16 never alone, always lonely
17 rock bottom

NOT A WOMAN, BUT A GOD – EP
Daisy Coleman
POP – 2022

1 she talks too much
★ **2** not a woman, but a god
3 dear patriarchy
4 Dee for Daisy
5 such a slut
6 (not) pretty enough
7 you taste so sweet
8 part human, part machine
9 my poison is you
10 eyes so blue (i drown)
11 hard to sleep
12 jealousy kills little girls
13 ace of spades
14 f*ck everyone
15 golden cage
16 be a good girl
17 product of society
18 see if i care

REMERCIEMENTS

Après les aventures de Rose et Levi, c'est avec beaucoup d'émotion que je tourne la page sur l'histoire de Daisy et Thomas…

Ce fut intense, et, d'une certaine manière, Daisy m'a beaucoup touchée. Dès le début, c'était une évidence : je voulais évoquer la pression qui vient avec la chance de pouvoir vivre de sa passion, de son art. L'importance du regard des autres, démultipliée lorsqu'on est un personnage public, et la recherche de validation qui s'ensuit. Le côté néfaste, parfois même fatal, des réseaux sociaux, ainsi que leur aspect addictif.

Je voulais rappeler au monde, si je le peux, d'être gentil. De toujours y réfléchir à deux fois avant de dire quelque chose. De se souvenir que tout ce qui se trouve sur Internet y reste, à jamais. Que derrière un écran, derrière une personne que vous pensez inatteignable… il y a un être humain. Un humain avec un cœur qui lit vos commentaires, même s'il n'y répond pas.

On ne se rend jamais vraiment compte de la portée de nos paroles, et pourtant, elles ont le pouvoir de détruire.

Comme vous vous en doutez, ce livre a pu voir le jour grâce à beaucoup de personnes différentes, que je tiens à remercier chaudement.

Merci à ma mère, comme toujours, pour son amour et son soutien sans faille. Ma première fan.

Merci à mes frères, Ryan et Naïm, de m'aider quand j'ai une question technique ou besoin d'un avis urgent sur une tournure de phrase. J'attends toujours que vous lisiez un de mes livres, cela dit…

Je remercie aussi mes ami·e·s : Johan, Doriane et Marie, pour avoir lu *L'As de pique* en premier et pour avoir supporté mes changements d'humeur ainsi que mes doutes perpétuels. Merci d'être des amis géniaux que j'aime de tout mon cœur, de me booster et de m'élever toujours plus haut.

Merci à mon groupe Vegas Writing : Dahlia, Lyly, Delinda et Mag. Je ne compte pas le nombre de pages que j'ai pu écrire à vos côtés au Starbucks, ni les fous rires qu'on a pu avoir au lieu de travailler (oups). Merci pour vos conseils et votre soutien, tous les jours.

Je remercie également Angéline, et à nouveau Dahlia, pour m'avoir fait un retour critique et sensé sur mon roman, et notamment pour avoir joué le rôle de *sensitivity readers*. Vos commentaires m'ont été d'une aide très précieuse. Merci, merci, merci.

Bien sûr, merci à mon éditrice Sylvie, qui croit toujours en moi et qui me laisse une liberté incroyable sur mes personnages. Merci à Olivia, mon attachée de presse, que j'adore à la folie. Et enfin, merci à Célia pour cette dernière année de travail à tes côtés, ma *Tiff to my Jo* : je te souhaite le meilleur pour la suite, baby.

Pour finir, merci à vous, qui lisez cette histoire. Merci d'avoir choisi ce livre parmi tous les autres en librairie, merci de me suivre depuis cinq ans déjà et d'acheter mes romans sans même lire le résumé, merci de vos messages quotidiens, de vos TikTok, de vos avis et de votre amour sans limite.

À l'année prochaine !

Composition et mise en pages
Nord Compo à Villeneuve-d'Ascq